MARKUS MATZNER

Strahlenmeer

KUNST DER VERDRÄNGUNG Ein dubioser Sektenführer, ein toter Bauunternehmer und ein atomarer Super-GAU, der sich im Jahr 1969 mitten in der Schweiz abgespielt hat. Das sind die Eckpunkte des neuen Falls, in den die beiden TV-Journalisten Mario Ettlin und Nico Vontobel geraten. Als sich Ettlin ins Hauptquartier der Sekte wagt, um vor Ort zu recherchieren, stolpert er über seinen eigenen Mut. Die Einzige, die ihn jetzt noch retten kann, ist seine Freundin Sara.

Markus Matzner, geboren 1964, lebt in der Nähe von Zürich, ist verheiratet und Vater zweier Kinder. Er hat an der Universität Zürich Medienwissenschaften und Psychologie studiert. Seit zwei Jahrzehnten ist er als TV-Redakteur und Produzent für das Schweizer Fernsehen tätig und hat viele Filme und Beiträge realisiert. Seine große Leidenschaft neben dem Schreiben gehört dem Wein. Als Hobbywinzer hegt und pflegt er 1.000 Weinstöcke und keltert eigenen Wein.

Bisherige Veröffentlichungen im Gmeiner-Verlag:
Wahlschlacht (2013)

MARKUS MATZNER

Strahlenmeer

Kriminalroman

Original

GMEINER

Personen und Handlung sind frei erfunden.
Ähnlichkeiten mit lebenden oder toten Personen
sind rein zufällig und nicht beabsichtigt.

Besuchen Sie uns im Internet:
www.gmeiner-verlag.de

Im Ehnried 5, 88605 Meßkirch
Telefon 07575/2095-0
info@gmeiner-verlag.de

1. Auflage 2014

Lektorat: Claudia Senghaas, Kirchardt
Herstellung: Julia Franze
Umschlaggestaltung: U.O.R.G. Lutz Eberle, Stuttgart
unter Verwendung eines Fotos von: © vencav – Fotolia.com
Druck: GGP Media GmbH, Pößneck
Printed in Germany
ISBN 978-3-8392-1529-6

Trittst im Morgenrot daher,
Seh' ich dich im Strahlenmeer ...

(Schweizer Nationalhymne, 1. Strophe)

Am 21. Januar 1969 kam es im kleinen Ort Lucens, mitten in der Schweiz, zu einem folgenschweren Unglück in einem unterirdischen atomaren Versuchsreaktor.

Obschon die ›offizielle‹ Schweiz lange Zeit nur von einem Zwischenfall sprechen wollte, gehört das Unglück heute zu den 20 größten Nuklearpannen der Welt.

Doch das weiß kaum jemand.

KAPITEL 1

»Dort drüben liegt er«, flüsterte der Mann mit aufgerissenen Augen, als dürfte er keinen unnötigen Lärm machen. Selbst sein Hündchen, das neben ihm hockte, hechelte lautlos. Jean-Jacques Trümpi nickte, weil er als Zürcher Kriminalpolizist die Bestürzung in den Gesichtern derer, die unvermittelt auf einen Toten trafen, zur Genüge kannte. Und er wusste aus Dutzenden von Fällen, dass so eine Begegnung nie schön war.

Schweigend stapfte er über den morastigen Boden und folgte dem anderen zur Leiche, die zwischen verkrüppelten Tannenbäumchen wie hingeworfen wirkte. Das Hündchen zerrte an der Leine und kläffte, bis es vom Herrchen beruhigt wurde. Der Beamte sah sich um und blickte zum Juraausläufer hoch, der Lägern hieß. Trotz des dämmrigen Lichts konnte man die bläulich schimmernde Radarkuppel der Flugsicherung ausmachen, die von hier aus den Schweizer Flugverkehr überwachte. Ein dünnes Schneehäubchen zollte dem nur zögerlich fortziehenden Winter seinen letzten Respekt. Die vorherrschenden Farben waren beim Hügelzug oben, wie hier unten in dieser Mulde, morastiges Braun, dreckiges Grün und undefinierbares Grau. Es war schneidend kalt. Kein Wunder, dachte Trümpi, hieß einer der hiesigen Flurnamen ›Winteler‹. In diesem unansehnlichen Farbenbrei wirkte der auffällig rote Schal, der wie eine Geschenkmasche um den Hals des Toten gebunden war, doppelt deplatziert.

Dem Kriminalpolizisten erschien dieses Stück Stoff fast befremdlicher als die Leiche, die wie ein gestrandetes Nilpferd in einer Wasserpfütze lag. Der ganze Rücken war dreckverschmiert, wohl die Folge eines Kampfes, wie der Polizist vermutete. Der Mann, mindestens siebzig Jahre alt, schien alles andere als sanft entschlafen zu sein. Im Gegenteil wirkten seine Augen noch jetzt angsterfüllt, sein aufgerissener Mund deutete einen verzweifelten Schrei an.

Trümpi blickte auf seine Uhr. Die Kollegen von der Spurensicherung müssten bald eintreffen, ebenso sein Chef Severin Martelli. Dieser würde dann wie üblich den Feldherrn mimen und die Ermittlungen von einem erhöhten Beobachtungsposten aus überwachen. So übertrieben engagiert er ihn früher eingeschätzt hatte, mittlerweile empfand er für ihn eine Art Respekt, nicht zuletzt wegen seiner Arbeit bei den Mordfällen auf dem Areal des Deutschschweizer Fernsehens*. Damals hatte Trümpi etwas eigenmächtig agiert, aber dadurch das Verschwinden zweier Fernsehleute aufdecken können. Martelli hatte ihn zwar deswegen gescholten und eindringlich befragt, sich aber dann hundertprozentig hinter ihn gestellt und die interne Untersuchung im Sande verlaufen lassen. Seitdem verband die beiden Männer eine Art stilles Übereinkommen, sich nicht unnötig in die Quere zu kommen und gegebenenfalls am gleichen Strick zu ziehen. Und das würde wohl auch in diesem Fall so sein, dachte Trümpi. Da er nach wie vor keine Sirenen vernahm, widmete er sich in Ermangelung von Alternativen dem Zeugen, der den Toten gefunden hatte.

Er heiße Harry Zweifel, gab dieser an und sei mit seinem Hündchen wie jeden Morgen spazieren gegangen. Da habe Clio plötzlich wie verrückt an der Leine gerissen und ihn

---

* Siehe »Wahlschlacht«, Gmeiner-Verlag 2013

gleichsam hierher geführt. Diesen Anblick werde er seines Lebtags nicht mehr vergessen, fügte er mit bedauernswertem Unterton an. So schrecklich!

Ja, antwortete Trümpi mechanisch, das sei kein schöner Anblick, und man gewöhne sich auch nicht dran. Wann er denn mit dem Hund die Leiche gefunden habe?

»Es muss zwischen halb acht und acht Uhr gewesen sein, aber ich habe vor lauter Aufregung vergessen, auf die Uhr zu schauen.«

»Kein Problem, wir werden es anhand Ihres Anrufes bei uns auf der Zentrale herausfinden. Kennen Sie den Toten?«

Zweifel zuckte zusammen. Als müsste er in seinem Kopf alle Eventualitäten durchgehen, die auch ihn als Finder irgendwie verdächtig machen könnten, räusperte er sich, bevor er antwortete.

»Ja«, sagte er dann, »den Toten kenne ich. Er heißt Alois Hungerbühler, kommt, also kam von Niederwenigen. Bis vor Kurzem war er noch Chef einer großen Baufirma, vor zwei Jahren hat er sie seinem Sohn übertragen. Und das Gelände hier«, Zweifel machte eine ausladende Bewegung hin zur Mulde und dem leicht erhöhten Waldstück, »das nennt man bei uns das Stinkloch, weil hier vor Jahren alles Mögliche vergraben und verschachert wurde.«

»Eine illegale Deponie?«

»Wahrscheinlich war sie nicht illegal, aber das Zeug, das hier während der Jahre versenkt wurde, möglicherweise schon. Man munkelt, dass es sich um giftige Industrieabfälle gehandelt hat, manche behaupten sogar, es sei radioaktives Zeug aus einer atomaren Versuchsanstalt gewesen. Aber das halte ich für ein Hirngespinst!«

Der Polizist quittierte die plötzliche Redseligkeit seines Gegenübers mit keiner Miene. Er notierte sich den Namen des Toten und schrieb daneben: ev. in Zusammenhang mit illegaler Abfalldeponie.

Dann hörte er heranfahrende Autos. Na endlich, dachte er. Binnen weniger Minuten verwandelte sich die ruhige Waldsenke in einen Tatort, der wie eine Theaterbühne vom Licht greller Scheinwerfer geflutet wurde. Während zwei Beamte Absperrungsbänder spannten, suchten andere in weißen Overalls bereits nach Spuren und Gegenständen, die bei der Aufklärung des Tathergangs helfen könnten. Trümpi ging zu seinem Chef, stellte sich neben ihn und betrachtete ebenfalls die Senke zu ihren Füßen.

Was er von der Sache halte, fragte ihn Martelli unverblümt.

Trümpi schmunzelte in sich hinein. Noch vor wenigen Monaten hätte ihn der Chef weder gefragt noch richtig beachtet. Trümpi war nur wegen einer internen Umstrukturierung der Kripo zugeteilt worden, kam sich lange wie ein aufgegriffener Schiffbrüchiger in einer fremden Abteilung vor, weil sich weder Martelli noch sonst irgendwer für seine Arbeit interessiert hatte. Nun war es augenscheinlich anders. Der fast zwanzig Jahre jüngere Leiter der Kripo Zürich Nord wollte von der Erfahrung und vom Wissen des bald pensionierten Trümpi profitieren und behandelte ihn zuvorkommend.

»Für mich passt da vieles nicht zusammen«, begann der Alte bedächtig, »obwohl der Tote keine äußeren Verletzungen aufweist, wirkt sein scharlachroter Schal wie eine Blutspur.«

Martelli musste lachen. Das war ihm noch gar nicht aufgefallen, aber jetzt sah er diesen Umstand ebenfalls.

Die Kollegen gingen ihrem Handwerk professionell und ohne Hektik nach. Während ein Mediziner die Leiche untersuchte und einem anderen die Befunde diktierte, schoss ein Beamter aus allen Winkeln unzählige Fotos, sodass es immer wieder blitzte.

Zweifel, der ein weiteres Mal befragt wurde und geduldig dasselbe erzählte, hätte schon nach wenigen Minuten heimgehen können. Doch angesichts des Spektakels, das sich vor seinen Augen abspielte, mutierte er zum Gaffer und informierte per SMS seine Kollegen. Sehr zum Ärger der Beamten tauchte schon bald ein Dutzend weiterer Zaungäste auf, die sich zu ihrem Bekannten gesellten und lautstark fachsimpelten. Sie alle waren fast ein wenig enttäuscht, als nach zwei Stunden der Spuk vorüber war und die Mulde wieder sich selbst überlassen wurde.

Natürlich war nach so einem aufregenden Morgen die Lust am Debattieren noch nicht gestillt und so zog man, auch wegen der herrschenden Kälte, ins Gasthaus Engel nach Schleinikon um. Hungerbühlers Tod hatte sich anscheinend schnell herumgesprochen, weshalb die Beiz* für einen gewöhnlichen Freitagmorgen gut besetzt war. Schnell reichten die Gäste weitere Theorien, Vermutungen und alte Geschichten herum, welche die Mülldeponie betrafen. Einer wusste gar zu erzählen, dass er einen kannte, der behauptet hatte, vor Jahrzehnten mehrere schwere Lastwagen mit mannshohen Fässern gesehen zu haben, auf denen das gelbschwarze Symbol für Radioaktivität aufgemalt worden war. Einige nickten, andere verwarfen diese Theorie.

»So ein Blödsinn«, antwortete Zweifel, »wo hätten die solche Fässer vergraben wollen? Sicher nicht auf dieser kleinen Mülldeponie!«

---

* Beiz: Schweizerisch für Kneipe, Gaststätte

»Vielleicht haben sie die ja nicht vergraben, sondern im alten Militärstollen deponiert, von dem mir mein Vater mal erzählt hat«, insistierte der Erste tapfer, kam jedoch nicht weit mit seiner Theorie, weil mehrere andere die Existenz eines Militärstollens verneinten. Auch Zweifel gehörte zu dieser Fraktion:

»Ich geh doch seit Jahren mit meinem Hund da spazieren. Aber von einem Militärstollen hab ich noch nie was gesehen!«

»Wobei schon irgend etwas an diesem Gerücht mit den Stollen dran sein muss«, mischte sich nun Josy, der Engel-Wirt, ein. »Auch mein Großvater hat mal etwas davon erzählt. Kurz nach dem Zweiten Weltkrieg hat das Militär da mal Sprengungen durchgeführt, aber damals bedeutete geheim halt noch geheim.«

KAPITEL 2

»Musst du heute wirklich arbeiten?«

Die Stimme von Nico Vontobel kaschierte seinen Unmut nicht, auch wenn sie noch etwas schlaftrunken klang. Einmal mehr hatte seine Lebensgefährtin Hanni Pulver einen Aushilfsjob beim Deutschschweizer Fernsehen angenommen und arbeitete bereits seit bald zwei Wochen wieder an ihrer alten Wirkungsstätte. Dabei hatte sie sich vorgenommen, bei dieser Institution nie wieder zu arbeiten. Sie wollte kein Rädchen mehr sein in dieser menschenverachtenden Medienwelt.

Nico schmollte, weil sie die Zeit nicht mit ihm verbrachte und er – der freiwillige Frührentner – einmal mehr nicht so recht wusste, was er mit diesem kalten Märztag anfangen sollte. Wenn es nach ihm gegangen wäre, hätten sie den Winter in den Cinque Terre verbracht, wären um diese Zeit schon vom Frühling umgaukelt worden. Doch Hanni konnte oder wollte nichts überstürzen, musste noch die stolze Kündigungsfrist von drei Monaten einhalten und ließ sich darüber hinaus überreden, kurzfristig zwei vakante Stellen zu übernehmen.

»Ich werde noch eingehen wie eine vergessene Zimmerpflanze, die kein Wasser bekommt«, jammerte Nico.

»Ist ja nur noch heute«, meinte sie versöhnlich, »was kann ich dafür, dass die Genesung meiner Kollegin etwas länger dauert. Doch ab Montag wird sie wieder arbeiten können, und dann bin ich nur noch für dich da!«

Weil Nico noch immer die Nase rümpfte und die Dringlichkeit des befristeten Einsatzes partout nicht verstehen wollte, fuhr Hanni spöttisch fort: »Ab nächster Woche können wir dann wieder unsere täglichen Ausflüge zum Friedhof machen, zweimal die Woche ins Altersturnen gehen und an jedem Mittwochnachmittag Karten spielen, nachdem wir im Altersheim zu Mittag gegessen haben. Okay?«

Sie gab ihm, der immer noch im Bett lag, einen flüchtigen Kuss auf die Stirn und verließ grinsend das Schlafzimmer. Nico wusste nicht so recht, ob er ihren Humor immer so lustig finden sollte. Zwar fühlte er sich nicht so alt, doch sein Pass zeigte an, dass er heuer das offizielle Ruhestandsalter erreichen würde. Das gab ihm zu denken. Kurze Zeit später vernahm er das Brummen der Espressomaschine, was in ihm augenblicklich ein unstillbares Verlangen nach Kaffee auslöste. Er hasste sich dafür, diesen albernen, konditionierten Reflexen nicht gewachsen und daher manipulierbar zu sein. Schließlich bedeutete dies eine regelrechte Abhängigkeit, zumal er sich den Kaffeekonsum, ebenso wie das Rauchen, abgewöhnt hatte und er erst mit Hanni wieder rückfällig geworden war. Wenigstens bei Kaffee. Die Lust nach Zigaretten war tatsächlich vergangen, seit er nicht mehr in der Tretmühle des Deutschschweizer Fernsehens arbeitete.

Er stand auf, zog sich einen Morgenmantel an und schlurfte in seinen Pantoffeln in die Küche. Hanni blickte ihn überrascht an.

»Du stehst schon auf?«

»Brauche einen Kaffee. Außerdem muss ich mir nochmals dein Gesicht einprägen, damit ich es nicht vergesse. Siehst verdammt gut aus!«

»Schmeichler! Also ich muss jetzt los. Kochst du uns was heute Abend?«

»Ja, aber bei mir drüben! Muss sowieso Holz hacken und nach den Hühnern schauen.«

»Müssen wir wirklich in diese kalte Hütte?«

»Na, hör mal, das ist meine Heimat! Außerdem tut es deinem unterforderten Kreislauf gut, die 54 Treppen hochzusteigen! Aber keine Angst, es wird schön gemütlich sein, wenn du kommst!«

»Okay, bis später, Küssli!«

Und während Hanni schnellen Schrittes ihre Wohnung verließ, setzte sich Nico an den Küchentisch und trank seinen Kaffee. Wenigstens der war perfekt, dachte er. Ganz im Gegenteil zum Wetter, das sich immer noch grau in grau präsentierte. Immerhin, die Aussicht sein Häuschen, das auf der gegenüberliegenden Seite des Limmattals lag, für allfällige Frühlingstage fit zu machen, erhellte seine Laune. Er konnte es gar nicht mehr erwarten, seinen Garten herzurichten, den Pflanzen beim Wachsen zuzusehen und die bestmöglichen Früchte und Gemüse zu ernten. Außerdem hatte er sich überlegt ein Rebfeld in Weiningen zu pachten, um auch in Sachen Wein unabhängiger zu werden. Die Verhandlungen mit einem Winzer waren schon weit gediehen. Er würde rund 300 Reben pflegen und hegen und den Wein bei ihm keltern lassen. So gesehen war der Tag eigentlich gar nicht so schlecht, dachte er zufrieden und schlug die Tageszeitung auf. Wie immer überflog er zuerst die letzte Seite mit den vermischten Meldungen und las sich von hinten bis zur Titelseite durch. Die Schlagzeile des Tages war – wie konnte es auch anders sein – der nationalrätliche* Ausstieg aus dem Atomausstieg. Entgegen früheren Beteuerungen seitens der Schweizer Regierung, vermehrt auf alternative Energien zu setzen, fuhr die große Kammer seit ihrer neuen Zusammensetzung, die so bürgerlich wie schon lange nicht mehr war, einen atomfreundlichen Kurs. Heute würde auch der Ständerat über dieses Geschäft beraten und die Insider in Bundesbern erwarteten alle, dass auch der kleine Rat in der Atomfrage kippen würde. Kein Wunder angesichts des horrenden Preisanstieges von Kohle, Gas und Erdöl. Einzig Uran war weltweit günstig zu haben und von den Parlamentariern, die von der Stromlobby massiv geködert wurden, brach einer nach dem anderen ein. Nico hätte sich grün und blau ärgern können, wie leichtfertig sich die vom Volk

---

* Im Schweizer Parlament bilden der National- und der Ständerat die Legislative, während der siebenköpfige Bundesrat als Regierung die Exekutive ausübt. Der Nationalrat, als große Kammer, besteht aus 200 Mitgliedern (die Sitzverteilung pro Kanton entspricht der Bevölkerungsverteilung), der Ständerat aus 46 Vertretern (pro Kanton zwei).

gewählten Vertreter um die Frage der Endlagerung foutierten. Einfach Augen zu und durch, das war offensichtlich das Credo dieser Leute. In früheren Jahren wäre Nico auf die Barrikaden gestiegen, hätte sich der Widerstandsbewegung angeschlossen und gegen die Atomlobby gekämpft. Umso mehr wunderte er sich über die heutige Jugend. Da regte sich niemand auf, dass sie von den älteren Generationen eine Hypothek aufgelastet bekamen, welche sie nie mehr abzahlen konnten. Im Gegenteil: Anstatt nachhaltiger zu leben, stimmten auch die Jungen in den Kanon des Konsumrausches ein, verbrauchten Strom und Energie, als gäbe es kein Morgen mehr und verloren jede kritische Distanz. So gesehen hätte man nur noch pessimistisch in die Zukunft blicken können, doch Nico wollte wenigstens für sich und sein Leben eine Art Gegensteuer schaffen, so viel wie möglich selber produzieren und möglichst ressourcenschonend leben, was, wie er zugeben musste, gar nicht so einfach war.

KAPITEL 3

Als der Ermittlungsleiter der Zürcher Kriminalpolizei, Severin Martelli, zusammen mit seinen Leuten in den Engel in Schleinikon eintrat, wurde es augenblicklich still. Dreißig Augenpaare betrachteten die Polizisten, wie sie sich lässig an die Bar stellten und Kaffee bestellten. Josy, der Engel-Wirt, beeilte sich, seiner in die Jahre gekommenen Kaffeemaschine die gewünschten Unterscheidungen zwischen Schale*, Latte Macchiato und Espresso zu entlocken. Er machte sich nicht schlecht als *Barista* und stellte schon nach wenigen Minuten die Getränke auf den Tresen. Fast unterwürfig fragte er, ob die Polizisten schon etwas gefunden hätten.

Woher er wisse, dass sie Polizisten seien, fragte Martelli gespielt naiv, da es ihm eigentlich zuwider war, auf blöde Fragen zu antworten. Doch weil ihn die Ruhe im Gasthaus nervte und er ohnehin wusste, dass alle zuhörten, antwortete er gleich selber.

»Ja, wir waren eben draußen beim Fundort der Leiche und sind nun da, um von Ihnen allfällige Beobachtungen oder Fakten zu hören. Meine Leute werden sich nun an die Tische verteilen und sind ganz Ohr!«

Selbst die von Martelli erwähnten Polizisten waren erstaunt über die neue Methode der flächendeckenden Beizenvernehmung, doch sie fügten sich dem Befehl. Den Älteren im Team waren Martellis unkonventionelle Vorgehensweisen durchaus bekannt, den Jüngeren war es nach der Polizisten-Ausbildung nur recht, wenn sie aus der Theorie und in die Praxis geführt wurden. Und da eilte Martelli ein ausgezeichneter, obgleich beinharter Ruf voraus. Alle wussten, dass sie in dessen Abteilung das Wort Freizeit kaum mehr brauchten und dass sie sich mit Haut und Haar ihrer Arbeit verschreiben mussten.

Zur Freude des Chefs entwickelten sich erstaunlich muntere Gespräche an den Tischen, auch wenn viele der vorab lautstark vorgetragenen »sicheren« Informationen

---

* Schale: Schweizerisch für Milchkaffee

nur noch auf laue Vermutungen oder Gerüchte zusammenschrumpften.

Nur einer blieb stumm: der Wirt, Josy Bitterlin.

Martelli hielt ihm eine Visitenkarte vor das Gesicht und legte sie mit Bedacht auf den Tresen. »Vielleicht fällt Ihnen ja auch noch was ein oder auf.«

Josy nickte fast unmerklich, um dann in die Küche rüberzugehen. Martelli war sich nicht sicher, ob er die Körpersprache des Wirtes richtig verstanden hatte, dennoch folgte er ihm. Die Küche war verwaist, dafür stand eine weitere Tür offen, die in den Wohntrakt führte. Martelli stieg ein etwas muffiger Geruch in die Nase. Als er vorsichtig weiterging und in den ersten Raum blickte, sah er Josy vor einem alten Bücherregal stehen. Er blätterte in einem Fotoalbum. Immer noch wortlos hielt er dem Beamten eine Doppelseite mit Schwarz-Weiß-Fotos unter die Nase.

»Die hat mein Vater gemacht. Von ihrer Existenz weiß aber fast niemand!«

Martelli betrachtete die Fotos. Alles, was er sah, waren dunkle Lastwagen in einem dunklen Wald. Fragend blickte er deshalb zum Wirt.

»Blättern Sie um!«, forderte der ihn auf. Martelli gehorchte und sah ein Bild, das einen zigarrenförmigen Behälter zeigte, auf dem mit deutlichen Buchstaben ›Achtung Radioaktivität‹ aufgemalt war.

»Mein Vater meinte, dass das Militär hier radioaktive Abfälle oder dergleichen entsorgt hat. Von einem Unfall, der im Welschland passiert war. Denen ist, wie man lesen konnte, ein Versuchsreaktor um die Ohren geflogen, damals Ende der 60er-Jahre. Und dann haben sie die verseuchten Abfälle hier in der Lägern vergraben. In einem alten Militärstollen, von dem niemand was wusste, weil er geheim war!«

Martelli blickte erneut auf die Fotos, um dann die entscheidende Frage zu stellen:

»Und was hat das mit dem Tod von Alois Hungerbühler zu tun?«

Josy drehte sich zum Fenster, atmete tief ein und meinte, ohne dem Polizisten in die Augen zu blicken:

»Hungerbühler, so erzählte Großvater einst meinem Vater, war maßgeblich an der Erweiterung des Stollens beteiligt gewesen. Zuerst als Oberleutnant der Genietruppen, dann als privater Bauunternehmer, der direkt mit dem Militärdepartement zusammengearbeitet hat. Er baute einige Festungen, Stollen und Sonderbauten – stets unter absoluter Geheimhaltung.«

»Und woher wusste ihr Großvater davon?«

»Er war Baggerführer und hat für Hungerbühler gearbeitet. Bis man ihn 1974 in die Frühpensionierung schickte, weil er gesundheitlich angeschlagen war. Er starb 1976 an Darmkrebs. Zwar hätte er seinem Chef nie Vorwürfe gemacht, doch für die Familie war klar, dass ein Zusammenhang bestehen musste zwischen der Arbeit, die Großvater verrichtet hatte und seinem Gesundheitszustand. Und schon früher hegten meine Eltern den Verdacht, dass es im Baugeschäft des Hungerbühlers nicht mit rechten Dingen zu- und herging. Deshalb hat mein Vater auch die Fotos gemacht. Heimlich. Erst als ich den Dachstock dieses Hauses vor einigen Monaten renovierte, fand ich die Bilder. Und ich wusste sofort, dass sie unglaublich heiß waren. Und mir war auch sogleich klar, dass der Unfall, bei dem mein Vater 1979 starb, kein Zufall war!«

Josy Bitterlin drehte sich abrupt um. Seine Miene schien emotionslos, doch Martelli sah in dessen Augen ein flackerndes Feuer der Wut. Aber bevor er etwas sagen konnte, fuhr der Wirt bereits selber fort:

»Nur glauben Sie jetzt ja nicht, dass ich etwas mit dem Tod des Hungerbühlers zu tun habe! Das ist für mich Schnee von gestern. Hätte ich mich rächen wollen, hätte ich das anders machen können. Schon längst.«

»Aber Sie haben die Fotos ja erst seit Kurzem!«

»Die Fotos waren nur der letzte Beweis, dass damals etwas nicht gestimmt hat. Doch wir wussten es auch so. Warum hätte Großvater eine derart große Abfindung erhalten, wenn mit seiner Frühpensionierung alles normal verlaufen wäre?«

»Wie groß war denn diese Abfindung?«

»Groß genug, um dieses Restaurant samt Umschwung kaufen zu können. Damit ermöglichte er meinem Vater eine Existenz und unserer Familie ein eigenes Dach über dem Kopf.«

KAPITEL 4

Es war mittlerweile Nachmittag geworden. Die Beamten der Kripo Zürich Nord hatten sich im Büro des Einsatzleiters Severin Martelli zusammengefunden und die bisherigen Fakten des Falles Hungerbühler auf einer übergroßen Wandtafel mit farbigen Schreibern grafisch dargestellt. Zum einen hatte die Vermutung – und mehr war das noch nicht – des Engel-Wirtes Anlass zum Reden gegeben. Dann stand auch der merkwürdige Umstand zur Debatte, dass der 80-jährige Hungerbühler gestern wie üblich um 18 Uhr das Abendessen im Alters- und Seniorenheim Alpenblick eingenommen hatte, aber dann aus welchen Gründen auch immer die Residenz in Zürich-Höngg wieder verlassen und sich zu fortgeschrittener Nachtstunde mit seinem späteren Mörder getroffen hatte. Was war so dringend gewesen, dass es keinen Aufschub bis zum Morgen verkraftete und wer hätte den alten Mann zu einem solchen Ausflug verleiten können?

Hier tappte das Team rund um Martelli ebenso im Dunkeln wie bei der Frage, welche Rolle der Sohn des Toten spielte. Als man Titus Hungerbühler den Tod seines Vaters mitteilte, reagierte er anders als erwartet. Er zeigte keinen Anflug von Trauer oder Gram, was ihn sofort verdächtig machte. Gemäß seiner Aussage beschränkte sich der Kontakt zum Senior lediglich auf die üblichen Zusammenkünfte an Weihnachten, Ostern und Geburtstagen. Das letzte Treffen war demnach fast drei Monate her.

Nicht minder verwirrend erschien der Bescheid der Gerichtsmedizin, wonach der Tod die Folge eines Herzstillstands gewesen war, hervorgerufen durch Stress und Überanstrengung. Angesichts des anatomischen Zustandes des Herzens, so meinte der Mediziner lapidar, sei das erstaunlich, denn dieser Muskel war für sein Alter erstaunlich rüstig. Doch das war nicht das einzige Rätsel. Bei der Obduktion wurde ein rund fünfzehn Jahre alter Port gefunden. Dieses Teil, erklärte der Gerichtsmediziner, würde in der Regel Krebspatienten unterhalb des Schlüsselbeins eingesetzt, um ihnen chemotherapeutische Medikamente intravenös geben zu können. Allerdings sei in der Krankenakte des Toten nirgends von einer Krebserkrankung die Rede. Selbst der Hausarzt, der das Seniorenheim betreute, wusste nichts davon.

»Wenn Hungerbühler eine Krebsbehandlung über sich hat ergehen lassen müssen, von der man nichts wissen durfte, dann wird sie wohl nicht im Unispital erfolgt sein«, mutmaßte Enzo Baldini, einer der Ältesten im Team von Martelli. Dass er es schon so viele Jahre an der Seite des launischen Chefs ausgehalten hatte, lag wohl an der Tatsache, dass beide von italienischen Eltern abstammten, die in den 60er-Jahren in die Schweiz gekommen waren und blieben. Diese Gemeinsamkeit, die aus den beiden Polizisten gleichsam Schicksalsgefährten machte, war offenbar von Bestand. Sie teilten in etwa ähnliche Kindheitserlebnisse, waren eine Teilmenge dieser ›Tschinggen‹ gewesen, wie man die Italiener in der Schweiz damals abschätzig genannt hatte. Dabei waren sie hier geboren worden, hatten die Schule wie alle anderen Kinder durchlaufen und sprachen akzentfrei den hiesigen Dialekt. Sie wurden noch vor der Rekrutenschule eingebürgert und waren fortan gespaltene Seelen. Im Pass Schweizer, im Herzen Italiener. Das prägte und hallte bis zum heutigen Tag nach. Secondos* mussten hierzulande stets mehr leisten, so lautete ihre Überzeugung, wenn sie gleichviel erreichen wollten.

»Was gibt es denn für private Kliniken in der Region, die bei genügend Kleingeld auch mal etwas verschwiegener agieren?«, fragte Reto Zuppinger in die Runde. Der kleine, aber durchtrainierte Mittdreißiger gehörte ebenfalls zum Stammteam. Dank seines hemdsärmeligen Auftretens besaß er einen guten Draht zum einfachen Volk.

---

* Secondos werden die in der Schweiz geborenen Kinder ausländischer Eltern genannt.

»Private Kliniken gibts hierzulande so häufig wie Verkehrskreisel«, meinte der Chef. »Die Frage ist mehr, wieso man eine Krebsbehandlung geheim halten musste und zum Zweiten, welche Art von Krebs behandelt wurde!« Martelli blickte in die Runde und wandte sich an Baldini und die danebensitzende Jungpolizistin Lena Salzmann. »Enzo, du und Lena, ihr geht mal die Kliniken durch.« Die Angesprochenen nickten, derweil fuhr Martelli fort und wandte sich an Zuppinger und dessen Kollegen Lukas Rütimann. »Ihr beiden klärt ab, was die Familie über die Krebssache und den Alten weiß. Da muss doch im Archiv der Firma irgendetwas zu finden sein und erstellt einen Stammbaum dieser Sippe.«

Die Leute erhoben sich von ihren Sitzen, als Martelli nochmals eine Frage in die Runde warf: »Wer von euch hat schon mal gehört, dass es Ende der 60er-Jahre in der Schweiz einen atomaren Unfall gegeben hat?«

Die anderen blickten ihn fragend an. »Mir sind nur Tschernobyl und Fukushima bekannt«, antwortete Salzmann als Erste.

»Genauso ging es auch mir«, meinte der Chef. »Dabei muss es mitten in der Schweiz, in einem unterirdischen Versuchsreaktor, bös gekracht haben. Möglicherweise gab es sogar Tote. Mindestens aber eine erhebliche Verstrahlung. Wer könnte mir da Licht ins Dunkel bringen?«

»Vielleicht ein Militärhistoriker«, schlug Baldini vor.

»Frag doch den Trümpi. Der hat schon mehr Jahre auf dem Buckel als wir und ist ein wandelndes Lexikon. Vielleicht weiß er was!« In Rütimanns Gesicht stand ein breites Grinsen, denn alle wussten nur zu gut, dass sich der Chef mit diesem etwas sturen und eigenwilligen Beamten nach wie vor schwertat, weil er ihn nicht so recht fassen konnte. Erst in letzter Zeit hatte er ein gewisses Maß an Respekt für den Alten entwickelt und wollte von seinem Wissen profitieren, da Trümpi kurz vor seiner Pensionierung stand.

»Gute Idee, wo ist der überhaupt?«, antwortete der Chef zum Erstaunen der Anwesenden, bis ihm einfiel, dass er ihn ja heute Morgen erst wieder aus diesem Fall herausgenommen hatte, weil dem Alten noch eine wichtige Sitzung bevorstand. Und während sich seine Untergebenen auf den Weg machten, durchquerte Martelli den langen Gang der altehrwürdigen Polizeikaserne. Das unangenehme Neonlicht wurde vom gräulichen Novilonboden reflektiert, sodass alles krank und jämmerlich aussah. Martelli freute sich auf den Bezug des Neubaus, der bald anstand. Endlich lichtdurchflutete Räume, zeitgemäße Infrastruktur und Platz für sich und sein Team. Die neue Umgebung würde sich sicher auch auf die Arbeitsmoral der Beamten niederschlagen, war er sich sicher. Und während er eine gläserne Schwenktüre durchschritt, wie sie auch in alten Spitälern zu finden war, fiel ihm ein, dass Trümpi seit Jahrzehnten in diesem Gebäude seinen Dienst absolvierte. Und plötzlich empfand er es nachvollziehbar, dass man griesgrämig und abgelöscht wurde.

Umso überraschter war er, als er in Trümpis Büro trat. Mehrere wild wuchernde Gummibäume sorgten für ein dschungelhaftes Ambiente und mittendrin saß der Alte. Er blickte zwar überrascht, aber nicht unfreundlich auf, als sein Chef eintrat.

»Salut Jean-Jacques, wie liefs?«

»Danke der Nachfrage«, meinte der Angesprochene und staunte, dass sich der Chef für seine Pensionierung interessierte. »Der Berater für eine sorgenfreie Pensionierung hat mir geraten, mir ein Hobby zu suchen, um nicht an Langeweile einzugehen.«

»Und hast du Hobbys?«

»Hast du welche?«, fragte er zurück.

Martelli lachte kurz auf. »Verstehe. Modelleisenbahnbauen und Briefmarken sammeln sind wohl nicht dein Ding.«

»Im Jahr 1977 tötete ein Mann im Affekt seine Ehefrau wegen einer Modelleisenbahn. Der Grund war, dass die Partnerin mit dem Staubsauger die wartenden Figürchen beim Bahnhof eliminiert hatte. Das war mir eine Lehre!«

Martelli musste lachen. Er mochte Menschen mit trockenem Humor.

»Sag, Jean-Jacques, kannst du dich an einen atomaren Unfall in einer Versuchsanstalt in der Schweiz erinnern? Irgendwann Ende der 60er-Jahre.«

Trümpi dachte kurz nach. Als würde sein Gedächtnis irgendwo zwischen Fenster und Decke hängen, blickte er in die Höhe und suchte in seinem geräumigen Erinnerungsschatz nach Fakten.

»Ja, da war mal was. Wenn ichs noch recht weiß, kam es Ende der 60er-Jahre zu einem Atomunfall. Wieso willst du das wissen?«

»Unser Fall Hungerbühler könnte mit diesem Unfall irgendwie zusammenhängen.«

»Du meinst wegen dieser Gerüchte rund um diese radioaktiven Fässer, von denen die Dörfler gesprochen haben?«

»Es waren wohl nicht nur Gerüchte. Ich habe Fotos gesehen.« Martelli erzählte vom Gespräch mit dem Engel-Wirt. Trümpi hörte aufmerksam zu und nickte. »Wenn du willst, kann ich mal versuchen, mehr über die Geschichte herauszufinden.«

Martelli lächelte. »Mach das. Besonders interessiert uns, wie sehr unser Toter und seine Baufirma in den 60er-Jahren in die Entsorgung dieses Reaktors involviert gewesen waren. Woran arbeitest du im Moment?«

»Ich muss noch in zwei Fällen rund um Nötigung im Nachbarschaftsbereich Papierkram erledigen. Beides Resultate meines letztwöchigen Fronteinsatzes.«

»Gut, das hat Zeit. Ab sofort arbeitest du im neuen Fall. Alle Infos, die wir bislang zusammengetragen haben, findest du auf unserem Server.«

»Und wie heißt das Passwort?« Trümpi wusste, dass sein Chef die Angewohnheit besaß, wichtige Informationen nur seinen eingeschworenen Leuten zugänglich zu machen. Und dass jeder, der das Passwort erhielt, zum engeren Kreis gehörte.

Entgegen seiner Erwartung zögerte Martelli keine Sekunde und nannte ihm den Zugangscode. »Wäre hilfreich, wenn du bis morgen zu unserer 9 Uhr-Sitzung einige Hintergrundinfos zusammengestellt hättest und sie dem Team vortragen könntest! «

Als der Chef das Büro verlassen hatte, widmete sich Trümpi seinem Computer und sah, dass er seinem Gedächtnis trauen konnte. Tatsächlich war es am 21. Januar 1969 in einem unterirdischen Versuchsreaktor zu einer partiellen Kernschmelze gekommen. Während man in der Schweiz lange Zeit nur von einem Zwischenfall sprechen wollte, rangiert der Unfall in der Fachwelt unter den zwanzig größten Atompannen weltweit. So richtig spannend wurde es für den Beamten jedoch, als er auf einen Artikel aus dem Jahr 1979 stieß, der von den fragwürdigen Ergebnissen des parlamentarischen Untersuchungsberichtes handelte. Den Namen des Autors kannte er nur zu gut, und bereits wenige Augenblicke später war die Handynummer gewählt und es läutete.

»Vontobel?«, nahm eine warme Stimme ab.

»Salut Nico, da ist der Jean, wie geht's?«

»Jean, das freut mich! Danke der Nachfrage, mir geht es gut, bin grad am Holzhacken. Hoffentlich zum letzten Mal, denn ich habe den Winter langsam satt. Wegen Hanni bin ich dieses Jahr nicht in die Cinque Terre gefahren, sondern da geblieben. Aber das Wetter ist eine Tortur …«

»Ja, was macht man nicht alles für die Liebe!« Trümpis Lachen schallte durch den Hörer, doch der Polizist wurde umgehend wieder sachlich.

»Bin eben auf ein Frühwerk von dir gestoßen. Aus dem Jahr 79. Du hast damals für den Tagesanzeiger einen Artikel über das Reaktorunglück in Lucens geschrieben und den Untersuchungsbericht in der Luft zerrissen.«

»1979? Oh, ja, allerdings ein Frühwerk! Ich kann mich noch erinnern: Dieser parlamentarische Untersuchungsbericht war das Papier nicht wert, auf dem er gedruckt worden war. Da wurde mehr vertuscht als aufgedeckt. Eine Riesenschweinerei. Die Schweiz war damals schlimmer als die DDR!«

Trümpi musste grinsen. Auch wenn er nie ein Linker gewesen war und als Beamter auf der Seite des Staates agiert hatte, ging es ihm manchmal selber zu weit, wie sehr sich die Behörden ins Private eingemischt, herumgeschnüffelt und umfangreiche Datensammlungen angelegt hatten. Als dann in den 80er-Jahren der sogenannte Fichenskandal* groß aufgekocht wurde, war er fast froh, dass er nicht mehr nach intimen Informationen fahnden musste, nur weil ein Mann und eine Frau in einer WG zusammenwohnten und ein Che Guevara-Bild aufgehängt hatten.

---

* Ende der 1980er Jahre wurde bekannt, dass die schweizerische Bundesanwaltschaft während Jahren über Tausende Bürger eine Unmenge von Dateneinträgen, Fichen genannt, gesammelt und ein umfangreiches Archiv angelegt hatte. Fast jeder zehnte Einwohner wurde damals bespitzelt und beobachtet.

»Was genau wurde denn da vertuscht?«

»Gut«, antwortete Nico in einem Tonfall, der Erwartungen dämpfen sollte, »das sind bald vierzig Jahre her, und ich weiß ehrlich gesagt nicht mehr alle Details. Aber eines weiß ich noch bestens: Der Bericht beschrieb, dass 250 Fässer mit leicht und mittelschwer kontaminiertem Material angefallen waren, die man in Würenlingen zwischengelagert hatte. Aber das konnte nie und nimmer stimmen! Denn die Kaverne war so groß wie eine Fabrikhalle und da fand eine partielle Kernschmelze statt. Da fiel mit Sicherheit auch hochverseuchtes Material an! Wir recherchierten wie die Wilden, aber bissen auf Granit. Niemand wollte Zeuge gewesen sein, niemand kannte Details. Und die offiziellen Stellen wiegelten ohnehin ab. Alles unter dem Deckmantel ›streng geheim‹. Als uns der Chefredaktor von der Geschichte abzog, waren wir alle stinksauer und frustriert, aber wir steckten fest. Aber sag, was interessiert dich diese alte Kamelle?«

Trümpi zögerte kurz, weil er nichts über die Ermittlungen sagen durfte:

»Wir stecken da in einem Fall, der eventuell in diese Zeit zurückführt, aber sind noch völlig am Anfang …«

»Komm, komm«, Nicos Stimme wurde lebhaft, »kein Wischiwaschi! Vielleicht kann ich dir mehr helfen, wenn du mir auf die Sprünge hilfst!«

»Du weißt, dass ich zu Ermittlungen nichts sagen darf. Und schon gar nicht am Telefon. Können wir uns treffen?«

»Oh, jetzt werde ich aber erst recht neugierig, wenn es so geheim ist.« Nico lachte in den Hörer und fügte an: »Ich bin zurzeit in meinem Häuschen in Engstringen. Wo sollen wir abmachen?«

»Ich komme zu dir. Bin in einer Dreiviertelstunde da.«

»Gut, das gibt mir die Gelegenheit, noch eine Flasche Wein kühl zu stellen …«

KAPITEL 5

Als der Polizist die steile Treppe zu Nicos Häuschen erklommen hatte, musste er mehr schnaufen, als es ihm lieb war. Ich sollte doch wieder etwas mehr Sport treiben, dachte Trümpi, als er das freundliche Gesicht des Gastgebers erblickte. Nico war eben aus einem hölzernen Anbau seines Häuschens getreten und trug mehrere faustdicke Holzscheite im Arm.

»Scheiß Winter«, meinte er lachend und bat seinen Gast herein. Drinnen war es schön warm, was am munter brennenden Feuer im Schwedenofen lag. Die Männer setzten sich an den Holztisch und Nico öffnete eine Flasche Wein.

»Einer von Weiningen?«, fragte Trümpi und Nico nickte.

»Ja, ein Sauvignon blanc, für mich ein idealer Spätnachmittagswein, da er zum Denken und Reden animiert und gleichzeitig wegen seiner leichten Säure auch dem Hunger nicht abträglich ist. Genau der Wein, den ich gerne selber machen würde.«

»Höre ich da neue Pläne?«

»Ja«, schmunzelte Nico, »gut möglich, dass ich demnächst ein Rebfeld pachte.«

Die beiden Männer prosteten sich zu und nahmen einen Schluck des frischen Weißweins.

»Übrigens«, Nico änderte abrupt das Thema, »ist es doch fast beängstigend, dass wir uns am Tag, an dem das Schweizer Parlament der Atomlobby auf den Leim gekrochen ist, mit einem Atomunglück beschäftigen müssen! Findest du nicht?«

Nico klang verärgert, und in seinem Gesicht blitzte eine Kampfeslust auf, die Trümpi erstaunte.

»Hat demnach auch der Ständerat den atomaren Turnaround vollzogen?«, fragte der Polizist, der noch keine Nachrichten gehört hatte.

»Ja, heute Morgen ist auch die kleine Kammer zu der erstaunlichen Erkenntnis gekommen, dass es vorderhand keine Alternativen zur Atomenergie gäbe. Wie auch, wenn man ihnen keine Chance gibt? Was ich aber am Schlimmsten finde, ist die Tatsache, dass keiner dieser selbst ernannten Volksvertreter auch nur ein Wort über die akute Abfallfrage verloren hat! Das sind doch alles traurige Wendehälse! Ist wohl ein Zeichen vom Himmel, dass ich die Akten zum Fall Lucens noch aufgehoben habe.«

»Du hast noch Unterlagen? Von einem Artikel, der bald vierzig Jahre alt ist?«, wunderte sich Trümpi.

»Ja, eine dumme Angewohnheit von mir. Meine Frau nannte mich deswegen Messie. Aber ich kann mich nur schlecht von altem Zeug trennen. Das war auch das Schwierigste, als ich aus meiner alten Wohnung ausgezogen und hierher gekommen bin. Ich musste mich von unzähligen Aktenordnern und Archivschachteln trennen, die sich angesammelt hatten. Aber diese Geschichte da,« – Nico stand auf und holte eine etwas zerfledderte Kartonkiste hervor –

»habe ich auch deshalb behalten, weil ich mit *ihr* ja noch eine offene Rechnung habe.« Der Journalist lächelte in sich hinein, als er den Deckel der Schachtel weghob und ein alter Presseausweis zum Vorschein kam. Redaktor der Redaktion Tagesanzeiger, stand darauf und die Nummer 0276.

»Wie lange hast du für den Tagi gearbeitet?«

»Ich hab schon während des Studiums als freier Journalist angefangen, bin 1978 dann eingestellt worden, nachdem mir die gesamte Redaktion das Vertrauen ausgesprochen hatte. Waren lustige Zeiten damals. Die Macht der Redaktion war damals wohl am größten, was mitunter zu Vollversammlungen und stundenlangen Grundsatzdiskussionen führte, nur weil das Management die Marke der Radiergummis wechseln wollte. Aus heutiger Sicht ein unhaltbarer Zustand!« Nico rollte mit den Augen und wühlte in den Unterlagen.

»Da, sieh, dies war der Untersuchungsbericht!«

Der Beamte öffnete das dürre Dossier, das von einer simplen Heft-Klammer zusammengehalten war und brüchig wirkte. Im Innern des Berichts waren Unmengen von Kommentaren angebracht, Zeilen unterstrichen, große Fragezeichen aufgemalt und Ausrufezeichen gesetzt worden. Speziell ein mit roter Farbe Aufgetragenes war offensichtlich der Angelpunkt der Recherche gewesen. Es betraf die erstaunlich tiefe Zahl von entsorgten Fässern.

»Wieso glaubst du, dass 250 Behälter zu wenig waren?«, wollte Trümpi wissen. Nico blickte ihn nur kurz an und suchte einen Stapel Papiere durch, nahm ein Blatt mit einer technischen Zeichnung hervor und hielt es ihm unter die Nase.

»So hat die Versuchsanstalt ausgesehen. Nur schon der Reaktorraum besaß die Dimensionen einer mittelgroßen Fabrikhalle. Wie Bilder und die Ereignisse zeigen, war das Ausmaß der Katastrophe weit größer, als dass die Reste davon in ein paar Fässern hätten beseitigt werden können! Schließlich war nicht nur die Reaktorkaverne verstrahlt worden, sondern auch die Maschinenkaverne.«

»Aber in 250 Containern hat doch schon Einiges Platz und die Kaverne wurde ja versiegelt«, wagte der Polizist einzuwenden, weil er sehr wohl durchschaute, dass Nico wieder Feuer gefangen hatte. Diese Geschichte hatte während der letzten Jahrzehnte in dessen Kopf nur geschlummert. Doch nun war die Flasche geöffnet worden und der Geist ausgebüxt.

»Die Anzahl Fässer ist ja nur das eine. Ebenso brisant ist die Frage, wie viel Radioaktivität ausgetreten ist und wie sicher die Aufräumarbeiten durchgeführt worden waren. Einer der damals involvierten Physiker hat zu Protokoll gegeben, dass im Schmelzsumpf unter dem Reaktor die vierhundert Mal stärkere Strahlung pro Stunde geherrscht habe, als ein Mensch im Laufe eines Jahres aufnehmen dürfe. Ergo stellt sich die Frage, welches arme Schwein da rein musste, um mit dem Schneidbrenner den kontaminierten Reaktor zu zerlegen?«

Trümpi verstand, worauf Nico hinauswollte, und letztlich kamen sie dem springenden Punkt näher, der auch mit dem toten Hungerbühler zu tun haben könnte.

»Hattet ihr denn einen Verdacht, wer den Abbau organisierte?«, fragte der Beamte.

Nico runzelte die Stirn und verteilte weitere Notizblätter, Artikel und Papiere auf dem Tisch. »So weit ich noch weiß«, meinte er dann, »war das eines der Fragezeichen, welches wir nie auflösen konnten, obschon gleich mehrere meiner Kollegen dazu recherchierten. Eine heiße Spur führte zum EMD*, also zum damaligen Militärdepartement. Obschon

---

* EMD: Eidgenössisches Militärdepartement, der Vorgänger des heutigen VBS (Eidgenössisches Departement für Verteidigung, Bevölkerungsschutz und Sport).

es beteuerte, mit dem privatwirtschaftlichen Reaktorprojekt nichts zu tun gehabt zu haben, liegt es auf der Hand, dass Spezialisten des Militärs die Hände im Spiel hatten. Wer sonst hätte die Logistik, die man hierzu benötigte?«

»Vielleicht ausländische Firmen?«, schlug Trümpi vor.

»Ich bezweifle, dass sich die offizielle Schweiz nach dem Scheitern ihres ehrgeizigen Atomprogramms auch noch die Demütigung über sich ergehen lassen wollte, fremde Hilfe beim Aufräumen zu benötigen. Ich denke, das wurde intern gelöst.«

»Könnten auch private Firmen involviert gewesen sein?«, fragte Trümpi.

Nico durchschaute die Frage des Beamten und erwiderte grinsend: »Wenn es so gewesen wäre, kämen wir dann bei deinem Fall an?«

Trümpi nahm einen Schluck Wein und lächelte: »Vielleicht.«

»Okay, dann lass uns laut nachdenken!«, schlug der Journalist vor, »das Militär baute in den Jahrzehnten nach dem Zweiten Weltkrieg Hunderte Tunnels, Festungen und Kavernen. Selbst wenn die eigenen Bautruppen miteinbezogen wurden, wären die paar RS*- und WK-Soldaten nie und nimmer imstande gewesen, dieses üppige Bauvolumen zu realisieren. Ergo gab es stets Beziehungen und Verflechtungen mit der Privatwirtschaft. Allerdings, so würde ich es erwarten, entsprangen die privaten Unternehmer sicher auch dem Kader des Militärs, mussten mindestens Oberleutnant gewesen sein, in ihrem Denken und Handeln patriotisch gesinnt, antikommunistisch und verschwiegen.«

»Aber loyale Bauunternehmer zu haben, reichte ja nicht

* RS: Rekrutenschule; WK: Wiederholungskurs, den die Soldaten nach absolvierter RS besuchen mussten.

aus. Es mussten auch Arbeiter rekrutiert werden, die letztlich den Job erledigten.«

»Genau. Und hier begann wohl auch das Problem der Geheimhaltung. Welches Baugeschäft verfügte über Personal, das über Jahr und Tag konstant blieb und selbst vom EMD anerkannt wurde?«

»Wohl nur Firmen mit ausgezeichnet beleumundeten Männern, die ebenfalls im Militär tätig gewesen waren.«

Nico nickte und nippte an seinem Glas. Die beiden Männer waren so in ihr Gespräch vertieft, dass sie gar nicht bemerkten, dass sich eine Person dem Häuschen näherte. Kein Wunder erschraken sie, als die Tür aufsprang.

Hanni Pulver, Nicos Lebensgefährtin, kam mit einer Supermarkttüte herein und erblickte zu ihrem Erstaunen den Polizisten, den sie zusammen mit Nico vor einigen Monaten hier zum ersten Mal angetroffen hatte und mit dem sie, seit den aufwühlenden Erlebnissen rund um die letzten Parlamentswahlen, sporadisch zu Abend gegessen hatte.

Trümpi sprang sofort von seinem Stuhl auf, um Hanni die Tüte abzunehmen.

»Hallo Hanni, schön dich zu sehen!«

»Salut Jean, wie geht's?«

Nachdem sie auch Nico einen Kuss auf die Backe gesetzt hatte, senkte sie ihren Blick auf den Tisch und betrachtete die ausgelegten Unterlagen.

»Um was für ein papierenes Thema geht es bei euch denn jetzt schon wieder?« Ihre Worte waren launig gehalten und wollten munter wirken, aber konnten eine gewisse Beunruhigung nicht verheimlichen.

»Keine Angst«, beeilte sich Nico deshalb zu erklären, »wir haben nur eine alte Geschichte betrachtet, mit der ich vor Jahren zu tun hatte und die nun wieder bei Jean aufgetaucht ist.«

»Eine alte Geschichte rund um«, sie las den Titel eines der Papiere, »… einen atomaren Versuchsreaktor?«

»Ja, der Reaktor von Lucens, der 1969 explodiert ist.«

»Und die Leiche dazu findet man erst heute?«

»Nein«, erwiderte Jean-Jacques Trümpi treuherzig, »natürlich nicht. Aber wir haben einen Toten im Wehntal gefunden, der möglicherweise mit dem Versuchsreaktor zu tun hatte.«

»Oh, diesen Link hast du mir aber vorenthalten«, platzte es aus Nico heraus, der leicht säuerlich zur Kenntnis nehmen musste, dass Frauen beim Recherchieren nicht selten weiterkamen als Männer. Und das ohne Anstrengung.

Nun grinste auch Jean. »Dir durfte ich das ja auch nicht sagen. Ermittlungsgeheimnis.«

»Schönes Geheimnis«, nahm Hanni den Faden wieder auf, zückte ihr Handy, drückte ein paar Tasten und fügte lässig an: »Dass man einen Toten gefunden hat, steht ja in jedem Onlineportal. Hungerbühler hieß er, war Baulöwe in Niederwenigen und soll, so munkelt man, beim Bau von geheimen Militärprojekten involviert gewesen sein!«

»Und das alles steht in deinem Handy?«, Nicos Stimme klang leicht spöttisch.

»Ja, und außerdem steht da, dass ich Hunger habe und ihr den Tisch decken könnt. Du bleibst doch Jean?«

»Ich will keine Umstände machen.«

»Erwartet dich deine Frau zum Abendessen?«

»Nein, sie besucht irgendeine Veranstaltung.«

»Also, passt doch prima. Nico machst du noch eine Flasche auf?«

KAPITEL 6

»Ich bin's«, sagte die Stimme am Telefon und fuhr gleich weiter fort. »Du glaubst nicht, was das Schweizer Parlament eben beschlossen hat!«

Der Mann am anderen Ende der Telefonleitung schwieg, weil er wusste, dass der Meister sogleich weitersprechen würde. Er hörte es an seiner aufgebrachten Stimme. Wenn er mal in Rage geriet, war er kaum mehr zu bremsen, würde am liebsten alles kurz und klein schlagen. Und tatsächlich fuhr er fast schreiend vor Wut fort:

»Die haben doch tatsächlich den Ausstieg aus dem Atomausstieg beschlossen. Diese traurigen Wendehälse! War schon ihr erstes Ausstiegsszenario ein Hohn gegenüber unserer Mutter Erde, so verarschen sie nun auch noch alle folgenden Generationen! Nach uns die Sintflut, sagen sich diese aufgeblasenen Wichtsäcke! Und weil die Atomlobby von Anfang an wusste, dass sie die Mehrheit im Parlament bekommen würde, richtet sie nun ein rauschendes Fest aus! Für sich und ihre Getreuen, die es ihr gestatten, viele weitere Millionen mit altersschwachen Atommeilern zu verdienen! Und natürlich feiern sie nicht irgendwo und irgendwie. Nein! Sie haben bereits vor Wochen am schönsten Ort von Zürich einen exklusiven Standort gebucht, den sonst kein Mensch für eine private Party bekommen würde! Und da bauen sie einen Pavillon der Sinnlichkeiten auf und feiern mit exquisiten Speisen und auserlesenen Weinen ihre stumpfsinnige Politik. Doch ihnen wird das Lachen vergehen!«

»Höre ich da einen Plan heraus?«

»Ja, mein Lieber! Wir werden ihnen einen Denkzettel verpassen, der ihnen schwer im Magen liegen wird!«

Der Meister lachte in den Hörer und fuhr fast trunken vor Vorfreude weiter: »Denn ich hab es!«

Der andere verstand nicht gleich: »Was hast du?«

»Na, unser Mineralwasser, das berühmte Aqua gravis! Im richtigen Maß verdünnt, reicht es für mehrere Hundert Liter.«

»Hätte ich nicht gedacht, dass dieser Hurensohn einwilligt.«

»Es verlief auch nicht ganz reibungslos. Aber nun haben wir's!«, sagte der Meister launig.

»Folglich sollten wir besorgt sein, dass es auch unter die Leute kommt.«

»Du triffst den Nagel auf den Kopf. Ich werde dich so bald als möglich mit allen Details beliefern. Die *Battle** lässt du wie immer Shogi organisieren, natürlich soll er die Operation auch leiten! Kleine Brötchen backen ist passé, nun gilt die Regel: Wer nicht hören will, muss fühlen!«

»Und wenn Shogi die Battle vergeigt? Ist ja eine ziemlich große Nummer für ihn!«

»Warum sollte er?«

»Man weiß ja nie.«

»Ach, MC**, komm endlich weg von dieser albernen Eifersucht. Du bist immer noch meine Nummer zwei, meine rechte Hand. Shogi ist nur der Planungsminister. Du hast deine Talente, er seine. Und er ist der richtige Mann, um diesen charakterlosen Schweinen das Handwerk zu legen! Dich brauche ich für den inneren Zusammenhalt, für

---

* Battle: eigentlich Schlacht, hier als Aktion oder Manifest benutzt.

** MC: stammt vom Begriff Master of Ceremonies und wird englisch ausgesprochen.

die geistige wie die körperliche Fitness der ganzen Truppe. Du bist unersetzlich für mich!«

MC schwieg kurz, das Lob tat ihm gut. »Okay«, sagte er deshalb geschmeichelt und fuhr gleich weiter: »Wenn wir uns auf diese Aktion konzentrieren, sollen wir die geplanten Battles für morgen und kommende Woche vertagen?«

»Wo denkst du hin? Nie und nimmer! Jetzt erst recht. Wir schlagen nun an allen Fronten zu. Wenn die Jungs und Mädels so richtig in Fahrt gekommen sind, dann bewältigen sie auch die Sonderaktion besser. Je regelmäßiger die Maschine läuft, desto weniger Verschleiß gibt es.«

»Sagt einer, der selber dafür sorgt, dass die gute alte Mechanik bald ausgerottet ist und alles digitalisiert wird.«

»Vermisch keine Dinge«, mahnte der Meister mit Schalk in der Stimme, »wer nicht mit der Zeit geht, geht mit der Zeit. Übrigens am Plan, dass ich zur Tag-und-Nacht-Gleiche vorbeikomme, ändert sich nichts. Allerdings schaffe ich es nicht auf den 21.3., ich komme am nächsten Donnerstag!«

»Dann werden wir am Freitag, mit anderen Worten, an deinem fünfzigsten Geburtstag, die Bacchanalien feiern! Das wird den Kindern noch besser gefallen! Großartig!«

»Somit wird ihnen auch einleuchten, warum ich nicht zum eigentlichen Frühlingsanfang kommen kann. Du musst es ihnen nur plausibel erzählen, dann sind alle happy.«

Dann hängte der Meister auf. MC blickte noch einen Moment auf sein altes Handy, das er nur im Notfall benutzte. Er war dezidiert kein Anhänger dieser neuen Moden, welche dem Menschen vorgaukelten, dass sie ohne Computer, Tablets und Handys verloren seien. Und er verstand auch den Meister nicht ganz, wie er einerseits der größte Kämpfer für die Natur sein wollte und gleichzeitig mit seiner international tätigen Software-Firma für viele absolut unmoralische Großfirmen Applikationen entwickelte, die letztlich das Rad des Kommerzes am Laufen hielten. Natürlich floss dadurch viel Geld in ihre ökologische Sache, was der Meister stets als Legitimation benutzte. Dennoch ging für MC die Rechnung nicht auf. Wer mit dem Feind kollaborierte, auch wenn er dadurch den Widerstand finanzierte, war doch ein Teil des Feindes. So sah er das, doch das konnte er dem Meister nicht begreiflich machen. Irgendwann würde deshalb der Tag kommen, an dem er ihn vor die Wahl stellen musste: entweder für Gaia, also für Mutter Erde, oder dagegen. Beides ging dann nicht mehr. Und dieser Tag war nicht mehr so fern. Außerdem war es höchste Zeit, dafür zu sorgen, dass dieser Shogi, dieses selbstgerechte Berliner Großmaul, von der Bildfläche verschwand.

KAPITEL 7

Als Trümpi seinen kurzen Vortrag über die Geschehnisse von Lucens beendet hatte, blickten ihn Martelli und das Team respektvoll an. Was er binnen weniger Stunden zusammengetragen hatte – nicht zuletzt dank Nicos Archiv – war beeindruckend und warf interessante Schlaglichter auf den Fall Hungerbühler. Wenn dessen Baufirma tatsächlich an der Beseitigung des Reaktors beteiligt gewesen war, dann würden sich einige Fragen aufdrängen. Martelli wandte sich an Zuppinger und Rütimann:

»Was habt ihr bei Titus Hungerbühler und der Firma herausgefunden?«

Die Angesprochenen zuckten zusammen, und Zuppinger meinte zögerlich: »Nicht viel. Die Unterlagen sind sehr spärlich. Ein Firmenarchiv würde es erst seit zwei Jahren geben, da sein Vater nie etwas aufbewahrt habe, behauptet der junge Hungerbühler. Und von einer Krebserkrankung seines Vaters wisse er nichts, was aber nicht verwundere, weil sie nur selten Kontakt ...«

»Ja, das wissen wir bereits«, unterbrach Martelli ungeduldig, »das stinkt doch zum Himmel! Habt ihr ihm nicht ein wenig Dampf gemacht? Ihn unter Druck gesetzt?«

»Womit denn?«, versuchte sich Rütimann zu verteidigen.

»Gut, wir müssen gröberes Geschütz auffahren. Ich werde die Staatsanwältin bitten, einen Durchsuchungsbefehl auszustellen und dann drehen wir in dieser Bude jeden Stein um! Aber so, wie die Dinge liegen, wird das wohl nicht vor Montag sein. Nachdem uns aber der Hungerbühler kaum davonläuft, ist das nicht so schlimm. Mit anderen Worten gebe ich euch – vorausgesetzt es passiert nichts Unvorhergesehenes – frei!«

Die Anwesenden im kleinen Sitzungsraum trauten ihren Ohren nicht. Seit dem Chef in einem Kaderkurs neuer Führungsstil beigebracht wurde, war er eine Wundertüte geworden. Dennoch durchschauten die alten Hasen, dass er mit seinen unkonventionellen Maßnahmen letztlich nur auslotete, ob sein Team auch ohne Druck das Maximum an Leistung erbrachte.

Natürlich unterließen es die Mitarbeitenden diesem Umstand allzu lange nachzuforschen, sie freuten sich über ein freies Wochenende. Einzig der bullige Zuppinger, der für den Basisdienst eingeteilt worden war, musste die Stellung halten, was ihm sichtlich missfiel.

KAPITEL 8

Der Pic St. Loup, ein Ausläufer der Cevennen Richtung Mittelmeer, war von der spätwinterlichen Morgensonne regelrecht entflammt worden. Die Reflektion des weißen Felsens, der sich wie eine beinah brechende Welle auf 658 Meter auftürmte, schmerzte in den Augen derer, die sich im beachtlichen Morgenverkehr Richtung Montpellier stauten und ihm kurz einen Blick gönnten. Unweit der D17, einer der sternförmig auf die Stadt zulaufenden Überlandstraßen, lag das Château Nôtreterre. Aus einem großen Saal, der sich im Erdgeschoss des ehemaligen Stalltrakts befand, drangen ungewöhnliche Laute in das Buschland hinaus. Stampfende Schritte, begleitet von einem rabiaten »Ah!« oder »Uh!« erklangen, dann schlugen Stöcke in einem irren Stakkato aufeinander. Sogleich herrschte Stille, ehe wenige Augenblicke später eine ähnliche Abfolge von Lauten und Schreien ertönte.

Die rund dreißig jungen Leute, die in engen Sporthosen und dunkel gehaltenen T-Shirts steckten und trotz der Kühle schwitzten, gingen äußerst konzentriert zur Sache. Stets traten zwei gegen zwei an, wobei das Geschlecht augenscheinlich keine Rolle spielte. Einer griff an, der andere verteidigte sich. Es ging zumeist blitzschnell und der Schrei des Siegers beendete jeweils den Durchlauf.

MC, wie man den Zeremonienmeister und Kampflehrer in Anlehnung an die Hip-Hop-Szene respektvoll nannte, blickte in die Runde. Er war mit Abstand der Älteste im Raum, aber gehörte noch lange nicht zum alten Eisen. Er war agil, sportlich und trug eine schnittige Kurzhaarfrisur. Außerdem wirkte er, wie er selber fand, weit jünger als 45 und konnte sich dank seines durchtrainierten Körpers durchaus sehen lassen. Sicher waren seine stechend blauen Augen das größte Kapital, um bei den Frauen zu punkten, doch er schrieb seine Wirkung seiner gesamten Erscheinung zu und war sehr zufrieden mit sich und der Welt.

Erst recht, als er die schön geformten Körper seiner Schülerinnen und Schüler betrachtete, die mit Hingabe die Übungen erledigten. Ja, er war stolz, was für eine schlagkräftige Gruppe er aus diesem heterogenen Haufen teilweise unsportlicher Leute geschmiedet hatte.

Natürlich waren noch nicht alle auf dem gleichen Stand, das musste er auch seinem Meister dann und wann in Erinnerung rufen, weil der gleich das volle Programm von ihnen verlangte. Dennoch sah er die Fortschritte, lobte und tadelte gleichermaßen. Und in den Gesichtern der jungen Menschen sah er, dass sie wussten, wofür sie lebten, wofür sie kämpften, was wichtig und was nebensächlich war. Und sie würden alles für die ökologische Bewegung und für ihr großes Idol tun, das wusste er.

MC schlug einen Gong und sogleich veränderte sich das Bild im Saal. Die jungen Leute legten die Schlagstöcke zur Seite und holten sich grüne Schaumstoffmatten. Aus der

Stereoanlage ertönte eine indische Chillout-Musik und MC machte die Übungen vor. Er brauchte gar nichts mehr zu sagen, schon gar nicht zu dirigieren. Alle folgten ihm automatisch. Übung für Übung. Die jungen Körper dehnten und verrenkten sich, drehten sich um ihre eigene Achse und formten am Schluss eine Kerze oder machten gleich den Kopfstand. Nach einer Dreiviertelstunde waren die Morgenexerzitien vorbei. Weil es nach wie vor kühl war, zogen sich die jungen Männer und Frauen graue Baumwollpullis über. Sie wirkten nun wie eine uniformierte Truppe. Munter schwatzend begaben sie sich ins Freie, überquerten den Innenhof und betraten den sogenannten Speisesaal, der sich im ehemaligen Heuschober befand. Der Raum war schlicht und nur einer dürftigen Renovation unterzogen worden, ganz so, als hätte man größere Pläne vertagt. Das einzige Prunkstück bildete ein zwanzig Meter langer, dunkelbraun lackierter Holztisch, der von Kerben, Kratzern und Zeichen übersät war. Er verlieh dem frugalen Ambiente einen speziellen Glanz.

Die jungen Leute setzten sich an die Tafel, nachdem sie sich von einem Buffet Tee, Brot und ein Müsli mit Früchten und Nüssen geholt hatten. Es herrschte eine muntere und fröhliche Atmosphäre, obschon alle wussten, dass sie auch den restlichen Tag über hart arbeiten würden und all ihre adoleszente Kraft in den Dienst ihrer Sache stellten.

Es war mittlerweile 7.30 Uhr geworden. Die wenigen Menschen der Umgebung, die zu dieser Zeit schon auf den Beinen waren, wunderten sich schon lange nicht mehr über das Treiben und die Geräusche, die vom Schloss aus in die Garrigue, dieses für die Gegend typische Buschland, getragen wurden. Sie schätzten die Bewohner des Châteaus als überaus freundliche und problemlose Nachbarn, hatten aber auch keine Ahnung, was hinter den Schlossmauern wirklich abging.

KAPITEL 9

Das Klingeln des Telefons war wie eine akustische Invasion. Dennoch erreichte es den schlafenden Geist von Mario Ettlin erst, als die Combox das Zepter übernommen hatte. Eine blecherne Stimme, die man nur mit Fantasie dem Handybesitzer zuschreiben konnte, erklärte, was auch andernorts tausendfach ertönt: Message after the beep.

Mario hatte sich nicht die Mühe gemacht und einen geistreichen Text draufgesprochen, hierfür war die Abneigung gegen dieses nervtötende Teil zu groß. Nur aufgrund seines professionellen Verständnisses, als Journalist einer Nachrichtensendung des Deutschschweizer Fernsehens fast immer erreichbar zu sein, gewährte er der Welt diese Allzeit-Bereitschaft. Allerdings mit klaren Grenzen. So nahm er vor neun Uhr morgens aus Prinzip keinen Anruf entgegen. Hierüber schien sich die weibliche Stimme am anderen Ende der Leitung keine Gedanken zu machen. Sie brach wie ein Wasserschwall los und füllte den Beantworter mit weinerlicher Stimme, bettelnd, Mario möge so bald als möglich zurückrufen, da eine Tragödie griechischen Ausmaßes drohe.

*

Schlaftrunken setzte sich Mario auf, blickte auf den Wecker, der 7.45 Uhr anzeigte. Einigermaßen beruhigt realisierte er, dass seine Freundin Sara Feldberg nicht vom Krach seines Handys geweckt worden war und neben ihm mit ruhigen Atemstößen wohl auch den restlichen Samstagmorgen schlafend verbringen würde. Sie arbeitete als Aufnahmeleiterin beim selben Sender wie er und war bis spät abends im Dienst gewesen. Deshalb brauchte sie ihren Schönheitsschlaf, wie sie sagte. Mario konnte dieser recht sein, da er die Attraktivität seiner Freundin in keiner Weise gefährden wollte. Außerdem liebte auch er es, an den Wochenenden lange auszuschlafen. Aus einem unerfindlichen Grund stand er dennoch auf, watschelte barfuß zum Sideboard am anderen Ende des Schlafzimmers, ergriff das Handy und verließ diesen seligen Ort der Ruhe. Leise schloss er die Tür hinter sich und erreichte die Küche. Während er die Kaffeemaschine in Betrieb setzte, betrachtete er die Nummer, die er weder kannte noch abgespeichert hatte. Anhand der Vorwahl sah er, dass der Anruf aus Basel gekommen war. Und während er sich einen Espresso machte, hörte er sich die Message auf der Combox an. Er stutzte und ließ sie wiederholen. Als befände er sich in einer Zeitmaschine wurde er um zwanzig Jahre zurückversetzt. War da wirklich die Mutter einer Schulkollegin aus der Zeit des Gymnasiums dran? Eine Renata Pelides, die ihn duzte, als hätten sie sich nicht seit Jahrzehnten aus den Augen verloren? Die Mutter jener Klassenkameradin notabene, die mit allen unvorteilhaften Attributen gesegnet war, die man als junger Mensch haben konnte: zu gute Noten, zu viel Akne im Gesicht und einen Vornamen, über den man nur Witze machen konnte! Sie hieß tatsächlich Antigona und besaß als Zugabe noch einen Vater, der Griechisch- und Geschichtslehrer an ebendieser Kantonsschule war. Schlimmer ging nimmer. Und nun hörte er ihre schluchzende Mutter auf der Combox, die etwas von Tragödie faselte, welche, wenn es Mario richtig verstand, nicht Antigona, sondern deren um sieben Jahre jüngere Schwester Semele betraf.

Semele, dachte Mario, um Himmels willen! Wie kann man seinen Kindern solche Namen antun? Nur dank des Espressos brachte er die Familie vor sein geistiges Auge. Da war zuerst mal der Vater Ileas Pelides, ein griechischer Immigrant, der sich in Basel niedergelassen hatte. Dank Stipendien der Eidgenossenschaft konnte er Gymnasial-Lehrer für Altgriechisch und Geschichte werden. Er ehelichte Mitte der 1970er-Jahre die Sozialarbeiterin Renata Hösli. Das Produkt dieser Verbindung waren die drei Töchter Antigona, Helena und Semele.

Diese Mädchen brauchten sich um ihre Bekanntheit in der Schule wahrlich nicht zu sorgen. Antigona ging vier Jahre mit Mario in dieselbe Klasse, war eigentlich ein guter Kerl, obgleich durch ihren altgriechischen Namen gebrandmarkt. Erst recht, als man die Geschichte um *motherfucker* Ödipus* auch noch schauspielerisch bewältigen musste. Was hatte dieses Mädchen damals zu leiden! Ein Wunder, dass sie nur Pickel im Gesicht bildete.

Gegen sie war die zwei Jahre jüngere Helena geradezu aufreizend hübsch gewesen. Speziell, wenn sie ihr langes Haar offen trug. Da sie eine gute Volleyballerin war, mangelte es ihr nicht an Verehrern. Vielleicht auch eine Auswirkung ihres Namens, der auf den Trojanischen Krieg zurückführte und daher für die Jungs höherer Klassen – und dadurch auch auf ihn – eine magnetische Anziehung hatte.

Die Jüngste war Semele. Sie erlangte rein mythologisch betrachtet Berühmtheit, weil sie mit Zeus ein folgenreiches Techtelmechtel einging und dem späteren Weingott Dionysos das Leben schenkte. In Marios Erinnerung war das

---

* In der Tragödie von Sophokles spielt Antigone, die Tochter aus der inzestuösen Verbindung von Ödipus mit seiner Mutter Iokaste, eine wichtige Rolle.

Mädchen Semele jedoch nur noch als rebellischer Nachzügler präsent. Sieben Jahre jünger und deshalb uninteressant. Und nun wurde er also wegen dieser 31-jährigen Frau aus dem Schlaf gerissen. Eine altgriechische Tragödie würde sich anbahnen, orakelte die weinerliche Stimme von Frau Pelides, ohne auf Details einzugehen.

Mario machte sich einen zweiten Espresso, nippte an der Tasse, schmeckte den bitteren Wachmacher und blickte erneut auf die Nummer. Es war nicht schwer, die dazugehörende Adresse im Handy aufzurufen. Die wohnen immer noch an der Rebgasse in Kleinbasel, schmunzelte Mario. Das Quartier war ihm nach wie vor so vertraut, als wäre er nie nach Zürich übergesiedelt.

Er holte tief Luft und stellte die Wahlwiederholung ein. Das Telefon läutete nur zweimal, dann nahm eine weibliche Stimme ab.

»Pelides.«

Mario zögerte einen Moment lang, dann meldete er sich mit seinem Namen.

»Ah, Mario, wie schön, dass du dich so schnell meldest. Vielen Dank …« Die Stimme war brüchig, als hätte sie die Vorstufe zum Schluchzen bereits wieder erreicht – oder nie verlassen.

»Ja, Grüezi Frau Pelides«, sagte Mario vorsichtig, weil er nicht recht wusste, was er sonst sagen sollte. Zu seiner Überraschung musste Frau Pelides lachen:

»Aber Mario, weißt du nicht mehr? Wir haben doch anlässlich eurer Matura Duzis gemacht. Damals, anno 1997!«

»Ja, richtig«, schob Mario etwas verlegen nach, »was kann ich für dich tun?« Eine blöde Frage, dachte er, doch irgendwie musste das Gespräch in Gang kommen.

»Mario«, begann die Frau, »verzeih, dass ich dich belästige, aber ich weiß weder ein noch aus. Und da ist mir eingefallen, dass du beim Deutschschweizer Fernsehen arbeitest. Ist doch so oder?«

Der Angesprochene konnte gar nicht so schnell antworten, wie es am anderen Ende der Leitung weiterging.

»Eben, und da bist du ja gewohnt, Informationen zusammenzutragen, sie zu ordnen und eine Einschätzung zu machen. Nun, ich habe beängstigende Infos über unsere Jüngste. Semele ist da in etwas reingeraten, eine Art Ökosekte. Mit der liebäugelt sie schon länger, verbrachte schon letztes Jahr und auch diesen Winter mehrere Wochen in diesem Camp in Südfrankreich. Vor vier Wochen fuhr sie für ein Meeting, wie sie es nannte, wieder hin und nun erhalte ich gestern einen Brief – noch wie früher per Post und mit Marke drauf – dass sie für immer da leben wolle. Für sie sei endlich die lang gesuchte Hoffnung wahr geworden, einen Sinn in ihrem Leben zu finden. Und sie meint das ernst! Ist nicht von dieser wahnwitzigen Idee abzubringen! Es ist grauenhaft!«

Wie denn diese Sekte heiße, fragte Mario dazwischen, als Renata Pelides Luft holte und eine weitere Schluchz-Attacke unterdrückte.

»Sie nennen sich ›Children of Gaia‹, was auf die Muttergöttin der griechischen Mythologie verweist. Ihr Vordenker predigt einen radikalen Weg zurück zur Natur und hat den Ausstieg zur neuen Lebensmaxime erhoben.«

»Und wo genau ist Semele jetzt?«

»In einer Art Château in der Nähe von Montpellier. Also sie nennen es großspurig Château, dabei ist es ein baufälliges, von hohen Mauern umgebenes Gehöft aus dem vorletzten Jahrhundert. Da leben gut und gern fünfzig vor allem junge Menschen kommunenartig zusammen, und ich sag dir: Da geht es zu und her wie in Sodom und Gomorra! Den Guru sieht man anscheinend nur selten, was aber nicht heißt, dass er nicht wüsste, was abgeht! Das Camp ist organisiert wie eine Kaserne, da gibt's eine richtig militärische Hierarchie, und jeder muss hart arbeiten – was ja nicht grundsätzlich schlecht ist – aber die Tatsache, dass diese Menschen ihr erarbeitetes Geld abgeben müssen und ihnen am Schluss nichts übrig bleibt, ist doch empörend! Ach, meine arme, kleine Semele!«

Wieder war Frau Pelides nahe dran, ihre Selbstbeherrschung zu verlieren, doch nun war in der Stimme auch eine Portion Wut zu hören.

»Woher hast du Kenntnis über diese Gruppierung?«, fragte Mario.

»Na einerseits von Semele selber. Dann bin ich letzten Herbst zusammen mit Helena hingefahren, um nach ihr zu sehen. Man hat uns jedoch nicht in den Hof vorgelassen, und wir konnten sie nur in Begleitung eines Vorgesetzten kurz sehen. Helena und ich sind aus allen Wolken gefallen: Sie war wie ein anderer Mensch, hatte eingefallene Wangen, wirkte mager, bleich und wie weggetreten! Sie sagte, es würde sie sehr belasten, dass wir zu ihr gefahren seien, denn sie würde sich in ihrem Bestreben ein geläuterter Mensch zu werden, von uns überhaupt nicht ernst genommen fühlen. Außerdem warf sie uns vor, wegen der Anreise verheerend viel CO_2 produziert zu haben und dadurch ihr Footprint*-Karma schwer zu belasten!«

---

* Der ökologische Fußabdruck bildet das Maß, wie viel Fläche ein Mensch auf der Erde beansprucht, um seinen Lebensstil zu ermöglichen. Der durchschnittliche Europäer beansprucht fast das Dreifache der ihm – gerechterweise – zustehenden Ressourcen.

»Gar nicht gewusst, dass der ökologische Fußabdruck auch ein Karma besitzt«, witzelte Mario.

»Ja, zuerst dachte ich, sie mache einen Witz«, fuhr Frau Pelides unbeirrt weiter und musste, wie Mario erstaunt registrierte, nie Luft holen, »doch sie meinte es absolut ernst. Als Höhepunkt warf sie uns vor, dass wir sie vor allen Brüdern und Schwestern lächerlich und unmündig gemacht hätten, weil wir sie nicht in Ruhe ließen! Sie wollte überhaupt nicht verstehen, dass wir uns Sorgen um sie machten! So endete das Gespräch, wie es enden musste: in verbalen Gehässigkeiten, die der Vorgesetzte nach kurzer Zeit zu beenden wusste, indem er unser völlig aufgelöstes Kind wieder ins Innere des Gehöfts entführte und uns die Eingangspforte vor der Nase zuschlug. Wir konnten nichts anderes tun, als unverrichteter Dinge wieder nach Hause zu fahren! Es war demütigend und zum Verzweifeln!«

Renata Pelides griff nach Papiertaschentüchern, die sie vorsichtigerweise neben sich deponiert hatte, und schnäuzte sich.

»Und was genau steht in diesem Brief?«

Mario hörte das Knistern von Papier. Anstelle von weiterführenden Worten folgte jedoch ein herzerweichendes Schluchzen. Offensichtlich war es Frau Pelides zu viel, den Brief auch noch laut vorzulesen.

KAPITEL 10

»Merlin, Mathieu, Etienne, Rainer: zu mir!«

Eine schroffe Stimme hallte durch den Frühstücksraum der Sekte. Sie kam von einem Mann, den man hier Shogi rief. Er, der so etwas wie der Feldwebel im Camp war und als Chefplaner fungierte, war bekannt dafür, dass man ihn besser nicht warten ließ. Aus diesem Grund traten die vier jungen Männer noch mit vollem Mund zum hageren Typen mit den abstehenden Ohren, der schlaksig und drahtig wirkte. Eigentlich war er noch gar nicht so lange in der Gemeinschaft, aber seine fast schon typisch preußischen Tugenden wie Gründlichkeit und Präzision ließen ihn eine Blitzkarriere machen. Dank seines Talents, jede Aktion bis ins Detail zu planen, war er des Meisters verlängerter Arm geworden und hatte sogar MC ein Stück weit von der Sonne verdrängt. Shogi konnte ziemlich unangenehm werden, wenn man sich seinen Wünschen widersetzte oder seine Erwartungen nicht erfüllte. Dafür aber errang die Gemeinschaft dank ihm schon manch aufsehenerregende Battle für Gaia. Battle nannte man hier eine meist guerillamäßige Aktion, welche einem Ökosünder ein für alle Mal klarmachen sollte, dass er gegen die ehernen Gesetze der Natur verstieß. Dass hierbei auch die modernen Methoden der Information und Kommunikation benutzt wurden, leuchtete jedem ein. Dennoch war es im Lager verpönt, ein Mobiltelefon oder einen Computer privat zu benützen, ganz zu schweigen davon, eines dieser neuzeitlichen Gadgets wie Tablet-Computer oder Multifunktionshandys zu besitzen. Alle Kinder Gaias dienten nur einer Sache, nämlich der ökologischen Bewegung, und sie glaubten aus vollem Herzen, was ihnen der Meister eingetrichtert hatte. Nur wer sich für Gaia bis zur Selbstaufgabe verpflichtete, konnte damit rechnen, vor der Rache der Natur am Menschen verschont zu werden. Die Frage war nicht mehr ob, sondern nur noch wann sie zurückschlagen würde. Die antiken Götter, welche in der Philosophie des Meisters als personifizierte Schattierungen der Natur auftraten, waren erzürnt: Was der Mensch mit dem Planeten Erde anstellte, ging auf keine Kuhhaut mehr, und das musste ein Ende haben.

Shogi führte die vier Männer in einen Nebenraum, der als Sitzungszimmer diente und wie ein Klassenzimmer aussah. Auf einer großen Wandtafel war die kommende Aktion skizziert, welche die Vier ausführen sollten. Sie kannten die Pläne, hatten alle Eventualitäten und Unwägbarkeiten mehrfach durchgespielt, dennoch war es typisch für Shogi, dass er erneut alles wiederkäuen ließ und ihnen die Dringlichkeit ihrer Mission ein weiteres Mal einbläute. Die Vier nickten und wiederholten gebetsmühlenartig, was sie zu tun hatten, um dem Fabrikanten Dumont einen gehörigen Denkzettel zu verpassen. Gemäß den jüngsten Informationen würde er morgen früh, an einem Sonntag notabene, seine giftigen Abwässer in den Fluss Hérault abfließen lassen. Da es in letzter Zeit außerordentlich viel geregnet hatte, schien der Moment günstig zu sein. Doch der Fabrikant machte seine Rechnung ohne die Kinder Gaias.

*

Kurze Zeit, nachdem die Männer den Speisesaal verlassen hatten, trat MC zu Semele.

»Semi, würdest du bitte in fünf Minuten in meine Bibliothek kommen?«

MCs Aufforderung erweckte Semele aus ihren Gedanken. Sie hatte eben das Frühstück beendet und hätte sich ihren Schwestern anschließen wollen, die sich anschickten, die Sportkleider mit Malerhosen zu tauschen. Sie und acht weitere junge Frauen waren eingeteilt worden, den ehemaligen Rittersaal im Hauptgebäude des Schlosses neu anzustreichen, damit die Gemeinschaft einen repräsentierbaren Saal besaß.

Etwas schüchtern ging Semele stattdessen zu MCs Büro. Der muskulöse Mann saß hinter einem sechseckigen Holztisch und empfing sie mit einem freundlichen Lächeln. Seine blauen Augen glänzten im Licht der Energiesparlampe wie ein Gletschersee. Er strahlte Autorität aus, ohne sie zu suchen. Sein Deutsch hatte einen amerikanischen Einschlag, was wohl an MCs Jugendzeit in den USA lag. Als Sohn einer deutschen Mutter und eines GIs war er erst im Teenageralter nach Europa gekommen und hatte erst da, wie man im Camp vermutete, den Meister kennengelernt.

Der Raum, in den Semele eintrat, war karg und strahlte dennoch eine gewisse Erhabenheit aus, was wohl an den gefüllten Bücherregalen lag, welche sich an drei der vier Wände erstreckten. Der Boden, aus großen Sandsteinquadern gebildet, und die nach oben strebende Decke ließen erahnen, dass hier schon seit Jahrhunderten eine Art Schreibstube oder Bibliothek untergebracht gewesen war. Das Schloss war mehrfach umgebaut und erweitert worden. Die ältesten Teile des Anwesens stammten aus dem 13. Jahrhundert und umfassten im Wesentlichen einen Wehrturm, den weitläufigen Keller und einige karge Gemächer an der Ostseite des Haupthauses. Dem gegenüber waren der große Saal, die geräumige Küche im Souterrain und die Repräsentationsräume, zu denen auch MCs Büro gehörte, später angefügt worden und in einem leichteren und helleren Baustil gehalten. Wohl die Folge neuer Besitzverhältnisse Mitte des 17. Jahrhunderts.

Semele setzte sich auf einen Stuhl, den ihr MC zuwies, und blickte sich um.

»Tolle Bücher hast du da«, sagte sie, um die Ruhe zu durchbrechen.

»Ja, wunderbare Einzelstücke. Die meisten aus dem 18. und 19. Jahrhundert, erstaunlich, wie sie die Zeit überdauert haben.« MC stand auf und griff nach einem in schwarzes Leder eingebundenen Werk.

»Dieses hier ist das Schönste! Es ist doppelt so alt wie die Vereinigten Staaten von Amerika«, fuhr er fast flüsternd vor Ehrfurcht fort, »eine Sammlung altgriechischer Sagen, teilweise sogar auf Griechisch geschrieben und mit kunstvollen Abbildungen versehen, wohl die Arbeit eines begabten Kopisten, vielleicht eines Mönchs, aus dem 16. Jahrhundert. Ein von Hand geschriebenes Wunderwerk und das, obschon der Buchdruck längst erfunden war. Und was lehrt uns das?«

MC blickte sein Gegenüber durchdringend an und fuhr gleich selber fort:

»Es zeigt, dass wahre Größe nichts mit modernen Moden zu tun hat. Das wussten schon unsere Ahnen, ist also keine neue Erkenntnis! Die Modernität gaukelt uns vor, ein einfacheres und besseres Leben führen zu können, wenn man sich ihr unterwirft. Doch sie macht aus uns nur neurotische Abhängige, die fast verzweifeln, wenn sie nicht das neueste Gadget oder den besten Computer ihr Eigen nennen können!«

Semele nickte. Auch sie hatte sich nie etwas aus Besitz gemacht, kam mit wenig aus und konnte dem Konsumrausch nie etwas abgewinnen, obwohl sie jahrelang in einem Kaufhaus gearbeitet hatte.

»Wahres Menschsein«, MCs Stimme schwoll an, »braucht keinen Firlefanz, keinen Tanz ums goldene Kalb, sondern waches Selbsterkennen und die Gunst des Moments, um das wahrhaft Große zu empfangen. Im Respekt gegenüber unserer Natur und unserer Erde liegt der Schlüssel zur Existenz als verantwortungsvoller *Citoyen*, der es versteht, nicht über seine Verhältnisse zu leben und seinen ökologischen Fußabdruck in Grenzen zu halten.«

Semele konnte jedes Wort unterschreiben. Angesichts der griechischen Buchstaben keimte in ihr jedoch eine Melancholie, da sie unvermittelt an ihren Vater denken musste, der an diesem Buch sicher großes Interesse gehabt hätte. Erinnerungen aus früheren Tagen kamen ihr in den Sinn, als sie mit ihm zusammen ganze Passagen des Odysseus übersetzt und sie ihm zum Geburtstag Kärtchen auf Altgriechisch geschrieben hatte. Damals war sie der Sonnenschein ihres Vaters gewesen, hatte die Schule wie auf Schienen durchlaufen, hätte nach dem Gymnasium alles erreichen können, was die akademische Welt anbot. Doch dann verschwand ihr Vater von einem Tag auf den anderen, ließ alle im Stich und hinterließ nicht mal einen Abschiedsbrief. Semele, die stets das Gefühl hatte, zu ihrem Vater einen speziellen Draht zu besitzen – eine fast seelenverwandte Verbindung, die selbst die Beziehung zwischen ihm und Mutter übertroffen hatte –, war aus allen Wolken gefallen, an diesem Vertrauensentzug förmlich zerbrochen. In der Folge war sie in einen gefährlichen Strudel der Lebensverweigerung geraten, und es grenzte fast an ein Wunder, dass sie die folgenden Jahre trotz Magersucht, Drogenmissbrauch und Leichtsinn überhaupt überlebt hatte.

MC schien die Gedanken seines Gegenübers nicht zu durchschauen, sondern machte dort weiter, wo er schon zuvor gewesen war: bei der Abrechnung mit der heutigen Zeit. Dann wechselte er unvermittelt das Thema, was Semele aus ihren Gedanken riss.

»Du und deine Schwestern, ihr restauriert im Moment den großen Rittersaal, und das war ja auch bitter nötig. Die Decke bröckelte herab, die Farbe der Wände und Säulen war verblasst, und der Boden brauchte auch eine dringende Auffrischung. Nun seid ihr schon fast fertig, und das ist gut so. Denn die Zeit drängt! Kommende Woche wird uns der Meister besuchen. Er wird mit uns die Tag-und-Nacht-Gleiche begehen, wie du weißt!«

»Er kommt schon am Montag?«

»Nein, erst am Donnerstag, damit wir mit ihm seinen Geburtstag feiern können.«

Semele fand es zwar eigenartig, dass man den Frühlingsanfang nicht am dafür vorgesehenen Tag feierte. Doch sie wischte ihren Gedanken weg, da sie noch genau wusste, was ihr MC vor einigen Tagen offenbart hatte. Die anstehende Feier der Bacchanalien würde für die Gemeinschaft unvergesslich werden. Und sie sollte einen wichtigen, gar heiligen Part übernehmen!

Oft hatte sie in der Folge über die Worte gerätselt, sie in ihrem hübschen Kopf dutzendfach wiedergekäut, und stets war sie zum selben Schluss gekommen: Ja, sie würde zu Ehren von Gaia, der Mutter Erde, eine Hauptrolle einnehmen, eine, wie es MC doppeldeutig ausdrückte, *tragende* Rolle. Und sie war überwältigt von dieser Vorstellung. Sie, der Neuling aus Basel, der erst seit einigen Monaten richtig zur Gemeinschaft gehörte, würde die mächtigen, magischen Rituale aus vorchristlicher Zeit gleichsam aus nächster Nähe mitbekommen, die ganze kosmische Kraft spüren und das Gefäß der Vereinigung bilden. Sie war weder dumm noch naiv und durchschaute deshalb durchaus, was dies bedeutete.

Ein Schauer lief ihr den Rücken hinab. Und MC registrierte angesichts ihres Lächelns, dass sie die Botschaft verstanden hatte.

KAPITEL 11

Die Fahrt nach Basel war für Mario Ettlin schon lange nicht mehr so speziell gewesen. Als würde er in die Vergangenheit eintauchen, entstieg er im Basler Hauptbahnhof dem Intercity aus Zürich. Er war fast ein wenig aufgeregt, als er im 8er bis zum Claraplatz fuhr. Auch wenn er nicht genau wusste, was ihn an der Rebgasse erwarten würde, überwog die Neugier. Einerseits zu sehen, was aus der Familie Pelides geworden war und andererseits was in diesem ominösen Brief stand, den Semele geschickt hatte. Und was konnte so unaussprechlich sein, dass es Renata Pelides nicht am Telefon vorlesen wollte?

Kurz vor vier Uhr nachmittags stand er vor dem eisernen Gittertor, das ihm schon früher altertümlich erschienen war. Es verschloss die Garageneinfahrt und verhinderte gleichzeitig, dass Krethi und Plethi zum Stiegenhaus gelangen konnte. Das Haus, das wohl in den Sechzigerjahren des letzten Jahrhunderts gebaut worden war, wirkte im Vergleich zu den anderen Häusern, die hier dicht an dicht standen, aus einer vergangenen Zeit und in die Jahre gekommen. Mario sah sich in der Gasse um. Nie hatte er Basel so unmodern und fast schon antiquiert empfunden, ganz so, als wollte man eine vermeintlich schönere Zeit konservieren. Er betrachtete die Klingeln der Hausbewohner: Nach wie vor mehrheitlich Schweizer Namen – ein Umstand, der für dieses Quartier nicht selbstverständlich war. Oben rechts erblickte er den Namen Pelides, daneben stand Künzli, was Mario überraschte. Ohne sich weitere Gedanken zu machen, betätigte er den Knopf. Kurze Zeit später meldete sich eine weibliche Stimme mit einem kurz ausgesprochenen »Ja?«

Mario stellte sich vor, und während die Stimme ihre Überraschung ausdrückte, dass er bereits hier sei, öffnete sich das Gitter wie von Geisterhand. Mario trat ins Treppenhaus und erklomm den vierten Stock. Etwas außer Atem erreichte er die Gestalt, die ihn vor der Eingangstüre mit einem Lächeln erwartete, als hätte man sich erst gestern aus den Augen verloren. Es war jedoch nicht die erwartete Frau, sondern deren Tochter Antigona. Aus dem von Akne verunstalteten Teenager war eine zarte und durchaus aparte Frau geworden, die offensichtlich keinen Wert auf Schminke oder Schmuck legte, sondern durch ihre Natürlichkeit punktete.

»Mutter hat mir gesagt, dass du kommen würdest«, meinte sie unaufgefordert und lächelte etwas verlegen. »Da habe ich gedacht, ich schaue auch gleich vorbei, um Semis Brief zu lesen.«

»Und steht wirklich so etwas Unerwartetes drin?«, wollte Mario wissen, als er die obligaten Begrüßungsküsschen abgegeben hatte.

»Mutter hat ihn mir noch nicht zeigen wollen. Du weißt ja, sie hat manchmal den Drang zur großen Inszenierung.«

Nickend folgte er Antigona in die Wohnung. Ein spezieller Geruch lag in der Luft, wohl eine Folge des letzten Mittagessens. Die Wohnung schien sich nicht groß verändert zu haben, seit Mario vor bald zwanzig Jahren das letzte Mal hier gewesen war. Selbst das mächtige Kitschbild eines griechischen Tempels verzierte als vergilbte Urlaubsreminiszenz noch immer eine Wand des Flurs. Dann trat er ins Wohnzimmer, wo er von Renata Pelides herzlich begrüßt wurde. Sie blickte ihn an, als würde sie abchecken, ob er in Zürich auch genügend zu essen bekäme, und entschied spontan, dass er nicht zu kurz gekommen war. Dann stellte sie ihren Lebenspartner Urs Künzli vor. Mario hätte an dieser Stelle seinen ehemaligen Geschichtslehrer Ileas Pelides erwartet und machte einen dementsprechend verdutzten Gesichtsausdruck.

»Ach, du weißt es wahrscheinlich nicht«, löste Renata sogleich das Rätsel auf, »mein Mann, also Exmann, ist seit mehr als einem Jahrzehnt verschollen …«

»Verschollen? Sitzen gelassen hat uns dieser Verräter«, zischte Antigona und griff nach einem Glas, das auf dem Esstisch neben Salznüsschen und Kuchenstücken stand.

»Hättest du gerne Wasser, Bier oder Wein?«

»Wasser wäre nett«, antwortete Mario und sank in den zugewiesenen Lehnsessel. Künzli verdrückte sich derweil in die Küche oder ins Büro, jedenfalls schien er an der Geschichte um Semele nicht sonderlich interessiert zu sein. Renata setzte sich mit leicht verärgertem Gesicht aufs Sofa. Mario konnte nicht genau bestimmen, ob sie wegen dem

Abgang ihres Partners so wirkte oder wegen Antigonas flapsiger Bemerkung von vorhin. Die wiederum schien die Emotionen ihrer Mutter nicht zu bemerken. Stattdessen holte sie eine Mineralwasserflasche und schenkte ein. Und während sie die Schalen mit den Nüsschen und den Kuchenstücken vor Mario aufbaute, veränderte sich Renata Pelides Gesichtsausdruck. Als hätte sie vergessen, warum Mario gekommen war, wollte sie zuerst wissen, was er seit der Maturafeier gemacht hatte und wie er zum Fernsehen gekommen war. Und weil sie sich keineswegs mit Pauschalien zufrieden gab und interessiert nachhakte, sah sich Antigona nach gefühlten zwanzig Minuten genötigt, dem Verhör ein Ende zu setzen: »Mami, lass jetzt mal den Mario in Ruhe. Im Übrigen: Wolltest du uns nicht den Brief zeigen?«

Renata Pelides blickte wie ein beim Naschen ertapptes Mädchen in die Runde und senkte verlegen ihren Blick, sodass sie den Briefumschlag sah, der wie ein böses Vermächtnis auf dem Salontisch lag. Ihr Gesicht verdunkelte sich schlagartig. Und sie zitterte ein wenig, als sie das zweifach gefaltete Papier hervorklaubte. Als könnte sie nicht glauben, was darauf geschrieben stand, schien sie die Zeilen nochmals zu überfliegen, ehe sie mit dünner Stimme meinte: »Dieser Brief muss unter großem seelischen Druck geschrieben worden sein. Wie sonst kann man sich vor der Realität so verstecken und sich selbst zum Narren halten?«

Als müsste sie es sich nochmals überlegen, behielt sie den Brief in ihrer Hand und zögerte, bevor sie ihn ihrem Gast entgegenstreckte, der ja extra aus Zürich angereist war. Sie hielt das Papier mit nur zwei Fingern, als handelte es sich um etwas Ekliges. Antigona setzte sich neben Mario auf die breite Lehne des Stuhls, um gleichzeitig mit ihm den Inhalt zu erfahren.

»Liebe Mami, liebe Schwestern

Mir geht es gut, und ich komme auf meinem Weg gut voran. Das Wissen, für eine bessere Welt zu kämpfen, begleitet mich Tag und Nacht. Ich habe viele wunderbare Menschen gefunden, wir sind eine große Familie!

Es ist schade, dass ihr nicht einsehen könnt, wie wichtig unsere Arbeit ist und dass ihr so feindselig unserer Gemeinschaft gegenüber eingestellt seid. Dabei wollen wir nur, dass die Natur wieder zu ihrem Recht kommt. Wir kämpfen für unsere Mutter Erde, die wir Gaia nennen, weil die Menschheit diesen Planeten zugrunde richtet. Aus diesem Grund sind wir auch keine verschrobene Sekte oder dergleichen, sondern die Einzigen, welche die Dringlichkeit der Zeit sehen und handeln!

Schaut der Wahrheit ins Auge und löst euch vom scheinbar Wichtigen und vom Weltlichen! Noch ist Zeit, aber nicht mehr lange!!!

Nur, wenn ihr euch auf den ökologischen Weg begebt, könnt ihr euer Karma reinigen und ihr werdet wirklich frei!

Dies umso mehr, als ich eine wunderbare Neuigkeit habe: Zur Feier des Frühlings wird sich ein Licht entzünden, das die Welt verändert! Und ich werde im Zentrum dieser heiligen Prozession stehen, eine tragende Rolle übernehmen und das Gefäß der Vereinigung von Himmel und Erde sein! Freut euch mit mir!

Love Semi.«

»Die spinnt ja vollkommen!«, entfuhr es Antigona, die den Brief um einiges schneller als Mario zu Ende gelesen hatte. »Sie war ja schon immer eine Träumerin vor dem Herrn, aber nun ist sie definitiv abgehoben!«

Renata Pelides wollte von Mario eine Einschätzung

hören und blickte ihn aufmunternd an. Er begann vorsichtig:

»Irgendwie tönt das nach einem bevorstehenden Ritus, in dem Semele …«

Weiter kam er nicht, weil Antigona schon wieder auf der Überholspur davonplapperte: »Die Kuh lässt sich doch hoffentlich nicht gleich schwängern? Oder was will sie mit dem ›Gefäß der Vereinigung‹ sagen?«

»Jetzt sei du mal still, Herrgott nochmal«, entkam es nun der Mutter, als müsste sie eine lästige Tonquelle abstellen. »Was meinst du, Mario? Ist das mit der Verschmelzung echt gemeint oder im übertragenen Sinne?«

»Schwer zu sagen, hierfür fehlen mir entscheidende Informationen. Die Gruppe nennt sich ja ›Children of Gaia‹ und weil ich damit nicht viel anfangen konnte, habe ich den Begriff mal gegoogelt. Aus meinem Geografieunterricht wusste ich zwar noch, dass Gaia ein Synonym für Erde ist und deshalb auch im Urkontinent Pangäa vorkommt. Was ich jedoch nicht mehr gewusst habe, ist der mythologische Überbau, der mit Gaia verknüpft ist. Da gibt es auch heute wieder eine erstaunlich breite esoterische Szene, für die Gaia der Schlüssel zu einem neuen ökologischen Verständnis bildet. Interessant ist nun, dass Gaia als Muttergöttin vor allem mit einem Gott sehr eng liiert war: mit Dionysos. Als Gebieter über das Unterirdische war er auch Träger der Fruchtbarkeit, erlangte aber als Weingott seine größte Strahlkraft. Und der Hammer ist ja, dass Dionysos bekanntlich das Produkt einer Liebschaft von Zeus mit einer Sterblichen namens Semele ist!«

Mutter und Tochter Pelides blickten sich fragend an und schienen dann doch über Marios Vortrag ein wenig enttäuscht zu sein. Fast genervt meinte Antigona:

»Ja, wir Leidgeplagten altgriechischer Namen kennen die Sagen und Mythen des griechischen Altertums nur allzu gut!« Antigonas Eingabe war nicht frei von Spott und Aggression: »Während andere Pippi Langstrumpf lasen, quälte uns unser Vater mit den griechischen Helden. Du kannst dir nicht vorstellen, wie mich das angeödet hat! Dennoch scheint es mir etwas weit hergeholt, dass die den Dionysos-Ritus wiederbeleben.«

»Aber wieso?«, warf die Mutter ein. »Wäre es nicht im Gegenteil fast logisch, dass sich unser armes Kind zu diesem Kult hingezogen fühlt, weil es für sie scheinbar Sinn macht, dass sie plötzlich kraft ihres Namens im Zentrum steht?«

»Wär ja glatt spannend, in ihrem Château mal ein Mäuschen zu sein«, warf Antigona dazwischen, »am Ende veranstalten die halb erwachsenen Erdenkinder eine richtig dionysische Orgie!«

»Sei nicht dumm, Kind«, mahnte die Mutter, »wir dürfen das nicht auf die leichte Schulter nehmen. Menschenkinder jedes Alters sind zu vielem bereit, wenn sie verblendet und fehlgeleitet werden. Ich frage mich eher, wer in diesem Drama die Rolle des Zeus spielt?«

»Das wird sicher dieser Guru sein!«, meinte Antigona keck.

»Um Himmels willen!«, schrie Frau Pelides auf, »dieser Typ, den diese verlorenen Seelen aus einem mir unerfindlichen Grund ›Tag‹ nennen, ist doch um einiges älter, könnte fast ihr Vater sein!«

»Dann hat sie ja, was sie schon immer wollte: einen Vater als Liebhaber!«

Renata Pelides riss die Augen auf. Ihre Stimme war plötzlich rau und bissig: »Untersteh dich, nochmals in meiner Gegenwart diese ungeheure Behauptung auszuschütten! Dein Vater hat euch Drei genau gleich geliebt – aber das ausschließlich im platonisch-väterlichen Sinn!«

Antigona atmete ruckartig aus. Sie wusste, noch ein Wort mehr und sie hätte erneut Streit mit ihrer Mutter. Wie schon unzählige Male zuvor. Sie wollte es nie wahrhaben, doch das Verhältnis zwischen Vater und Semele war anders als das zu ihr und ihrer Schwester Helena. Dabei hatte er doch auch sie schändlich im Stich gelassen.

Für einige Momente war es still im Wohnzimmer, weshalb sich Mario bemüßigt fühlte, das Gespräch wieder in weniger emotionale Gewässer zu lenken: »Du hast gesagt, der Guru nenne sich ›Tag‹. Was könnte das bedeuten? Doch nicht den Wochentag, oder?«

»Kaum«, antwortete Antigona, »das ist sicher ein Akronym. Warte, das haben wir schnell herausgefunden.« Antigona griff nach ihrem Handy und gab das Kürzel ein. »Ah, violà«, sagte sie nach kurzer Zeit, »das englische Wort TAG bedeutet einerseits Preisschild, Etikette, Anhänger, ist aber auch ein Szenewort aus dem Hip-Hop und steht für ein Zeichen oder eine Art Pseudonym. Aber dann gibt's auch in der Computersprache diesen Begriff. TAG steht für einen HTML-Befehl, und dann gibt's auch noch eine Firma, die so heißt.«

Mario nickte beeindruckt und wandte sich an Antigonas Mutter, die sich allem Anschein nach wieder beruhigt hatte: »Du sagtest, dass der Anführer der Gruppe ein Holländer und IT-Spezialist sei? Woher hast du diese Informationen?«

»Von einer Sektenberatungsstelle in Zürich. Habe vor einigen Tagen mit denen mal telefoniert, und da ein paar Dinge erfahren. Anscheinend sind ›Gaias Kinder‹ keine unbekannte Gruppierung.«

»Kannst du mir die Nummer der Beratungsstelle geben?«

»Klar.« Renata kramte in einem Klarsichtmäppchen und reichte Mario den Ausdruck einer Homepage.

»Ja, diese Beratungsstelle kenne ich, mit der hatte ich auch schon zu tun. Ich werde am Montag mal mit denen telefonieren.«

KAPITEL 12

Im Château Nôtreterre herrschte Ruhe, obwohl es noch nicht mal Mitternacht war. Alle wussten, dass der Gemeinschaft ein großer Tag bevorstand, deshalb war diszipliniertes Zubettgehen Pflicht für alle. Morgen, Sonntag, würden sich Merlin, Mathieu, Rainer und Etienne den Textilfabrikanten Dumont vorknöpfen. Aus diesem Grund verzichteten die Kinder Gaias auf die sonst übliche Wochenendparty.

Umso erstaunter war MC, als plötzlich mitten in der Nacht sein Handy piepte. Natürlich erkannte er die Nummer sofort und drückte auf den Knopf, um das Gespräch entgegenzunehmen.

»MC«, begann er sofort, »schön, dass du noch wach bist. Ich liege in meinem Bett und kann wieder mal nicht schlafen. Es ist wieder dieses schreckliche Kopfweh, das mich plagt. Mein lieber MC, wie sehr vermisse ich die Ruhe und Abgeschiedenheit bei euch.«

»Easy Mann, schon bald wirst du bei uns sein und kannst dich erholen.«

»Erholen, ja …« Die Stimme des Meisters klang zerbrechlich, fast schon brüchig. Er seufzte kraftlos. »Ich weiß wirklich nicht, wie lange ich das Böse von der Welt noch abwehren kann. Es keimt an allen Enden, formiert sich und ergießt sich von den Polen her wie magnetische Energien über den Planeten. Es zerreißt mich, dennoch will ich nicht nachgeben, muss standhaft bleiben. Aber ich weiß nicht, wie lange ich das noch kann!«

»Glaubst du, es geht noch, bis wir unsere *Last Battle* geschlagen haben?«

»Zweifelst du an meinen Fähigkeiten?«

»Natürlich nicht! Aber du musst nicht nur uns, sondern die ganze Welt retten. Kannst du das? Wird das nicht zu viel für dich?«

»Gaia hat mich auserwählt, also wird sie mich unterstützen. Für sie bin ich die Inkarnation des Dionysos und du weißt, was das bedeutet!«

MC rollte mit den Augen und schüttelte den Kopf. Immer diese Nummer mit diesem Dionysos, dachte er ärgerlich, wird wirklich Zeit, zum Wesentlichen vorzudringen und diesen esoterischen Kram wie einen alten Zopf abzuschneiden. Doch einstweilen brauchte er den Meister noch. Aus diesem Grund antwortete er beschwichtigend:

»Natürlich, wollte dich nicht kränken. Ich habe gute Neuigkeiten, die dir zusätzlich Kraft geben werden: Morgen geht's dem Textilfabrikanten an die Eier! Das wird viele wachrütteln. Die Indizien sind einfach zu klar!«

»Gut! Das wird ein weiteres Licht in meinem Kampf entzünden und wie ein Mahnfeuer auf die nächste Aktion hinweisen, die fundamental ist! Der weltweite Atomausstieg ist unausweichlich und darf nicht weiter verzögert werden! Und weil das diese schweizerischen Kleingeister und Erbsenzähler nicht begreifen wollen, müssen wir an ihnen ein Exempel statuieren! Ihnen wird ihr Entscheid schwer im Magen liegen!«

Die Stimme des Meisters war nun lebhaft geworden, schon fast euphorisch. MC kannte dessen Launenhaftigkeit. Er wusste nur zu gut, wie zerbrechlich er in der depressiven Phase war, wie schwach und lächerlich. Aber wenn er die Manische erreichte, dann konnte man ihn kaum mehr steuern. Er war dann wie ein Irrwisch und raste durch alle Sphären. Dann, und nur dann, war er zu Höherem berufen, erhielt seine göttlichen Eingebungen, seine Visionen, die sich schon x-fach als wahr und richtig herausgestellt hatten. Aus diesem Grund tat MC alles, damit der Meister auf seinem Hoch blieb, und hatte ihn auch bei seiner jüngsten Namenswahl unterstützt, auch wenn er den Sinn nicht ganz durchschaute. Folgsam nannte er ihn neuerdings auch nur noch TAG.

KAPITEL 13

Ein endlos blauer Himmel wölbte sich über dem Land und ließ Frühlingsgefühle aufkommen. Der Sonntag war wie aus dem Bilderbuch und verbreitete Leichtigkeit. Die war jedoch den vier Männern nicht anzusehen, die am Fluss Hérault standen und ihrer Aufgabe nachkamen.

Zwar versah die Pumpe, die das stinkende Wasser ansaugte, ihren Dienst ohne Macken. Doch Merlin, ein junger Mann aus dem Bündnerland, der vor sieben Monaten zu den Kindern Gaias gestoßen war und dank seiner praktischen Ader zum Chefmechaniker befördert wurde, betrachtete die Druckanzeige mit gemischten Gefühlen. Seine Kollegen Etienne und Rainer standen mit hüfthohen Fischerstiefeln im Brackwasser und bändigten den widerspenstigen Feuerwehrschlauch, dessen vorderes Ende im Ausflussrohr der Textilfabrik »Dumont et Cie.« steckte. Ein Rohr notabene, das seit Jahren verschlossen sein sollte, aus dem aber nach wie vor große Mengen an Lacken, Lösungsmitteln und Farben austraten und in den Fluss gelangten. Weil es in den Cevennen in den letzten Wochen viel geregnet hatte, war der Wasserstand hoch, und es schien den Verantwortlichen der Textilfabrik günstig, gerade heute die Schleusen zu ihren Giftdepots zu öffnen, um die stinkenden Abwässer auf billige Weise zu entsorgen. Sie wussten, dass man vorne bei Cap d'Agde, wo der Hérault ins Meer mündete, kaum mehr etwas davon bemerken und die toten Fische als natürliche Bestandsregulierung erachten würde.

Ein chemisch-stechender Geruch hing über dem Ausflussschacht. Dort, wo das verseuchte Wasser in den Fluss trat, bildeten sich handgroße Schauminseln, die wie lustige Papierschiffchen davonflossen. Dass schon wenige Hundert Meter weiter unten die ersten toten Fische rücklings Richtung Meer trieben, konnten die jungen Männer nicht wissen, sondern nur erahnen. Klar war, dass diese Brühe hochgiftig war. Das hatte die Analyse von Mathieu ergeben, der auf dem Zisternenwagen stand und den Füllstand kontrollierte. Er, der ein mehrsemestriges Hydrologiestudium vorzuweisen hatte, war der Wissenschaftler in ihrer Gemeinschaft. Er erstellte professionelle Messungen und schrieb Berichte, die bis zum Meister gelangten und Taten folgen ließ. Dank seines Wissens war er eine Schlüsselfigur des ganzen Teams und unermüdlich dabei, die Machenschaften von Öko-Verbrechern aufzudecken und Gegenmaßnahmen einzuleiten. Sie füllten ihren Zisternenanhänger mit 1.500 Litern Giftwasser, im Wissen, dass sie es dem Besitzer der Textilfabrik nachhaltig begreiflich machen wollten, welch schändliche Tat er hier beging.

Die jungen Männer hatten ihre Pumpaktion gerade beendet, als dreißig Meter über ihnen eine wild gestikulierende Gestalt auftauchte, mit einer Schaufel fuchtelte und sie lautstark zur Hölle wünschte. Dies hätte den Brüdern der Gemeinschaft egal sein können, da sie eben dabei waren, den Schlauch aufzurollen, doch der Mann war in Begleitung eines hysterisch bellenden Dobermanns, der ungestüm an seiner Leine zerrte und am liebsten losgespurtet wäre. Die blanken Zähne in seiner Riesenschnauze waren beeindruckend. Als sähen es die jungen Männer in Zeitlupe, öffnete der Hundebesitzer tatsächlich den Karabiner der Leine, sodass der Vierbeiner plötzlich befreit war und losstürmen konnte. Als erstes Ziel seiner Attacke hatte er sich Rainer ausgesucht, der rund drei Meter vor Etienne stand, und das Unvermeidliche zu erahnen schien. An Flucht war nicht mehr zu denken. Der Hund war schon fast bei ihm, da reagierte Merlin geistesgegenwärtig. Er stieß einen Warnruf aus und ließ die Pumpe in Gegenrichtung laufen. Zur Überraschung von Rainer – und nicht zuletzt auch des Hundes – schoss augenblicklich ein mächtiger Schwall Wasser aus dem Schlauch heraus und traf den anstürmenden Dobermann genau im Gesicht. Das Giftwasser musste in den Augen des Hundes grauenvoll gebrannt haben, denn das Tier machte jaulend kehrt. Es rannte den Berg hoch und als Folge seiner vorübergehenden Blendung seinen Meister über den Haufen. Der war mittlerweile einige Schritte näher gekommen und wurde vom Hund frontal erwischt und wegkatapultiert. Er stürzte auf seinen Arm und blieb kurz liegen. Der Dobermann rappelte sich gleich wieder auf und winselte herzerweichend, ehe er im gestreckten Galopp davoneilte. Dann erhob sich auch der Besitzer wieder, blickte entgeistert in die Runde, ehe ihm der Schmerz in den Körper fuhr. Fluchend und mit verzerrtem Gesicht folgte er seinem Hund. Nach ein paar Metern drehte er sich nochmals in Richtung der jungen Männer um und warf ihnen mit erhobener Faust alle erdenklichen Drohungen an den Kopf, während sich sein Hemdsärmel blutrot verfärbte.

Rainer blickte zu dem Mann hoch. Wut stand in seinem Gesicht, einerseits, weil er durchschaute, dass der Dobermann von seinem Besitzer mit fragwürdigen Methoden abgerichtet worden war. Andererseits, weil er dem Hund Schmerzen zugefügt hatte. Er zeigte ihm den Stinkefinger, dann drehte er sich zu seinen Freunden um: »Wäre wohl besser, von hier zu verschwinden!«

Schnell rollte er den Schlauch auf und warf ihn auf die Ladefläche.

Die anderen, die das Schauspiel in einer Art Schockstarre mitverfolgt hatten, waren sofort wieder auf ihrem Posten. Während Rainer in den Fond des Autos stieg, kontrollierte Mathieu den Wasserstand im Anhänger und stellte beruhigt fest, dass noch genügend Wasser für ihre weitere Aktion vorhanden war. In der Zwischenzeit hatte Etienne den Wagen gestartet. Als alle im Auto Platz genommen hatten, drückte er aufs Gas. Wenige Minuten später fuhren sie in westlicher Richtung auf einer breiten Überlandstraße. Erst, als sie die Fabrik mehrere Kilometer hinter sich wussten, entspannte sich die Stimmung im Auto.

KAPITEL 14

Die vier jungen Männer um Rainer fuhren im Licht der Dämmerung nach Clermont, einem kleinen Städtchen am Rande der Cevennen, rund eine halbe Autostunde von Montpellier entfernt. An dessen Rand, wo sich sanft die Ausläufer des Hügelzugs ins flache Land erstreckten, befanden sich die Häuser der Mehrbesseren. So auch das von hohen Thuja-Hecken umrahmte Geviert, das einen modernen Bungalow und einen L-förmigen Swimmingpool vor neugierigen Blicken schützte. Hier führte der Direktor der Textilfabrik, Laurent Dumont, zusammen mit seiner Ehefrau Nadine und den beiden Kindern ein sorgenfreies Leben.

Die jungen Männer parkierten ihren Wagen samt dem Zisternenanhänger in einer ruhigen Seitengasse, die westlich des Anwesens vorbeiführte. Vorsichtig schlichen Etienne und Mathieu zur dichten Thuja-Hecke und gruben sich mit den Armen eine Sichtluke durch das Geäst. Was sie sahen, waren die Bilder zum unüberhörbaren Geschrei von Kindern, die trotz der abendlichen Kühle in einen Swimmingpool sprangen.

»Die baden schon im März?«, flüsterte Etienne erstaunt.

»Werden den Pool auch mächtig heizen«, antwortete Mathieu sichtlich verärgert, »eine Energieverschwendung der Sonderklasse. Doch das macht unsere Idee noch besser. Anstatt dass wir das Giftwasser einfach über den Rasen ergießen, lassen wir es in den Pool einfließen!«

»Ist das nicht ein wenig gemein? Ich meine wegen der Kinder?«

Mathieu blickte seinen Ordensbruder verächtlich an. »Haben die die Fische gefragt, ob sie in diesem Dreckwasser schwimmen wollen? Diese Dumonts haben wenigstens das Glück, die Hautverätzungen durch einen Arzt behandeln zu lassen. Außerdem wird der Pool schon so stark stinken, dass niemand freiwillig baden gehen wird.«

Das letzte Argument leuchtete auch Etienne ein.

*

Als es Nacht geworden war, machten sich die jungen Männer an die Arbeit. Ihnen kam entgegen, dass lediglich die Vorderfronten der Einfamilienhäuser beleuchtet wurden und viele der prunkvollen Häuser offenbar leer standen oder nur als Wochenendrefugien benutzt wurden. So war das Haus der Dumonts eines der wenigen, das bewohnt wirkte. Auch seine Vorderfront wirkte wie eine von Flutlicht beleuchtete Bohr-Insel, die mitten in der Garrigue, dieser so typischen Buschlandschaft, stand. Der dahinter liegende Garten schien von den Halogenleuchten wie vergessen worden zu sein, denn dort herrschte Dunkelheit.

Während Rainer mit dem Schein einer fahlen Taschenlampe das abgemachte Zeichen morste, sodass Mathieu und Etienne die Pumpe in Betrieb setzten, stemmte sich Merlin gegen den widerspenstigen Schlauch, als müsste er den gefährlichen Arm eines Kraken im Zaum behalten. Das Ende des schwarzen Ungetüms lag auf dem Boden des Pools und aus seinem Schlund ergoss sich das schmierige Wasser. Da der Vorgang fast geräuschlos ablief und der Garten in einen nächtlichen Schlummer gefallen schien, konnte Merlin nur anhand des kontinuierlich steigenden Wasserspiegels erkennen, dass überhaupt etwas passierte. Die Pumpe, die in der Ferne brummte, war leise genug, dass sie niemanden störte. Nach einigen Minuten wurde das Gurgeln lauter. Nun war das Niveau des Überlaufes erreicht, dachte Merlin zufrieden. Nach und nach roch er die stechenden, chemischen Aromen, die sich langsam aus dem Wasser schälten und über dem Pool eine Geruchsglocke bildeten, die dem jungen Mann zunehmend zu schaffen machte. So war es eine Erlösung, als Rainer herangeschlichen kam und ihm flüsternd zu verstehen gab, dass sie bald das Ende ihrer Mission erreicht hatten. Als der letzte

Liter des kontaminierten Wassers in den Pool geflossen war, bargen die Männer den Schlauch, zogen ihn durch das Loch der Hecke zurück und rollten ihn beim Auto ein. So leise, wie sie gekommen waren, so diskret verließen sie das Grundstück der Dumonts, stiegen in ihr fast lautloses Hybridauto und fuhren davon. Erst nach einer Weile, als sie bereits das nächste Dörfchen erreicht hatten, löste sich ihre Spannung, was sich augenblicklich auf ihre Stimmung übertrug. Nun parlierten sie munter drauflos, scherzten und malten sich die Gesichter der Geschädigten aus, wenn sie die Sauerei bemerkten.

Erst recht freuten sie sich auf die Reaktion der Presse, die den Beweis für diese illegale Entsorgung morgen per Kurier erhalten würde. Auch das Umweltamt dürfte an den Ergebnissen sehr interessiert sein, mutmaßten sie.

*

Die vier Männer waren nur noch wenige Kilometer von ihrem Château entfernt, als es an der Türe der Dumonts klingelte. Da es bereits nach 21 Uhr war, empfand es der Hausherr als geradezu unanständig, dass es jemand wagte, ihn zu dieser Stunde noch zu belästigen. Erst recht ungehalten war er, als er bemerkte, um wen es sich handelte. Bevor sein Angestellter auch nur einen Ton reden konnte, fuhr ihn der Chef an, was ihm einfalle.

Breton spürte eine Wut aufsteigen. Schließlich war es nicht selbstverständlich, nur Stunden, nachdem ihm ein Arzt den lädierten Arm versorgt hatte, nach Clermont zu fahren, um seinem Chef zu schildern, was er beobachtet hatte. Natürlich hätte er telefonieren können, doch er wollte es persönlich ausrichten, die Lage unter vier Augen besprechen. Und nun diese arrogante Haltung! Am liebsten wäre er wieder gegangen.

Als Dumont den eingegipsten Arm seines Sicherheitsbeauftragten realisierte und intuitiv begriff, dass er nicht wegen einer Lappalie gekommen war, fand er zu einem angemessenen Tonfall zurück. Was denn passiert sei, wollte er wissen.

Breton hatte sich auch wieder etwas beruhigt und begann in langsamem Tonfall zu erzählen. Er habe, wie es der Chef befohlen hatte, heute Mittag die Schleusen des Abwasserbeckens geöffnet. Dies, weil der Fluss ja so hoch wie selten stehe. Dennoch müsse man bei diesem Unterfangen aufpassen, fuhr er fort, schließlich sei das ja kein Kinderkram.

Der Chef nickte, um seinen Angestellten zu einem größeren Redefluss zu motivieren. Kurz ging ihm durch den Kopf, dass Breton möglicherweise mehr Geld für die illegale Entsorgung einstreichen wollte. Doch er sollte sich täuschen.

»Um etwa 16 Uhr«, fuhr der Sicherheitschef unbeirrt fort, »hab ich mit meinem Hund eine Runde gedreht, um nachzuschauen, ob unten beim Hérault alles in Ordnung ist. Und als ich den schmalen Weg von der Firma zum Fluss hinunterging, da hab ich gedacht, mich laust der Affe!«

Wenn der das Dreckwasser auch nur so zögerlich abließ, wie er spricht, dachte Dumont ärgerlich, dann würden sie immer noch auf Hunderten von Litern sitzen. Die jährliche Inspektion des Umweltamts war für den nächsten Monat anberaumt worden, das hatte sein Informant zweifelsfrei herausbekommen. Die Firma wäre geliefert, wenn die Beamten auch nur den kleinsten Rest dieser Dichlordiphenyl-Jauche finden würden.

»Weil der Fluss so viel Wasser wie selten führt, war auch die Schaumbildung klein, und da habe ich gedacht, alles sei bestens. Doch dann bog ich um die Ecke, um nach dem Abflusskanal zu sehen. Und was seh ich da?«

Bretons Stimme schwoll an, als käme jetzt das dicke Finale seiner Ausführung. Dumont wurde es zu bunt:

»Was haben Sie gesehen, Mann, reden Sie!«

»Nun, da sah ich diese Männer, also eher so Halbstarke, die da mit ihrem Auto standen und Wasser abfüllten!«

»Wie, Wasser abfüllten?«

»Na, sie pumpten mit einem Schlauch Wasser in einen Zisternenanhänger, einen, wie die Bauern benützen, wenn sie den Kühen auf den Weiden Wasser bringen.«

Dumont blickte seinen Angestellten mit fragendem Blick an. »Und Sie haben einfach zugesehen, nichts unternommen?«

»Doch, natürlich Chef. Ich ließ meinen Hund von der Leine, damit er denen Beine macht. Sie wissen ja, Rex ist ziemlich angsteinflößend, wenn er so bellt. Doch dann ...«

»Was dann?«

Noch bevor Breton antworten konnte, erschien plötzlich Madame Dumont bei der Tür. Als würde sie dem ganzen Treiben nicht so recht trauen, öffnete sie die Tür nur einen Spaltbreit:

»Chérie, mit wem sprichst du? Ist alles in Ordnung?«

Dumont drehte sich blitzartig um und lächelte in Richtung seiner Frau. »Ja, alles bestens. Monsieur Breton musste mir nur noch was mitteilen. Geh nur wieder rein. Ich komme auch gleich.« Und freundlich, aber bestimmt zog er die Eingangstür vor ihrer Nase wieder zu. »Kommen Sie mit Breton, gehen wir nach hinten in den Garten. Da stört uns niemand.«

Dumont schob den anderen durch ein metallenes Gartentor und vor ihnen öffnete sich eine neue Welt. War das Haus von der Vorderseite betrachtet relativ unscheinbar, war der dahinterliegende Garten eine Augenweide, das realisierte Breton selbst im Licht der Gartenbeleuchtung. Diese Anlage glich eher einem Park als einem üblichen Garten, das durchschaute er sofort, und sie musste sündhaft teuer gewesen sein. Auch erschien die Hinterseite der Villa eher wie ein Schloss, was Breton in Erinnerung rief, seit mehreren Jahren keine Lohnerhöhung erhalten zu haben. Stets mit der Begründung, dass es der Firma so schlecht gehe.

»Also, wo waren wir stehen geblieben«, fragte Dumont rhetorisch, während der Angestellte die exquisiten Steinplatten betrachtete, die den Pool umfingen. Irgendwie roch es merkwürdig, dachte er weiter, dabei sagte man doch, dass Geld nicht stinke. Fast hätte er laut herausgelacht. Bei Dumont riss schon wieder der Geduldsfaden:

»Also, Sie haben den Hund von der Leine gelassen. Und dann?«

»Ja, dann ist etwas passiert, was ich nicht erwartet hätte. Rex schoss in Richtung eines dieser Kerle los. Und normalerweise hätte er Hackfleisch aus ihm gemacht, doch der öffnete das Ventil seines Schlauchs und traf Rex mitten im Gesicht. Die Folge war, dass Rex rechtsumkehrt machte und mich über den Haufen rannte. Mich, seinen Ernährer!« Breton hielt zur Unterstreichung seiner Empörung den verletzten Arm in die Höhe, um sogleich eine Welle des Schmerzes zu spüren.

»Dann sind die Typen in ihr Auto eingestiegen und konnten fliehen.«

»Sie haben diese Kerle einfach wegfahren lassen? Ja sind Sie denn von Sinnen?«

»Was hätte ich tun sollen? Verdammt, ich lag verletzt auf dem Boden. Der Arm schmerzte fürchterlich!«

»Ich kann es nicht fassen!«, rief der Chef erneut, als hätte er Bretons Erklärungen überhört. »Wie kann man nur so dumm und unfähig sein? Diese Typen mit einem gefüllten Tankwagen einfach so ziehen lassen? Das wird Sie teuer zu stehen kommen, Breton! Wenn wir wegen Ihnen unseren Laden dichtmachen müssen, dann werden Sie die Hölle auf Erden erleben!«

Nun wurde es dem Gescholtenen zu bunt. »Jetzt aber halblang!«, rief er, »wer ist denn hier der Chef und wer der Angestellte? Und überhaupt: Was für eine Dreckbrühe war denn das, dass mein Hund vor Schmerzen jaulte und Sie sich gleich in die Hosen machen?«

»Sie haben ja wieder mal keine Ahnung! Das war nicht irgendeine Flüssigkeit, das waren Reste einer Imprägnierung für Spezialkleider von sibirischen Waldarbeitern, basierend auf einer genialen Weiterentwicklung von Dichlordiphenyltrichlorethan!«

Irgendwo, weit hinten, klingelte es in den Ohren des Sicherheitschefs. Diesen unaussprechlichen Namen hatte er schon mal gehört, und dann dämmerte es ihm. Seine Stimme klang entrüstet: »Wollen Sie mir jetzt allen Ernstes weismachen, im Wasser war DDT?«

»Eine Weiterentwicklung, weit genialer und weit effektiver«, antwortete Dumont mit gepresster Stimme, als lauschten seine Konkurrenten hinter den Hecken.

»Aber sagten Sie nicht«, protestierte Breton dafür umso lauter, »dass es sich lediglich um ein paar harmlose Lösungsmittel, Restbestände von Farben und Lacken handelte?«

»Ja, natürlich waren auch die üblichen Beschichtungschemikalien für Outdoor-Bekleidungen dabei. Aber auch ein paar Hundert Liter dieser Imprägnierung, die wir für die sibirische Holzkooperation aufmischten. Diese Beschichtung ist, wenn sie dann mal funktioniert, eine Revolution!

Dann wäre das Mückenproblem gelöst, und die Waldarbeiter in der russischen Taiga könnten ungestört arbeiten.« Dumont gefiel sich in der Rolle des Weltverbesserers.

»Aber von DDT war nie die Rede gewesen«, protestierte Breton erneut. »Das ist Teufelszeug, das wissen Sie! Seit Jahren verboten!«

»Ach was! Noch heute werden weltweit über 6500 Tonnen DDT produziert und eingesetzt. Da sind unsere knapp dreihundert Kilo im wahrsten Sinne des Wortes eine quantité négligeable! Aber wegen Ihrer Unfähigkeit haben diese Umwelt-Chaoten nun Beweise gegen uns in der Hand!«

Nun wurde es Breton zu bunt. Mit seinem gesunden Arm holte er aus und stieß seinen Chef in den Pool. Weil er ihn kurz darauf wieder auftauchen und nach Luft schnappen hörte, drehte er sich um und verließ diesen Ort mit einem brummenden: »Hiermit habe ich gekündigt!«

KAPITEL 15

Es war kurz nach neun Uhr nachts, als Mathieu, Merlin, Rainer und Etienne mit ihrem Auto fast lautlos den Seiteneingang von Nôtreterre passierten. Sie waren kaum ausgestiegen, da hatte es im Schloss bereits die Runde gemacht, dass die vier Helden, wie sie Shogi in der nachfolgenden

Feier voll Verve nennen sollte, ihre Mission erfolgreich abgeschlossen hatten und heil zurückgekehrt waren.

Man geleitete die jungen Männer, denen eine gewisse Müdigkeit anzumerken war, in den Speisesaal am Rande des Anwesens und ließ sie ihre Erlebnisse erzählen. Genüsslich schilderte Mathieu mithilfe der anderen, wie sie zuerst den Angriff eines Dobermanns überstehen mussten und hernach dem verhassten Großindustriellen seine Chemiegülle in den Pool geschüttet hatten. Da mittlerweile auch das selbst gebraute Bier in Strömen floss und einige Joints die Runde machten, war die ganze Gesellschaft schon bald in bester Stimmung. Erst recht, als einer der jüngeren Brüder noch den DJ machte. Es klarte im Osten, als der letzte Nachtschwärmer seine Augen schloss und ins Nirwana seiner Traumlandschaften eintauchte. Obwohl keiner eine Lockerung der klösterlichen Regeln für den nächsten Tag angekündigt hatte, war allen klar, dass sie nicht bereits um 6.30 Uhr die morgendlichen Kampf- und Sportübungen machen würden.

Nur einem war der Rummel entgangen, weil er in seinem abgelegenen Schlafzimmer, das sich im Osttrakt des Schlosses befand, nichts gehört hatte und früh zu Bett gegangen war. Zuerst sprachlos vor Erstaunen, hernach wütend über den Mangel an Disziplin, machte MC deshalb seine Morgenübungen alleine, jedoch nicht weniger intensiv. Als er nach einer guten Stunde auf der Suche nach den anderen durchs Anwesen ging und da und dort noch die Reste der nächtlichen Festivitäten erblickte, ging er in die Küche, um sich ein kleines Frühstück zu machen. Für einmal drehte er das Radio an, um die Eintönigkeit der Stille zu durchbrechen. Soeben liefen die Nachrichten. Was er hörte, machte ihn stutzig. Da sein Französisch nicht das Beste war, konnte er sich nicht sicher sein, ob er die Meldung richtig verstanden hatte. Dennoch war die Quintessenz klar: In Clermont sei ein Industrieller in seinem Pool ertrunken. Die Gründe für den Hinschied aber verstand er nicht, und das Wenige, das er im schnellen Wortgefecht des Moderators herausdestillieren konnte, war der Begriff *l'eau toxique*, also vergiftetes Wasser.

Für MC gab es keinen Zweifel: Diesen Laurent Dumont hatte es aufgrund ihrer Battle erwischt. Dies bedeutete eine beträchtliche Verschärfung ihres Kampfes. In MC keimte ein Gefühl auf, was er schon lange nicht mehr erlebt hatte, ein Endorphinstoß, der ihm eine Gänsehaut auf den Rücken jagte. Es war das Gefühl des Kriegers, des Siegers! Augenblicklich war ihm jedoch klar, dass ihr Kampf ab sofort nichts mehr mit Kinderkram zu tun hatte, sondern nun in die Sparte Terrorismus fiel. Und ebenso war klar, dass die halbe Polizei des Departements bereits die Suche nach dem Täter aufgenommen hatte. Er konnte daher nur hoffen, dass sich die Jungs aus dem Staub machen konnten, ohne verräterische Spuren hinterlassen zu haben. In Bälde würde die Redaktion des Midi Libre in Montpellier den anonymen Brief mit der Wasserprobe erhalten. Ebenso das Umweltamt. Somit war es nur eine Frage von wenigen Stunden, bis das auch die Polizei wusste. MCs kriegerisches Körpergefühl wich einer gewissen Unsicherheit. Waren sie zu weit gegangen? Hatten sie sich nun bereits zu sehr aus dem Fenster gelehnt?

Sogleich war ihm klar, dass er mit dem Meister Rücksprache nehmen und mit ihm die Situation analysieren musste. Er ging in die Bibliothek und holte hinter zwei alten Atlanten aus dem 18. Jahrhundert das einzige elektronische Gerät hervor, das ihm gehörte, und schaltete es ein. Augenblicklich erwachte es aus dem Tiefschlaf, als er die richtige Kombination von Tasten gedrückt hatte. MC war nebst Shogi der Einzige, der des Meisters Telefonnummer kannte und die Erlaubnis besaß, in Notfällen anzurufen. Es klingelte nur zwei Mal, als TAG das Gespräch annahm. In kurzen Zügen schilderte er dem Meister, was seinem Verständnis nach geschehen war. Auch wenn es den Richtigen getroffen hatte, wie er leicht süffisant anfügte, dürfte dieser Umstand eine ganz andere Reaktion hervorrufen als die bisherigen Aktionen, die zwar medial erfolgreich ausgeschlachtet werden konnten, aber vergleichsweise harmlos abliefen. Das bisher Dreisteste war die Aktion mit dem Direktor einer Papierfabrik gewesen, den man an seinem eigenen Schornstein auf vierzig Meter Höhe festzurrte, weil er sich geweigert hatte, neue Filteranlagen einzubauen.

»Nun wird die ganze Polizei des Departements nach uns suchen! Was sollen wir tun?«

»Keine Sorge«, lachte TAG in den Hörer, weil ihm augenscheinlich gefiel, was passiert war. »Es ist ohnehin höchste Zeit, dass wir die Samthandschuhe zur Seite legen. Die Schurken sollen nur wissen, dass es ihnen an den Kragen gehen kann!«

»Schon, aber das hat Konsequenzen. Was sollen wir nun machen?«, fragte MC etwas ratlos.

»Was wohl? Die nächste Battle! Die Zeit ist günstig, wir müssen die nächste Stufe unserer Rakete zünden!«

»Ist das nicht etwas gefährlich. Wir könnten uns verraten und alles verlieren.«

»Papperlapapp, unser Plan ist zu raffiniert. Außerdem sind wir den berühmten Schritt voraus. Sorge einfach dafür, dass das zweite Team keine Fehler macht und präzis zuschlägt!«

»Noch heute?«

»So schnell wie möglich.«

TAG legte ohne Abschiedsgruß auf, was MC nicht erstaunte, da es noch nie anders gewesen war. Ohne weitere Zeit zu verlieren, ging er zum großen Gong, der am Kopfende des Rittersaals aufgehängt war. Jeder Schlag, den er auf die metallene Fläche setzte, ließ eine Klangwelle durch das ganze Schloss schwappen. Als er die Dichte der Schläge steigerte, potenzierte sich der Klang, bis die Wände scheinbar zu vibrieren begannen. Bald tauchten die ersten noch verschlafenen Jünger auf und wunderten sich mit zugehaltenen Ohren über MCs Klangorgie. Als er praktisch alle herbeigegongt hatte, ließ er die Klangwellen wie ein sich entfernendes Gewitter wegziehen. Dann drehte er sich zu den Brüdern und Schwestern um. Selbst Shogi stand mit aufgerissenen Augen in der Menge und wunderte sich über MCs Aktion. Dieser ließ seinen Blick über die Menge schweifen und begann mit lauter und eindringender Stimme:

»Während ihr euren Rausch ausschlaft, ist unser Meister besorgt und erzürnt! Erstens, weil die gestrige Aktion, die ihr offensichtlich zu früh gefeiert habt, eine unerwartete Wendung genommen hat und zweitens, weil auch heute und morgen weitere Aufgaben auf unsere Gemeinschaft warten!«

Die jungen Leute blickten fragend nach vorne. Nur weil sie für einmal MCs Morgenübungen verpasst hatten, so dachten wohl alle, musste er ja nicht gleich das gröbste Geschütz auffahren und mit dem Meister drohen. Als MC jedoch mit seiner Rede weiterfuhr und erzählte, was in Clermont passiert war, veränderten sich die Gesichter der Zuhörenden. Waren sie zuerst verwirrt, dann bestürzt, weil ihre Gemeinschaft einen Toten auf dem Gewissen hatte, endete ihre emotionale Achterbahnfahrt dank MCs geschickter Wortwahl bald in einem sich steigernden Triumphgefühl. Ja, sie hatten schneller Geschichte geschrieben, als sie es für möglich hielten. Und der Meister würde, fuhr MC verschwörerisch fort, von ihnen umgehend weitere Schritte erwarten. Nun wäre das nächste Team an der Reihe. Zu ihm gehörte auch Semele, die einen Kloß im Hals spürte. Sollte sie doch dabei einen nicht einfachen Part übernehmen.

*

Wie nicht anders zu erwarten war, wurde der Fall Dumont noch gleichentags zu einem Thema, das weit über die Departementsgrenzen hinaus für Schlagzeilen sorgte. Die Gendarmerie von Montpellier, unter der Leitung von Capitaine Erneste Turbillou, war federführend und lud noch am selben Mittag zur ersten Pressekonferenz. Es kamen weit mehr Kamerateams und Journalisten als erwartet, sodass zuerst ein größerer Raum gefunden werden musste. Als die versammelte Presse samt hochdekoriertem Polizeikader in der Aula der Polizeikaserne angekommen war, schlug es 14 Uhr. Ein sichtlich geschmeichelter Turbillou erklärte vor den Anwesenden den Stand der Ermittlungen und fasste das Bisherige zusammen: Gemäß der Aussage von Madame Dumont, die noch in der Nacht befragt werden konnte, sei zu vorgerückter Abendstunde ein Mitarbeiter der Firma unvermittelt vor der Tür gestanden und hätte mit ihrem Mann etwas Wichtiges zu bereden gehabt. Das Gespräch habe dann in einer verbalen Gehässigkeit geendet, und als ihr Mann nicht mehr ins Schlafzimmer hochgekommen war, sei sie ihn nach etwa einer halben Stunde suchen gegangen. So habe sie im Pool die schwimmende Leiche ihres Mannes entdeckt. Die Frau habe verzweifelt versucht, den Toten zu bergen, was ihr jedoch nicht gelungen war. Die Berührung mit dem Wasser habe augenblicklich zu merkwürdigen Verbrennungen an den

Händen geführt. Kurz darauf sei ihr jämmerlich übel geworden und sie habe sich mit letzter Kraft ins Haus zurückziehen können, sei dann für einige Stunden wie weggetreten gewesen, was wohl die Folge der Inhalation von giftigen Dämpfen gewesen war. Erst Stunden später sei sie wieder erwacht und habe gegen vier Uhr morgens die Polizei rufen können. Diese habe umgehend verstanden, dass das Poolwasser hochgradig kontaminiert sein müsse und die nötigen Abklärungen eingeleitet. Da in der Zwischenzeit ein anonymer Hinweis auf die Herkunft und Zusammensetzung des Wassers beim Wasseramt eingegangen war, werde nun mit Hochdruck nach dem besagten Mitarbeiter gefahndet. Sachdienliche Hinweise sollten umgehend an jede Polizeidienststelle gerichtet werden.

KAPITEL 16

Es war Montag geworden. Ermittlungsleiter Severin Martelli wunderte sich. Die Uhr zeigte schon halb acht, aber von seinen Leuten war noch niemand aufgetaucht. Ärgerlich holte er sich einen weiteren Kaffee vom Automaten. Ist immer das Gleiche, dachte er gereizt, gibt man ihnen den kleinen Finger, nehmen sie die ganze Hand! Wenn der Verlust an Disziplin die einzige Folge des neuen Führungsstils war, dann konnte er auf ihn verzichten.

In dem Moment kam der Abteilungscontroller um die Ecke.

Auch das noch, dachte Martelli und befürchtete eine weitere Konfrontation, da er mit ihm schon mehrfach die Klingen gekreuzt hatte, weil der partout nicht einsehen wollte, dass es bei der Kriminalpolizei keine Vorhersehbarkeit gab.

Doch er sollte sich für einmal täuschen. Denn der andere lobte ihn für sein weitsichtiges Verhalten, bei seinen Leuten dafür gesorgt zu haben, das Maß an Überstunden abzubauen. Er sei der einzige Abteilungsleiter, der es bislang geschafft habe, der Forderung der Regierungsrätin nachzukommen, was er gern in der nächsten Rapportsitzung hervorstreichen möchte.

Martelli bedankte sich und ging in sein Büro zurück. Schon kurze Zeit später war sein Team komplett und gleich voll bei der Sache. Gegen halb neun kam die staatsanwaltschaftliche Verfügung, bei der Firma Hungerbühler eine Durchsuchung machen zu können.

Kurz darauf fuhren drei Einsatzwagen der Kriminalpolizei auf dem Areal der Baufirma Hungerbühler in Niederwenigen vor. Eine sichtlich erschrockene Empfangsdame holte einen erbosten Chef aus einer Sitzung.

»Ja spinnen denn die, Gopferdammi*!«, war das Einzige, was er über die Lippen brachte, als er hörte, dass bereits zwei Beamte in seinem Büro daran waren, den Computer in Kisten zu verpacken. Andere Polizisten durchforsteten Ordner und Ablagen in verschiedenen Räumlichkeiten, und mitten drin hatte sich Martelli aufgepflanzt und erwartete den Hausherrn mit einem provokativen Augenaufschlag.

»Was soll das?«, rief Hungerbühler, als er in sein Büro

* Schweizerisches Fluchwort mit ähnlicher Bedeutung wie »Gott verdamme mich«, zumeist als Ausdruck der Überraschung gebräuchlich.

kam. »Ich sagte Ihren Männern ja bereits, dass wir keine Unterlagen von früher besitzen. Mein Vater hat das Wenige, das vorhanden war, wohl vernichtet. Außerdem hat er nie einen Computer benutzt! Alles was er wusste, war in seinem Kopf gespeichert: Namen, Aufträge, Geschäftsverläufe, Besonderes. Sie werden daher nichts finden!«

»Das werden wir sehen«, gab Martelli ungerührt zurück. »Im Übrigen, wo waren Sie letzten Donnerstagabend?«

»Auch das habe ich Ihren Männern bereits gesagt: bei einer Veranstaltung des Rotary-Clubs in Regensdorf. Vierzig Zeugen können das bestätigen.«

»Und bis wann ging die Veranstaltung?«

Hungerbühler atmete ruckartig aus, diese Fragerei ging ihm sichtlich auf den Geist: »Ist das ein Verhör?«

»Nennen Sie es, wie Sie wollen. Also«, fuhr Martelli gelassen fort, »wie lange dauerte die Rotary-Sause?«

»Bis um 22 Uhr. Aber hernach bin ich noch eins ziehen* gegangen.«

»Allein?«

»Nein, nicht allein, mit dem Vorstand. Das sind sechs Personen!«

»Und wann haben Sie mit Ihrem Vater zum letzten Mal gesprochen?«

Hungerbühler rollte mit den Augen. »Wir telefonierten mal unlängst. Das war wohl vor einer oder zwei Wochen.«

»Und worum gings?«

»Um den Geburtstag meines Sohnes im April. Ich habe ihn eingeladen.«

»Und da haben Sie nichts über die Firma gesprochen?«

»Nein, er ließ mich machen, und ich vermied es, ihn

---

* Eines ziehen: Schweizerdeutsch für eins trinken gehen.

irgendetwas zu fragen, weil es eh keinen Sinn gemacht hätte. Er war verschwiegener als ein Grab!«

»Wie war Ihre Kindheit bei so einem Vater?«

Hungerbühler blickte den Beamten fragend an, als müsste er abchecken, ob ihn der Beamte hochnehmen wollte. Doch Martellis Gesicht wies nichts Spöttisches auf.

»Meine Kindheit? Mein Gott, ich hab meinen Vater kaum gesehen, weil er immer gearbeitet hat. Und wenn er mal daheim war, wollte er in Ruhe gelassen werden. Eigentlich hat sich nur unsere Mutter um uns gekümmert.«

»Lebt Ihre Mutter noch?«

»Nein, sie starb vor bald zwanzig Jahren an den Folgen einer Blinddarmoperation. Eine Komplikation.«

»In welchem Spital?«

Hungerbühler warf dem Beamten erneut einen verdutzten Blick zu, dennoch antwortete er brav: »Die erste Operation war im Unispital. Als da gepfuscht wurde, ließ sie Vater in die Aeskulap-Klinik nach Meilen überstellen. Doch auch da konnte man ihr nicht mehr helfen. Eine innere Blutung hatte zum Tod geführt.«

»Tut mir leid«, raunte Martelli, um gleich fortzufahren: »Diese Aeskulap-Klinik – ist die nicht auf eine ganzheitliche Medizin ausgerichtet?«

»Mag sein, aber das half auch nichts mehr.«

In dem Moment erschien Baldini und machte seinem Chef ein Zeichen. Martelli folgte ihm in einen Nebenraum.

»Was gibts?«

»Habe mich draußen auf dem Areal umgesehen und in einer Remise einen älteren Mann aus Kalabrien getroffen, der Zementmischer auswusch. Wir kamen schnell ins Gespräch, weil ich mit ihm in unserem Dialekt reden konnte. Und er erzählte mir, dass der alte Hungerbühler ein Patron alter Schule gewesen war. Zum einen fordernd und bissig, zum andern aber auch großzügig und um seine Mitarbeiter besorgt. Er habe über ein stupendes Gedächtnis verfügt, aber stets auch ein Notizbüchlein bei sich getragen, in das er alles geschrieben hat, was wichtig war. Die vollen Büchlein waren für ihn so wertvoll, dass er sie im Safe aufbewahrt hatte. Grad neben den Couverts mit den Lohnzahlungen, die man bis weit in die 90er-Jahre noch bar bekommen hat.«

Martelli nickte und ging zur Empfangsdame, die immer noch verstört wie ein verschrecktes Huhn auf ihrem Stuhl saß, und das Treiben um sich herum über sich ergehen ließ.

»Frau …«, Martelli las das Schild, das neben ihr auf der Theke stand, »Balsiger?«

Die Angesprochene nickte artig.

»Wie lange arbeiten Sie schon da?«

»Seit 23 Jahren.«, kam es wie aus der Pistole geschossen.

»Dann haben Sie also Herrn Hungerbühler Senior noch erlebt.«

»Er hat mich eingestellt.«

»Sagen Sie, wo war der Safe, in dem die Löhne aufbewahrt wurden?«

»Sie sagen nichts!«, ertönte eine barsche Stimme. Frau Balsiger blickte entgeistert vom Beamten zu ihrem Chef hinüber, der eben aus seinem Büro getreten war und ein Handy in seiner Hand hielt.

»Habe eben mit unserem Anwalt gesprochen. Und er hat uns geraten, nichts mehr zu sagen.«

Martelli drehte sich bedächtig zum Juniorchef um und blickte ihn ungerührt an:

»Machen Sie sich nicht lächerlich, Herr Hungerbühler! Vielleicht hat Ihnen Ihr Anwalt verschwiegen, was es heißt, sich einem Durchsuchungsbefehl zu widersetzen. Außerdem finden wir ohnehin alles. Also, wo hat sich das Büro Ihres Vaters befunden?«

Hungerbühler schwieg nach wie vor, warf einen verächtlichen Blick in den Raum und machte Anstalten, in sein Büro zurückzugehen. Ehe er sich ganz abgewandt hatte, raunte er in Richtung seiner Sekretärin:

»Zeigen Sie den Beamten das Büro!«

*

Martelli und Baldini folgten Frau Balsiger auf den Flur, die Treppe hinab ins Untergeschoss und durch einen langen Gang bis an dessen Ende. Dann blieb die beflissene Empfangsdame vor einer schweren Betontür stehen und meinte mit Bedauern in der Stimme:

»Hier ist das Büro. Also hinter dieser Bunkertür. Wie Sie sehen abgeschlossen und einzig mit einem Code passierbar. Und glauben Sie mir, niemand außer dem Senior besaß Zugang!«

»Bis heute nicht? Auch nicht der eigene Sohn?«, fragte Baldini ungläubig.

»Auch der nicht. Sie müssen wissen, das Verhältnis war nicht gut. Der Senior war ein strenger und unbarmherziger Vater. War nicht leicht für den Junior. Und sie gingen sich aus dem Weg. Was nicht schwierig war, da der Senior erst spät abends kam und jeweils in der Nacht arbeitete.«

»Wollen Sie damit sagen«, schaltete sich Martelli ein, »dass er immer noch regelmäßig arbeitete?«

»Nicht mehr jede Nacht, aber sicher ein-, zweimal pro Woche.«

»Und was hat er da getan?«

»Keiner wusste es. Auch ich durfte damals nur kurz ins Büro, wenn ich die Monatslöhne holte.«

»Und wie sah es drinnen aus?«, wollte Baldini neugierig wissen.

»Wie in einem Bunker. In der Mitte war ein großer Schreibtisch, stets akkurat aufgeräumt. Dahinter ein Regal mit einigen Büchern und wenigen Unterlagen. Und in einer Nische befand sich sogar ein Bett samt WC und Lavabo. Rechts davon stand eine Vitrine mit einer ansehnlichen Whisky-Sammlung – das einzige Laster des Seniors …« Balsiger kicherte verlegen, was Martelli erstaunte, doch die Sekretärin fuhr verschwörerisch weiter. »Aber das Besondere des Raumes ist der Safe, der hinter einem echten Hodler-Bild versteckt ist!« Erneut blickte sie die Beamten an, als fände sie etwas lustig. »Sie müssen sich das mal vorstellen: Da ist das Büro schon ein veritabler Bunker, der jedem Atomangriff standgehalten hätte, und dann baut sich dieser arme Mensch auch noch einen Safe? Wie blöd ist das denn?«

Nun musste auch Martelli nicken. Gegen diese Logik gabs nichts einzuwenden. »Sagen Sie Frau Balsiger, wo genau trug der Senior den Safe-Schlüssel? Um den Hals?«

»Leider weiß ich das nicht. Aber kaum um den Hals. Dafür war er zu kostbar. Also der Schlüssel, nicht der Hals!« Frau Balsiger lachte gackernd. »Würde mich nicht wundern, wenn er ihn im Absatz seines Schuhes versteckt hätte!« Wieder lachte die Frau spitz, doch diesmal mit Hohn in der Stimme.

»Baldini, telefonier mit der Gerichtsmedizin und frag, ob man einen speziellen, safeartigen Schlüssel bei der Leiche gefunden hat. Wenn nicht, sollen auch die Kleider und die Schuhe überprüft werden.«

Als sein Mitarbeiter gegangen war, wandte er sich wieder an die Sekretärin, die immer noch beflissen neben ihm stand.

»Und Sie können mir sicher den Code nennen?«, fragte Martelli ironisch, dennoch antwortete die Frau in einem ernsten Tonfall:

»Herr Hungerbühler war ein Freimaurer, würde mich nicht wundern, wenn er irgendeine mystische Zahlenfolge gewählt hätte. Irgendein Rätsel oder so!«

Auch das noch, dachte der Beamte ernüchtert, wohl wissend, dass es auch ohne Zahlenmystik eine Knacknuss werden würde, in diesen Raum, der nur dreißig Zentimeter entfernt lag, einzudringen.

»Noch eine letzte Frage, Frau Balsiger, dann lasse ich Sie wieder arbeiten: Haben Sie im Büro des Seniors Notizbücher oder dergleichen gesehen?«

»Ja, der Chef schrieb alles in seine schwarzen Lederbüchlein, erstellte von Hand Skizzen, die fast so genau waren wie die am Reißbrett gezeichneten. Dann notierte er sich alle Namen der Menschen, mit denen er zu tun hatte. Unglaublich, nicht? Er war wirklich ein Besessener!«

Martelli atmete tief ein: »Ja, die Frage ist nur, wovon?«

KAPITEL 17

Der Montagmorgen war düster und regnerisch. Als Mario Ettlin das Großraumbüro im Deutschschweizer Fernsehen betrat, herrschte in seiner Redaktion bereits ein ziemlicher Betrieb. Alex Zündel, der Produzent der heutigen Abendsendung, war schon um neun Uhr gestresst und machte seinem Ärger Luft, dass der versprochene Beitrag vom Chinakorrespondenten noch nicht eingetroffen war. Was der denn den ganzen Tag mache, fragte er leicht hysterisch, in China sei es doch schon Abend, und da müsste er doch mit dem läppischen Dreiminüter längstens fertig sein. Doch niemand antwortete, weil jeder wusste, dass der Beitrag schon noch kommen würde, außerdem blieb ja noch jede Menge Zeit. Als Mario zu seinem Pult schlendern wollte, traf er den Inputter* bei der Kaffeemaschine. Der war angesichts der cholerischen Ausbrüche des Produzenten bereits sichtlich genervt und fand in Mario einen willkommenen Abhörer seines Frusts.

»Der Alex spinnt wirklich hochgradig«, meinte er ärgerlich, »macht sich schon jetzt fast in die Hose, dabei ist die Pipeline an Geschichten übervoll.«

»Manchmal«, so fügte er an, »ist es schon merkwürdig, welche Leute zu Vorgesetzten befördert werden, die eigentlich von Tuten und Blasen keine Ahnung haben.« Mario nickte. Er wusste, dass sein Kollege einerseits Garant für genügend Geschichten war, aber andererseits auch gerne

---

* Der Inputter sichtet für eine Nachrichtenredaktion die eingegangenen Meldungen, sucht Geschichten und Themen. Er ist damit eine wichtige Instanz, die entscheidet, was in die Sendung kommt.

selber Produzent geworden wäre. Da er sich in diesem Zwist nicht zwischen die Fronten setzen wollte, blieb er auf Distanz, machte sich seinen Kaffee und verabschiedete sich vom Inputter mit einem aufmunternden Spruch.

Da Mario heute nicht im Aktualitäts-Dienst eingeteilt war, konnte er sich die Freiheit nehmen, auf eigene Faust zu recherchieren und sich seinen Tag selber gestalten. Als Erstes griff er zum Telefonhörer und wählte die Nummer der Sektenberatungsstelle. Eine Tonbandstimme raspelte die Öffnungszeiten herunter. Am Mittwochnachmittag sei wieder wer zu erreichen, in dringenden Fällen solle man mailen. Wie Mario das hasste, wertvolle Zeit zu verplempern, weil man bei der Recherche nicht vorwärtskam. Doch was blieb ihm anderes übrig. Schnell schrieb er eine E-Mail, schilderte, um welche Gruppierung es ging und bat, ihn baldmöglichst zurückzurufen. Zu seiner Überraschung dauerte es keine zehn Minuten, da klingelte sein Telefon. Am anderen Ende war tatsächlich eine Frau von der Sektenberatungsstelle.

Ja, diese Gruppierung habe eindeutig sektenhafte Züge, meinte sie. Sie sei aber auch so etwas wie ein Auffangbecken für unzufriedene Öko-Aktivisten, die bei Greenpeace, WWF oder anderen Organisationen die Bereitschaft vermissten, auch mal proaktiv zu handeln und nicht einfach zu reagieren. Speziell sei aber auch ein gewisser Hang zu esoterischem Gedankengut, eine Art Mystifizierung der Mutter Erde und die Tendenz, die Natur als beseelte Wesenheit zu verstehen.

»Fast so wie bei den Indianern?«, fragte Mario überrascht.

»Ja und nein«, antwortete die Beraterin. Zwar sei das Naturverständnis ähnlich wie bei vielen Naturvölkern, doch gründe der Glaube der ›Kinder Gaias‹ in einer Mystifizierung der Natur, wie es zu archaischen Zeiten gängig war. So werden kultische Handlungen ausgeführt, um die Naturgötter zu besänftigen oder gnädig zu stimmen. In diesem Punkt würde sich diese Gruppierung von den meisten anderen unterscheiden.

»Was wissen Sie über den Anführer?«

»Nicht viel«, antwortete die Frau bedauernd, »er nennt sich TAG und soll aus Deutschland stammen.«

»Ah, nicht aus Holland?«

»Nein, er scheint in Deutschland aufgewachsen zu sein, besaß einst eine florierende Internetfirma, irgendetwas mit Up- und Downloads, bis sie in den Strudel eines Börsencrashs geriet.«

Mario dämmerte es. Damals im Jahr 2000 platzte die sogenannte Dotcom-Blase und riss unzählige IT-Unternehmen in den Abgrund. Nicht wenige der zuvor hochgelobten Börsenhelden, die aus dem Nichts steinreich wurden, beendeten ihre Karriere hinter schwedischen Gardinen. Und während die Dame am anderen Ende der Leitung weitersprach, suchte Mario in seinem Mediendienst bereits nach Informationen über Internetfirmen, die damals Konkurs gegangen waren. Weil er bereits einen ersten Artikel überflog, hätte er fast die letzten Worte der Beraterin überhört:

»Tschuldigung, wie war das?«

»Ja«, wiederholte sie freundlich, »es gibt einen Aussteiger.« Der sei Schweizer und heiße Daniel Landolt. Und freigiebig fügte sie an, dass er zurzeit wieder bei seinen Eltern lebe und sich bereit erklärt habe, Angehörigen zu helfen.

»Meinen Sie, er würde auch mich treffen?« Marios Stimme klang fast bettelnd, da er sich kaum vorstellen konnte, in so kurzer Zeit so weit zu kommen. Als ihm die nette Sektenberaterin versicherte, dass sie den Aussteiger gerne fragen wolle, war Mario bereits von dieser Geschichte nachhaltig infiziert. »Ja«, dachte er, als er aufgelegt hatte, »das könnte doch glatt interessant werden. Wenn dieser Landolt auch noch ein Interview geben würde, dann hätte sich das Aufstehen schon gelohnt.«

Mario druckte sich mehrere Artikel über die Internetfirmen aus, die Ende der Neunzigerjahre in die Höhe schossen, eine Unmenge von Geld scheffelten, aber schon nach wenigen Jahren, wie eine Sternschnuppe verglühten. Immer wieder stolperte er über den Namen Joop Lofzinger. Er fand auch verschiedene Bilder dieses Mannes, der sich mit seinem Lebensstil brüstete und seinen Reichtum gerne zur Schau stellte. Im Jahr 2000 stürzte er wie Ikarus ab. Mario fand gleich mehrere Artikel, die genüsslich beschrieben, wie man Joop in einem edlen Londoner Nachtklub verhaftet hatte. Ganz Mann von Welt, ließ er sich kurz zuvor noch mit Zigarre im Mund und zwei aufgedonnerten Blondinen in den Armen fotografieren. Sein Gesicht wirkte fleischig und aufgedunsen, das teure Designerhemd spannte sich über den gewölbten Bauch. Die beiden Frauen waren sexy und spärlich bekleidet. Fast schon zu klischeehaft, wie Mario fand. Dass die Welt stets auf dieselben Macker hereinfiel!

KAPITEL 18

Gegen elf Uhr war Martelli wieder auf der Hauptwache. Seine Leute könnten die Feinarbeit im Baugeschäft Hungerbühler alleine erledigen. Wieder wandte er die Erkenntnisse aus dem Führungskurs an, in dem ihm beigebracht wurde, was modernes Teammanagement bedeutete. Einer der wichtigen Grundpfeiler lautete, den Mitarbeitenden ein gewisses Maß an Eigenverantwortung zu übertragen. Er war kein Meister im Delegieren, hielt die Zügel lieber selber in der Hand, dennoch wollte er sich nicht gegen neue Erkenntnisse verschließen. Mal sehen, ob es ihm sein Team mit Leistung zurückzahlte. All das ging ihm durch den Kopf, während er seinen Computer startete. Wenige Minuten später war er mit seinen Gedanken in einer komplett anderen Welt – weit weg vom Alltagsstress und profanen Führungsfragen. Er surfte auf Seiten, die sich mit den Grundfragen des Seins auseinandersetzten und damit Bereiche antippten, die auch den Polizisten betrafen. Was war der Sinn des Lebens? Was geschah nach dem Tod, und wie konnte man ein eigenverantwortlicher Mensch werden? Diese und ähnliche Fragen gingen auch Martelli in letzter Zeit vermehrt durch den Kopf. Seit vor einem Jahr seine Mutter das Zeitliche gesegnet hatte, war sein Leben anders geworden. Irgendwie ernsthafter. Die Leichtigkeit des Seins war ihm abhandengekommen. Nicht, weil er täglich mit Verbrechen und Leichen zu tun hatte, sondern weil er sich selber eingestehen musste, dass er, abgesehen von seiner Karriere als Ermittlungsleiter, nichts erreicht hatte. Er war allein. Hatte weder Partnerin noch Kinder. Ganz zu schweigen von Perspektiven in diese Richtung. Und nun surfte er auf Seiten, welche diesen Fragen nachhaltige Beachtung zu schenken schienen. Da gab es offenbar Hunderte, gar Tausende von Menschen, die ebenfalls für sich und ihr Leben mehr als nur das Alltägliche suchten. Einen Horizont hinter der Banalität.

*

So verstrich die Zeit, während er auf den verschiedenen Homepages der Freimaurer-Bewegung herumklickte. Speziell bei der Großloge Alpinista war er hängen geblieben und versuchte sich ein Bild über diese Vereinigung zu machen. Natürlich hatte er von diesem Geheimbund, dem nur Männer angehören dürfen, schon zuvor gehört. Wusste, dass in früheren Jahrhunderten namhafte Schriftsteller und Künstler wie Goethe, Marquis de Sade und Mozart Mitglieder waren, und dass es Zeiten gab, da man den Freimaurern nicht nur wohlwollend gesinnt war. Auch in der Schweiz. Aber er hatte keine Ahnung, dass es alleine in Zürich acht Logen gab, die sich in einem altehrwürdigen Gebäude auf dem Lindenhof versammelten, um da ihren Idealen nachzuleben. Der Sinn dieses Bundes, so begriff Martelli schon nach kurzer Recherche, war es, als Mensch zu wachsen und ›erleuchtet‹ zu werden. Hierfür lebten die Freimaurer nach einem proppenvollen Arbeitskalender, hörten sich Vorträge über geistige und wissenschaftliche Themen an, engagierten sich für öffentliche Projekte, obschon sie bescheiden aus dem Hintergrund heraus agierten. Nicht unwesentlich war wohl auch die menschliche Komponente, konnte man sich doch ein gutes Kontaktnetz aufbauen, das auch im Alltagsleben Vorteile einbrachte. Wie Martelli anhand einer Auflistung sah, waren deshalb vor allem selbstständig agierende Männer aus verschiedenen Bereichen involviert, nicht wenige von ihnen waren Architekten, Zahnärzte und – natürlich – Bauunternehmer.

Womit wir also bei Hungerbühler angekommen wären, dachte Martelli und überlegte, bei welcher Loge er anrufen sollte, um mehr über den Toten zu erfahren. Sie trugen alle lateinische Namen, nannten sich »Laboris Virtus«, »Libertatis & Fraternas« oder »Catena Humanis«. Hängen blieb er letztlich bei der »Aurora Humanis«. Dies auch deshalb, weil er Namen mit Adressen samt Telefonnummern vorfand, was die Sache doch erheblich vereinfachte.

Er wählte die Nummer eines F. Amsler, des sogenannten Kanzlers der Loge, der für eine erste Kontaktaufnahme zuständig war. Doch anstatt seiner, nahm die blecherne Stimme eines Beantworters ab. Kurz überlegte Martelli, ob er aufhängen sollte. Doch dann sprach er aufs Band, hinterließ seinen Namen und seine Nummer.

Er war kaum zurück vom Mineralwasserautomaten, als das Telefon klingelte. Die Stimme am anderen Ende begrüßte ihn, als wären sie alte Bekannte, und der Polizist brauchte einen Moment, bis er begriff, dass er mit dem Kanzler der Freimaurer-Loge sprach. Doch der Mann kam ihm tatsächlich vertraut vor, ebenso das gurgelnde Lachen, das die Worte begleitete.

Ob Martelli denn nicht wisse, wer er sei, fragte die Stimme amüsiert und duzte ihn, als hätten sie zusammen schon Schweine gehütet.

Martelli war etwas überrumpelt, schwieg in den Hörer, was die Stimme am anderen Ende noch rumpliger lachen ließ:

»Ja, ich bins doch! Der Fredy, mit dem du, Gopferdeckel, sechs Jahre lang die Schulbank geteilt hast!«

Jetzt fiel auch bei Martelli der Zwanziger. Was, sein alter Schulkollege Amsler, mit dem er unzählige Nachmittage lang Fußball gespielt und später auch mal in den Discos von Winterthur herumgehangen hatte, bekleidete einen Posten in einer Freimaurerloge? Martelli war gleichermaßen irritiert wie fasziniert.

Das Gespräch dauerte kaum ein paar Minuten, da hatten sich die beiden bereits für den Mittag verabredet. Dem Beamten war indes klar, dass trotz des amüsanten Zufalls die drängende Klärung des Casus Hungerbühler alle Priorität besaß.

KAPITEL 19

Wenige Stunden später standen Mario Ettlin und Renata Pelides vor dem Haus der Familie Landolt in Zollikon. Zwischen zwei heftigen Regenschauern sorgte eine erstaunlich kräftige Frühlingssonne dafür, dass die Straßen wieder trockneten. Eine angenehme Wärme verdrängte die winterlichen Temperaturen, und es machte den Anschein, dass die Natur nur auf eine Initialzündung gewartet hatte, denn fast augenblicklich machten sich die ersten Sträucher und Pflanzen daran, mit kräftigen Farben das winterliche Grau abzuwenden.

So weit Marios Auge reichte, säumten herrschaftliche Villen die Straße, als wäre es selbstverständlich, einige Millionen in ein Haus investieren zu können. Mario hatte Renata kurz nach dem Telefongespräch mit dem jungen Landolt über die Möglichkeit informiert, mit ihm ein Gespräch zu führen. Natürlich wollte sie dabei sein und stieg sogleich in den nächsten Zug nach Zürich. Während die hügelige Juralandschaft an ihrem Fenster vorbeizog, zermarterte sie sich den Kopf, was sie falsch gemacht hatte, dass Semele derart abgedriftet war. Lag es tatsächlich am plötzlichen Verschwinden ihres Mannes? Mindestens seit diesem Tag im Januar 2001 hatte sich ihre damals 16-jährige Tochter markant verändert. Schleichend zwar, aber mit Nachdruck. Zuerst kam die depressive Phase, die nach einigen Wochen wie von selbst ausklang, dann folgte die Zeit der Selbstzerfleischung. Selbst eine Psychotherapie konnte nicht verhindern, dass sie sich in eine lebensbedrohliche Magersucht stürzte, sich selber Wunden zufügte und die Schule schmiss. Erstaunlicherweise war auch diese Episode von einem Tag auf den anderen vorbei. Sie erholte sich dank ein paar Freunden und begann eine Lehre als Dekorateurin in einem Basler Kaufhaus. Um Geld zu verdienen, arbeitete sie auch in den Nächten heimlich als Bardame, was ihre Mutter erst hernach herausfand. Zur Überraschung aller schaffte Semele die Abschlussprüfung dennoch und hatte nur ein Ziel: nach Indien abzuhauen. Renata Pelides fiel aus allen Wolken, als ihre gerade mal 20-jährige Tochter mit gepackten Taschen das Haus verlassen wollte und es nicht mal für nötig hielt, auch nur ein Sterbenswörtchen darüber zu verlieren. Nur zufällig sah sie sie noch und konnte wenigstens verlangen, dass sie sich ab und zu meldete. Noch eine Person aus ihrer Familie, die wortlos für immer verschwunden wäre, hätte sie nicht verwunden. Schon der Verlust ihres Mannes war kaum zu ertragen gewesen. Kam hinzu, dass sie bis heute dessen Beweggrund nicht kannte, was die Sache noch schlimmer machte.

Der Zug nach Zürich traf pünktlich ein, und Mario wartete am abgemachten Ort. Eine halbe Stunde später standen sie in Zollikon am Zürichsee vor dem Haus der Familie Landolt.

Ein Summen signalisierte, dass sich die Gartentür öffnen ließ, und sie traten ein. Eine Videokamera übertrug jede Bewegung ins Innere des Hauses. Nach wenigen Schritten standen sie vor der einbruchssicheren Tür des Hauses, die von schnörkellosen Säulen umrahmt war und fast schon so etwas wie Bescheidenheit ausstrahlen wollte. Auch hier spiegelte sich das zwinglianische Lebensprinzip geradezu klassisch wider, dachte Mario: Über Geld spricht man nicht, man zeigt es auch nicht, sondern man hat es einfach.

Genau in diesen Häusern, so wusste Mario, würde man dann auf Kunstgegenstände stoßen, die jedem Museumsdirektor das Wasser in die Augen triebe. Da stünden nicht selten Skulpturen von Giacometti und Rodin herum, und an den Wänden hingen echte Hodlers, Vallotons, Vlamincks und Picassos, die schon der Großvater in weiser Voraussicht und zu günstigem Preis erstanden hatte. Und häufig besäße der Herr im Haus eine beachtliche Sammlung antiker Waffen, in der freilich auch eine Hellebarde aus der Schlacht bei Morgarten nicht fehlen durfte.

Als die Tür aufging, stand eine sehr gepflegte, etwa fünfzig Jahre alte Dame mit schwarzem, mittellangem Haar vor den Gästen. Sie trug ein edles, beigefarbenes Deux-Pièces, lächelte und streckte zuerst Renata, dann Mario ihre kräftige Hand entgegen, auf der mehrere goldene Ringe für zusätzliches Gewicht sorgten.

»Mein Sohn hat mir schon gesagt, dass Sie kommen würden. Bitte!«

Im Salon, von dem man einen atemberaubenden Weitblick über den ganzen Zürichsee genießen konnte, sah es aufgeräumt aus. Edle Materialien, insbesondere heller Marmor prägten diesen Raum mit seinen übermannshohen Fenstern. Zwischen den wenigen Möbeln lagen Teppiche, die so kostbar aussahen, dass Mario mit seinen Straßenschuhen lieber einen Umweg machte. Frau Landolt bat sie, sich zu setzen. Renata und Mario folgten der Aufforderung, setzten sich vorsichtig auf das zugewiesene schwarze Ledersofa, schnellten aber sofort wieder hoch, als aus einem angrenzenden Raum der Patron des Hauses erschien. Er wirkte mindestens 15 Jahre älter als seine Ehefrau, war gekleidet, als käme er eben aus einer Verwaltungsratssitzung. Mit Anzug samt bordeauxroter Krawatte wirkte er aristokratisch. Einzig die schwarzen Filzpantoffeln passten nicht ganz zum restlichen Bild. Seine Begrüßung fiel förmlich aus, dennoch hieß er seine Gäste, wieder Platz zu nehmen. Ohne Umschweife erkundigte er sich bei Renata über ihre Erfahrungen bezüglich der Sekte. Er hörte aufmerksam zu und fragte nach, als kurze Zeit später Frau Landolt Kaffee und einige Kekse brachte.

»Unser Sohn Daniel wird jeden Moment kommen«, meinte sie entschuldigend und goss das heiße Getränk in die Porzellantassen.

Landolt, der in einem schwarzen Lederstuhl thronte, was seiner ansehnlichen Körperfülle noch mehr Gewicht verlieh, meinte nach dem ersten Schluck Kaffee:

»Mir ist einfach unbegreiflich, wie junge Leute auf diese Scharlatane reinfallen! Unsere Kinder sind doch gebildete und intelligente Menschen?«

»Das ist ja das Beunruhigende, Kari!«, nahm Frau Landolt den Faden auf, »es sind gerade die intelligenten Menschen, die in so eine Sekte geraten! Das hat man uns in der Sektenberatung mehrfach gesagt.«

In diesem Moment öffnete sich die Eingangstür und ein junger Mann mit kurzen, rötlichen Haaren trat ein. Während er den Blicken des Vaters auswich, nickte er seiner Mutter fast unmerklich zu, dann begrüßte er artig Renata und Mario. Seine Hände waren schweißnass und sein Händedruck weich. Er wirkte unsicher und blass, obschon er eigentlich eine sportliche Statur und ein sympathisches Gesicht besaß.

Einen Moment lang sah er drein, als würde er jeden Moment den Weltuntergang erwarten. Mario versuchte die Stimmung ein wenig zu entschärfen, indem er sich nochmals bedankte, dass er und Frau Pelides mit ihm sprechen durften. Als Mutter von Semele sei sie natürlich vordringlich interessiert zu erfahren, was er über sie wisse.

Daniel Landolt begann langsam. Seine Stimme war dünn, und seine Augen vermieden es, mit den Zuhörern Kontakt aufzunehmen. Man merkte, dass es ihm nicht leichtfiel, über die vergangenen Wochen und Monate zu reden.

»Eigentlich gefiel es mir gut in der Vereinigung, und vielleicht wäre ich nicht hier, wenn sich in den letzten Monaten nicht vieles zum Schlechten verändert hätte. Unser Meister ist auf einen falschen Weg geraten. Er negiert zunehmend den gewaltfreien Weg und verlangt von uns eine Radikalisierung, die sich auch in Taten manifestieren sollte.«

»In welcher Hinsicht?«, fragte Mario dazwischen, was den Redefluss des Erzählers kurz ins Stocken brachte. Als müsste er die Worte zusammenklauben, fuhr er abtastend weiter:

»Unser primäres Ziel ist es, der Mutter Natur wieder zu ihrem Recht zu verhelfen. Während wir für unseren Eigenbedarf Bio-Gemüse anbauen und einen möglichst günstigen Energiehaushalt anstreben, der nicht zulasten anderer und schon gar nicht auf Kosten folgender Generationen geht, wollten wir mit gewissen Aktionen für Aufsehen sorgen. Ökologische Verbrecher sollten nicht nur gebrandmarkt werden, sondern an ihrer eigenen Haut erleiden, was sie der Natur antun. Folglich begannen wir zu recherchieren, welche Persönlichkeiten viel Dreck am Stecken haben. Unsere Blacklist wuchs täglich! Ich organisierte die nötigen Werkzeuge und Fahrzeuge, sorgte für den Unterhalt und war auch einer der Kostenverantwortlichen. Bis zu dem Tag, als …«

Sein Redefluss stockte. Was die Zuhörer nicht erahnen konnten, war der Kampf im Innern des jungen Mannes. Er wusste, dass jedes Wort, das er verlor, einem Verrat glich. Wie oft hatten sie schwören müssen, ihre Strategien und Ziele geheim zu halten. Und er hätte nie gegen dieses Gebot verstoßen, wenn man ihm nicht derart übel mitgespielt hätte. Der junge Mann war mit seinen Gedanken weit weg. Erst als ihn sein Vater etwas schroff zum Weiterreden drängte, atmete er ruckartig ein und suchte für einen kurzen Moment den Sichtkontakt mit Renata Pelides. Sie war in diesem Raum scheinbar die Einzige, die ihn nicht verunsicherte. Als sie aufmunternd lächelte, fuhr er bedächtig fort: »Wir waren am Aufgleisen von mehreren Aktionen, als mir Shogi, der neue Stellvertreter unseres Meisters, eines Abends vor versammelter Gruppe unterstellte, ich würde meine Aufgabe nicht ernst nehmen, hätte die Gemeinschaft betrogen und Gelder veruntreut! Dabei war es von TAG ausdrücklich gewünscht worden, dass wir ausschließlich

Elektro- und Hybridmobile kaufen sollten, aber gleichzeitig auch für die Stromproduktion genügend Solarpaneele benötigten. Was konnte ich dafür, dass die binnen weniger Monate massiv teurer geworden waren. Das war doch nicht meine Schuld!«

Mario Ettlin nickte, um Vertrauen zu schaffen und fügte an: »Und wie reagierten Sie auf diese haltlosen Vorwürfe?«

Daniel Landolt blickte ihn starr an und begann zu nicken: »Ja, die Vorwürfe waren haltlos. Dennoch konnte ich nicht viel dagegen tun. Immer wieder kamen Neue. Dann, Ende Februar, anlässlich eines Evening-Retreats rief mich Shogi auf. Während mich alle anderen beobachteten, musste ich vortreten. Shogi und MC, unser geistiger Lehrer, saßen auf einer kleinen Bühne, ich musste mich davor hinstellen. Aus heiterem Himmel begann Shogi mit einem Verhör und wollte wissen, wo ich das Geld versteckt hätte. Ich verstand nicht, doch er fuhr unerbittlich fort, schwenkte wie wild mit einem Computerausdruck herum und behauptete, es handelte sich um einen Kontoauszug von einer Schweizer Bank, der beweise, dass ich weit über 250.000 Franken veruntreut hätte.«

Als würde sich vor seinen Augen ein Film abspulen, verdunkelte sich sein Gesichtsausdruck, seine Stimme wurde weinerlich:

»Und weil Shogi genau wusste, dass die Anschuldigungen absurd waren, änderte er unvermittelt seine Taktik und fragte mich, ob ich ein wahrer Jünger des Dionysos sei. Ich bejahte. Dann fragte er mich, ob ich unseren Meister ehren würde. Wieder bejahte ich, hoffend, dass dieses Tribunal endlich aufhören würde. Doch Shogi legte noch eins drauf und bezweifelte lautstark, dass ich die Gemeinschaft wirklich liebte, weil ich die Wahrheit leugnen würde, wo doch alles klar sei! Ich flehte ihn an, mit dem grausamen Spiel aufzuhören. Ich wüsste nicht, wovon er spräche. Doch er schien mir das nicht abnehmen zu wollen. Wieder sagte er, dass ich ein Verräter sei und die Liebe der anderen missbraucht hätte, weil ich Gelder abgezweigt und auf ein Konto in der Schweiz überwiesen hätte. Ich fühlte mich in die Enge getrieben, versuchte mich zu verteidigen!«

»Und wie haben denn die anderen Sektenmitglieder reagiert?«, fragte Renata Pelides mit Tränen in den Augen, »Hat denn niemand für Sie Partei ergriffen?«

Auf Landolts Stirn hatten sich Schweißperlen gebildet, er blickte zu ihr hinüber und schüttelte den Kopf. »Nein, niemand glaubte mir. Stattdessen begann Shogi plötzlich zu singen: ›Gib es zu und dir wird vergeben!‹ Sogleich stimmten viele in den Chor ein, und bald sangen alle diesen einen Satz. Ich war nahe am Verzweifeln, und obwohl ich es besser wusste – einzig um dem ganzen Treiben ein Ende zu bereiten – gab ich irgendwann zu, die vorgeworfenen Vergehen begangen zu haben.«

Zum Erstaunen aller änderte sich sein Gesichtsausdruck plötzlich. Glich Landolt bis vor Sekunden einem innerlich zerbrochenen Loser, glühten seine Augen nun auf. Fast wie im Wahn, und seine Zuhörer schon lange nicht mehr beachtend, redete er weiter und seine Stimme war schneidend und zischend:

»Mittlerweile bin ich ziemlich sicher, dass Shogi einen Sündenbock suchte, um Ungereimtheiten in seiner Buchhaltung zu kaschieren. Ihm und damit auch dem Meister sitzt die Steuerbehörde im Nacken und die fackelt nicht lange, insbesondere bei Bankverbindungen, die in die Schweiz laufen!«

Als wollte Landolt seine letzte Aussage besonders wirken lassen, griff er nach einem Glas Wasser und trank einige Schlucke. Renata Pelides war die Erste, die nachhakte:

»War Semele bei diesem Hexenprozess auch dabei?«

Daniel nickte scheu und trank nochmals.

»Ich bin erschüttert«, sagte Renata mehr zu sich und Mario. »Dabei war sie immer so gerechtigkeitsbewusst!«

»Sie haben ja gehört«, meinte nun Frau Landolt, »da gibt es kein Entrinnen. Gerade solche Schauprozesse zeigen deutlich, wie dieses Regime funktioniert.«

Als erneut eine kleine Pause entstanden war und die beiden Damen an ihren Kaffeetassen nippten, holte Mario einige Artikel über die Internettycoons der Neunzigerjahre aus seiner Mappe. Er zeigte die Bilder von drei Männern. »Sagen Sie, ist einer dieser Herren ihr TAG?«

Landolt reagierte überaus merkwürdig, wie Mario fand. Ganz so, als dürfte er unter keinen Umständen in eine Falle tappen. Er schaute sich brav die Bilder an und verweilte am kürzesten bei diesem Lofzinger, wie Mario registrierte. Dann reichte er sie zurück. »Nein, tut mir leid, von denen gleicht niemand unserem Meister.«

»Schade«, meinte der Journalist beiläufig und wunderte sich kurz über die Wortwahl, »hätte grad wunderschön zusammengepasst.«

Und während er die Artikel wieder verstaute, nahm Renata Pelides den Faden wieder auf: »Sagen Sie, wie ist denn das Leben in der Gemeinschaft? Was passiert in der Freizeit – sofern es die gibt?«

Daniel hob seinen Blick. Zum ersten Mal erzählte er mit Augenkontakt:

»Wissen Sie, Sie werden sich das kaum vorstellen können, aber das Leben war absolut geil. Wir waren eine große Familie, hatten viel Spaß und Freude miteinander. Wir wussten, was wir zu tun hatten, doch daneben herrschte ein lockeres Leben.«

»So wie in Hippiekommunen?«, warf Karl Landolt ein.

Daniel lächelte zweideutig.

»Und auch mit freier Liebe und so?«, hakte Renata nach.

Wieder lächelte Daniel, doch diesmal fuhr er fort:

»Ja, wir hielten nicht viel von persönlichem Besitz, auch im partnerschaftlichen Bereich. Somit kann man von freier Liebe sprechen, aber es ging nicht einfach um Sex, sondern um spirituelle Erfahrungen.«

»Ja, das kann ich mir vorstellen«, sagte Renata scharf, was Landolt nicht zu irritieren schien.

»Höhepunkt des Jahres waren die großen und kleinen Dionysien im März und im September, die dauerten drei Tage. Dazwischen feierten wir die sogenannten *Celebrations* jeweils bei Leermond und bei Vollmond! Wobei Vollmond der wichtigste Tag im Monat war. Der stand ganz im Zeichen des Lichts und wir feierten ihn alle gemeinsam mit einem Fest!«

»Also auch dann, wenn er auf einen Wochentag fiel?«, fragte Karl Landolt, der sich das augenscheinlich auf seine Fabrik übertragen vorstellte.

»Ja, wir hatten nicht diese althergebrachte Siebentagewoche. Bei uns ging es spontaner zu und her, auch den Jahreszeiten entsprechend. So standen wir im Winterhalbjahr etwas später auf als im Sommer. Dennoch kann man nicht sagen, dass jeder tun und lassen konnte, wie es ihm passte. Wir waren gleichsam klösterlich organisiert, aber der Hauptunterschied zum normalen Leben lag in der Freude, alles fürs Gute zu tun. Wir waren überzeugt, dass wir den wahren Sinn des Lebens gefunden hatten, dienten nicht einfach, weil wir mussten, sondern weil wir wollten!«

»Das tönt ja alles sehr schön«, wandte Renata ein, »aber lebt dieser Meister, wie Sie ihn nennen, auch so? Oder ist er ein bisschen gleicher als die anderen?«

Daniel Landolt antwortete nicht gleich, sondern kämpfte kurz mit dem Automatismus, seinen ehemaligen Herren nicht schlechtreden zu wollen. Er musste sich erst zu einer Antwort zwingen:

»Wir haben TAG nur sporadisch gesehen. Er war höchstens alle paar Monate zu Gast bei uns, war viel unterwegs, um wichtige Leute zu treffen, auch Spendengelder aufzutreiben.«

»Und wie reist er dann?«, wollte Renata mit spitzer Stimme wissen. »Immer schön ökologisch korrekt?«

Mario fand es nicht sehr klug, durch schnippische Bemerkungen Daniel Landolt zu verunsichern. Am Ende würde er sich zweimal überlegen, was er über seine alte »Familie« auspackte. Schließlich hatte ihn auch die Frau von der Sektenberatungsstelle davor gewarnt, mit zu forschem Ton eine Reaktion der Abwehr heraufzubeschwören. Doch zu Marios Erstaunen reagierte Daniel Landolt anders. Er lächelte sogar. »Nein, er war in jeder Hinsicht unser absolutes Vorbild, fuhr ausschließlich mit einem solarbetriebenen Hybrid-Auto!«

»Welche Marke?«, wollte der Vater wissen.

Daniel vermied es, dessen Blick zu kreuzen. Dennoch antwortete er: »Ein Fisker Karma 2015.«

»Ein Fisker? Ist das nicht dieser sündhaft teure Sportwagen dieser amerikanischen Firma, die fast Konkurs gegangen ist? Das ist ja wieder mal typisch. Den Antimaterialismus predigen, aber Sportauto fahren! Und darüber habt ihr euch nicht gewundert? Ihr fandet das wohl normal, dass ihr für diesen Hurensohn euer Leben geopfert habt!« Karl Landolts Stimme klang wütend. Und mehr zu sich selber als zu den Anwesenden fügte er an: »Wie kann man nur so blöd sein?«

Offenbar war das des Guten zu viel. Ohne seinen Vater eines Blickes zu würdigen, stand Daniel abrupt auf und meinte im Gehen: »Mehr kann ich im Moment nicht sagen. Sie entschuldigen mich.«

Als er schon fast die Türe erreicht hatte, schrie ihm sein Vater nach: »Immer das Gleiche mit dir! Kaum wird's eng und brenzlig, den Schwanz einziehen und fliehen!«

»Karl!«, mahnte nun die Mutter, wohl wissend, dass das gespannte Verhältnis zwischen ihrem Sohn und ihrem Mann letztlich der Auslöser für Daniels Sinnsuche gewesen war. Nur mit Schrecken erinnerte sie sich an den Tag, als Daniel vor fünf Jahren von der Uni nach Hause gekommen war und den Bescheid erhalten hatte, dass er bei den Bachelor-Prüfungen im Fach der Nationalökonomie gescheitert war. Den nachfolgenden Streit mit dem Vater, der ihm vorgeworfen hatte, zu faul gewesen zu sein, würde sie wohl nie mehr vergessen. Er mündete im Bruch zwischen den Eltern und dem Sohn. Und nun, da er endlich wieder nach Hause gekommen war, wollte sie nicht Gefahr laufen, ihn wieder zu vertreiben. Aus diesem Grund stand sie ebenfalls auf und beendete das Treffen, indem sie ihren Gästen beschied, dass es wohl das Beste wäre, hier einen einstweiligen Schlusspunkt zu setzen. Sobald ihr Sohn wieder bereit sei, sie zu sehen, würde sie sich melden.

KAPITEL 20

Martelli traf Fredy Amsler in einem Restaurant beim Bahnhof Stadelhofen. Zufällig bekamen sie noch einen einigermaßen ruhigen Zweiertisch. Sie bestellten nach einem flüchtigen Blick in die Speisekarte das Tagesmenü und schwelgten kurze Zeit später bereits in den Geschichten ihrer Schulzeit. Eine Anekdote nach der anderen wurde hervorgeholt, und Amslers rumpliges Gelächter füllte alle paar Minuten den Raum. Erst als die bestellten Espressos aufgetischt wurden, kam Martelli auf den eigentlichen Grund zu sprechen, warum er bei der Loge angerufen hatte. Und plötzlich wandelte sich sein Gegenüber, wurde ernst und zeigte sich sehr interessiert. Der Polizist zögerte einen Moment, ehe er den Namen des Toten verriet, aber weil die Lokalpresse ihn bereits vorschnell mit Namen und Herkunft herausgegeben hatte, gab er sich einen Ruck und erzählte seinem Schulfreund auch von der Bunkertür in Hungerbühlers Büro. Amsler seufzte hörbar, setzte einen Blick auf, der Martelli verunsicherte. Er wirkte plötzlich distanziert und fremd, geradezu abweisend. Der Beamte verfluchte sich, so leutselig gewesen zu sein. Trau niemandem! Das war doch eines seiner wichtigsten Credos, und er war gut damit gefahren. Und hier ließ er sich mitreißen und erzählte einem fast Fremden den polizeiinternen Stand der Ermittlungen. Amsler schien die Emotion seines Gegenübers nicht zu bemerken, noch immer starrte er in eine undefinierbare Ferne, bis er ihn unvermittelt fokussierte:

»Weißt du Severin, deine Geschichte mit Hungerbühler bringt mich in die Bredouille. Als Kanzler unserer Loge dürfte ich zu Interna nichts sagen. Zudem war Alois nicht irgendwer. Er war Großbeamter der Alpinista, also ein hohes Tier in der schweizerischen Großloge, stand mehrere Stufen höher als ich, war ein einflussreicher Mann, international bestens vernetzt.«

»Es geht ja nicht darum, dass du mir irgendwelche Geheimnisse verrätst, sondern ich bitte dich um eine Hilfestellung, damit wir den Code seiner Bürotür knacken können.«

»Ich …, ich kann nicht«, stammelte Amsler, als müsste er etwas Verwerfliches tun. »Bitte versteh mich, das ist ein Minenfeld.«

»Was schwafelst du da?«, Martellis Stimme brauste auf. Anscheinend etwas zu laut, denn sogleich starrten mehrere Gäste erstaunt in seine Richtung. So atmete er durch und versuchte es diplomatischer:

»Fredy, es geht hier nicht um wollen oder so. Wir haben einen Todesfall aufzuklären, bei dem äußere Gewalt eine Rolle spielt. Gerade weil diese Person einflussreich und breit vernetzt war, führen verschiedene Stränge in erstaunliche Richtungen. Und wir müssen in dieses Büro rein. Verstehst du? Und wer weiß, was wir hinter dieser Panzertür und in diesem Safe finden? Vielleicht wäre es auch für die Freimaurerbewegung besser, einer von euch wäre dabei und könnte das Verborgene sichten.«

Mit diesem Vorschlag hatte Martelli die beste Karte ausgespielt, denn Amslers Gesichtsausdruck veränderte sich. Er atmete hörbar aus, bevor er leise antwortete:

»Gut, lass mich aber zuerst mit dem Meister des Stuhls reden. Er ist ein verständnisvoller Mann und einer, dem ich hundertprozentig vertraue. Aber ich kann nicht einfach Infos weitergeben …, das musst du verstehen!«

Martelli nickte. »Und wie heißt dieser Meister?«

»Das tut jetzt nichts zur Sache!«, antwortete Amsler schroff, was Martelli irritierte. »Ich werde ihn zu erreichen versuchen. Warte, ich geh raus, um mit ihm zu telefonieren.«

Und während Martelli einen zweiten Espresso bestellte und das bald servierte Getränk schlückchenweise einverleibte, sah er durchs Fenster seinen ehemaligen Schulkollegen, wie er mit dem Handy am Ohr zwischen den großen Platanen des Stadelhofner Parks hin und her schritt, mit seinen Armen gestikulierte, eine Zigarette anzündete, diese hastig rauchte, dazwischen verstohlen zum Restaurant herüberblickte, wieder eindringlich ins Telefon redete, das Gespräch irgendwann beendete und zurück zum Tisch kam. Als hätte das Schicksal von ihm die schwerste Prüfung seines bisherigen Lebens abverlangt, setzte er sich erschöpft, wirkte blass und gleichermaßen erregt, ehe er langsam in Richtung des gespannt wartenden Beamten zu sprechen begann:

»Gut, der Meister und ich werden dich unterstützen. Er kann um 17 Uhr bei Hungerbühler sein.«

»Er weiß, wo das Büro ist?«

»Severin, das ist nicht irgendein Büro, das ist ..., du wirst es dann sehen.«

»Warst du schon mal da?«

»Ich, nein, aber ich habe davon gehört ...«

»Mach es nicht so spannend, verdammt! Was geht da gerade ab?«

KAPITEL 21

Mario hatte sich vor wenigen Minuten von Renata Pelides verabschiedet und war mit der S-Bahn wieder ins Fernsehstudio gefahren. Obschon es erst zwei Uhr nachmittags war, verdunkelten im Eiltempo heranziehende Wolken den Himmel. Binnen Minuten legte sich eine Untergangsstimmung über die Welt, sodass selbst die trägen Straßenlampen wieder ihren Dienst aufnahmen. Er beeilte sich, um noch trockenen Fußes ins Büro zu kommen. Kaum hatte er das Entrée seines Senders erreicht, prasselten schwere Regentropfen zu Boden. Jeder, der noch draußen unterwegs war, wurde binnen Sekunden patschnass. Damit nicht genug begann es kurz darauf zu hageln, sodass in manchem Büro die Befürchtung herrschte, die Glasscheiben könnten bersten. Auch Mario verfolgte von drinnen das Naturschauspiel und staunte, wie schnell die Welt wieder weiß war. Hagelkörner, so groß wie Ping-Pong-Bälle, beschädigten Autos, zertrümmerten Wartehäuschen und zerstörten Vordächer. Doch so schnell die Wolkenwand gekommen war, so schnell verzog sie sich wieder, und einige Minuten später war das Kapitel bereits abgehakt. Mario trat zu seinem Schreibtisch. Er war eben aus der Kantine mit einer Tasse Kaffee gekommen und hatte sie, weil das Telefon klingelte, etwas zu forsch neben die Tastatur gestellt. Ein kleiner Schwall der goldbraunen Flüssigkeit schwappte über die ausgebreiteten Papiere, sodass er, während er den Anruf entgegennahm, mit einem Taschentuch den Schaden in Grenzen zu halten versuchte. Derweil plapperte der Mann am anderen Ende gleich los.

Mario hatte anfänglich keinen Schimmer, um wen es sich handelte, obschon ihm die Stimme mit dem breiten, zürcherischen Dialekt irgendwie bekannt vorkam. Er habe, sagte der Mann, zufällig einen alten Bekannten getroffen, den er von früher her kannte. Dieser sei Verkaufsleiter bei einem bekannten Autohaus in Zürich und habe ihm erzählt, was für Kunden es gebe. Da kämen manchmal die schrägsten Vögel. So habe er erst kürzlich einem Deutschen einen solarbetriebenen Fisker verkauft. Und bei dem konnte nichts zu teuer sein. Dennoch habe er auf Lederpolster verzichtet, da er kein Tier für seine Bequemlichkeit opfern wollte. Dafür sollte man ihm im Kofferraum einen vibrationsfreien Kühlschrank einbauen. Wohl für Weinflaschen, wie der Händler annahm. Und die Rechnung über total 189.000 Franken sollte er an eine Firma ›Children of Gaia SA‹ richten, die in Zürich domiziliert sei.

Mario, der mittlerweile erraten hatte, dass ihn Karl Landolt, der Vater des Sektenaussteigers, angerufen hatte, gab seiner Überraschung mit einem Fäkalwort Ausdruck.

Diese Reaktion schien den anderen eher zu freuen als zu befremden.

»Ich habe es ja immer gedacht. Dieser Sektenguru ist ein ganz durchtriebenes Aas. Wasser predigen und Wein saufen. Und das nicht nur im übertragenen Sinn!«

»Ja, das ist allerhand«, antwortete Mario, »und dieser Verkäufer weiß nicht zufällig, wo diese Firma ansässig ist?«

Landolt lachte triumphierend. Doch, natürlich kenne er die Adresse, es sei die Hardstrasse 201!

Mario scannte in seinem Kopf kurz durch, wo in Zürich diese Adresse zu finden wäre, da kam ihm Herr Landolt schon zuvor. »Das ist der Prime Tower! Eine der teuersten Adressen in Zürich! Da also fließt das Geld dieser Sekte hin! Und jetzt erwarte ich von Ihnen, Herr Ettlin, dass Sie mal meine Konzessionsgebühren sinnvoll investieren und Licht ins Dunkel bringen!«

Mario fand diesen Witz nur bedingt lustig, dennoch schloss er sich halbherzig dem enthusiastischen Lachen des anderen an. Er werde schauen, was er herausfinde, meinte er abschließend und verabschiedete den Mann in der Leitung.

*

Der Computer spuckte schnell Details über den Fisker Karma 2015 sowie über den Prime Tower aus. Der Bolide sah wahrlich schnittig aus und konnte mit jedem Laborghini oder Ferrari mithalten. Die Leistung der Batterien war beachtlich und die Speisung durch die Sonnenpaneele schien zukunftsträchtig, dennoch wäre die Marke beinahe von der Bildfläche verschwunden. Dank chinesischer Investoren gelang ein Neuanfang.

Die Seite des Prime Towers beschrieb sich in den höchsten Tönen, listete 40.000 Quadratmeter Nutzfläche und Raum für 2.000 Arbeitsplätze auf, pries seine 36 Stockwerke und kürte sich mit 126 Metern zum höchsten Gebäude der Schweiz. Mieter, so informierte die Website gleich auf Vorrat, seien Kunden aus dem gehobenen Dienstleistungssektor, die sich im Restaurant im obersten Stockwerk oder in der Lounge treffen würden. Alles sah auf den professionell gemachten Fotos teuer und edel aus. Wie passte da der Guru der ›Kinder Gaias‹ hinein, der doch den Ausstieg aus der materiell gesteuerten Abhängigkeit suchte und seinen Jüngern eine Alternative zum schnöden Mammon vorschlug? War es wirklich so einfach, wie Karl Landolt vermutete? Wein trinken und Wasser predigen? Mario kamen Zweifel, obschon er durchaus aus früheren Beispielen von selbst ernannten Sektenführern wusste, dass sie ihren eigenen blinden Flecken gegenüber weit toleranter waren, als ihre Doktrin es erlaubte. Auf der anderen Seite kannte er durchaus auch das geflügelte Sprichwort, wonach die Jünger sektiererischer waren als der Meister. Außerdem fand er bei den Mietern des Prime Tower alle möglichen Namen, aber keine »Children of Gaia SA«. Irgendwie passte hier nichts zusammen.

KAPITEL 22

Kaum war Severin Martelli von seinem Treffen mit dem Kanzler der Freimaurer zurück in seinem Büro, platzte Baldini zur Tür herein.

»Severino, wir haben den Bericht der Gerichtsmedizin. Es war tatsächlich ein Herzinfarkt, der zum Tode führte. Hervorgerufen durch eine temporäre Überlastung des ganzen Körpersystems! Aber – und jetzt kommts – nach längerem Suchen fanden die Leichenfledderer einen kürzlich erfolgten Nadeleinstich zwischen Schulter und Hals und die Reste einer radioaktiven Substanz!«

Der Chef runzelte die Stirn und fuhr sich wortlos über

sein gut rasiertes Kinn und Baldini fügte mit fast pathetischem Unterton an:

»Und wir haben den Schlüssel von Hungerbühlers Safe! Er lag tatsächlich keine hundert Meter vom Fundort der Leiche entfernt!«

»Das ist ja mal etwas!«, meinte der Kriminalist, ohne seine innere Freude auch nur ansatzweise auszudrücken. Den Befehl, den Fundort systematisch zu untersuchen, hatte er gegeben, als man in Hungerbühlers Kleidern und auch in seiner Seniorenresidenz in Höngg nichts gefunden hatte. Aus einem Bauchgefühl heraus ließ er seine Leute ein weiteres Mal in Schleinikon das Waldstück systematisch durchsuchen. Irgendwo musste ja dieser verdammte Schlüssel sein.

»Und wo genau habt ihr ihn gefunden?«

»Etwas südlich dieses Kraters. Auf einem Fußweg, den man nur findet, wenn man ihn kennt.«

Martelli stutzte. »Und wo führt dieser Weg hin?«

»Erstaunlicherweise nirgendwo. Er endet plötzlich zwischen zwei alten Fichten.« Baldini ahnte es, als er die letzten Worte ausgesprochen hatte. Es hätte ihm auch schon merkwürdig vorkommen müssen. Aber er war schon froh gewesen, dass man *zufälligerweise* den Schlüssel hatte finden können.

»Du willst mir ernsthaft erzählen, dass ihr es unterlassen habt, diesem Umstand auf den Grund zu gehen? Zu untersuchen, warum ein Weg plötzlich im Nichts endet, wo er doch – logischerweise – die letzten Meter des Toten vorgegeben hat! Sinkt das Niveau eurer Arbeitseinstellung auf unter Null, wenn ich mal anderweitig beschäftigt bin?«

Martellis aufbrausende Stimme erschallte durch den Korridor, sodass alle, die in den umliegenden Büros arbeiteten, automatisch den Kopf einzogen. Er beorderte sein Team umgehend ins Sitzungszimmer und schien seine neu erlernten Führungswerkzeuge von einer Sekunde auf die andere beerdigt zu haben. Die Gardinenpredigt, die kurz darauf auf die Mannschaft herabprasselte, war eine, die es noch in zehn Jahren unter die Top Ten der größten Zusammenschisse in der Polizeigeschichte Zürichs schaffen würde. Martelli tobte und schrie, aber schaffte es dennoch, dass am Schluss alle wie geläutert aus der Sitzung herauskamen. In einer fast schon denkwürdigen Weise konnte der Chef an die Ehre ihres Jobs appellieren und ihnen in Erinnerung rufen, welchen Auftrag sie hatten und wofür sie arbeiteten. Baldini, Zuppinger, Rütiman und auch Salzmann waren wie ausgewechselt. Ebenso die restlichen Beamten der Kripo Zürich Nord. Als sie den Raum verließen, wollten sie alle wie die Wilden losprechen und das Geheimnis des Weges entschlüsseln. Einzig Trümpi blieb gelassen. Er hatte schon mehrere solche Abriebe miterlebt, war letztlich nur deshalb nicht Chef geworden, weil ihn solche Vorstellungen anödeten. Er durchschaute, dass sie für Vorgesetzte, die von ihren Leuten Respekt verlangten, eine unerlässliche Methode der Disziplinierung waren. Zuckerbrot und Peitsche, das alte Lied. Umso überraschter war der Alte, als er das Sitzungszimmer verlassen wollte und vom Einsatzleiter aufgehalten wurde.

»Und wie war ich?«, fragte Martelli und grinste vieldeutig.

»Nicht so schlecht wie die meisten deiner Vorgänger, aber auch noch nicht so bissig wie Irniger«, antwortete Trümpi sybillinisch. »Aber den brauchst du nicht zu kopieren!«

Irniger, das wusste auch Martelli, war in den 60er- und 70er-Jahren der härteste Chef, den man sich vorstellen konnte. Er forderte Loyalität bis zum Überdruss und wurde gerade deshalb von seinen Leuten geachtet. Sie waren ihm damals bis zum vorauseilenden Gehorsam verpflichtet gewesen. Und das hatte auch dementsprechend geendet. Um an Informationen im Milieu der Halbwelt heranzukommen, wandten sie bisweilen Methoden an, die nichts mehr mit Rechtsstaatlichkeit zu tun gehabt hatten. Sie bestachen Prostituierte, um an deren Zuhälter zu kommen, zogen einen Dealerring auf, um den Markt von Innen heraus zu durchleuchten und erpressten Schankwirte, um an Informationen über illegale Pokerclubs zu gelangen. Es kam, wie es kommen musste. Letztlich stolperte die Führung der Polizei über die selbst ausgelegten Köder. Irniger wurde ebenso in die Wüste geschickt wie zwei seiner engsten Mitarbeiter. Soweit wollte es Martelli natürlich nicht kommen lassen. Im Wissen, dass er Trümpi, diesem altgedienten Beamten, nichts vorzumachen brauchte, fragte er fast naiv:

»Findest du, ich hätte milder sein sollen? Immerhin haben sie versagt!«

»Solange sie einsehen, dass sie Mist gebaut haben und nicht durch notorische Kritik demotiviert werden, scheint mir das kein Problem zu sein. Dennoch denke ich, sollte es kein Chef mit seiner Autorität übertreiben wollen …«

Trümpis Worte waren sachlich gesprochen, gänzlich ohne emotionale Komponente, doch Martelli durchschaute sogleich, dass er mindestens bei Trümpi mit der lauten Methode nicht sehr weit kommen würde. Dennoch wollte er nicht einfach klein beigeben, sondern wählte die Vorwärtsstrategie: »Ich treffe mich gleich mit zwei Mitgliedern der Freimaurer. Sie wollen uns helfen, Hungerbühlers Büro zu öffnen, aber irgendwie traue ich ihnen nicht.

Dies, obschon einer der beiden ein alter Schulkollege von mir ist. Aber wir haben keine Wahl, wenn wir in nützlicher Frist in den Bunker kommen wollen. Weiß der Henker, was wir da finden werden.«

Trümpi rollte mit den Augen. »Freimaurer«, sagte er dann. »Ein eigenes Völkchen.«

»Hattest du schon mal ihnen zu tun?«

»Nein, nicht direkt, aber Ende der 70er-Jahre besetzten einige linke Studenten das zumeist leer stehende Gebäude der Loge am Lindenplatz, um gegen die Wohnungsnot zu protestieren. Und obwohl nicht viel passiert war und auch der Sachschaden gering blieb, fuhren die Logenmeister das große Geschütz auf, ließen ihre Einflüsse bis in die Stadtregierung spielen. Sie behaupteten, dass die Besetzer einige wichtige Gegenstände, einen Totenkopf und mehrere kunstvoll verzierte Wanderstöcke, entwendet hatten. Und sie erreichten, dass die Studenten eine drakonische Strafe erhielten.«

Martelli quittierte das Gesagte mit einem kurzen Nicken und verließ dann das Sitzungszimmer. Unter dem Türstock drehte er sich nochmals zu Trümpi um: »Wir fahren um 16 Uhr. Ich will mir zuvor noch diesen mysteriösen Weg im Schleiniker Wald ansehen, der im Nichts endet.«

KAPITEL 23

Als Martelli und Trümpi zum Krater am Fuße der Lägern schritten, eilten ihnen schon Baldini und Rütimann entgegen. Fast aufgeregt winkten sie von Weitem, riefen Martellis Vornamen.

Es sei unglaublich, meinte Rütimann keuchend. Was sie gefunden hätten, könnte einem James Bond Film entspringen, rief er. Fantastisch sei es, doppelte Baldini nach. Fast ein wenig unheimlich.

An ihrem Chef schienen die Informationen zunächst wie Wassertropfen auf einer modernen Sportbekleidung abzuperlen. Als würde es ihn überhaupt nicht interessieren, was seine Untergebenen derart ins Staunen versetzt hatte, stapfte er am Fundplatz von Hungerbühlers Leiche vorbei und betrat den Weg hinter dem Krater, der in den dichten Wald hineinführte. Dank der rot-weißen Absperrbänder war es für ihn ein Kinderspiel, den zugewachsenen Pfad zu finden. Nach rund dreißig Metern endete der Weg tatsächlich im Nichts. Martelli blickte sich um. Wäre der Weg nicht so deutlich gekennzeichnet gewesen, man hätte ihn schnell für eine Wildwechselschneise gehalten und ihm keine spezielle Bedeutung beigemessen. So gesehen verstand er insgeheim, dass seine Untergebenen vor lauter Glück, den Schlüssel gefunden zu haben, diesem Umstand nur wenig Beachtung geschenkt hatten. Einzig die Tatsache, dass sich der Pfad vor einer Felswand plötzlich auflöste und scheinbar nirgends hinführte, machte ihn merkwürdig. Das vieldeutige Lächeln seiner Leute deutete ihm an, dass dies noch nicht alles war. Baldini war bedeutungsschwanger an Martelli vorbeigegangen und hob demonstrativ einen massiven Steinbrocken auf. Als er sicher war, dass er die Aufmerksamkeit des Chefs besaß, warf er ihn mit Wucht genau in die Verlängerung des Weges. Das Geräusch des aufschlagenden Steins klang anders, als es Martelli erwartet hätte. Er runzelte die Stirn. »Nochmal«, war das Einzige, was er sagte. Und Baldini wiederholte seinen Wurf. Wieder erklang ein Geräusch, das nicht passte.

»Das ist kein Waldboden«, entfuhr es Trümpi, der hinter Martelli stand. »Das tönt nach Metall und drunter ist es hohl!«

Martelli nickte und Baldini war bereits mit einem Vorschlag zur Stelle: »Das ist mit Sicherheit der Zugang zu einer Kaverne! Unglaublich, nicht?«

»Ja, ziemlich erstaunlich«, meinte Martelli lapidar, »mit anderen Worten könnte wirklich etwas an der Geschichte mit diesem Endlager dran zu sein! Habt ihr das Gelände schon systematisch nach einem Öffnungs-Mechanismus abgesucht?«

»Ja, aber noch nichts gefunden. Außerdem warten wir noch auf die Lieferung von Schaufeln und einen Bagger. Müssten jeden Moment kommen«, beeilte er sich anzufügen, weil er die Ungeduld des Chefs kannte. Der wiederum schritt die mutmaßliche Linie des Einstiegs ab, scharrte mit seinen teuren Lederschuhen in der Erde, versuchte gar mit der bloßen Hand zu buddeln, bis ihn Trümpi unterbrach:

»Severin, es ist bereits zehn vor fünf. Die beiden Freimaurer warten.«

Nur widerwillig ließ sich Martelli von diesem Ort wegbewegen. Im Gehen befahl er, ihn sofort zu unterrichten, wenn sie etwas finden würden. Als sie zum Dienstwagen kamen, der hundert Meter nördlich des Kraters abgestellt war, wurden sie von einem Pickup mit Anhänger passiert, auf dem ein kleiner Bagger festgezurrt war.

»Würde mich ja schon schampar wundernehmen*, was sich hinter diesem Mysterium verbirgt.«

»Wer weiß«, antwortete Trümpi, als er den BMW startete, »was wir in Hungerbühlers Bunker für Mysterien erfahren. Vielleicht ist dann dieser sich auflösende Waldweg nur Nasenwasser!«

Wieder musste der Chef über die trockene Bemerkung seines ältesten Mitarbeiters schmunzeln. »Ja, was wird diese Geschichte noch zutage fördern?«, fragte er sich im Stillen.

Wenige Minuten später erreichten sie das Betriebsareal der Baufirma Hungerbühler. Es war kurz nach fünf Uhr. Die Arbeiter waren bereits nach Hause gegangen, einzig der verdreckte Geländewagen des Juniorchefs und ein silbergrauer Mercedes parkierten vor dem unscheinbaren Bürogebäude. Während vom Besitzer des Hyundais nichts zu sehen war, warteten die beiden Männer, die in der deutschen Limousine gekommen und in schwarze Mäntel gehüllt waren, vor dem Eingang. Neben Amsler stand ein distinguiert wirkender Mann, den er nicht kannte.

Die Polizisten parkierten ihr Auto auf dem Besucherparkplatz und gesellten sich zu den beiden Logenbrüdern. Amsler stellte Martelli Elias Sommerauer vor, den Meister vom Stuhl. Der Händedruck war fest, aber ohne Emotion. Und Sommerauer, der sein Gesicht hinter einer getönten Brille versteckte, rang sich kaum den Hauch eines Lächelns ab. Etwas verunsichert durch diese Distanziertheit vergaß der Einsatzleiter um ein Haar, seinen Mitarbeiter vorzustellen. Erst, als sich Trümpi räusperte, kam er dieser

---

* schampar wundernehmen: Schweizerdeutsch für ›überaus interessieren‹.

Höflichkeitsform nach. Doch der Meister des Stuhls blieb erneut regungslos, als hätte er jede Form von Freundlichkeit verlernt. Die Freimaurerei musste eine todernste Sache sein, dachte der Polizist. Wie hielt es da sein ehemaliger Schulkollege aus, der doch so gerne lachte?

Amsler wiederum versuchte sich als Conférencier und beeilte sich zu erklären, dass es für sie von der Loge »Aurora Humanis« eine nicht ganz einfache Sache sei, hierher zu kommen. Denn sie würden sich gleichsam dem öfters geäußerten Wunsch des Verstorbenen widersetzen, der stets darum gebeten hatte, keiner wie auch immer gearteten Öffentlichkeit den Zugang in sein Reich zu gewähren. Aber angesichts des rätselhaften Ablebens sei die Bruderschaft übereingekommen, im Sinne der Aufklärung zu handeln und der Polizei zu helfen. Ihre Bedingung sei jedoch, dass die Beamten mit der gebotenen Diskretion vorgingen.

Martelli, der es auf den Tod nicht ausstehen konnte, wenn man von ihm Zugeständnisse erpressen wollte, begriff instinktiv, dass er für einmal Kreide fressen musste. Mindestens so lange, bis er in diesem verdammten Bunker stand. Als sich das Vierergrüppchen zum Eingang des nüchternen Bürogebäudes aufmachte, trat eben die Sekretärin, Frau Balsiger, heraus. Sie staunte. Weniger, wie es dem Beamten schien, über seine Anwesenheit, als vielmehr, diesen hochgewachsenen Mann zu sehen, der grußlos an ihr vorbeigeschritten war. Martelli durchschaute sofort, dass sie ihn kannte. Sommerauer sagte kein Wort und betrat den langen Korridor, der zur Treppe führte. Die anderen folgten. Martelli wandte sich nochmals an die Sekretärin. »Kennen Sie diesen Mann?«, flüsterte er ihr verschwörerisch zu.

Doch sie reagierte anders als erwartet und verneinte. Schüttelte dazu ihren Kopf und trappelte davon, ohne nochmals zurückzublicken.

Der Polizist wunderte sich über diese merkwürdige Reaktion, aber beeilte sich, den Anschluss an die Männer nicht zu verlieren. Als sie vor der Betontüre standen, ließ sie Sommerauer innehalten. Als hätte er plötzlich zu Worten gefunden, begann er fast feierlich:

»Meine Herren, was wir hier tun, ist nicht das, wonach es aussieht. Diese Türe grenzt nicht einfach ab. Sie ist gleichsam die Pforte zu einem Territorium eines Mannes, der all seine Geisteskraft eingesetzt hat, um die Menschheit weiterzutreiben. Der uns nicht nur unersetzlicher Bruder, Freund und Vordenker gewesen war, sondern auch Leuchtturm in der Dunkelheit erkenntnisloser Zeit! Ich bitte Sie, dies anzuerkennen, auch wenn Sie vielleicht keine Ahnung haben mögen, was damit alles gemeint ist.«

Trümpi und Martelli blickten sich fragend an, dann wandte sich der Einsatzleiter an den Meister vom Stuhl: »Wir werden versuchen, eine Ihren Worten angemessene Einschätzung des Kommenden zu antizipieren.« Trümpi konnte nur mit Mühe das Lachen verkneifen, doch Sommerauer schien die Antwort des Polizisten keineswegs als beleidigend aufzufassen und drehte sich zur Türe. Er drückte auf einen Knopf am Rande des Displays, sodass es aufleuchtete. Wie aus dem Nichts erschien eine bläulich schimmernde Tastatur, wie man sie von digitalen Telefonen kannte. Sommerauer stellte sich vor das Display und verdeckte es mit seinem Körper.

»Nein, so geht das nicht«, fuhr Martelli dazwischen, »keine Geheimniskrämerei! Zeigen Sie uns, was Sie eintippen!«

»Kommt gar nicht infrage!«, reagierte Sommerauer indigniert, »das ist Alois' Vermächtnis. Und ich habe geschworen, es keinem Uneingeweihten zu verraten!«

»Herrgott nochmal! Wir sind da nicht in Ihrer Loge, sondern an einem Ort, der möglicherweise mit dem Tod Ihres verehrten Logenbruders zu tun hat. Mit anderen Worten ist das Ihre verdammte Pflicht, mit der Polizei zusammenzuarbeiten!«

»Pflicht? Was verstehen Sie von Pflicht?«, widersetzte sich der Angesprochene, sodass sich Amsler genötigt sah, die Wogen zu glätten.

»Vorschlag, Severin, lass Herrn Sommerauer machen. Wenn du dann drin bist, wird sich möglicherweise der Bedarf eines weiteren Besuchs erübrigen. Wenn nicht, dann bekommt Ihr den Code. Okay?«

Damit schienen die beiden Streithähne einverstanden zu sein, denn sie sagten nichts mehr, aber wussten, dass sie keine Freunde werden würden. Der Logenmeister tippte mit aufdringlicher Langsamkeit eine Buchstabenkombination ein, und tatsächlich reagierte die Türe. Sie surrte kurz und öffnete sich einen Spaltbreit. Sommerauer drückte seinen Körper dagegen und schob sie auf. Ein merkwürdiger Geruch strömte heraus, einer, den Martelli nicht gleich einordnen konnte. Dann trat der Freimaurer ein, dicht gefolgt von den anderen. Neonröhren blitzten auf, bis sie ein dauerhaftes Licht ausstrahlten. Der Bunker sah genauso aus, wie es Frau Balsiger geschildert hatte, wirkte wie unzählige andere Zivilschutzbunker, die zweckentfremdet wurden. Das Bett zur Linken war unberührt, der Schreibtisch im Zentrum des Raumes aufgeräumt und die Whiskysammlung in der Vitrine unspektakulär. Alles wirkte museal, von gestern, popelig.

Martelli, wie auch Trümpi, waren fast ein wenig enttäuscht, und fragten sich binnen Sekundenbruchteilen, was an diesem Raum so speziell sein sollte, dass man ihn derart schützen musste? Doch sogleich meldete sich ihr professioneller Spürsinn zurück, der ihnen klarmachte, dass hier noch weitere Geheimnisse schlummerten.

Sommerauer durchschaute die Gefühlslage der Polizisten und schmunzelte insgeheim. Selbst als Martelli zum Hodler hinter dem Schreibtisch ging und einen Mechanismus suchte, um das Bild aufzuklappen, sagte er nichts. Er beobachtete das Treiben distanziert wie ein Übungsleiter, der die beiden Beamten prüfte, wie sie systematisch den Schreibtisch absuchten, um endlich den Knopf unterhalb der Tischplatte zu finden, der es ihnen erlaubte, eine Platte, auf dem das Gemälde angebracht war, wegzuklappen. Zur Überraschung aller war der Safe gar nicht verschlossen, sondern ließ sich ohne Probleme öffnen. Mit anderen Worten hätten sie sich die aufwendige Suche nach dem Schlüssel ersparen können. Drei der vier Regale waren leer, auf dem obersten lagen wie eine Art Vermächtnis rund 60 in Leder eingebundene Notizbüchlein. Trümpi zog sich Einweghandschuhe über und nahm ein Büchlein heraus, öffnete es, sodass auch Martelli den Inhalt sah. Jede Seite war säuberlich beschrieben, mit Datum, teilweise auch mit Ortsangabe versehen. Es fanden sich Zeichnungen von Gebäuden, Grundrisse, Bauanleitungen, Berechnungen und dazwischen auch Skizzen, Gedichte, Tagebucheinträge, eingeklebte Artikel, kurz ein Kondensat aus Hungerbühlers Leben.

»Wäre es möglich«, fragte nun Sommerauer in einem etwas zugänglicheren Tonfall, »dass die Gemeinschaft die Bücher bekommen könnte, nachdem sie von der Polizei untersucht worden sind?«

»Wenn sie zur Aufklärung des Falles nicht mehr benötigt werden und Hungerbühlers Nachfahren einwilligen, haben wir nichts einzuwenden«, meinte Martelli sachlich und blickte sich im Raum um. »Nur, diese Tagebücher dürften ja wohl kaum der Grund sein, warum Herr Hungerbühler so viel Wert auf Diskretion legte, nicht? Darf ich Sie daher bitten, uns das wahre Geheimnis zu enthüllen?«

Sommerauer tauschte mit Amsler einen vielsagenden Blick aus, und ohne weitere Worte zu verlieren, öffnete der Meister vom Stuhl die Whisky-Vitrine, verrückte ein paar Flaschen ehrwürdiger Singlemalts. Als müsste er sich die volle Aufmerksamkeit der Beamten sichern, blickte er nochmals weihevoll in deren Richtung. Dann drückte er auf einen verborgenen Knopf und zur Überraschung der anderen öffnete sich wie aus dem Nichts die Wand links vom Schreibtisch. Sie schob sich lautlos zur Seite, was auch deshalb erstaunlich war, weil man in der groben Betonmauer nichts von einer Öffnung erahnt hätte.

Noch eine bestens getarnte Einstiegsluke, dachte Martelli und erinnerte sich an den Pfad im Wald. Plötzlich bekam er das Gefühl, Hungerbühlers Lebensprinzip zu durchschauen und versuchte es in Worten zu fassen: »Hier liegt wohl das Freimaurerische exemplarisch vor: das Sichtbare unsichtbar machen!«

»Und umgekehrt!«, ergänzte der Meister, sichtlich erfreut über Martellis Gedankengang. »Sie erleben somit das wahre Streben unseres Bundes auf großartige Weise: Wie im Großen, so im Kleinen, wie oben, so unten! Das ist wahre Hemeneutik*, somit der Kern unseres Strebens.

---

* Hermeneutik: Theorie der Auslegung von Texten, die nicht nur durch Symbole und Zeichen (Bilder und Schrift) definiert werden, sondern auch vom Verständnis der rezipierenden Person abhängen. Im Prozess des Verstehens wird gleichzeitig der Sinn ergründet. Dadurch wird der Leser zum Teil des Ganzen und damit auch zur Teilmenge des Sinnzusammenhanges.

Dabei stehen wir erst am Anfang. Bildlich wie real gesprochen. Und wir bemerken erst im Nachhinein, wie sehr der Weg mit uns schicksalhaft verknüpft ist!«

Martelli verstand die Doppelbotschaft: »Sie meinen, wenn wir durch diese Pforte schreiten, sind wir nicht mehr nur Zaungäste, sondern automatisch Teil dessen, wonach wir suchen?«

»Ich sehe, Sie haben kraft Ihrer geübten Logik die Ansätze unseres geliebten Bruders verstanden. Dennoch warne ich Sie, alles nur durch die Brille der Ratio – der vernunftgeleiteten Logik – zu betrachten. Da gibt es mehr zwischen Himmel und Erde!«

Martelli wollte sich von diesem Schwadronierer nicht beeindrucken lassen und konterte ebenso schwülstig: »Wobei der Pfad der Logik, wie schon die alten Griechen wussten, das einzig Trittfeste in unserer von Dunkelheit durchdrungenen Erkenntnis ist.«

Sommerauer nickte anerkennend und entgegnete: »Die Logik und ihre Schwestern Mathematik, Geometrie und Physik, die gerade beispielhaft im Bau von hochstrebenden Kathedralen wirken, sind wahrlich gute Ratgeber auf der Suche nach Sinn und Erkenntnis, aber sie reichen nicht aus, um das Perfekte zu erschaffen! Es bedarf des berühmten Schusses Chaos, der aus Berechenbarem das Geniale macht!«

»Sie meinen, es braucht manchmal das Verrückte und Widersinnige, um den Akt der Kreativität voranzutreiben?«

»Unbedingt! Das wird auch in Ihrer Arbeit so sein. Nur, wenn man auch außerhalb des vermeintlich Rationalen sucht, wird man innerhalb fündig. Verstehen Sie?«

»Ja, das kann ich nachvollziehen, auch wenn ich dem Irrationalen bisweilen sehr skeptisch gegenüberstehe.«

»Das tun alle, die weiter als ihre Nasenspitze denken und über einen entsprechenden Intellekt – oder wie wir sagen – Geist verfügen! Glauben Sie mir, das ist der Anfang vom eigentlichen Menschsein. Wenn man einmal im Leben das Zeichen zum Aufbruch des eigenen Wachsens spürt, gibt es keine faulen Kompromisse mehr. Dann gibt es nur noch eine Richtung: vorwärts!«

»Na denn«, meinte Martelli lächelnd, »dann wollen wir die Herausforderung annehmen und diesen Weg gehen. Nach Ihnen!«

Auch Sommerauer lächelte vieldeutig und schritt durch die Türe in einen nur schwach beleuchteten Gang, der kreisrund wie eine Röhre war.

Trümpi und Amsler konnten sich über den Diskurs, den die beiden anderen geführt hatten, nur wundern, aber sie schwiegen, als sie ihnen folgten. Dennoch realisierten sie, dass sich der Einsatzleiter und der Meister vom Stuhl plötzlich und unvorhersehbar auf einer geistigen Ebene gefunden hatten, die gegenseitigen Respekt beinhaltete.

Martelli schritt hinter dem Logenmeister her und bemerkte erst nach ein paar Metern, dass der Gang spiralförmig nach unten führte.

»Schon der Weg ist wohl das Ziel! Werden wir gleichsam auf das noch Kommende vorbereitet?«

»Sehr gut, mein lieber Martelli! Ich sehe, Sie sind weiter, als ich Sie zunächst eingeschätzt habe. Ich hoffe, Sie verzeihen mir meine vorverurteilende Bewertung!«

»Kein Problem. Ich hielt Sie anfänglich auch für einen arroganten Wichtsack.«

Sommerauer blieb abrupt stehen, drehte sich um und blickte in Martellis Augen. Dann begann er, herzhaft zu lachen. Der Polizist stimmte ein.

Jetzt halten sie gleich Händchen, dachte Trümpi und wartete, bis sich der Zug wieder in Bewegung setzte. Wenn er es richtig durchschaute, machte die Röhre eine volle Runde und endete viele Meter unter dem Einstiegspunkt bei einer weiteren Türe. Die war aus einfachem Holz gefertigt und wies weder Sicherheitscode noch Schloss auf. Stattdessen prangte über ihr der Schriftzug: »Erkenne dich selbst«.

Sommerauer wandte sich an die Männer hinter ihm, bevor er den metallenen Drehknauf umfasste:

»Nehmen Sie nicht alles für das, wonach es auf den ersten Blick aussieht! Und urteilen Sie nicht vorschnell!«

Martelli nickte ungeduldig. Er wollte jetzt einfach rein, ahnend, dass ihn das Kommende mehr als bei anderen Fällen seiner Arbeit auch persönlich betreffen, ihn wohl nachhaltig zum Denken anregen würde.

Er sah es fast wie in Zeitlupe, wie Sommerauer die Türe aufstieß, den Lichtschalter betätigte und das Licht der Sparlampen langsam den Raum zu erhellen begann. Konturen von Einrichtungsgegenständen wurden plastisch, ließen nach und nach die wahren Dimensionen von Hungerbühlers Reich erkennen. Nicht nur Martelli, auch die hinter ihm stehenden Männer staunten ob des Gebotenen. Einzig Sommerauers Blick verriet, dass er schon einige Male hier unten gewesen war. Er freute sich an den fast kindlichen Augen der erwachsenen Männer, die es noch nicht wagten, einen Schritt in dieses kaleidoskopartige Raumgebilde zu tun, erst abchecken mussten, wo Ober- und Unter-, Innen- und Außengrenze zu finden waren. Sie standen am Rand einer Pyramide, deren Grundfläche ein rund 20x20 Meter großes Quadrat bildete. So viel war klar. Da jedoch der Boden und die Wände mit Spiegelplatten verkleidet waren, breitete sich der Raum in alle Richtungen aus und verlor seine Grenzen. Fixe Punkte fand das Auge nur in der Mitte des Raums, wo sich eine Art Labor oder besser eine moderne Alchimistenküche befand, die wohl für alle möglichen chemischen Versuche geschaffen worden war. Sie wurde von übermannshohen Vitrinen abgegrenzt, in denen unzählige Flaschen mit unterschiedlichsten Größen und verschiedenfarbigen Flüssigkeiten gelagert waren. Hinter dem Labor konnte man eine ausladende, lederbeschlagene Sitzgruppe ausmachen, daneben stand ein mächtiger Eichentisch mit zwölf geschnitzten Stühlen. Dahinter nahm eine Bibliothek fast ein Viertel des Raumes ein. Das Irritierendste war jedoch der Umstand, dass im Zentrum der Pyramide, gleichsam über den Köpfen schwebend, ein spiralförmiges Mobile drehte. Martelli hätte nicht auf Anhieb sagen können, ob sich die Spirale wirklich drehte oder ob es sich nur um eine optische Täuschung handelte, aber so oder so blieb sein Blick daran hängen und er konnte sich kaum mehr lösen.

Auch Trümpi hatte noch nie Derartiges zu Gesicht bekommen, dennoch war er der Erste, der es wagte, einige Schritte in Richtung Zentrum zu machen. Sogleich wurde er für die anderen zu einem Teil der echten und gespiegelten Welt.

»Ich hab Ihnen ja gesagt«, dozierte Sommerauer nicht ohne Schalk in der Stimme, »manchmal ist das vermeintlich Echte nur Trugbild und umgekehrt! Und bitte fassen Sie nichts an!«

Martelli musste sich zusammenreißen, den Anflug einer Übelkeit abfedern. Der Blick zur sich drehenden Spirale war etwas viel für seinen Gleichgewichtssinn. Er konzentrierte sich, nur feste Gegenstände und Möbel zu fokussieren und vermied es tunlichst, zu den Spiegelwänden oder gar Richtung Pyramidenspitze zu blicken. Je tiefer er in den Raum schritt, desto erstaunter reagierte auch das Gehör. Jedes Geräusch wurde sogleich zurückgeworfen, und wenn es ihn nicht täuschte, hörte er Meeresrauschen. Er wollte sich nicht lächerlich machen und schwieg. Umso erleichterter war er, als Amsler genau diesen Umstand ansprach: »Wow, das tönt ja mega nach Meer!«

»Gehen Sie nur weiter ins Zentrum hinein«, antwortete Sommerauer mit milder Stimme, »dort nimmt das Rauschen wieder ab. Es ist nur eine Sinnestäuschung. Sie hören nichts anderes als Ihr eigenes Ohrenrauschen. Ähnlich, wie wenn Sie eine Muschel ans Ohr halten würden.«

Martelli war ob der Erklärung fast beruhigt und tatsächlich: Je weiter er in Richtung Zentrum ging, desto stiller wurde es wieder. Dafür registrierte er eine zunehmende Energie, die eine Klarheit im Kopf erzeugte, wie er es noch selten erlebt hatte. Es war ein anregendes und kribbelndes Gefühl.

»Hier lässt sich wahrlich trefflich nachdenken und das Geistige suchen«, meinte der Beamte ungefragt, »man spürt förmlich die Kraft dieses Ortes!«

»Ja«, strahlte Sommerauer, »so ist es! Es ist eine Kathedrale der Kraft, eine Ode an das wahre Potenzial der menschlichen Entfaltung!«

Trümpi war derweil bei der Bibliothek angekommen und studierte die Bücher, von denen die meisten in edles Leder eingebunden waren und teilweise sehr alt aussahen. Viele trugen lateinische oder griechische Titel, nicht wenige waren am Rücken verziert oder mit goldenen Nummern und Zeichen versehen.

Sommerauer seinerseits war zielstrebig zur Sitzgruppe gegangen, nahm von einem Beistelltischchen vier Gläser sowie eine Karaffe mit einer karamellfarbigen Flüssigkeit und stellte sie auf den Tisch.

»Meine Herren, wenn ich Sie bitten darf, sich zu setzen. Im Namen meines alten Freundes und Bruders Alois Hungerbühler, der durchaus voraussah, dass ich mal in dieser Situation stecken könnte und mir daher klare Anweisungen geben hat, möchte ich Ihnen im Zuge unserer Gastfreundschaft einen Schluck dieses Whiskys anbieten.«

Trümpi und Martelli wollten sich einem Automatismus folgend sogleich gegen diese Einladung wehren, doch sie durchschauten augenblicklich, dass dies hier einem Affront glich. Außerdem würden sie angesichts dieses Raumes einen Schluck Singlemalt vertragen können, weshalb Martelli seinem Untergebenen ein Zeichen machte, sich zu setzen und das Unausweichliche anzunehmen. Sommerauer schmunzelte still in sich hinein, als er die Gläser mit dieser fast bräunlichen Flüssigkeit füllte. Dann reichte er die stiellosen Schwenker weiter:

»Singlemalt, Bowmore, 1972, eine Spezialabfüllung«, sagte er nur und hielt seine Nase über das bauchige Gefäß, »himmlisch, diese Rauch-, Karamell- und Teenoten, diese Fülle und Harmonie, ein wahres Geistwasser. Prost, meine Herren!«

Die anderen machten es ihm gleich, hoben ihre Gläser, rochen sachte daran, um die Beschreibungen des Meisters vom Stuhl wiederzufinden und nahmen einen kleinen Schluck. In der Tat erinnerte dieser Whisky eher an einen samtigen Cognac als an ein Gerstengetränk. Erst im Abgang kam eine Note von kandierten Früchten und Nüssen auf, sodass man wenigstens jetzt auf einen Whisky getippt hätte. So oder so sorgte der Malt für ein umwerfendes Geschmackserlebnis, das sich mit den Eindrücken des Raumes zu einem Gesamtkunstwerk ergänzte. Martelli gefiel es hier. Je länger, desto besser. Als er erneut das Labor von seinem bequemen Fauteuil aus betrachtete, meinte er flapsiger, als er es beabsichtigt hatte:

»Und was machte Hungerbühler hier? Gold? Oder suchte er nach dem Stein der Weisen?«

»Weder noch«, antwortete Sommerauer ohne Regung in der Stimmung, »er war auf der Suche nach dem Jungbrunnen des Lebens.«

»Jungbrunnen? Ja, den könnten wir gebrauchen, nicht wahr Trümpi?« Martellis Tonfall war nicht frei von Sarkasmus. Alle schmunzelten. Dennoch fuhr der Logenmeister ohne Regung fort:

»Gemäß eigenen Aussagen war er nahe am Durchbruch. Er hatte tatsächlich eine salbenartige Tinktur entwickelt, die das Altern von menschlichen Hautzellen unterbrach und die Regeneration förderte!«

»Und woraus bestand diese Tinktur? Aus Singlemalt?« Martelli hatte erneut das Glas an seine Nase gehalten, sodann grinsend einen Schluck davon genommen.

»Es war ein Gemisch aus verschiedenen Zutaten«, fuhr Sommerauer fort, »doch der wichtigste Bestandteil war ein radioaktives Spurenelement, das er isolieren konnte.«

Martelli prustete, soeben hatte sich der Whisky in die Luftröhre verirrt. »Wie war das?«, röchelte er.

»Ein radioaktives Spurenelement, ein Isotop, das dank seiner Strahlkraft das Immunsystem aktiviert und dadurch den Stoffwechselprozess animiert. Mit anderen Worten macht auch hier die Dosis das Gift! Man nennt dieses Phänomen Hormesis, wenn also an und für sich schädliche Stoffe einen positiven Effekt haben.«

»Sie meinen«, so fragte Trümpi nach, weil sein Chef

immer noch am scharfen Brandwasser in seiner Atemröhre herumlaborierte und nur husten konnte, »dass Herr Hungerbühler eine Salbe entwickelt hat, die radioaktive Substanzen beinhaltet? Und diese Salbe hat er hier in diesem Labor hergestellt?«

»Ja, hier, soviel ich weiß. Ich persönlich habe diese Salbe oder Tinktur zwar nicht angewendet. Aber ältere Kollegen von mir aus der Loge. Und die schwören auf die Wirkung. Und nicht nur auf die rein äußerliche, wenn Sie verstehen, was ich meine.«

»Nein, ich verstehe nicht ganz«, röchelte Martelli dazwischen, weil er die Federführung der Befragung nicht aus der Hand geben wollte.

»Nun, soweit ich gehört habe, soll Hungerbühlers Erfindung auch eine erhebliche Wirkung auf das …«, Sommerauer druckste ein wenig herum, bis er endlich zu Worten fand, »… männliche Stehvermögen besitzen, wenn Sie mir die profane Ausdrucksweise verzeihen mögen.«

»Ein radioaktives Potenzmittel, das ist ja mal was Neues!«

»Aber nur äußerlich aufgetragen! Ja nicht schlucken, denn sonst wäre es pures Gift, und es erginge einem, wie diesen armen Burschen in den Spionagefilmen, die elendiglich an inneren Blutungen eingehen.«

»Krass«, meinte Martelli beeindruckt. »Wenn das funktionieren würde, wäre das ja der Hammer. Also auch finanziell.«

»Sofern man genügend Plutonium besitzt«, meinte Amsler trocken, der sichtlich bemüht war, auch mal etwas Konstruktives beizutragen.

Die beiden Polizisten blickten sich an. Sie wussten, dass sie dasselbe dachten. Als Martelli beiläufig realisierte, dass es schon weit nach neun Uhr abends war, ließ er sich von Sommerauer einen weiteren Whisky einschenken und vertagte die weiteren Ermittlungen auf den morgigen Tag.

KAPITEL 24

Kalendarisch war der zweite Frühlingstag angebrochen. Angesichts der labilen Wetterlage spürte man ihn aber noch nicht richtig. Und gemäß Wetterbericht sollte es noch eine Weile so bleiben. Erst Ende der Woche würde sich ein Hoch einstellen, sodass die Temperaturen markant anstiegen. Die Meteorologen erwarteten sogar überdurchschnittlich warme Tage, was die Vermutung nährte, dass mit der Klimaerwärmung tatsächlich das Gefüge der normalen Jahreszeitenwechsel aus den Angeln geraten war. War es gestern noch eisig kalt, konnte es morgen schon Sommer sein, dann brachen wieder Stürme herein, die binnen zwei Stunden aus einem lauen Julitag eine düstere Novembernacht machten. Mario fragte sich, was da noch kommen würde und war gleichzeitig froh, kein Bauer zu sein. Die mussten immer häufiger damit rechnen, dass ihre Ernte wegen eines Wetterphänomens zerstört wurde. Freilich war das kein wirklicher Trost, da ja auch er Früchte und Gemüse aus der Region bevorzugte. Aber egoistisch betrachtet konnte er sich irgendwie arrangieren, im schlimmsten Fall für zwei Wochen in den Süden fahren.

Mit diesen Gedanken im Kopf fuhr er mit der Straßenbahn in den Kreis fünf, wo er eine halbe Stunde später vor dem mit bläulichem Glas elegant verpackten Hochhaus des Prime Towers stand. Ohne lange zu zögern, durchschritt er die marmorverkleidete Lobby, in der ein erstaunliches Kommen und Gehen herrschte. Da die Aufzüge nur mit einem Badge zu erreichen waren, ging er zur Rezeption und formulierte sein Anliegen. Die junge Dame wirkte freundlich und zuvorkommend, dennoch war ihr Bescheid, nachdem sie in ihren Computer geschaut hatte, alles andere als berauschend. Nein, eine Firma namens ›Children of Gaia‹ sei hier nicht eingemietet.

»Sind Sie ganz sicher?«

»Ganz sicher«, sagte sie bestimmt, bequemte sich aber dennoch bei einer Kollegin, die hinter ihr an einer anderen Theke stand und ebenfalls in einen Bildschirm blickte, nachzufragen:

»Kennst du eine Firma ›Children of Gaia‹?«

Die andere Frau, die etwas distinguierter wirkte, zuckte die Achseln.

»Tut mir leid«, meinte die Erste entschuldigend zu Mario.

»Gibts denn einen Mieter namens TAG?«

Die Miene der zuvor freundlich wirkenden Dame verdunkelte sich. Dennoch tippte sie eine Buchstabenkombination in ihren Terminal, wobei Mario nicht sehen konnte, ob sie wirklich nachsah. Ihrem Gesichtsausdruck zufolge war sie nun sicher, dass sie nicht weiter helfen konnte. Mario bedankte sich und suchte den Lift zur Lounge. Wenn er schon mal da war, wollte er wenigstens einen Kaffee im berühmten ›Clouds‹ trinken. Bald begriff er, dass er hierfür die Lobby verlassen musste. Denn der Eingang zum Lift für den obersten Stock war nur außerhalb des Gebäudes möglich.

Nach wenigen Minuten erreichte er das Panorama-Stockwerk, setzte sich in einen der bequemen Loungesessel, blickte in die Weite und staunte. Vor ihm breitete sich in allen Himmelsrichtungen die Stadt aus. Am interessantesten war der Blick Richtung See. Das Häusermeer, das durch Straßenschluchten, Bahnlinien, markante Brücken und Viadukte durchbrochen war, schien von hier oben wie organisch gewachsen zu sein. Kaum etwas störte das Auge. Selbst hässliche Gebäude, von denen es in dieser Stadt wahrlich genügend gab, erschienen aus dieser Perspektive wie perfekte Repräsentanten städtischer Entwicklung. Zürich wirkte erstaunlich weltstädtisch, was Mario, der ja Basler und damit mit einem Anti-Zürich-Reflex konditioniert worden war, nicht leicht über die Lippen kam.

Die diensttuende Serviceangestellte war es offenbar gewohnt, dass ihre Frage nach der Bestellung bei vielen Gästen zuerst wiederholt werden musste. Deshalb fragte sie auch bei Mario nach. Nur widerwillig löste sich der Angesprochene von den Eindrücken, die sich rund um ihn herum erstreckten und bestellte einen Espresso, vergaß indes nicht, auch noch ein Glas Wasser zu verlangen, weil er seinen Magen kannte.

Die Angestellte trippelte davon, und Mario widmete sich erneut dem Ausblick. Als säße er vor einem überdimensionalen Panorama-Gemälde ließ er den Blick schweifen, begann auf der Höhe des Zürichbergs und folgte der Linie des Hügelzugs gegen Westen. Nach einem Einschnitt, wo man in der Ferne die Hochhäuser Oerlikons sowie das Bürohaus seines Senders ausmachen konnte, folgte eine

Kette von Moränenhügeln. Er schweifte mit dem Blick weiter. Irgendwo im Westen drüben, etwas unterhalb der Waldgrenze, musste das kleine Häuschen seines alten Fernsehkollegen Nico Vontobel sein. Kurz überlegte er, ob er ihn anrufen sollte. Vielleicht wüsste ja der alte Fernsehfuchs wie man in diesem Fall weiterkommen könnte. Doch so plausibel er den Gedanken auch empfand, er verwarf ihn wieder. Dies, weil sich an einem Tisch neben ihm zwei Personen gesetzt hatten, die ein aufschlussreiches Gespräch über den zu erwartenden Aktienverlauf einiger Internetfirmen führten. Mario hörte schweigend zu und nippte an seiner Tasse, die schon längst leer war. Dieses Gespräch wäre für einen Wirtschaftsredaktor eine spannende Ausgangslage für eine vertiefte Recherche gewesen, dachte er. Mario hörte nur mit einem Ohr zu, als der eine behauptete, dass die Firma »TeeAiiGee« dank einer cleveren Entwicklung federführend für Software-orientierte Steuerungssysteme wurde.

Das würde der Aktie natürlich einen kräftigen Schub geben, prophezeite der andere zustimmend.

»Umso bedauerlicher«, fuhr der Erste fort, »dass der Gang an die Börsen verschoben wurde. Das hätte einen Run gegeben, der ›TeeAiiGee‹ Millionen in die Kriegskassen gespült und mir den Bonus für dieses Jahr garantiert.«

Beide lachten und tranken ihren Espresso. Mario blickte nach wie vor in die Ferne, bis bei ihm plötzlich der Zwanziger fiel. Das Kürzel »TeeAiiGee« kam ihm bekannt vor. Als er sich die Englisch ausgesprochenen Buchstaben vor Augen führte, begriff er, wovon die beiden gesprochen hatten. Und während sich in der Ferne eine A-380 aufreizend langsam in den Himmel schob, sodass es erstaunte, dass sie nicht der Schwerkraft gehorchend abstürzte, erhoben sich auch die Männer am anderen Tisch und schlenderten zum Lift, um wohl ihr Tagewerk weiterzutreiben, das Geld verdienen hieß. Mario blickte ihnen verstohlen nach und schnappte nur von Weitem auf, was der eine noch anfügte. Aber der Satz elektrisierte ihn wie ein Stromschlag. »Kaum zu glauben«, sagte er en passant, »dass man bis heute nicht genau weiß, wer hinter ›TeeAiiGee‹ steht. Es soll ein dubioser Typ sein, der sich ebenfalls TAG nennt.«

»Das erinnert mich an den Musiker Prince«, antwortete der andere belustigt, »der fand es eine Zeit lang ebenfalls spannend, mit irgendwelchen Pseudonymen zu firmieren. Dachte wohl, das mache ihn spannender.«

Wie von der Tarantel gestochen fuhr Mario aus seinem bequemen Loungestuhl auf und rannte zum Lift, wo ihn die beiden anderen Männer argwöhnisch musterten.

»Entschuldigung«, meinte Mario, »ich will nicht unhöflich sein, aber ich habe Ihr Gespräch unfreiwillig mitverfolgt. Sagten Sie wirklich, dass ein gewisser TAG der Besitzer von ›TeeAiiGee‹ sei?«

Die beiden, die in edlen schwarzen Anzügen steckten, grinsten herablassend. Doch Mario ließ sich nicht den Schneid abkaufen:

»Und was genau bedeutet ›TeeAiiGee‹?«

Als kostete es ihn große Überwindung, antwortete der eine: »TeeAiiGee steht für Technology Application Gateway.«

»Und hinter TAG steht nicht zufällig der Name Joop Lofzinger?«, fragte Mario.

Die beiden Geschäftsmänner blickten sich fragend an, und der Zweite verneinte.

Den Namen Lofzinger kenne er von früher her, sagte er dann. War mal ein bekannter Internet-Player. Aber von ihm habe man nie mehr was gehört.

»Und diese ›TeeAiiGee‹: Ist die zufällig hier im Prime Tower eingemietet?«

Nun wurde den beiden die Fragerei lästig, und Mario bemerkte ihre stillschweigende Übereinkunft, ihm, diesem merkwürdigen Herumschnüffler, der in abgewetzten Jeans steckte, keine weiteren Informationen mehr zukommen zu lassen. Als zusätzlich der Lift mit einem Klingeln seine Pforte öffnete, schritten die Männer schweigend hinein und würdigten Mario keines Blickes mehr.

Doch der war keineswegs enttäuscht. Für ihn war doch schon recht viel zusammengekommen, wie er fand. So machte es ihm auch nichts aus, dass der läppische Espresso 5 Franken 20 kostete. Er gab sogar noch ein Trinkgeld drauf und fuhr enthusiastisch ins Erdgeschoss hinunter, betrat erneut die Lobby, in der es jetzt etwas ruhiger war. Der Zufall kam ihm ein weiteres Mal zu Hilfe, da in der Zwischenzeit eine andere Dame den Platz beim Empfangstresen eingenommen hatte. Er setzte sein gewinnendstes Lächeln auf und schob gleichzeitig sein Visitenkärtchen über den Stehtisch. In der Hoffnung, dass auch hier das Logo seines Senders förderlich wäre, fragte er, in welchem Stock die Firma «TeeAiiGee« zu finden sei. Er habe da einen Termin, fügte er an und wusste, dass er sich etwas weit zum Fenster hinauslehnte.

Doch das Wort Termin schien die bislang beste Waffe gewesen zu sein. Mindestens wirkte die Dame hilfsbereit und griff in die Tasten ihres Computers.

»Wie heißt die Firma?«, fragte sie beflissen.

»T.A.G. oder Technology Application Gateway«.

Die Frau gab verschiedene Buchstabenkombinationen ein, doch die sich verdunkelnde Augenpartie zeigte unmissverständlich an, dass sie keinen Eintrag fand.

»Vielleicht unter dem Namen Joop Lofzinger«, schob Mario deshalb schnell nach.

Wieder tippte die Frau in Windeseile auf ihrer Tastatur. »Lofzinger, sagen Sie?«

Mario nickte.

»Nein, da ist nichts«, resümierte sie bedauernd.

Obwohl es Mario sehr merkwürdig vorkam, bedankte er sich und verließ die Lobby. Er trat hinaus, als es eben leicht zu regnen begann.

Während er im Bahnhof Hardbrücke auf eine S-Bahn wartete, klingelte es. Zu seiner Überraschung war Daniel Landolt dran. Im Gegensatz zum Vortag, als dieser das Gespräch abrupt beendet hatte, war er jetzt offenbar auskunftsbereiter.

»Hören Sie«, sagte er, »TAG ist dieser Lofzinger, von dem Sie mir gestern das Bild gezeigt haben.«

»Und wieso haben Sie es abgestritten?«

Landolt druckste herum, räusperte sich und tat sich offenbar schwer, weiterzufahren. Nur langsam presste er Wörter heraus:

»Sie müssen verstehen, von den Kindern wissen das nur die wenigsten. Auch ich habe es nur zufällig erfahren. Und MC hat mir eingebläut, es niemandem zu verraten. Das habe höchste Priorität, sagte er mir. Der Meister will mit seiner Vergangenheit nichts mehr zu tun haben, habe diese Zeit wie eine alte Haut abgelegt.«

»Aber er besitzt ja immer noch eine Internetfirma, diese ›TeeAiiGee‹! Wie passt denn das zusammen?«

Landolt zierte sich erneut, ehe er antwortete.

»Das ist eine längere Geschichte. Wo kann ich Sie um 11 Uhr treffen?«

Mario überlegte, und es kam ihm nichts Besseres in den Sinn als das Odeon-Café beim Bellevue.

»Gut, werde da sein«, antwortete Landolt und seine Stimme klang plötzlich gehetzt. Doch bevor Mario nachfragen konnte, war die Leitung schon unterbrochen.

KAPITEL 25

Sommerauers Gegenwehr hatte keine Wirkung gezeitigt. Ermittlungsleiter Martelli war gestern Abend schon klar gewesen, dass er Hungerbühlers Reich von seinem Spurendienst bis in die letzte Ritze durchsuchen lassen musste. Er wollte Klarheit, insbesondere, ob es sich bei dieser radioaktiven Substanz um mehr als einen Bluff und alchemistische Fantasie handelte. Das Wort Plutonium hing wie ein Ausrufezeichen über dem Raum, die Verbindung zum Reaktorunglück von Lucens war damit fast schon gelegt.

Nun galt es, hinter alle Geheimnisse zu kommen. Sommerauer hatte schlussendlich eingewilligt, weil auch er zugeben musste, dass man diesen Ort nicht einfach sich selber überlassen konnte. Dafür war auch die Reaktion innerhalb der Freimaurerszene zu heftig ausgefallen, als man vom unfreiwilligen Hinschied ihres altehrwürdigen Mitglieds erfahren hatte. Während nun Sommerauer erneut den Polizisten bei ihrer Arbeit über die Schultern blickte, um allfällige Interna vor den Augen einer News-gierigen

Öffentlichkeit zu schützen, verfolgte Martelli ein anderes Motiv. Er wollte die Aufklärungen abgeschlossen haben, bevor irgendeine Einheit des Inlandgeheimdienstes auch nur den Hauch eines Verdachts vernommen hatte. Denn der Beamte wusste, dass er und seine Ermittlungen im Sande verlaufen würden, übernähmen die Typen von Bern das Zepter. Dem musste er zuvorkommen. Außerdem wollte er wissen, was sich in diesem geheimen Militärstollen befand, den seine Leute noch immer nicht knacken konnten.

Um den fast bleichen Sommerauer ein wenig zu beruhigen, schenkte er ihm, trotz morgendlicher Stunde, ein Glas des edlen Whiskys ein. Diese Art von Medizin schien zu helfen. Der Meister des Stuhls blieb in seinem Fauteuil sitzen und wehrte sich in der Folge nicht mehr.

In der Zwischenzeit brachte Trümpi den Spurendienst und weitere Beamte der Kripo in den kreisrunden Saal herunter. Er genoss es sichtlich, dass er im Gegensatz zu seinen Kollegen nicht mehr nur verdattert dastand und den Anblick des Raumes verdauen musste, sondern sie überlegen zur Arbeit animieren konnte. Die Beamten fassten sich erstaunlich schnell und gingen ihrem Handwerk nach. Ein Fotograf blitzte ununterbrochen, was Martelli lästig wurde.

»Muss der Blitz sein?«, raunte er in Richtung desselben.

Dieser entschuldigte sich umgehend und machte geltend, dass er nicht häufiger als an anderen Tatorten blitzen würde, die Spiegel jedoch ein Mehrfaches an Blitzeffekten auslösten. Martelli, der dies natürlich selber durchschaute, brummte etwas Unverständliches und ging zu zwei Kollegen der Spurensicherung, die in weißen Overalls steckten und mit einem Geigerzähler hantierten. Als der Chef herantrat, nickten sie vieldeutig.

»Hier wurde eindeutig mit radioaktiven Substanzen

gearbeitet«, sagte dann der Erste. »Wir haben fast überall Spuren gefunden, allerdings nur sehr schwache. Ob es sich um Plutonium handelt, müssen wir noch genauer untersuchen.«

»Habt ihr auch schon in den Vitrinen mit den Glasflaschen nach Radioaktivität gesucht?«

»Ja«, meinte nun der andere, »aber dort befinden sich nur verschiedene Chemikalien und teilweise auch dubiose Flüssigkeiten, aber keine radioaktiven. Es macht fast den Anschein …«

»… dass die radioaktiven Substanzen nicht hier aufbewahrt wurden«, schlussfolgerte Martelli gleich selber. »Noch ein Argument mehr, in diesen Tunnel zu kommen«, dachte er.

Da in diesem unterirdischen Betonbunker kein Handyempfang möglich war, ging er zur hölzernen Tür, um nach oben zu gelangen. Auf diesen Moment schien der Meister vom Stuhl gewartet zu haben. Schnell schritt er herbei und schloss sich dem Polizisten an.

»Herr Martelli, ich verstehe ja, dass Sie gründlich vorgehen müssen, aber irgendwie komme ich mir überrumpelt vor. Dieser Raum hat mit dem bedauernswerten Hinscheiden unseres geliebten Bruders vielleicht gar nichts zu tun, dennoch behandeln Sie ihn wie einen Tatort. Muss das sein?«

»Woher möchten Sie wissen, dass er keiner ist?«

Sommerauer blickte ihn irritiert an. »Soweit ich weiß, haben Sie doch die Leiche im Schleiniker Wald gefunden.«

»Das schon, aber möglicherweise waren die Beteiligten zuvor hier, hatten sich ebenfalls einen Whisky gegönnt, bevor sie dann nach Schleinikon fuhren.«

Sommerauer atmete seufzend aus. »Also gut. Wir waren an jenem Abend tatsächlich hier.«

Trotz des halbdunklen Ganges, in dem sie standen, sah

der Freimaurer das fragende Gesicht des Beamten und fuhr gleich selber weiter.

»Zusammen mit einem Großmeister aus einer anderen Loge waren Alois und ich hier. Und wir tranken tatsächlich einen Whisky, obgleich einen jüngeren.« Sommerauer grinste verlegen. »Wir debattierten über die anstehende Jubiläumsfeier unserer Mutterloge: Diese erste, in London gegründete Großloge, feiert bald den 300. Geburtstag. Da wollen auch wir einen Teil der Feierlichkeiten ausrichten. Wir trafen uns deshalb um 20 Uhr und blieben rund zwei Stunden. Dann verließen mein Kollege und ich das Labor und fuhren nach Zürich zurück.«

»Und was machte Hungerbühler?«

»Genau weiß ich das nicht. Aber er sagte, dass er noch zu tun habe und ohnehin nicht schlafen könne. Er wollte wohl noch arbeiten. Sie müssen wissen, Alois bewältigte noch in seinem hohen Alter das Pensum von zwei Posten in unserer Großloge, er war unermüdlich.«

»Und wie schaffte er das? Also rein gesundheitlich?«

»Sie haben das Labor gesehen. Er war auch da unentwegt am Forschen und erfand dank alter Rezepte verschiedene Elixiere, die einen zu unglaublichen Leistungen antrieben.«

»Er war also nicht nur ein Alchemist, sondern stand stets unter der Wirkung von leistungssteigernden Substanzen?«

Sommerauer rollte mit den Augen, gleichwohl huschte ein Lächeln über sein Gesicht: »Sie meinen, ob er gedopt war? Ja, man könnte dies wohl so sagen. Obschon er nach außen hin nie einen derartigen Eindruck erweckt hätte. Er verfügte einfach über einen unglaublich scharfen und brillanten Geist, und den nutzte er.«

»Der Krug geht zum Brunnen, bis er bricht«.

»Interessant, dass Sie just dieses Sprichwort benutzen.

Denn Kleists ›Zerbrochener Krug‹ war tatsächlich Alois' Lieblingsstück. Wussten Sie, dass Kleist damals in der Schweiz weilte, als er die Inspiration für sein Stück fand?«

Martelli schwieg. Vom Hören her kannte er das Theaterstück noch aus der Schulzeit, sah noch schemenhaft diesen selbstgerechten Richter Adam vor Augen, der sich zunehmend grotesker ins Abseits manövrierte, um sein eigenes Verbrechen zu vertuschen. Sommerauer fuhr indes weiter:

»Es war ein Kupferstich, der Kleist inspirierte. Und Alois wäre nicht er gewesen, hätte er nicht alles unternommen, dieses kostbare Bild aufzutreiben. Das Original, versteht sich. Noch heute hängt es in unserer Hauptloge im Salon und zeugt von der Kurzbeinigkeit der Lüge. Die Wahrheit und mithin die Aufklärung sickerte Anfang des 19. Jahrhunderts auch in die richterliche, das heißt polizeiliche Arbeit ein. Dank logischer Schlussfolgerungen und der Auswertung von Spuren war plötzlich ein Indizienprozess möglich geworden, in dem sich Richter Adam selber richten musste. So gesehen ist Kleists Lustspiel Pflichtlektüre für jeden Kriminalen!«

Martelli war gar nicht abgeneigt, seinem Ratschlag Folge zu leisten und mit seiner gesamten Mannschaft das Schauspielhaus zu besuchen, sollte das Stück gespielt werden. In diesem Moment keimte in seinem Innern das Gefühl, dass er in seinem bisherigen Leben vielem vermeintlich Nebensächlichem zu wenig Beachtung geschenkt hatte. Gerade, was Literaten, Künstler oder Philosophen zutage gefördert, ausgeschmückt oder angesprochen hatten, besaß bisweilen durch Jahrhunderte hindurch eine nachhaltige Wichtigkeit.

»Manchmal ist es erstaunlich«, meinte der Beamte deshalb mehr zu sich selber als zu seinem Gegenüber, »wie sehr altes Wissen bis heute nachhallt!«

»Damit, mein lieber Martelli, haben Sie etwas entdeckt, was uns schon seit Jahrhunderten klar ist. Die Menschheit mit ihren mannigfaltigen Facetten mag sich vermeintlich vorwärtsentwickeln, aber in Tat und Wahrheit bewegt sie sich spiralförmig, tangiert immer wieder die gleichen Bereiche, auch wenn neue Erkenntnisse die Schlüsse verändern.«

»Interessant, dass wir über solche Dinge philosophieren«, folgerte nun Martelli mit einer gewissen Überraschung in seiner Stimme, »während wir uns in einer Spirale befinden.«

»Ja, Alois hätte seine Freude daran gehabt. Zumal der Ort – im Lateinischen Locus genannt – in der Theologie von Thomas von Aquin auch als Synonym für Erkenntnis gebraucht wurde. Wir sehen: Manchmal ist der materielle Ort mit dem geistigen Kondensat vernetzt. Der Ort verbindet sich quasi mit der Energie, die vorherrscht. Bei einem Kraftort findet man diese Kombination exemplarisch; mit negativen Vorzeichen auf einem Schlachtfeld, in Spukhäusern oder früher auf den Henkerhügeln.«

»So stellt sich die Frage, ob das Labor hier eher Kraftort oder Spukhaus ist?« Martellis Stimme klang nicht frei von Sarkasmus, dennoch antwortete Sommerauer ernsthaft:

»Die Spitze der Pyramide liegt gemäß Alois' Messungen an einem hochenergetischen Ort. Er maß hier über 15.000 Bovis-Einheiten, als er vor über fünfzig Jahren dieses Grundstück mit der Wünschelrute katalogisiert und hernach gekauft hatte.«

»Messen?«, wieder schwang in der Stimme des Polizisten ein kritischer Unterton mit. Von esoterischen Dingen hatte er noch nie etwas gehalten. Ebenso wenig von Kraftorten. Was selbst ernannte Esoteriker mit Wünschelruten und Pendeln behaupteten, war ihm zutiefst suspekt.

Sommerauer lächelte vieldeutig. »Ja, ich kann Ihre Skepsis verstehen. Auch mir geht es nicht anders. Oder besser gesagt: ging. Denn mittlerweile habe ich einige dieser Orte, von denen es ja in der Schweiz mehrere gibt, besucht und bemerkte mindestens subtil eine erstaunliche Wirkung. Am stärksten in der sogenannten Kristallhöhle im sanktgallischen Wichenstein. Das war einst eine Raubritterburg und ist heute eine Ruine. Da hat es mir wirklich fast die Brust gesprengt, und ich fühlte mich hernach wie ausgewechselt.«

»Dennoch konnte die positive Kraft des Ortes offensichtlich nicht verhindern, dass die Burg als Raubritterhorst diente und zerstört wurde.«

»Kraft oder Energie wirkt, wie sie wirkt. Sie stellt sich die Frage nach Moral und Gerechtigkeit nicht. Schon gar nicht lässt sie sich dirigieren, um der Sichtweise kleingeistiger Menschlein zu entsprechen. Im Gegenteil können wir dankbar sein, wenn sich uns das Große und Ganze erschließt. Voraussetzung ist jedoch, offen zu sein, und vorurteilslos zu beobachten und zu lernen.«

Mittlerweile waren die beiden in bedächtigem Schritt nach oben gelangt und standen wieder im Bunker, der nach wie vor altertümlich und wie ein Museumsrelikt wirkte. Seine Tarnwirkung war, seit sich die Luke in der Wand geöffnet hatte, ein für alle Mal verflogen. Als der Beamte nochmals einen Blick auf den geöffneten Safe richtete, fiel ihm wieder ein, dass er Trümpi damit beauftragt hatte, die gefundenen Notizbücher nach sachdienlichen Hinweisen zu durchforsten. Er verabschiedete sich deshalb von Sommerauer und versprach, das Labor nicht komplett auf den Kopf zu stellen, wenn es der Fall zuließ. Dann ging er in die Büroräumlichkeiten hoch, wo er im Sitzungszimmer auf seinen Mitarbeiter traf.

KAPITEL 26

Das Café, in dem Mario Platz genommen hatte, war eines der bekanntesten in Zürich. Es war ein ehrwürdiges Etablissement mit reicher Geschichte und dementsprechendem Interieur. Doch das Mahagoniholz der Theke, die Jugendstilbilder und der üppige Deckenluster interessierten den 38-jährigen in diesem Moment nicht. Er blickte zum Eingang, wo er den rotblonden Kopf von Landolt erwartete. Die Minuten verrannen nur zäh, sodass Mario sich umblickte. An mehreren Tischen saßen Männer, die alle auf jemanden zu warten schienen und ihre Augen herumschweifen ließen. Speziell einer blickte Mario immer wieder verstohlen an, bis der Journalist realisierte, dass der andere offenbar nicht wartete, sondern suchte. Kontakt suchte. Aus diesem Grund war er froh, als Landolt zur Tür hereinkam und sich so setzte, dass er den Suchenden verdeckte. Landolt schien erhitzt, seine Backen glühten rosa. Mario vermutete, dass er zügig gegangen war. Der junge Mann bestellte mit einer Dringlichkeit im Blick, die selbst einen eingefleischten Kellner eines In-Lokals überzeugte, ein kohlensäurefreies Mineralwasser. Kaum war es auf dem Tisch angekommen, trank er es umgehend leer.

»Sind Sie gerannt?«

»Ja, ich, nein.« Als würde er aufgeschreckt, blickte er bang zum Eingang hinüber, weil dort eben zwei Männer in langen Mänteln eintraten. Mario beobachtete, wie Landolt seinen Kopf zwischen seinen Schultern einzog, ganz so, als wollte er ihn wie eine Schildkröte zwischen den Schulterblättern einfahren.

»Kennen Sie die beiden dort?«

»Nein«, kam es wie aus der Pistole geschossen, »aber sie haben mich an jemanden aus meiner Studienzeit erinnert.«

Mario war schon froh, dass Landolt wenigstens einen ganzen Satz sprach. Mit seiner nervösen Art machte er ihn ganz kribbelig. Deshalb verzichtete Mario auf sinnloses Aufwärmgeplänkel und kam zum Grund ihres Treffens.

»Was also wissen Sie über ›TeeAiiGee‹, und warum darf es den Namen Lofzinger nicht mehr geben?«

Landolt starrte ihn kurz erschrocken an – oder war es nur die Art, wie er eine Frage in seinem Hirn begutachtete, ehe er antwortete? Mario konnte es noch nicht sagen.

»Ich habe Ihnen ja schon gesagt, dass der Meister seinen alten Namen nie mehr hören will. Er war damals ein Diener des Konsumrausches, verloren in der Welt des Materialismus, wie er den damaligen Zustand selber beschrieben hat. Und mit dieser Zeit will er nichts mehr zu tun haben.«

»Und was hat es mit dieser ›TeeAiiGee‹ auf sich?«, Mario blickte noch nicht ganz durch.

»Das Geld für unsere Bewegung kommt von ›TeeAiiGee‹. Sie finanziert uns! Und der Meister arbeitet nach dem Robin Hood-Prinzip. Um den ökologischen Widerstand zu organisieren, holt er sich das Geld bei den größten Umweltsündern, indem er ihnen seine Software zu einem horrenden Preis verkauft. Weil er Marktführer ist, geht das.«

»Und die Sekte bekommt jeden Monat Geld, oder wie läuft das?«

»Nein, wir waren weitgehend autark. Selbst die Renovation des Schlosses machten wir ohne Fremdgelder. Aber ab und zu fuhr MC in die Schweiz, um vom Meister Geld für unsere Projekte zu holen, um dann …«

Mario war zwar froh gewesen, dass Landolts Redefluss

etwas angeschwollen war, dennoch musste er ihn einfach unterbrechen. »Wo, sagten Sie, ist er hingefahren? In die Schweiz? Wohnt denn Lofzinger hier?«

Landolt blickte ihn verschmitzt lächelnd an: »Ja, er lebte bis vor einem Jahr in Zürich. Heute in Montreux. Der Meister …«, Landolt fiel es nach wie vor schwer, ihn bei seinem richtigen Namen zu nennen, »also, Ihr Herr Lofzinger, besitzt da eine komfortable Dreizimmerwohnung mit Blick über den Lac Léman, die er nur deshalb bekommen hat, weil er Schweizer ist.«

»Aber ist er denn nicht Deutscher?«

Erstmals lächelte Landolt, obgleich in seinem Gesicht plötzlich etwas Besserwisserisches aufblitzte. »Er sagt, er sei Deutscher, aber in Tat und Wahrheit ist er Schweizer oder dann Doppelbürger, da bin ich mir sicher. Sie müssen wissen, ich kenne ihn seit Jahren, war lange Zeit die wahre rechte Hand und habe viel für ihn im Hintergrund erledigt. Dann kreuzte plötzlich dieser Shogi auf, der eigentlich Jens Mirtsko heißt und Berliner ist. Und nicht nur zu meiner Verwunderung konnte sich dieser Emporkömmling vor mir in der Hierarchie installieren. Dabei hat mir der Meister stets mehr vertraut!«

»Das mag sein«, warf Mario ein, »aber wieso genau glauben Sie, dass Lofzinger Schweizer ist?«

»Aufgrund einer logischen Schlussfolgerung und einer linguistischen Recherche. Wie ich schon sagte: Mit mir redete der Meister privater, wenn wir alleine waren. Und er freute sich an meinem Schweizerdeutsch, benutzte unvermittelt Einsprengsel von teilweise altertümlichen, schweizerdeutschen Wörtern, die ein Deutscher nicht kennen kann.«

»Und welche wären das?«

»Wenn er sich über jemanden aufregt, dann benutzt er das Wort ›Glünggi*‹, wenn er von den Waadtländern spricht, nennt er sie die ›Welschen‹, dann braucht er Begriffe wie Bünzlis**, Gytgnäpper oder Hudelwetter. Außerdem benutzt er das Verb ›verheben‹ in der Form, wie es nur Schweizer tun, nämlich im Sinn von ausreichen oder genügen. Alles definitiv Worte, die man nur kennt, wenn man Schweizer beziehungsweise Berner Wurzeln besitzt. Und das überrascht auch nicht. Denn ich habe herausgefunden, dass der Name Joop Lofzinger nur eine verballhornte Übersetzung eines schweizerischen Namens ist: nämlich Hans Lobsinger. Und Lobsingen, das weiß man heute kaum mehr, war mal der deutsche Name eines welschen Dörfchens, das einst zum Kanton Bern gehört hatte. Mit anderen Worten dürfte es sich bei diesem Namen um den Heimatort der Familie handeln.«

Mario nickte vorsorglich, weil er die Wandlung des jungen Mannes interessiert mitverfolgt hatte. Aus dem eher duckmäuserischen Typ wurde ein fast schon akribischer Sprachforscher. Auch wenn er das Motiv dieser Wandlung noch nicht ganz durchschaute, war Mario klar, dass sich Landolt mit Haut und Haar in etwas hineinknien oder festbeißen konnte. Wohl bis zum Überdruss. Obgleich mit Erfolg.

»An Ihnen ist ein Etymologe verloren gegangen, Respekt.«

Landolt lächelte. »Ja, ich hätte gerne anstelle von Wirtschaft Linguistik studiert, bin auch ab und zu in diese Vorlesungen gegangen. Die Entwicklung der Sprache mit ihren Facetten hat mich schon immer fasziniert. Dann wäre ich

---

* Glünggi: Tölpel, Tagedieb, Nichtsnutz.

** Bünzlis: Biedermänner; Gytgnäpper: Geizkragen; Hudelwetter: Stürmisches Regenwetter.

vielleicht wie Sie Journalist geworden, das wäre auch nicht schlecht gewesen.«

Mario bejahte. Weil er nicht über Journalismus debattieren wollte, kam er mit einer Frage zuvor:

»Aber eines verstehe ich noch nicht ganz: Wenn Ihre Vereinigung von der Schweiz aus operierte, was ist mit dem Schloss in Frankreich?«

»Das weltliche Zentrum, quasi der Ort der Logistik, befindet sich in Montreux. Das spirituelle Zentrum, gleichsam unser Herz, schlägt aber im Château Nôtreterre. Ebenfalls ein fast schon paradigmatischer Name. Dem Meister war dieser Ort während seiner Diaspora in einem Traum erschienen.«

»Diaspora? Meinen Sie den Gefängnisaufenthalt im New York State Prison?«

»Wir nennen diese Zeit Diaspora, weil da unser Meister erleuchtet wurde. Er erlitt im Jahr 2002 einen Herzinfarkt und entging nur knapp dem Tod – von außen betrachtet. Von innen gesehen erhielt der Meister aber seine Weihen, fast wie ein Schamane, der ebenfalls tagelang in einer Art Zwischenwelt verweilen kann. Als er wieder aufwachte, war er ein anderer Mensch geworden und verabschiedete sich von seinem bisherigen Leben. Von diesem Tag an hat er sein Wirken ganz in den Dienst von Gaia gestellt und erhält regelmäßig Anweisungen von ihr direkt. Visionen, die an Klarheit nichts zu wünschen übrig ließen. Eine dieser Visionen betraf Nôtreterre, und als man ihn wieder freiließ, hatte er dieses Schloss überall gesucht und endlich auf einer Reise durch die Cevennen entdeckt. Als wir, also der Kern unserer Gemeinschaft, einige Wochen später zum ersten Mal dort ankamen, durchdrang uns die Aura dieses Ortes sofort. Wir waren von seiner simplen Schönheit gefangen und ergriffen. Wie noch nie spürten wir alle den Bezug zu

Gaia, unserer Mutter Erde. Wie ich später herausfand, galt unser Château seit jeher als Kraftort, was die prophetische Weisheit unseres Meisters ein weiteres Mal unterstrich.«

Landolts Augen verengten sich und wurden feucht. Für Mario war klar, dass er sich eigentlich nichts mehr ersehnte, als wieder zurück zu dürfen: in den Schoß seiner Gemeinde. Von einem geistigen Abstand zur Sekte war plötzlich nichts mehr zu spüren. Dafür trat nun eine Trauer auf den Plan, die dem Verlust einer Liebesbeziehung glich.

»Sie wären wohl gerne wieder in Nôtreterre, nicht wahr?«

Landolt biss sich auf die Lippen, eher er antwortete: »Es war mein Leben. Nein, es ist immer noch ein Teil meines Lebens. Wenn Sie verstehen, was ich meine. Außerdem findet am kommenden Wochenende das Frühlingsfest statt. Das lehnt an den archaischen Ritualen der Bacchanalien an und ist umwerfend in seiner Tiefe und Wirkung.«

KAPITEL 27

»Na, Trümpi, schon was entdeckt?« Martelli war fast lautlos ins Büro eingetreten und schaute in ein erschrockenes Gesicht. Der Alte war so in die mit einfachem Leder eingefassten Notizbücher vertieft gewesen, dass er alles um sich herum ausgeblendet hatte.

»Hab dich gar nicht kommen hören …«, brummte er.

»Muss eine spannende Lektüre sein«, fuhr der Chef weiter und kam näher.

»Dieser Hungerbühler war ein Maniac! Ein Mann, wie es wohl nur wenige gibt. Eine Art Renaissance-Mensch, der sich für alles interessiert hatte und alles mit allem verknüpfen konnte. Also auch philosophisch, intellektuell, energetisch. Unglaublich.«

»Du meinst, in diesen Büchern steht sein Vermächtnis?«

»Hab erst zwei von 67 Büchlein durchforstet, aber schon da eine Fülle von Gedanken, Zitaten und Folgerungen gefunden, mit denen man sich wohl jahrelang beschäftigen könnte. Aber leider noch nicht viel, was unseren Fall betrifft.«

Martelli griff nach einem der ausgebreiteten Bände, öffnete ihn willkürlich und las laut vor: »27.9.1997: Wer dem Menschen die Hoffnung raubt, schenkt dem Tod das Leben. Luisa, meine weise Frau, ich bewundere deine Kraft, dich gegen das Schicksal zu stemmen! Aber ich sehe es deinen Augen an, dass du tief in deinem Innern weißt, welches Stündlein geschlagen hat. Wie schelte ich mich dafür, dass ich es nicht geschafft habe, dich vor dem Unvermeidlichen zu schützen. Stattdessen würde ich am liebsten diesem Stümper von Arzt eine Spritze verpassen, gefüllt mit Aqua gravis, doch das willst du nicht, willst keinen Hass zurücklassen, nur Liebe. Ma grande dame, je vous admire.«

Martelli schien leicht irritiert, doch dann erinnerte er sich an das Zusammentreffen mit Hungerbühlers Sohn: »Das muss mit der verpfuschten Operation zu tun haben. Der Sohn sprach von Komplikationen, die es bei seiner Mutter gegeben haben soll.«

»Und dieses Aqua gravis«, fragte Trümpi, »könnte es

sich hierbei um dieses Wundermittel handeln, von dem Sommerauer erzählt hat?«

»Kaum, dann wäre es ja nicht schädlich. Allerdings macht bekanntlich die Dosis das Gift!«

»Wenn es das Gleiche wäre, dann hätte er schon vor 20 Jahren damit begonnen, aber schaffte den Durchbruch erst kürzlich.«

Martelli überblätterte einige Seiten, in denen Baupläne eines Bürohauses gezeichnet waren, feinsäuberlich und mit vielen klitzekleinen Zahlen versehen. Dann fand er den nächsten datierten Eintrag:

»4.11.97. Der traurigste Tag meines Lebens. Luisa, mon amour, bon voyage.«

»Er muss sie wirklich geliebt haben«, meinte Trümpi anerkennend.

»Umso erstaunlicher, dass er zu seinem Sohn kein gutes Verhältnis aufbauen konnte. Er war offenbar nicht beziehungsfähig.« Martelli schluckte schwer, dachte unwillkürlich an seine Mühe, Beziehungen einzugehen.

»Vielleicht steckt was anderes hinter der Distanz zu seinem Sohn«, schlug Trümpi vor.

»Möglich. So oder so wäre es sehr hilfreich, möglichst bald einen Überblick über die Tagebücher zu bekommen. Schaffst du das bis morgen? Wir müssen alles über das Thema Aqua gravis wissen und vor allem über diesen Bunker im Wald. Ciao.«

So schnell, wie Martelli aus dem Büro verschwunden war, so schnell begriff Trümpi, dass eine Herkulesaufgabe auf ihn wartete. Zuerst fragte er sich, ob er Verstärkung aufbieten sollte. Vielleicht würde ihm die junge Salzmann helfen. Doch dann überlegte er es sich anders. Er packte die Bücher zusammen und fuhr nach Hause. So hatte er seine

Ruhe, konnte mit seiner Frau zu Abend essen und hernach bis in die Nacht hinein weiterarbeiten.

KAPITEL 28

Semele spürte ihren Herzschlag, als wäre sie gerannt. Einen Moment lang glaubte sie, dass die Luft, die sie krampfhaft einzuatmen versuchte, nicht mehr bis zu den Lungen durchdringen könnte. Sie blickte sich um, nahm ohne weitere Gefühlsregung zur Kenntnis, wie der junge Mann neben ihr die Kamera ergriff, sie auf ihre Funktionstätigkeit hin prüfte und dann in einem Medizinkoffer verstaute. Sie hatte Gernot Strobl, den 33-jährigen Südtiroler, anlässlich ihres ersten abendlichen Schulungsvortrages von MC kennengelernt. Zufällig waren sie nebeneinandergesessen. Und weil sie als Neuling noch nicht alle Gepflogenheiten der Gemeinschaft durchschaut hatte, gab er ihr geduldig Auskunft, erklärte die tieferen Zusammenhänge der Philosophie des Meisters und sensibilisierte sie für ihre Aufgaben. Nun, einige Monate später, war er längst ihr engster Kumpel geworden, der Bruder unter den Brüdern, was – wie sie sich stets einschärfte – die Qualität einer platonischen Beziehung aufwies. Denn sie mochte den jungen Mann mit seinem kernigen Axiom der deutschen Sprache wegen seiner inneren Werte. Sein Äußeres gefiel ihr weniger, wohl, weil sie Mühe mit seinem wild-gekräuselten, aber noch nicht ganz durchgehenden Bart hatte. Der machte ihn, wie sie fand, um einiges älter als er wirklich war. In schwacher Minute gestand sie sich freilich ein, dass er umwerfend grünliche Augen besaß, die in speziellem Licht wie Murmeln glänzten und durchaus eine gewisse Anziehungskraft aufwiesen. Seine schwarze Lockenmähne, die er nur mit beträchtlichem Aufwand bändigen konnte, hatte er zu einem buschigen Pferdeschwanz zusammengebunden. Er lächelte zu ihr herüber, als er in den blauen Overall mit dem Logo des Instituts für Veterinärmedizin der Universität Montpellier schlüpfte.

»Kleider machten also doch Leute«, dachte Semele. Gernot sah nun tatsächlich wie ein Tierarzt aus, der zu einem Bauernhof gerufen wurde, um bei der Geburt eines Kälbchens mitzuhelfen oder eine fiebrige Kuh zu heilen. Einzig, als er versuchte, ein blaues Käppi über seine widerspenstigen Haare zu stülpen, musste sie auflachen. Doch die Heiterkeit blieb ihr augenblicklich im Hals stecken, sah sie doch eins zu eins, wie schnell es gehen konnte, aus einer Rolle herauszufallen und nur noch lächerlich zu wirken.

»Nein, so geht das nicht Gernot! Mit dem Käppi siehst du aus wie ein Depp! Wir müssen aufpassen mit unserer Maskerade. Ein Mü zu viel und wir riskieren unseren Arsch!«

Gernot blickte sie entgeistert an, wohl, weil er ihren Ausbruch nicht einordnen konnte. Erst, als er sie genauer betrachtete, sah er in ihren Augen die Angst, die sie ergriffen hatte. Er ging auf sie zu und umarmte sie. Semele wollte sich instinktiv aus der Umklammerung herauswinden, doch sie spürte seine Wärme und verharrte. Sie tat ihr gut.

»Wird scho nix passier'n«, flüsterte er. Alles werde gut über die Bühne gehen, und schon morgen würden die Onlineportale der Zeitungen und des Fernsehens die Bilder erhalten haben, fügte er verschwörerisch an.

Wie gerne hätte sie ihm einfach geglaubt. Doch Semele spürte, dass seine Zuversicht nicht ganz überzeugend war. Was sie vorhatten, grenzte an ein Himmelfahrtskommando. Und es oblag einzig ihrem Improvisationstalent, ob sie ihre Mission erfüllen könnten. Shogi hatte sie zwar mit umfangreichen Analysen und Ratschlägen auf den Auftrag eingestimmt, doch nun lag es einzig an ihnen, die Kohlen aus dem Feuer zu holen. Shogi, MC und der Meister konnten bequem warten, bis man sie über den Ausgang der Aktion in Kenntnis setzen würde.

Semele spürte neben der Angst auch eine gehörige Portion Wut. Wie stellte sich die Führungsclique das auch vor? Glaubten die im Ernst, dass sie getarnt als Tierärzte einfach so in eine der größten Schweinemästereien des Departements hineinspazieren könnten, um die grausame, weil ohne Betäubung durchgeführte Kastrierungsart von Ferkeln zu filmen? Semele bekam weiche Knie.

»Kimm, zieh dan' Overall an. Die Zeit drängt!« Gernots Entschlossenheit überraschte Semele. Etwas unschlüssig griff sie nach der Kleidung und schlüpfte hinein. Sodann zwängte sie sich in Gummistiefel und stieg zu Gernot ins Auto. Wortlos fuhren sie die paar Kilometer nach Sommières, wo sie die Schweinemästerei schon von Weitem erblickten. Mehrere zehn Meter hohe Futtersilo-Türme ragten in die Höhe, dahinter, in Reih und Glied wie KZ-Baracken, folgten ein Dutzend einstöckiger Schweineställe. Das ganze Areal war eingezäunt, als hausten hier keine Schweine, sondern Schwerverbrecher. Sie fuhren zur Einfahrt. Ein Lastwagen mit Anhänger bog eben vom Areal herkommend auf die Überlandstraße. Im Vorbeifahren sah Semele zwischen metallenen Verstrebungen rosafarbene Schweinehaut.

»Todeskandidaten«, sagte sie traurig. Gernot nickte. Als sie die Einfahrt passieren wollten, schritt ein finster blickender Mann zum Auto. Der junge Mann öffnete das Fenster so beiläufig wie möglich: »Monatliche Kontrolle«, sagte er in lässigem und fast akzentfreiem Französisch und tippte aufs Emblem der Universität auf seinem Overall.

»Aber ihr wart ja schon letzte Woche da!«, raunte der Portier mit Stirnrunzeln.

»Ja, aber die Doofköpfe haben den Block 9 vergessen. Den müssen wir nun nachholen!«

Semele spürte Schweiß auf ihrer Stirn. Dieser Torwächter würde ihnen das nie abnehmen, dachte sie.

»Block 9?«, grinste der Mann, »da seid ihr aber zu spät. Die Schweine sind abgeholt worden. Der LKW ist eben zum Schlachthof abgefahren.«

Gernot blickte überrumpelt, doch Semele beugte sich zum Fenster hinüber und zwinkerte dem Mann zu: »Guter Mann«, sagte sie so bestimmt, wie sie konnte, »Sie wollen uns wohl verarschen. Den Lastwagen haben wir gesehen, da waren aber höchstens 200 Schweine drin. In Block 9 hats aber 300. Ergo sind noch 100 übrig und die müssen wir kontrollieren. Staatliche Vorschrift! Hier ist unsere Auftragsbestätigung. Oder muss ich bei Monsieur le dirécteur anrufen?«

Sie hielt dem Portier ein kleingedrucktes Zollformular entgegen, das sie kurz zuvor im Ablagefach der Beifahrertür erspäht hatte. Gernot traute seinen Augen nicht und war starr vor Schreck.

»Tun Sie, was Sie nicht lassen können«, meinte der Mann, der selbst mit seiner Lesebrille Mühe mit Buchstaben hatte, und drehte sich um. Gernot zögerte einen Moment, doch Semele zischte: »Fahr, bevor er es sich anders überlegt!«

Sie überquerten einen Vorplatz, sahen bei einem der Futtersilos ein paar Arbeiter, die sich aber nicht um sie scherten. Obschon in unmittelbarer Nähe unzählige Schweine ihr Dasein fristeten, schien das Areal wie tot zu sein. Ein undefinierbarer Duft hing über der Anlage, ein Gemisch aus animalischen und vegetabilen Gerüchen.

»Gespenstisch«, war alles, was Gernot sagte.

»Dort vorne muss die Ferkelstation sein«, meinte Semele und zeigte auf einen Stall, an dessen Eingangspforte ein stilisiertes Bild einer Muttersau samt Ferkeln aufgemalt war. Davor parkierten zwei Autos. Gernot stellte seinen Wagen gleich daneben ab und stieg aus. Der junge Mann nahm den Medizinkoffer aus dem Fond, öffnete ihn und drückte den Aufnahmeknopf der Kamera, die durch eine getarnte Öffnung filmte. Semele griff nach einem zweiten Koffer, in dem sich wirklich medizinische Utensilien befanden. Sodann legten sich beide ein Stethoskop um den Hals und stülpten sich eine badekappenähnliche Haube über die Haare, um den Hygienevorschriften zu entsprechen.

Semele spürte den nervösen Pulsschlag, der durch ihren Kopf hämmerte. Ihr war heiß. Dennoch ging sie auf die Türe zu, blickte nochmals in Richtung Gernot, der dicht hinter ihr stand und den Koffer so hielt, dass die Kamera nach vorne filmte. Er nickte, und sie griff nach der Klinke, öffnete die Tür. Sie war auf alles Mögliche gefasst, nicht aber auf den sogleich über sie hereinbrechenden Lärm: ein ohrenbetäubendes Quietschen und Kreischen, das im Innern herrschte. Vor ihren Augen eröffnete sich eine Welt, die albtraumhafter nicht sein könnte. In unzähligen Kastenständen lagen die Mutterschweine, eingepfercht zwischen engen Stahlgerüsten, sodass sie kaum aufstehen konnten. Das Licht war grünlich, die Luft feucht und stickig, obschon zwei große Ventilatoren unterm Dach träge rotierten. Um jede Sau wuselten zwischen acht und zwölf Ferkel und versuchten verzweifelt an die Zitzen zu kommen. Dazu kreischten, grunzten und quiekten die Tiere, als ginge es um ihr Leben. Semele wusste, dass diese Art von Schweinekoben in der EU seit Kurzem verboten, aber nach wie vor weit verbreitet war. Speziell in Frankreich wehrten sich die Schweinemäster mit dem Argument dagegen, dass die schweren Säue regelmäßig ihre Ferkel erdrücken würden, könnten sie sich frei bewegen. Was sie allerdings zu erwähnen vergaßen, war die Tatsache, dass bei genügend Platz und artgerechter Haltung dieses Problem behebbar wäre. Freilich passten dann nicht mehr so viele Säue in einen industriellen Schweinestall, was die Haltung verteuerte. Semele, die schon seit einigen Jahren kein Fleisch mehr aß, konnte sich über diese Ignoranz in eine tobende Wut steigern. Sie kannte sich. Wenn sie Zeugin von Tierquälerei wurde, vergaß sie sich und würde nicht zögern, Selbiges mit den Peinigern anzustellen, was jene den wehrlosen Tieren antaten.

Doch diese Gedanken musste sie jetzt verdrängen, da sie am anderen Ende des fast hundert Meter langen Gebäudes zwei Männer in braunen Overalls ausmachte, die gerade daran waren, Ferkel im Akkord zu kastrieren. Selbstredend ohne Narkose. Einer packte das nur wenige Tage alte Schweinchen, das jämmerlich quiekte, legte es auf einem improvisierten Arbeitstisch auf den Rücken und spreizte dessen Beinchen. Der andere schlitzte mit einem Skalpell den Hodensack auf, durchtrennte die Samenstränge und entnahm den Hoden. Sie waren so mit sich und ihrer Arbeit beschäftigt, dass sie das Kommen der beiden gar nicht bemerkten. Gernot gelang es daher, den Durchlauf zweier Kastrationen aus erstaunlich guter Distanz zu filmen. Als die Männer die Eindringlinge gewahrten, hielten sie inne und beäugten sie unsicher. Der eine senkte seine Stirn wie ein bedrängter Stier, der andere, der das blutige Skalpell hielt, war offenbar fürs Reden zuständig:

»Que voulez-vous?«

»Wir sind«, antwortete Semele mit angriffiger Stimme, »vom veterinärmedizinischen Institut der Uni Montpellier und für die Kontrolle zuständig. Was Sie hier machen, ist nicht nur verboten, sondern grausam und unnötig!«

»Blödsinn!«, reagierte der Mann und machte einen demonstrativen Schritt auf die junge Frau zu und fuchtelte bedrohlich mit dem Skalpell, »wir machen nichts Illegales. Ein kleiner Schnitt. Mehr nicht.«

»Man könnte die Ferkel betäuben!«

Er stieß einen gekünstelten Lacher aus. »Betäuben? Die spüren kaum etwas. Und jetzt schert euch zum Teufel, sonst holen wir den Vorarbeiter!«

»Nein, wir holen die Polizei, wenn Sie nicht sofort aufhören!«

Nun wurde es dem Arbeiter zu bunt. Mit demonstrativer Langsamkeit holte er ein Handy hervor, drückte auf ein paar Tasten.

»Léon, da sind zwei von der Uni und hindern uns beim Arbeiten. Behaupten, dass wir die Ferkel nicht kastrieren dürfen. … Ja? … Okay.«

Als er das Gespräch beendet und das Telefon wieder in seiner Tasche verstaut hatte, wandte er sich an seinen Kollegen. »Léon kommt gleich. Wir sollen weitermachen.« Der Zweite nickte und griff nach dem nächsten Ferkel, das in einer Box ängstlich quiekte.

»Sie machen gar nichts mehr!«, ereiferte sich Semele und wollte dem Arbeiter das Ferkel entreißen, doch der drehte sich weg und schirmte mit seinem breiten Rücken die Sicht auf den Tisch ab. Gernot, der immer noch den Kamerakoffer unter dem Arm hielt, um alles filmen zu können, sah, wie Semele wütend wurde und sich gegen den Mann warf. »Aufhören!«, schrie sie.

Der Arbeiter fuhr in einem Reflex seinen Ellbogen aus und traf Semele im Gesicht. Die junge Frau schrie auf und hielt sich die Nase. Zwischen ihren Fingern troff Blut hervor. Fragend blickte sie in Richtung von Gernot, der seinen Koffer hinstellte und nach einer Schaufel griff. Er holte aus und traf den Arbeiter an der Schulter, sodass er einen Satz nach vorne machte. Als er sich aufgefangen hatte, warf er das Ferkel dem anderen zu und stürzte sich auf Gernot. Ein heftiger Kampf entbrannte, in den sich nun auch der zweite Mann einmischte und ebenfalls auf Gernot einschlug. Der junge Südtiroler konnte sich dank seiner gelernten Kampftechnik erstaunlich lange gegen die beiden grobschlächtigen Angreifer halten, ging dann aber zu Boden und röchelte. Doch auch dessen Schläge hatten den Gegner gefunden, sodass alle drei wie geprügelte Hunde aussahen. Semele ihrerseits versuchte Gernot zu helfen, doch angesichts ihrer schmerzenden Nase hielt sie sich zurück.

Dann ging die Stalltür auf. Der Vorarbeiter und zwei weitere Männer spurteten heran und widmeten sich den Arbeitern. Der eine saß wie benommen auf einem Schweinetrog und der andere stand vornüber gebeugt und fuhr sich über die schmerzenden Körperteile.

Dann half der Vorarbeiter Gernot auf die Beine, doch seine samariterhafte Haltung verflog alsbald.

»Was soll das hier?«, fragte er rhetorisch.

»Diese Rüpel haben mich geschlagen, worauf mein Freund mich verteidigt hat«, rief Semele empört.

»Dieses Miststück hat angefangen und mich angegriffen«, widersprach der Arbeiter und der andere fügte an, »wir mussten uns wehren, weil dieser Typ da mit einer Schaufel auf uns losging.«

*

Wenige Minuten später saßen Semele und Gernot im Büro des Vorarbeiters, der, wie ein Schild auf dem Schreibtisch verriet, Léon Dechamps hieß. Immerhin erlaubte dieser Mensch, dass sich Semele und Gernot kurz frisch machen und die Blutspuren in ihren Gesichtern entfernen durften. Hatte Semele befürchtet, das Nasenbein gebrochen zu haben, war sie nun wieder etwas beruhigt. Wird wohl nur einen blauen Fleck geben, dachte sie. Dennoch schmerzte ihr Riechorgan bei jeder Berührung ordentlich. Gernot sagte nicht viel. Er hatte es irgendwie geschafft, seinen Koffer mitzunehmen und stellte ihn demonstrativ neben sich auf den Tisch. Wenn die Kamera noch funktioniert, so dachte er, würde sie auch dieses Gespräch aufnehmen.

Man merkte, dass der Vorarbeiter nicht ganz so einfach gestrickt war wie seine Arbeiter. Sein Blick verriet, dass er es nicht guthieß, dass man auf seiner Farm eine Frau blutig geschlagen hatte. Noch dazu eine, die sich durchaus als hübsch herausstellte, als sie sich der Hygienekappe entledigte und ihr Haar öffnete. Dennoch hielt sich seine Empathie in Grenzen. Erst recht, als er herausfand, dass die beiden Eindringlinge keine Tierärzte waren.

»Wer ihr seid und was euer Ziel war, das wird die Polizei herausfinden!« Er griff nach dem Telefon, um die Gesetzeshüter zu benachrichtigen.

»Das würde ich nicht tun«, antwortete Semele mit angriffslustigem Unterton. »Denn sonst müssten wir den Flics erzählen, dass ihr nach wie vor ohne Betäubung Ferkel kastriert!«

»Das ist bis nächstes Jahr erlaubt, wenn ausgebildete Kräfte am Werk sind.«

»Ausgebildete Kräfte. Soso.« Semeles Stimme war nicht frei von Spott. Und Gernot fügte an: »Vielleicht würde es das Umweltamt von Montpelllier interessieren, wieso Sie immer noch Kastenstände im Einsatz haben, obschon die doch seit dem 1. Januar verboten sind!«

»Die Mutterschweine sind nur noch wenige Tage in diesen Buchten. Aus Sicherheitsgründen. Weil wir unsere Ferkel nicht gefährden wollen! Abgesehen davon ist das letzte Urteil hierüber noch ausstehend. Ergo machen wir das, was wir für richtig halten, bis man es uns definitiv verbietet! Aber was ihr hier veranstaltet, ist Hausfriedensbruch und garantiert verboten. Deshalb rufe ich jetzt die Polizei.«

KAPITEL 29

Mario war eben aus der Redaktionssitzung gekommen und setzte sich wieder an seinen Schreibtisch. Nur mit Glück war er dem Rechercheauftrag über eine langweilige Krankenkassengeschichte entkommen, den ihm der verhasste Produzent Zündel aufbrummen wollte. Stattdessen konnte

Mario von seinen Erkenntnissen im Fall des Schweizer Sektengurus auftrumpfen. Selbst sein Chef, der sonst eher im Ruf stand, seine Begeisterung nur zurückhaltend zu zeigen, fand die Geschichte interessant und forderte ihn auf, weiter zu recherchieren.

Dann klingelte Marios Handy. Seine Freundin Sara war am Apparat. Sie hatte sich nach dem Knatsch vom letzten Wochenende wieder schnell beruhigt und war schon am Sonntagabend wieder zu Mario zurückgekommen. Sie verhielt sich, als wäre der kurze Streit vom Samstag schon längst Schnee von gestern und nicht der Rede wert gewesen. Auch wenn Mario normalerweise den Problemen auf den Grund ging, ließ er ebenfalls den Fünfer gerade sein, zumal beide dank dieser Kurztrennung eine leidenschaftliche Anziehung spürten, die jeden Streit vergessen machte.

Doch nun rief Sara aus einem anderen Grund an. Sie war empört und musste ihren Frust ablassen. Ihr neuer Chef habe ihr eben beschieden, erzählte sie mit Wut in der Stimme, dass man sie bis Anfang April nicht mehr benötigte. Weil eine Kochsendung der Unterhaltungsabteilung abgesagt worden war, habe man keine Verwendung für sie. Immer lasse man die freien Mitarbeiter als Erstes über die Klinge springen. »Sollen die doch selber schauen, wie sie ihre Rechnungen zahlen«, ärgerte sie sich lauthals. Das habe nichts mehr mit verantwortungsvollem Management zu tun, fuhr sie ärgerlich fort, was derzeit in der technischen Abteilung vor sich gehe, das spotte jeder Beschreibung. Mario, der das Problem kannte, auch wenn er einen vergleichsweise sicheren Job hatte, versuchte seine Freundin aufzumuntern. »Vielleicht sollten wir die Gelegenheit beim Schopf packen«, sagte er ohne sich die Details zuvor überlegt zu haben, »und ein paar Tage Ferien machen.«

»Und womit soll ich mir Ferien leisten?« Saras Worte klangen düster.

»Ich lade dich ein!«

»Das kann und will ich nicht annehmen.«

»Okay, dann schlage ich dir einen Deal vor. Ich lade dich ein, wenn ich das Ziel bestimmen darf.«

»Scherzkeks!«

»Nein, ich meine es ernst.«

»Und wo ist der Haken?«

»Ich müsste ab und zu ein wenig arbeiten, wobei du mir aber helfen könntest.«

»Nur unter der Bedingung, dass wir dem Winterwetter entrinnen. Ich habe genug von Kälte und Schnee!« Ihre Stimme war schon hörbar enthusiastischer geworden.

»Kein Problem, wir fahren nach Südfrankreich. Da soll es bereits Frühling sein.«

»Echt wahr? Nach Südfrankreich? Ist das jetzt ein Witz?«

»Nein, absolut ernst gemeint.«

»Wow«, antwortete sie und sah Bilder der Provence vor dem inneren Auge. »Aber was musst du denn da arbeiten?«

»Ach, nicht viel. Muss nur ein bisschen recherchieren.«

Sara stutzte. Nach der ersten Euphorie begann ihr Denkapparat wieder klar zu funktionieren. »Steht diese Recherche im Zusammenhang mit dieser Schulkollegin, die du in Basel besucht hast?«

Mario wollte es vermeiden, am Telefon erneut eine Grundsatzdiskussion führen zu müssen. Dass seine Freundin bei anderen Frauen etwas eifersüchtig reagierte, war ihm nicht verborgen geblieben, deshalb wurde er vorsichtig. Zu seiner Überraschung reagierte sie anders als befürchtet. Als füge sie sich dem Schicksal, welches sie in diese merkwürdige Geschichte hineinzog, meinte sie abschließend:

»Nachdem du ja so oder so hinfahren würdest, ist es wohl besser, wenn ich mitkomme. So kann ich wenigstens auf dich aufpassen.«

»Gut, jetzt muss ich nur noch meinen Chef überzeugen.«

*

Nach einer weiteren halben Stunde stand Mario zufrieden in der Warteschlange in der Cafeteria. Er gönnte sich einen Cappuccino, weil er etwas zu feiern hatte. Vor wenigen Minuten hatte er seinem Chef die Idee präsentiert, nach Südfrankreich zu fahren, um vor Ort im Fall der »Children of Gaia« zu recherchieren. Er hatte ihm vollmundig erzählt, was er dank Landolt über die Bacchanalien wusste. Und auf die Frage, was das für einen schweizerischen Hintergrund habe, konnte Mario aus dem Vollen schöpfen und belegen, dass da mehr als nur zufällige Verbindungen mit der Schweiz bestünden. Außerdem trumpfte er mit dem Argument auf, dass er erstens als VJ* agierte, was Kosten sparen würde und zweitens, dass er nicht alleine hinführe und daher jedem Risiko aus dem Weg gehe.

Das klinge ja alles schön und gut, meinte der Chef. Aber wie wollte er es schaffen, in diesem Anwesen ohne Genehmigung zu drehen?

Mario kannte die gesetzlichen Vorschriften. Und seit auch die Restriktionen rund um Aufnahmen mit versteckter Kamera verschärft worden waren, hatten Journalisten noch mehr Mühe, eine investigative Recherche fernsehtechnisch umzusetzen. Aus diesem Grund setzte er alles auf die Karte Semele. Da er sie persönlich kenne, argumen-

---

* VJ = Videojournalist, d.h. der Journalist dreht seinen Filmbeitrag selber und kann daher ohne Kamerateam weit autonomer agieren.

tierte er, wäre sie der Schlüssel, um eine Dreherlaubnis zu bekommen. Außerdem würden die Festivitäten wohl nicht im Schloss, sondern draußen abgehalten. Und da wäre es mit dem Drehen wieder einfacher.

Wie Mario durchschaute, war der Chef trotz anfänglicher Skepsis sofort von dieser Geschichte angetan gewesen. Wohl auch, weil er selber vom Mysterium der Dionysien fasziniert war, was, wie er in einem Nebensatz erwähnte, auf dessen Liebe zum Altgriechischen zurückführte. Schließlich hatte er vor Jahrzehnten den altsprachlichen Maturitätstypus gewählt und besaß schon immer eine Schwäche für die Mythen jener Zeit.

Das konnte Mario nur recht sein, und er genoss es weidlich, seinem Produzenten Alex Zündel unter die Nase zu reiben, dass er für die restliche Woche nicht mehr für den Aktualitätsdienst zur Verfügung stünde. Zündel, der wochenverantwortliche Ausgabenleiter, der Mario gerne auf die schwierigsten Themen ansetzte, kochte innerlich vor Wut. Dass ihm der junge Journalist in der Redaktionssitzung die Krankenkassengeschichte versaut hatte, verzieh er ihm nicht. Gerne hätte er ihn deswegen mit einem anderen Thema betraut, bei dem das Scheitern aufgrund des knappen Zeitbudgets fast schon vorprogrammiert gewesen wäre. Dann hätte er sich auf der Redaktionskonferenz über ihn mokieren können. Doch diesmal war ihm der andere zuvorgekommen und hatte ihn ausgebremst.

Mario wusste, dass ihm noch eine knallharte Auseinandersetzung mit dem Produzenten bevorstand, doch das war ihm jetzt egal. Nun wollte er die Story über die Gaianer, wie er sie nannte, aufgleisen.

Mit seinem Kaffee in der Hand schlenderte er in sein Büro zurück, trank Schluck für Schluck und sinnierte. Auch wenn viele Indizien bei der Sekte puzzleartig zusammenpassten, musste er sich eingestehen, dass er über die wahren Motive der Children of Gaia und die Persönlichkeit von Joop Lofzinger nur wenig wusste. Besonders wacklig waren die von Landolt behaupteten Zusammenhänge und Hintergründe. Was würde es an der Geschichte ändern, wenn Lofzinger, alias Lobsinger, tatsächlich Schweizer Wurzeln besäße?

Mehr aus Zufall, denn aus einer bestimmten Vorahnung heraus googelte er den Ort Lobsingen und fand zu seinem Erstaunen Informationen über die Gemeinde Lucens. Er überflog den Eintrag und stutzte, als er über eine Stelle stolperte, die von einem radioaktiven Unglück in den späten 1960er-Jahren berichtete. Er kannte nur einen, der ihm da mehr Infos geben könnte und griff zum Telefonhörer.

KAPITEL 30

Semele blickte in die Runde. Gernot saß schweigend neben ihr, hatte seinen Blick gesenkt und wartete wie einer, der gleich zum Schafott geführt würde. Der Vorarbeiter blickte sie an, versuchte zu lächeln. Doch dieses Lächeln erstarrte gleich wieder, als ein weiterer Mann eintrat. Es war ein grobschlächtiger Kerl, der wohl auch irgendwie Chef war.

Wenigstens reimte sich Semele das zusammen, weil er mit diesem Dechamps auf Augenhöhe redete und ihn herrisch fragte, ob die Flics benachrichtigt worden seien. Murrend fügte er an, dass seine Leute weitermachen müssten, da sie sonst in Verzug gerieten. Der Vorarbeiter nickte und meinte, dass die Polizei in zwanzig Minuten eintreffen würde. Im Übrigen sei er auch der Meinung, dass die Männer im Block D weiterarbeiten sollten. Der andere grinste: »Très bien! Und die beiden da. Kannst du das alleine händeln?«

»Bien sûr.«

Die Tür krachte hinter dem Kerl ins Schloss und Semele wusste, was es geschlagen hatte. Nun musste sie auf eine List zurückgreifen, die schon bei ihren Eltern funktioniert hatte. Deswegen galt sie bei ihren Schwestern auch als Heulboje, dabei waren jene nur eifersüchtig gewesen, dass sie nicht über dasselbe Schauspieltalent verfügten.

Semele begann zu schluchzen, zuerst zaghaft, dann intensiver. Als sie die Aufmerksamkeit des Vorarbeiters spürte, ließ sie ihren Tränen freien Lauf und hechelte zwischen verzweifelten Weinkrämpfen wie ein Asthmatiker. Monsieur Dechamps war in kürzester Zeit nicht mehr Herr über seine Gedanken, versuchte vergeblich, ihr ein Papiertaschentuch hinzuhalten. Auch Gernot wirkte hilflos und versuchte sie trösten, indem er seinen Arm auf ihren Rücken legte. Semele jedoch schaltete in den nächsten Gang, japste nach Luft und erbrach Worte, die erzählten, dass sie alleine schuld sei. Sie habe Gernot gezwungen, sie zu begleiten. Wieder versagte die Stimme, um einer weiteren Schluchzattacke Raum zu geben. Dechamps war mittlerweile aufgestanden, ging zu einem Sideboard, um Wasser zu holen und hielt ihr ein Glas hin. Wie ein kleiner Junge, der einem Kätzchen eine Delikatesse anbot, hoffte er auf ein Wunder, welches die Weinkrämpfe besänftigen möge. Doch Semele kam nun zum Höhepunkt ihrer Vorstellung. Es gehe ihr ja nur um die kleinen Schweinchen, ›les petites cochons‹, röchelte sie. Es mag sich verrückt anhören, fuhr sie weiter, aber sie spüre eine Art Seelenverwandtschaft mit ihnen, wollte ja nur helfen. Wieder übermannten sie Wellen der Verzweiflung. Ob er das verstehe, fragte sie zwischen Tränenschleiern in Richtung des Vorarbeiters. Dieser nickte empathisch.

Sie habe niemandem schaden wollen, meinte sie schluchzend. Doch dann habe ihr dieser Kerl den Ellbogen brutal ins Gesicht geschlagen. Das habe so wehgetan! Und nun komme die Polizei und verhafte sie. Dabei fürchte sie sich so sehr vor diesen dunklen Zellen. Sie habe da Platzangst und würde sich am Ende in den Tod flüchten müssen. Nur, um diesen Qualen zu entgehen, dabei habe sie doch noch gar nicht richtig gelebt!

Dechamps war, wie Semele durchaus bemerkte, nicht mehr Herr seiner Gefühle, sodass sie ihren letzten Trumpf ausspielte: »Sie sind ein guter Mensch, Monsieur Dechamps! Lassen Sie uns gehen«, bettelte sie. »Wir versprechen, dass wir Sie nie mehr behelligen werden. Aber schicken Sie mich nicht in diese Hölle, bitte! Ich flehe Sie an!«

*

Fünf Minuten später saßen sie in ihrem Renault und fuhren in Richtung Montpellier. Gernot hatte noch die mahnenden Worte des Vorarbeiters im Ohr, wonach er vielleicht doch mit ihr zu einem Arzt fahren sollte. Er hatte genickt. Nach einigen Kilometern wurden sie von einem Polizeiauto mit blinkendem Blaulicht passiert. Semele warf ihrem

Freund einen schelmischen Blick zu: »Möchte zu gern wissen, was Dechamps den Flics erzählt!«

Gernot blickte sie entgeistert an: »Du bist eine richtige Bitch, weißt du das?«

Sie lachte so laut, dass sie erneut nach Luft japste. Als sie sich wieder beruhigt hatte, fügte sie an, dass sich diese Schweinequäler noch wundern werden, wie die ganze Geschichte im Internet wirken würde.

KAPITEL 31

»Woran arbeitest du?«

Mario freute sich über die warmherzige Stimme von Nico Vontobel, seinem langjährigen Mentor, und über dessen sofort entflammtes Interesse an seiner Arbeit. Wie motivierend wäre es doch, für einen Vorgesetzten zu arbeiten, der sich wirklich um das Wohlergehen seiner Untergebenen kümmert und der sich ernsthaft über die Fortschritte seiner Recherchen erkundigt, dachte er.

»Oh, eine etwas komplizierte Geschichte«, antwortete Mario etwas ausweichend, um die Aufmerksamkeit seines Telefonpartners noch etwas zu erhöhen. »Sie führt mich nach Südfrankreich und hat mit einer esoterischen Öko-Sekte zu tun, die den alten Dionysos-Kult auferstehen lässt.

Aber das Besondere daran ist, dass sie von der Schweiz aus geleitet wird und ihr Guru ein ehemaliger Internet-Tycoon ist.«

Nico, der sich innerlich wie ein stolzer Vater freute, dass ihn sein beruflicher Ziehsohn noch immer um Rat fragte, wenn er mal nicht weiterwusste, oder wenigstens eine Einschätzung erwartete, blickte noch nicht durch und stellte mehrere kurze, aber präzise Fragen, bis er einen einigermaßen vollständigen Überblick erhalten hatte. Auch wenn er Marios Schilderungen wohlwollend analysierte, fand er nicht gleich die zwingende Motivation, für mehrere Tage nach Frankreich zu fahren, um dort – allenfalls – einige durchgeknallte Öko-Fundis bei einer mehrtägigen Party zu begleiten. Zumal Mario ja keineswegs eine Einladung aufweisen konnte. Seine Frage war deshalb so kurz, wie entlarvend. Sie wurde stets von Produzenten oder anderen Vorgesetzten gestellt, wenn sie nicht überzeugt worden waren: »Was genau ist der Aussagewunsch deiner Geschichte?«

Mario hatte diese Frage schon immer gefürchtet, wie die meisten Journalisten. Denn sie war unbequem, obgleich der Schlüssel zur eigenen Selbstreflektion. Sie verlangte nicht mehr als eine klare Aussage, war der archimedische Punkt, der die ganze Geschichte aus dem Sumpf der Zufälligkeiten fischte und eine klare Stringenz aufbaute, um eine Schlussfolgerung zu ermöglichen.

»Meine Hoffnung ist«, so wagte sich Mario deshalb auf dünnes Eis, weil er sogleich begriff, dass er nun etwas bluffen musste, um Nicos fragenden Geist zu befriedigen, »dass ich das Doppelspiel dieses TAG alias Joop Lofzinger entlarven kann, zudem stammt dieser Öko-Guru nicht zufällig aus einem Dorf, das vor einigen Jahrzehnten einen atomaren Super-GAU erlebt hat.«

Am anderen Ende des Hörers blieb es mehrere Sekunden still. Mario fragte deshalb nach, ob Nico noch da wäre.

»Von welchem Dorf hast du gerade gesprochen?«, kam es unvermittelt.

»Das Dorf heißt Lucens, liegt im Waadtland und wurde zu einem strahlenden Atom-Monument. Und weißt du, was das Ulkige ist?« Marios Stimme wurde enthusiastisch, doch Nico kam ihm zu dessen großer Überraschung zuvor.

»Ja, das Wappen von Lucens ziert eine strahlende Sonne!«

»Du kennst es?«

Nico beantwortete die Frage nicht, sondern antwortete in einem Tonfall, der jede Emotionalität vermied: »Wir müssen uns sofort treffen. Hast du Zeit?«

*

Eine halbe Stunde später stapfte Mario die steilen Treppen zu Nicos Häuschen empor. Wie fast jedes Mal zählte er die Stufen. Es waren immer noch 54. Nicos Freude war nicht geringer als sonst, dennoch bemerkte Mario, dass er die höflichen Floskeln sogleich ablegte und auf den Punkt kam.

»Was genau weißt du über den Super-GAU in Lucens?«

»Nicht viel«, gab Mario unumwunden zu, »außer, dass es in diesem Versuchsreaktor eine Kernschmelze gegeben haben soll und möglicherweise Radioaktivität freigesetzt wurde.«

Nico bejahte und klärte Mario, während er eine Flasche Wein öffnete und zwei Gläser füllte, über einige Sachverhalte auf. Er unterließ es auch nicht zu erzählen, dass vor fünf Tagen eine Leiche entdeckt worden war, die wohl mit diesem Unfall zu tun hatte. Und weil Nico nach wie vor über viel Papier zu diesem Fall verfügte, war es für ihn nicht schwer, eine Namensliste zu finden, auf der die damals leitenden Mitarbeiter des Reaktors aufgelistet waren. Nach kurzer Zeit stießen sie auf einen Namen, der in diesem Fall überaus erstaunlich war.

»Aber das glaube ich nicht«, flüsterte Mario fast ergriffen, »das verändert doch die ganze Geschichte!«

KAPITEL 32

Mario begriff nun gar nichts mehr, und Nico stieß einen unüberhörbaren Frustseufzer aus. Da waren sie auf dieser Namensliste auf einen Namen gestoßen, der ihnen durchaus bekannt war. Ein Name, der mit größter Wahrscheinlichkeit mit ihrem Fall zu tun hatte. Aber selbst im hastig gestarteten Internet fanden sie nicht viel Erhellendes. So blieb der grundlegende Fakt fürs Erste einfach bestehen, obschon das Wesentliche, das die Recherche zutage fördern sollte, bislang verdeckt blieb. Es sei fast wie ein Eisberg im Meer, meinte Mario altklug. Auch der würde nur den kleinsten Teil seiner ganzen Größe zeigen.

Nico brummte etwas Unverständliches.

Der Mann auf Nicos Liste hatte von 1961 bis 71 im Eidgenössischen Institut für Reaktorforschung gearbeitet. Zuerst als doktorierender Physiker, dann in leitender

Position. Und er hatte beim Versuchsreaktor an vorderster Front mitgearbeitet. Sein Name war Vincent Lobsinger. Doch so wild sie auch umherrecherchierten, einen Zusammenhang mit Hans *Joop* Lofzinger fanden sie nicht. Nico stand vom Tisch auf. Er öffnete die Eingangstür und lüftete die kleine Stube. Das Feuer im Schwedenofen frischte dank des zuströmenden Sauerstoffes augenblicklich auf und machte sich an einem Buchenprügel zu schaffen. So wurde es trotz der kalten Luft, die nach innen strömte, augenblicklich wärmer. Ein Paradoxon, das Mario inspirierte.

»Was wäre«, sagte er dann, »wenn dieser Vincent tatsächlich Lobsingers Vater wäre, aber dessen Frau alles versuchte, dies zu verschleiern?«

»Und warum sollte sie das getan haben?«

»Vielleicht, weil Lobsinger im Zusammenhang mit dem Reaktor in den einflussreichen Kreisen der Schweiz in Ungnade gefallen war. Schließlich war er einer der Verantwortlichen für das Desaster gewesen.«

»Was hat dieser Joop für einen Jahrgang?«

Mario kramte in seiner Mappe mit allen Artikeln, die er bislang über den Internet-Tycoon ausgedruckt hatte. Im Spiegel-Artikel aus dem Jahr 2003 fand er die gewünschte Zahl.

»Geboren am 25. März 1966.«

»Dann war er also etwas mehr als drei, als der Reaktor in die Luft flog. Und weißt du auch, wie die Mutter hieß?«

»Nein, aber sie muss eine Deutsche gewesen und mit ihrem Sohn Anfang der 70er-Jahre aus der Schweiz fortgezogen sein.«

»Und macht das eine Frau einfach so? Den Mann und ihre neue Heimat verlassen?«

»Nur, wenn er nichts mehr von ihr wissen wollte«, mutmaßte Mario.

»Oder sie von ihm«, vollendete Nico den Gedanken.

»Was aber wäre«, spann Mario den Faden vorsichtig weiter, »wenn er schlicht nicht mehr für sie sorgen konnte, weil er gar nicht mehr …«

»… lebte?« Nico setzte sich wieder an seinen Computer. Schnell hatte er die Nummer der Gemeindekanzlei Lucens gefunden. Zu Mario gewandt erklärte er: »Wenn Lobsinger wirklich Bürger von Lucens ist, müsste die Gemeindekanzlei einen Eintrag haben!« Ohne zu zögern, wählte er die Nummer. Es war kurz vor 16 Uhr. Eine weibliche Stimme nahm ab. In perfektem Französisch, obgleich mit einem fast schon klassischen Deutschschweizer Akzent, stellte er sich als Journalist des Schweizer Fernsehens vor. Er zwinkerte in Marios Richtung, als er das sagte, und jener war froh, dass er nicht selber dieses Gespräch führen musste. Sein Französisch wäre weit schlechter gewesen. Zwischenzeitlich hatte Nico der erstaunlich hilfsbereiten Dame erklärt, worum es sich handelte und dass er das genaue Todesdatum eines Bürgers von Lucens suchte. Und weitere Informationen, falls es welche gäbe.

Zur freudigen Überraschung wollte sich die Dame gleich auf die Suche machen, sich entschuldigend, dass sie hierfür ins Archiv steigen müsse, da Daten vor 1996 noch nicht im System erfasst worden waren. Das sei kein Problem, meinte Nico freundlich und bedankte sich schon im Voraus für die Bemühungen der Dame. Sie werde zurückrufen, versprach sie.

»Ja, die Welschen sind in Sachen Bürgernähe und Kundenservice den Deutschschweizern schon massiv überlegen«, meinte Nico zufrieden, als er aufgelegt hatte.

Die Zeit des Wartens gab den beiden Gelegenheit, auch über Privates zu sprechen. So fragte Nico seinen jüngeren

Kollegen über dessen Freundin aus. Und Mario erzählte von der spontanen Möglichkeit, mit ihr zusammen nach Frankreich zu fahren und das Angenehme mit dem Nützlichen zu verbinden. Nico fand es ebenfalls empörend, dass sein ehemaliger Arbeitgeber so unsozial mit seinen freien Mitarbeitern umsprang. Aber die Führungscliquen aller Großbetriebe, so fasste er seine Meinung zusammen, welche sich über ein stetig wachsendes Jahreseinkommen samt Boni freuen konnten, hatten noch nie etwas für diejenigen übrig, die mit einem Bruchteil davon auskommen mussten. Und da verhielten sich ehemalige Sozialisten genauso wie erzkonservative Bürgerliche. Das eigene Portemonnaie läge halt immer noch am nächsten. Mario nickte, als das Telefon klingelte. Es war tatsächlich die Dame von der Gemeindekanzlei Lucens, wie Nico gleich feststellte. Nur wirkte sie weniger zuvorkommend. Sie habe zwar einen Vincent Lobsinger gefunden, erklärte sie mit einem Bedauern in der Stimme, aber alle weiteren Informationen wie Todesart und Familienangaben seien geschwärzt worden.

»Sie meinen«, fragte Nico nach, »dass das ganze Dossier mit schwarzen Balken überzogen ist?«

»Ja, alles außer dem Namen, sowie Geburts- und Todesdatum. Das ist sehr merkwürdig und untypisch.«

»Und wie lautet das Todesdatum?«

»Er starb am 31.5.1971.«

Nico kritzelte das Datum auf ein Stück Papier. Er betrachtete die Zahlen und schien in Gedanken verloren, ehe er die nächste Frage anhängte:

»Und die geschwärzten Stellen: Wer könnte so etwas getan haben?«

Das wisse sie auch nicht, antwortete die Dame. Sicher niemand von der Gemeindekanzlei, da würde sie ihre Hand ins Feuer legen, auch wenn dieser Fall schon einige Zeit zurücklag.

»Gibt es irgendeine Instanz, zum Beispiel im Kanton, wo solche Daten als Backup gespeichert sind?«

»Ja, die jüngeren Daten sind alle zwei- oder gar dreimal abgelegt. Aber so alte kaum. Bedauerlicherweise.«

Trotz des wenig erfreulichen Bescheids bedankte sich Nico bei der Gemeindebeamtin überschwänglich. Kurz rapportierte er das Gehörte seinem Kollegen, der mit den Achseln zuckte. »Könnte da der Inlandgeheimdienst dahinterstecken?«

»Eher das Militärdepartement«, meinte Nico trotzig, »dem traue ich weit mehr zu, doch das schweigt bekanntlich noch beharrlicher als der Friedhof. Da gibt es eigentlich nur eine Lösung: Wir müssen im Institut für Reaktorforschung anklopfen. Allerdings gibt es das meines Wissens gar nicht mehr.«

In der Tat. Als Mario den Suchbegriff in den Computer eingegeben hatte, wurde schnell klar, dass dieses Institut im 1988 gegründeten PSI, dem Paul Scherrer Institut, aufgegangen war. In diesem namhaften Forschungszentrum, das in den aargauischen Dörfern Villigen und Würenlingen beheimatet war, arbeiteten heute mehr als 2000 Wissenschaftler.

»Wird nicht einfach werden, hier an Informationen zu kommen«, mutmaßte Mario.

»Das ist dein Part, Junior!«, meinte Nico lapidar und schenkte sich ein weiteres Glas Wein ein.

Kurze Zeit später hatte Mario die Medienbeauftragte des Instituts an der Strippe. Vielleicht lag es an den Umständen, dass die Frau, die sich mit Elke Matusek vorstellte, kurz angebunden war. Vielleicht aber wirkte es für Mario auch nur so. Denn sie sprach ein astreines und distanziert wirkendes

Hochdeutsch, was veranschaulichte, dass man auch hier die Kommunikation einer rhetorisch geschulten Einwanderin aus dem nördlichen Nachbarland übertragen hatte. Anscheinend traute auch das PSI den eigenen PR-Leuten zu wenig, um sie im journalistischen Nahkampf einzusetzen. Mario versuchte locker zu bleiben, stellte sich vor und skizzierte sein Anliegen, mehr über einen längst verstorbenen Dozenten des ehemaligen Instituts für Reaktorforschung herauszufinden.

»Um Himmels willen«, war die lapidare Antwort der Sprecherin, »wissen Sie, wie viele Menschen allein seit 1988 im PSI gearbeitet haben? Umso schwieriger ist es herauszufinden, wer in den Vorgängerinstituten tätig war!«

Mario wollte sich nicht gleich abwimmeln lassen und legte dar, dass es sich beim Gesuchten um den ehemaligen Leiter der Forschungsanstalt Lucens gehandelt hatte.

»Lucens sagt mir nichts!«

»Das war eine atomare Versuchsanstalt, in der 1969 eine partielle Kernschmelze stattfand.«

Frau Matusek lachte herablassend in den Hörer. »Ja, das war noch etwas vor meiner Zeit. Ich kann Ihnen da nicht weiterhelfen. Sorry.«

»Aber gibt es denn kein Archiv bei Ihnen? Sie müssen doch irgendwo die wichtigen Daten gesammelt oder gespeichert haben!«

»Ein Archiv haben wir schon, aber keines, das Interna aus der Zeit vor der Gründung sammelt. Am ehesten werden Sie da noch in der ETH* fündig.«

»Und bei wem?«

Frau Matusek seufzte lautstark in den Hörer. »Ja, wer wird da am ehesten zuständig sein? Vielleicht das Institut

---

* ETH: Eidgenössische Technische Hochschule

für Militärhistorie! Fragen Sie doch bei der Medienstelle der ETH an, dort wird man Ihnen weiterhelfen.«

Mario verstand, dass Insistieren keinen Sinn machte. Er bedankte sich und hängte auf.

Kurze Zeit später sprach er bei der Medienstelle der ETH vor. Diesmal hatte er einen Mann am Apparat, der sich das Anliegen brav anhörte. Verstehe, antwortete er vielversprechend, als Mario alles erklärt hatte, leider könne er nicht gleich eine Antwort geben, sagte er dann, versprach aber wenigstens, sich der Sache zu widmen. Da es bereits gegen fünf Uhr gehe, meinte er weiter, sei die Wahrscheinlichkeit, heute noch etwas herauszufinden, klein. Er werde sich daher morgen wieder melden. Mario gab ihm seine Büronummer und bedankte sich.

Als er aufgelegt hatte, bemerkte er Nicos Augen, die auf ihm ruhten. »Manchmal ist unser Job ein Knochenjob, nicht wahr?«, sagte dieser mit einem Grinsen und goss Wein in Marios Glas nach.

KAPITEL 33

»MC!« Die Stimme des Meisters klang verletzlich, war nur noch gehaucht. »Mir geht es nicht gut. Die bösen Wellen sind so stark! Sie umkreisen unsere Mutter, bedrängen sie, schnüren sie ein! Ein hochfrequentes Jaulen und Dröhnen, ein grässliches Rauschen, eine Symphonie des Grauens, die auch meine Sinne in Beschlag nimmt! Ich halte es kaum mehr aus!«

Immer, wenn der Meister aus heiterem Himmel anrief, mitten in der Nacht, dann wurde er heimgesucht von diesen Eindrücken und Gefühlen, die ihm nicht nur den Schlaf raubten, sondern beinahe den Verstand. MC kannte diese Anfälle seit der Zeit, als er sich mit ihm eine Zelle im State Prison teilen musste. Fand er diese Episoden anfänglich nur lächerlich, realisierte er bald das Potenzial von TAGs Visionen. Letztlich war er es, der ihm klarmachte, dass sie zusammen die Welt aufmischen konnten. TAG war anfänglich skeptisch gewesen, doch mit der Zeit verstand er sehr wohl, wie dringlich diese Botschaften waren, die er von einer Göttin namens Gaia erhielt.

Weil sie keine Ahnung hatten, wer Gaia war, mussten sie sich zuerst in der Gefängnisbibliothek Bücher über die altgriechische Geschichte beschaffen. Zum Erstaunen der Aufseher studierten sie in jeder freien Minute die alten Mythen. Und je mehr sie über die Zusammenhänge des Pantheons lernten, desto klarer wurden Gaias Anweisungen, eine ökologische Bewegung zu gründen, welche die Menschheit von ihrem destruktiven Pfad wegführte.

Die Schattenseite dieser Aktivitäten waren jedoch die nächtlichen Elektronenstürme in TAGs Hirn.

»Du weißt«, stammelte TAG unter Schmerzen, »ich höre jeden dieser Wi-Fi-Sender, jede Handy-Antenne, jeden Mikrowellenofen! Ich spüre jeden Satelliten, der über mich hinwegzieht und seine teuflischen Strahlen auf mich herabschleudert wie ein Meer aus Nadeln ...«

»Hast du deine Medikamente genommen?« MCs Stimme

klang verschlafen, und eigentlich hasste er es, mitten in der Nacht geweckt zu werden. Egal von wem. Die nächtlichen Anfälle von TAG waren äußerst mühsam und es konnte manchmal Stunden dauern, bis er sich wieder gefangen hatte. Dennoch durfte er nicht abweisend reagieren, sondern musste mütterlich empathisch bleiben, da TAGs Zustand sonst komplett unberechenbar wurde. Und einen Totalausraster, der ihn wieder in die Klapsmühle führte, konnten sie sich zu diesem Zeitpunkt nicht leisten.

»Ich kann sie nicht finden …«, sagte die Stimme und lallte fast.

MC hatte sich das schon gedacht, so war es jedes Mal.

»Wo genau bist du?«

»Zu Hause«, wisperte der Meister.

Schon mal etwas, dachte MC und stellte sich die Wohnung im 13. Stock des Hochhauses in Montreux vor, von der man einen wunderbaren Blick über den Genfersee hatte. »In welchem Raum?«

»Küche …« Wieder stockte der Redefluss. Nach mehreren Sekunden der Stille fuhr er langsam weiter: »Nein, zwischen Küche und Bad.«

»Im Flur also. Gut. Jetzt versuchst du, ins Schlafzimmer rüberzugehen. Da sind deine Medikamente: Weißt du noch wo?«

»Nein«, kam es wie aus einer unendlichen Entfernung.

»Doch, du weißt es! Und ich befehle dir, geh zum Bett. Links befindet sich ein Kästchen. Öffne die Schublade und nimm die Packung mit den kleinen, grünen Tabletten heraus! Ist das angekommen?«

»Ja.« Wieder war die Antwort nur gehaucht, aber MC konnte anhand der Geräusche ausmachen, dass sich TAG in Bewegung gesetzt hatte. Zwar nur schleppend, aber immerhin. Dann hörte er das Knarren einer Holzschublade. »Hast du die Tabletten gefunden?«

»Ja.«

»Sind es die grünen?«

»Es schmerzt so! Mein Kopf zerspringt!«

MC hörte, wie sich ein Körper matt vor Ermüdung ins Bett fallen ließ, dann schepperte es. Offenbar hatte TAG das Telefon fallen lassen. MC konnte nur noch ein fernes Röcheln ausmachen. Als minutenlang nichts geschah, wurde es ihm zu bunt:

»Verdammte Scheiße, Joop, du nimmst jetzt eine dieser beschissenen grünen Tabletten! Wirds bald!«

Sekunden verstrichen, doch nichts passierte. Dann vernahm er erneut ein Stöhnen, und er wiederholte im barschen Ton seinen Befehl. Zu seiner Erleichterung hörte er, wie sich der Körper am anderen Ende der Leitung mühsam erhob. Dann folgte ein Knipsen, das typische Geräusch, wenn man eine Tablette aus der Aluminiumverkleidung herausdrückt.

»Schlucken!«, befahl MC. »Hast du Wasser beim Bett?«

Erneut kam keine Antwort, aber er hörte ein leises Zischen einer Mineralwasserflasche. »Gut, trink!«

Wieder verstrichen Sekunden, dann Minuten. MC hörte nichts als einen regelmäßigen Atem. Wenigstens das, dachte er erleichtert und wäre fast selber wieder eingeschlafen, als plötzlich wie aus heiterem Himmel eine erstaunlich deutliche Stimme ertönte:

»Hast du mich eben Joop genannt?«

»Entschuldige«, antwortete der andere schlaftrunken, »aber es musste sein. Sonst hättest du nicht reagiert.«

»Lieber bin ich tot, als diesen Namen nochmals ertragen zu müssen, den habe ich ein für alle Mal hinter mir gelassen!«

»Ich weiß, aber er ist immerhin ein Zugang zu einer funktionierenden Hirnregion, die einigermaßen intakt bleibt, wenn …«

»Schlimm«, unterbrach TAG nachdenklich, »wenn das Kränkste in mir das Einzige ist, das noch funktioniert.«

»Nein, es ist nur ein passender Schlüssel zu einem sonst verborgenen Schloss. Nichts weiter. Wenn du gewappnet bist, kannst du die bösen Wellen abfangen, sie umpolen und dadurch die schönsten Polarlichter erschaffen, dank deiner Großartigkeit!«

»Ja, was für wunderbare Farben, nicht? Ein Strahlenmeer zu Ehren unserer Mutter Erde. Aber das Böse kommt nicht mehr von außen, sondern von innen! Ist vom Menschen hausgemacht. Wir müssen diese Parasiten beseitigen.«

»Reicht es nicht«, MC betrachtete nachdenklich das Handy in seiner Hand, fuhr dennoch weiter, »wenn wir die Störsender und Signalquellen abstellen?«

»Ja, abstellen und die Ruhe genießen. Für alle Zeiten. Wie sehne ich mich danach.«

Wieder passierte eine Weile nichts, bis aus dem Hintergrund unvermittelt Musik ertönte. TAG war anscheinend aufgestanden, ins Wohnzimmer hinüber gegangen und hatte eine seiner Lieblings-Schallplatten aufgelegt. Einmal mehr *Tubular Bells* von Mike Oldfield. Durchs Telefon schwappten sphärische Tonkaskaden, die sich in unendlichen Wiederholungen suhlten.

Wenigstens geht es ihm wieder besser, dachte MC und war froh, dass die Tablette schon – einmal mehr – als Placebo gewirkt hatte. Derweil schwelgte TAG in orchestralen Klängen von Gitarren, Mandolinen, Röhrenglocken. »Hörst du diese Ode an die Götter?«, brach es aus ihm hervor, und MC wusste, dass er wohl die restliche Nacht in diesem Zustand verweilen würde. Seit er in der Gefangenschaft den geistigen Durchbruch erlebt, mithin seine Erleuchtung erfahren hatte, hörte er ausschließlich Musik aus analogen Tonquellen. Am liebsten von Vinyl-Schallplatten. Hier störten ihn keine Fremdstrahlen, keine hochfrequenten Sendeimpulse, auch wenn das Knacken der mittlerweile fast durchsichtig gespielten Platten für Außenstehende unerträglich klang. Dennoch war es offensichtlich, dass ihm diese Form von Musik Energie verlieh.

»Wenn ich zu euch komme, werden wir die Tag-und-Nacht-Gleiche feiern, als gäbe es kein Morgen mehr! Wir werden die Zeitenwende interstellar hinaustragen, das unauslöschliche Zeichen für den Aufbruch setzen. So, wie es die Prophezeiung vorausgesagt hat!«

»Ja, das werden wir!«

»Doch wir müssen uns vorsehen!« Die Stimme klang auf einmal heiser, aber nicht minder durchdringend: »Ich sehe eine Interferenz, eine Störung auf einer geistigen Ebene, die auf uns zukommt. Erstaunlicherweise ist sie nicht einfach zerstörerisch, sondern bewahrend, nicht abweisend, sondern fragend. Ein merkwürdiges Phänomen! Ich sehe einen Mann, der kommen wird ..., nein, er wird nicht kommen, er wird einfach da sein. Ganz plötzlich! Und er wird Fragen stellen, und ich werde ihm stellvertretend für alle die Augen öffnen!« TAGs Stimme brach ab, dann folgte ein Seufzer.

»Was siehst du Bruder?«, fragte MC bang.

»Er will nicht verstehen, so en dumme Cheib*!«

---

* Das schweizerdeutsche Wort *Cheib* meinte ursprünglich ein ausgezehrtes, dem Tode geweihtes Tier. Mit der Zeit wurde der Begriff auch auf Menschen ausgedehnt, die den Galgen verdient hatten oder bereits tot waren. Erst später entstand die heute noch geläufige Verwendung im Sinne von Schelm, Schuft, verhasster Mensch, vermaledeites oder störrisches Ding oder Wesen.

»Wie bitte?«

»Ach, er ist so engstirnig wie die meisten anderen. Es braucht viel Arbeit, wird ein weiter Weg. Gut, haben wir die Ausdauer und das Aqua gravis!«

KAPITEL 34

Die Nacht war für Jean-Jacques Trümpi kurz gewesen, aber er schaffte es tatsächlich, alle 67 Notizbücher durchzuforsten. Wichtige Stellen markierte er mit Post-it-Klebern, außerdem erstellte er einen Index, um Stichworte besser zu finden. Der Kaffeekonsum war während der Nacht beträchtlich gewesen, doch gegen drei Uhr in der Früh war die letzte Seite gelesen.

Danach bekundete Jean Mühe, den Schlaf zu finden, so aufgekratzt war er. Oder vielleicht wirkte das Koffein erst jetzt. So oder so war es eindrücklich gewesen, gleichsam literarisch in das Leben einer fremden Person, die man nie kennengelernt hatte, einzudringen und wie auf Schienen durch die Jahrzehnte zu fahren. Zwei Drittel der Bücher handelten von Bauprojekten oder von Dingen, die uninteressant waren. Das restliche Drittel aber lieferte teilweise komplexe, verschachtelte und reichlich esoterische Kost. Immer wieder schien Hungerbühlers Liebe zur ägyptischen Kultur durch, die sich auch im Bau seines eigenen Tempels, wie er sein Refugium nannte, niedergeschlagen hatte. An mehreren Stellen beschrieb er Erkenntnisse über die energetischen Verhältnisse in Pyramiden. Er zeichnete die Energielinien genauso ein, wie sie Trümpi selbst erlebt hatte. Auch wenn es sich der Polizist nicht erklären konnte, hatte er am eigenen Leib erlebt, wie sich in Hungerbühlers Labor seine Batterien aufluden. Dass sich selbst Rasierklingen unter einer Pyramide von selbst schärften, wie es der Freimaurer beeindruckt beschrieb, konnte Trümpi nicht nachvollziehen. Noch eher konnte er glauben, dass es sich unter Pyramiden prima meditieren ließ, weil die Geistesenergien gebündelt wurden.

Auch über die Freimaurer-Bewegung fanden sich viele Einträge, nicht selten ausgewachsene Referate, die der Bauingenieur wohl auch gehalten hatte. Am spannendsten im Zusammenhang mit ihren Ermittlungen waren freilich die Notizen rund um die Verwendung von radioaktiven Stoffen. Er startete in den 70er-Jahren mit ersten Versuchen und experimentierte mit allem Möglichen. Eine Weile arbeitete er an radioaktivem Mörtel, der eine konstante, aber marginale Strahlung aussandte, um den Zellverfall von Lebensmittel zu bremsen und sie damit länger haltbar zu machen. Dass man freilich beim Verzehr dieser verstrahlten Nahrungsmittel auch selber kontaminiert wurde, dürfte der Hauptgrund gewesen sein, warum er das Experimentierfeld wechselte. Zu Beginn der Achtzigerjahre kam die Spagyrik* aufs Tapet, und er interessierte sich für die Heilwirkung von Pflanzen

---

* Spagyrik nennt sich die pharmazeutische oder therapeutische Umsetzung der Alchemie mit ihren Verfahrensweisen und Denkansätzen. Besonders wichtig sind in der Spagyrik die Verfahren der Aufspaltung, der Destillation, der Mazeration und Konzentration. Die Wirkweise von spagyrischen Mitteln wird von der Naturwissenschaft abgelehnt oder dem Placeboeffekt zugerechnet.

ebenso, wie ihn das Thema der kontrollierten Zellverjüngung durch radioaktive Isotope faszinierte. 1979 beschrieb er zum ersten Mal ein gelungenes Experiment, wonach er bei sich selber einen Hautausschlag kurierte. Dank der verschwindend kleinen Dosis von Radium hätte sich die Haut nicht nur erneuert, sondern verjüngt. Seit diesem Durchbruch testete er alle möglichen Wirkweisen an sich und an anderen Freiwilligen. Er nannte sie nicht per Namen, sondern arbeitete mit Kürzeln. Sehr häufig kamen vier Personen in den fragwürdigen Genuss seiner Behandlungen. Verbrennungen, Schürfungen und gar Narben hätten sich bei T. und H. erstaunlich schnell gebessert und gar erneuert, frohlockte er 1985. All seine Fortschritte konnten jedoch nicht verhindern, dass seine Frau Luisa an den Folgen einer Komplikation starb. Ebenso erwähnte er, dass ein I. nur schlecht auf seine Behandlung ansprach.

*

Das Team hatte Trümpi bei seinen Ausführungen recht diszipliniert zugehört, sich selbst dann interessiert gezeigt, als er die esoterischen Erkenntnisse zusammenfasste.

»Das mit den Rasierklingen werde ich ausprobieren«, kommentierte Zuppinger das Gesagte. Und Baldini fuhr fort: »Wäre tatsächlich eindrücklich, wenn sich die teuren Dreifach-Klingen unter einer Pyramide gratis schärfen ließen.« Sogleich wollten auch andere über dieses Phänomen fachsimpeln, doch Martelli interessierte sich für etwas anderes: »Zu den Kürzeln: Hast du keine weiteren Hinweise gefunden, wer seine Versuchskaninchen waren? Irgendwelche Logenbrüder?«

»Leider nein«, bedauerte Jean, »auch mir war diese Frage

durch den Kopf gegangen, aber er begann bei A und hörte mit T auf. Das wären somit 20 Personen gewesen.«

»Und wenn diese Buchstaben gar keine Kürzel waren, sondern Initialen?«, fragte Salzmann in die Runde.

»Brächte uns das weiter?«, doppelte Martelli nach. »Wie heißen die Familienmitglieder?«

»Die Frau hieß Luisa, der Sohn Titus und die Tochter Heidi.«

»Da hätten wir also schon mal drei Initialen. Und kommen die häufig vor?«

Trümpi überflog seinen Index, musste jedoch zugeben, dass er diese spezifische Frage nicht sofort beantworten konnte.

»Aber du hast, wie ich sehe und bewundere, ein Stichwortverzeichnis angelegt, nicht?«, die Stimme des Chefs tönte hörbar beeindruckt.

»Ja, das schon«, antwortete der Alte. »Aber ich müsste anhand der Einträge die Bücher nochmals nach ihnen durchsuchen und sie auflisten.«

»Okay, das machen wir gemeinsam!«, entschied der Chef spontan und verteilte die Büchlein.

»Starten wir«, schlug Trümpi vor, »mit dem Stichwort Verbrennung: Da findet man im Buch 17 auf Seite 43 etwas oder im Buch 38 auf der elften Seite, ebenso im Buch 56, Seite 89 und im Buch 63 auf Seite 12.«

Nach und nach trug das Team zu jedem relevanten Stichwort die Kürzel zusammen. Tatsächlich ergab sich so eine erstaunliche Verteilung, die sich mit einigen der bekannten Namen deckte.

»Für mich ist fast klar«, resümierte Baldini nach zwei Stunden, »dass T. für Titus steht. Nun ist auch klar, warum das Verhältnis zwischen Sohn und Vater getrübt war. Ich wäre auch nicht gerne das Versuchskaninchen eines sich selbst überschätzenden Alchemisten gewesen.«

»Zumal seine Therapien nicht ganz ohne waren!«, fügte Lena Salzmann an. »Schließlich hantierte er stets mit radioaktivem Zeug!«

»Stellt sich einzig die Frage, wer dieses ominöse I. war?«, schloss Baldini. Martelli stand auf und streckte sich. »Was war der letzte Eintrag über diesen I. nochmal?«

Trümpi kramte in den Büchern. »Hier!«, sagte er und las vor: »12. Oktober 2001: Zustand von I ist terminal. Gibt Auftrag, Obduktion zu verhindern. Er will nicht mehr auftauchen, nirgends. Lassen wir die Wunden also heilen.«

»Ergibt das irgendeinen Sinn?«, fragte der Chef in die Runde und erntete betretenes Schweigen. Im Gehen wandte er sich nochmals an sein Team: »Wir müssen in diesen Bunker. Ich spüre, dass wir dort Antworten auf unsere Fragen finden!«

KAPITEL 35

In Marios Kopf hämmerte es, als er wie üblich um neun Uhr im Büro auftauchte. Der gestrige Nachmittag, der bei Nico journalistisch begonnen hatte, war schnell zu einem privaten Spontanabend umgemünzt und durch die beiden Frauen Hanni und Sara erweitert worden. Bis spät in die

Nacht wurde geschwatzt, gegessen und getrunken. Heute musste er den ansehnlichen Weinkonsum mit Kopfweh und einem leichten Magenbrennen bezahlen. Diese physischen Körpersignale waren jedoch sofort vergessen, als das Telefon klingelte und sich der Pressesprecher der ETH meldete. Er habe zwar noch nicht viel Neues herausgefunden, begann er gleich defensiv, aber immerhin hätte er einen Namen, der ihm weiterhelfen könne.

Das war doch schon was, dachte Mario erleichtert und notierte sich den Namen und die Nummer.

Nach dem fünften Klingeln nahm Oswald Gaberthuler ab. Seine Stimme klang so trocken, wie sein Fachbereich. Er stellte sich als Fachleiter der Bibliothek vor, näselte was von ›Abteilung interne Institute‹ und Mario musste sich zwingen, nicht gleich resigniert aufzugeben. Was sollte dieser Schreibtischtäter schon helfen können? Im besten Fall würde er nach wochenlanger Recherche herausfinden, was Mario bereits wusste. Er hatte das in anderen Zusammenhängen schon x-mal erlebt und erwartete deshalb nichts als Leerlauf. Bibliotheken boten selten mehr als das Internet. Umso überraschter war er, als der Archivar, den er sich selbstredend mit Birkenstockschuhen, verwaschenen Kleidern und einer Halbglatze vorstellte, sogleich seine Computertastatur zu bearbeiten begann und binnen weniger Sekunden den ehemaligen Dozenten Vincent Lobsinger gefunden hatte.

Jetzt schlägts dreizehn, dachte Mario noch, als Gaberthuler bereits mit dem Geburts- und Todesdatum aufwartete. Sodann fuhr er fort: »Er war Dozent für Teilchenphysik und Reaktorforschung am EIR, also am Eidgenössischen Institut für Reaktorforschung. Seine Doktorarbeit lautete: Havariekonzeptionelle Trägheitskoeffizienten bei Schwerwasserreaktoren.«

»Das konnte er brauchen«, entkam es Mario, und zu seiner Überraschung musste auch der andere kurz auflachen. Jener wusste offenbar sehr wohl, was in Lucens passiert war.

»Finden Sie auch irgendwelche Informationen, wieso Vincent Lobsinger ablebte?«

Einen Moment blieb es am anderen Ende ruhig, dann vernahm Mario erneut das Klacken der Tastatur. Kurze Zeit darauf hörte er Gaberthulers Stimme wieder:

»Ah, hier. Er starb an einem Hirntumor. Also Krebs.«

»Ist irgendein Zusammenhang mit der Reaktorkatastrophe erwähnt?«

»Nein«, antwortete der Bibliothekar bedächtig, tippte erneut irgendetwas in seinen Computer, seufzte vernehmlich, ehe er anfügte, dass ihm das merkwürdig vorkomme. Schließlich seien die Zusammenhänge wohl mehr als zufällig. Außerdem habe der ETH-Rat, wie er in einem Protokoll sehe, eine außerordentliche Witwen- und Halbwaisenrente genehmigt, an eine Helene Lofzinger-Raafke.

»Lofzinger? Steht da wirklich Lofzinger und nicht Lobsinger?«

»Ja, Lofzinger, weiß der Geier wieso.«

»Lobsingers Tod war im Jahr 1971. Der Reaktorunfall im Jahr 69. Finden Sie irgendwelche Infos über die Zeit dazwischen? Irgendwelche Tätigkeiten?«

Wieder antwortete Gaberthuler nicht sogleich, sondern schien in seinem System herumzusurfen. Nach endlosen Sekunden meldete sich der beflissene Bibliothekar aber wieder. Erneut versetzte er Mario ins Staunen:

»Da ist eine Randnotiz in einem Protokoll der ordentlichen Monatssitzung der Institutsleitung. Am 17.4.1970 referierte Lobsinger über den Stand der Aufräumarbeiten und die konzeptionelle Abwicklung. Oh, da fehlt aber einiges. Shit! Wer hat denn da …?« Gaberthulers Stimme verstummte und Mario befürchtete schon, er hätte aufgelegt oder sei sich plötzlich nicht mehr sicher, ob er einem Journalisten weiter Auskunft erteilen durfte. Dann vernahm er nebst dem Tippen auf der Tastatur ein Grummeln und Seufzen, zwischendrin auch mal ein Fäkalwort, ehe sich der Bibliothekar wieder an ihn wandte:

»Entschuldigen Sie, aber das ist ein grausames Puff*. Irgendwer hat da die Aufzeichnungen dilettantisch zu bearbeiten versucht.«

Ganze Abschnitte seien ineinander verschoben worden, machte Gaberthuler seiner Empörung Luft, da sei ja kaum mehr was lesbar. Er fluchte vor sich her, als hätte er vergessen, dass Mario jedes Wort mitbekam. Und er redete mit seinem Computer, als säße ihm ein echter Mensch gegenüber. Ein weiblicher notabene. »Komm, komm, Schätzchen, sei nicht zickig, verdammt …« Er war völlig in sich versunken, tippte, fluchte, tippte erneut und lachte plötzlich auf. »Ja Baby, so ists geil. Das gefällt Papi, mach dich auf!« Mario wusste nicht mehr, ob er wirklich zuhören wollte, aber er blieb am Apparat. Als er schon fast aufgeben wollte, wandte sich der andere unvermittelt wieder an ihn, als wäre nichts geschehen.

»Die Files waren komplett unlesbar gewesen, völlig korrumpiert. War wohl irgendein Idiot, der keine Ahnung von diesem System hatte!«

»Aber Sie konnten es wieder flicken?«

»Ja, ich konnte das System aufdatieren. Kenne es schon seit vielen Jahren!« Seine Stimme hatte sich nun verändert, zeugte vom Stolz, dass er noch Herr dieses Systems war.

---

* Grausames Puff: Schweizerdeutsch für große Unordnung, hat nichts mit Bordell zu tun.

»Habe in den 90er-Jahren selber daran herumprogrammiert! Damals war diese Software das Nonplusultra, konnte Verlinkungen herstellen und ganze Textbausteine speichern, wie es erst viele Jahre später handelsüblich wurde. Das war sensationell damals, ist aber für heutige Anwendungen schlicht überholt.« Gaberthuler rang sich ein Lachen ab.

»Sagen Sie«, versuchte Mario wieder zum Wesentlichen vorzudringen, »könnten Sie mir dieses Protokoll zukommen lassen? Also vorausgesetzt, man kann es diesem System noch entlocken.«

»Ja, was glauben Sie denn?«, empörte sich der andere, als hätte ihn Mario persönlich beleidigt. »Ein System, das mit heutigen Nutzungsarten nicht mehr vereinbar ist«, dozierte der Bibliothekar, »das ist nutz- und wertlos. Aus diesem Grund haben wir von der zentralen Bibliotheksverwaltung schon 1998 beschlossen, dass das ganze Archiv stets upgedatet werden müsse! Natürlich ist das ein riesiger Aufwand und kostet eine Menge, dafür ist es durchaus möglich, Ihnen den Artikel zu senden. Möchten Sie ihn als Lauftext oder als gescanntes Original-pdf?«

»Pdf wäre prima«, antwortete Mario wie aus der Pistole geschossen und konnte es kaum glauben, dass er wenige Minuten später das ganze File in seinem E-Mail-Account fand.

*

Nach weniger als einer halben Stunde hatte er das umfangreiche Protokoll soweit durchgeackert, dass er mit fast zittrigen Fingern Nicos Nummer wählte. Der nahm postwendend ab und Mario schoss gleich los: »Du weißt nicht, was ich vor mir liegen habe!«

KAPITEL 36

Nico trommelte nervös mit seinen Fingern auf dem Tisch, doch Mario machte es spannend.

»Das ETH-Protokoll aus dem Jahr 1970 beschreibt en Détail, wie die Aufräumarbeiten des Reaktors abgelaufen sind! Da schnallst du ab!«

Genüsslich erzählte er zuerst von diesem Gaberthuler und wie lange der ihn jeweils hatte warten lassen, bis er dann mit dem nächsten Hammer aufwartete. Nico fand das weniger lustig, ließ sich allerdings nichts anmerken. Zumal Mario sich endlich anschickte, Genaueres über das besagte Protokoll zu erzählen.

Darin sei, so begann Mario mit einer Stimme, die seine Überraschung unterstrich, die ganze Operation *Augiasstall* bis ins Detail beschrieben.

»Sie nannten ihr Atomkraftwerk einen Augiasstall? Wenigstens für einmal eine ehrliche Entlehnung aus der griechischen Mythologie. Und wer war dann Herkules, um im Bild zu bleiben?«

»Genau das ist es ja, was mich komplett überrascht hat: Sie zogen, wie eine Randnotiz launig beschreibt, tatsächlich eine Art Herkules herbei. Niemand Geringeren als den Herrn über gleichnamige Baumaschinen, mit anderen Worten den Bauingenieur und Oberstleutnant Alois Hungerbühler!«

»Der Tote von Schleinikon!«

»Doch das ist noch nicht alles.«

»Nein?«, Nico wurde es schon fast schwindlig ob der dräuenden Zusammenhänge und Hintergründe.

»Du glaubst nicht, was ich im Anhang des Protokolls

noch gefunden habe. Etwas, das mich ehrlich gesagt sprachlos macht!«

»Ich hoffe nicht zu lange, sonst gehe ich mich zwischenzeitlich duschen.«

Mario musste grinsen, obschon ihm das Lachen irgendwie im Hals stecken geblieben war:

»Nein ernsthaft! Im Anhang fand ich eine Liste der Mitarbeitenden bei den Aufräumarbeiten. Und darauf stand der Name meines ehemaligen Geschichtslehrers Ileas Pelides! Das ist der Vater meiner Kollegin Semele, die im Camp der Kinder Gaias mitmacht, derentwegen ich letztlich nach Frankreich fahre!«

Nico schwieg nachdenklich, ehe er wieder zu Worten fand. »Ist das ein Zufall?«, fragte er rhetorisch.

»Glaubst du hier noch an Zufälle? Ich definitiv nicht mehr!«

»Aber wieso arbeitete Pelides in diesem Aufräumkommando? War er Soldat oder so?«

»Nicht, dass ich wüsste. Ich wäre nicht mal sicher, ob er überhaupt Schweizer war.«

»Woher kam er dann?«

»Vermutlich aus Griechenland. Zumindest waren die altgriechische Sprache und Geschichte sein Steckenpferd, mit dem er uns bis zum Überdruss quälte. Und Pelides tönt doch griechisch, nicht?«

»Ja, aber das ergibt keinen Sinn. Die würden doch nicht irgendeinen dahergelaufenen Griechen im Reaktor arbeiten lassen. Da fehlt ein wichtiges Puzzleteilchen. Du kennst doch die Mutter deiner Klassenkollegin?«

Nico trug ihm auf, er solle umgehend mehr über die Familie herausfinden, ohne aber den Zusammenhang mit dem Reaktor zu erwähnen.

»Und wie soll ich das machen?«, protestierte Mario, »kann sie ja nicht über ihren Mann ausfragen, ohne dass sie bemerkt, was ich beabsichtige.«

»Sei kreativ. Erzähl ihr, dass du im Zusammenhang mit Semele – ein schöner Name übrigens – alles über sie wissen musst. Auch die Umstände, wie es zum Verschwinden des Vaters kam.«

Mario sah ein, dass Nico recht hatte, und schickte sich in seine Aufgabe. Bereits nach kurzer Zeit griff er nach dem Hörer und wählte die Basler Nummer, die er in der Anrufliste seines Handys fand. Er benutzte lieber sein Festnetztelefon, weil die Handys nach wie vor an einer schlechten Tonqualität litten, wie er fand.

Er vertippte sich zweimal, ganz so, als würde sich sein Unterbewusstsein gegen das Telefonat stemmen. Irgendwann klingelte es dennoch, und eine Stimme nahm mit Pelides ab, die Mario jünger vorkam als die erwartete.

»Renata?«

»Nein, ich bin die Tochter: Helena. Meine Mutter ist nicht da im Moment.«

Mario freute sich über diese Wendung, und als er sich vorgestellt hatte, kamen sie schnell ins Plaudern, frischten alte Geschichten auf. Helenas Stimme klang etwas verrucht und rau, aber gleichzeitig anziehend. Das erinnerte Mario daran, dass er eine Zeit lang für sie geschwärmt hatte, es ihr allerdings nie zu sagen getraut hatte.

Helena, die augenscheinlich über Marios Besuch vor einigen Tagen Bescheid wusste, ereiferte sich, wie behämmert sie ihre Schwester fand, sich in diese Sekte reinziehen zu lassen.

Mario erzählte ihr, dass er nach Frankreich fahren würde, um vor Ort zu recherchieren. Sie reagierte verhalten und schilderte, wie sie und ihre Mutter vor der Pforte des Schlosses gestanden hatten und machtlos wieder abziehen mussten. Dennoch fand sie auch schmeichelnde Worte zu Marios Engagement. Sie sorgte sich über die möglichen Konsequenzen und bat ihn vorsichtig zu sein.

»Wenn du mal wieder in Basel bist, müssen wir uns unbedingt treffen«, sagte sie unvermittelt. Schelmisch fügte sie an, dass sie es sehr bedauere, ihn anlässlich seines Besuches verpasst zu haben. Wobei er sicher wieder nur Augen für die ältere Schwester gehabt hätte.

»Augen für Antigona?«, wiederholte Mario wie vom Blitz getroffen.

»Na, das war doch einem Blinden klar, dass du damals auf sie gestanden bist!«, rief Helena belustigt.

»Gestanden? Nein!«, versuchte Mario aufzuklären. Ihre Beziehung sei rein freundschaftlich gewesen. Und mit leicht nervöser Stimme fügte er an, dass sie ihm weit besser gefallen habe.

Helena lachte kurz auf. »Schon merkwürdig«, sagte sie in einem Tonfall, bei dem Wehmut mitschwang, »dass man als junger Mensch so viel Mühe hat, seine Gefühle auszudrücken und vor allem an den richtigen Adressaten zu richten!«

»Ja, da kann ich ein Lied davon singen«, schmunzelte Mario, und es wurde ihm merkwürdig warm ums Herz.

»Hast du eigentlich eine Freundin?« Helenas direkte Frage riss ihn aus dem Gefühl. Einen Bruchteil einer Sekunde überlegte er, was er antworten sollte.

»Ja«, sagte er schließlich, »ihr Name ist Sara.«

»Schöner Name«, kam es zurück, und Mario spürte, wie die eben noch herrschende Verbindung abrupt unterbrochen wurde.

»Ich bin wieder Single. Seit zwei Monaten.« Helenas

Stimme klang plötzlich traurig und wie die eines sitzen gelassenen Kindes. »Irgendwie finde ich nie den Richtigen – oder er ist vergeben!« Ein kurzes Lachen sollte die Ernsthaftigkeit dieser Aussage auflockern, was aber nicht gelang.

Mario schwieg, was Helena offensichtlich ermunterte, mit sich selbst weiterzureden: »Das war schon bei Papa so. Wie hätte ich seine Zuneigung gebraucht! Doch er hatte nur Augen für Semele. Mindestens glaubte ich das und war eifersüchtig. Aus diesem Grund war ich zuerst fast froh, als er plötzlich verschwunden war. Erst als Semele komplett aus der Schiene kippte, wurde mir klar, dass ein Zuviel an Liebe auch schädlich sein konnte. Das war eine einschneidende Erkenntnis und für mich wohl der Schlüssel für meine heutigen Schwierigkeiten eine tragfähige Beziehung aufzubauen.«

»Bist du nicht etwas sehr streng mit dir? Ich finde es durchaus nachvollziehbar, dass die unerwiderte Liebe deines Vaters eine Kränkung für dich war! Wie kann man nur eine Tochter den anderen vorziehen?«

»Mein Vater konnte. Er war verschlossen, in sich gekehrt. Man hätte meinen können, dass er ein großes Geheimnis in sich trug, das er niemandem anvertrauen durfte.«

»Nicht mal deiner Mutter?«

»Nicht mal der. Ich bin sicher, auch sie kannte ihn nicht wirklich, lebte mit einer Fassade von Mann zusammen, hinter der es unglaublich brodelte.«

»Und was hätte denn sein Geheimnis sein können?«, Mario spürte plötzlich, wie sich ein Licht auf seinen Fall bündelte.

»Eines Nachts habe ich Vater belauscht, als er mit jemandem telefonierte. Damals fielen Begriffe wie Augias und Herkules, und ich dachte, er würde über die griechische

Mythologie sprechen, bis ich bemerkte, dass er den anderen siezte und ihn Herrn Oberstleutnant nannte. Das wäre mir als vielleicht 15-jährigem Mädchen auch noch nicht so merkwürdig vorgekommen, hätte mein Vater nicht mit flehendem Unterton angefügt, dass er möglicherweise eine Rückenmarkspende benötigen werde. Was der Mann am anderen Ende des Telefons antwortete, habe ich nicht gehört, aber Vaters Reaktion war ein erleichtertes Danke. Als er auflegte, habe ich ihn schluchzen gehört. Er, der Koloss von Rhodos, hat geflennt wie ein Kind. Ich war so verwirrt, dass ich zu ihm hinging. Als er mich sah, muss ich auf ihn wie ein Geist gewirkt haben. Jedenfalls herrschte er mich an, ich solle ins Bett gehen und niemandem auch nur ein Sterbenswörtchen erzählen. Ich gehorchte.«

»Dann hatte dein Vater also Krebs?«

»Muss wohl so gewesen sein. Aber warum hat er dann Mutter nichts davon erzählt? Und auch uns nicht? Warum musste alles verheimlicht werden? Das macht doch keinen Sinn!«

Mario überlegte kurz. Bei seinem Wissensstand machte die ganze Geschichte durchaus Sinn, und fast hätte er ihr alles erzählt. Doch Nicos mahnende Worte, die er noch im Kopf hatte, hielten ihn zurück. Vorerst. Irgendwann werde er ihr alles erzählen, schwor er sich und beendete das Gespräch mit einem Vorwand, versprach jedoch, sie auf dem Laufenden zu halten.

KAPITEL 37

Entgegen den Wetterprognosen entwickelte sich der Donnerstag zu einem warmen Frühlingstag. Bereits am Morgen schien die Sonne, tauchte das Leben gleich in ein freundliches Licht. Erstaunlich, wie schnell die Natur von Winter auf Sommer umstellte, dachte Nico, als er seine Augen über den Garten schweifen ließ und bereits Insekten erspähte, die zwischen den noch kargen Ästen der Sträucher und Bäume umherschwirrten. Im Licht der Sonne wirkten die Knospen des Forsythien-Strauches wie pralle Beeren, die kurz vor dem Aufplatzen standen. Schon in wenigen Tagen würde er goldgelb blühen, freute sich Nico. Obwohl die Blüten für Schmetterlinge und Wildbienen wertlos waren, weil sie keinen Nektar beinhalteten, lieferten sie doch das untrügliche Zeichen, dass der Winter vorüber war. Das gefiel Nico. Die graue Einöde der letzten Monate war trotz Hannis Gegenwart kaum auszuhalten gewesen. Wenigstens musste sie nun nicht mehr arbeiten gehen. Wenigstens für die kommenden Wochen, denn Nico kannte seine Partnerin, wie er auch das Deutschschweizer Fernsehen kannte. Da konnte jeden Tag jemand krankheitshalber ausfallen, und dann würde der Personaldienst postwendend wieder anrufen und Hanni beknien. Doch daran wollte er heute nicht denken. Nicht, wenn die Sonne lachte. Sogleich machte er sich daran, den Granittisch in der Gartenlaube vom Winterdreck zu befreien. Hanni und er würden heute draußen frühstücken, beschloss er. Flink machte er sich an die Arbeit, weil er mit allem parat sein wollte, wenn Hanni aufstand. Sie war zum Glück eine Langschläferin, eine Tugend, die er noch nicht ganz teilen konnte, auch wenn er nicht mehr automatisch um 6.30 Uhr wach wurde.

Sein Leben hatte sich in den letzten Monaten stark verändert und neu eingependelt. Er fühlte sich so jung und lebensfroh, wie schon seit Jahren nicht mehr. Sicher auch die Folge dieser tiefen, gegenseitigen Zuneigung, die sich nicht zuletzt auf seinen Testosteron-Haushalt auswirkte. Er musste schmunzeln. Auch über seine wiedererwachte Lüsternheit, wie es Hanni gespielt empört ausdrückte.

Er hatte eben den Tisch gedeckt, ein frisches Glas Himbeerkonfitüre geöffnet, den Käse schön drapiert und das selbst gebackene Brot geschnitten, als Hanni schlaftrunken in der Türe erschien. Sie war nur spärlich gekleidet und blickte ihn entgeistert an:

»Hast du schon auf Sommerzeit umgestellt? Wenn ja, dann bist du eine Woche zu früh! Und überhaupt werde ich bei dieser Kälte keinen Schritt vor die Tür setzen!«

Da Nico diese Reaktion bereits erwartet hatte, griff er nach ihrer Faserpelzjacke und legte sie um ihre Schultern. »Zieh dir noch eine Trainerhose an, und genieß mit mir die Frühlingssonne!«

»Nicht ohne Kaffee!«, insistierte sie.

»Kommt sofort, gnä' Frau!«

»Oh, wie galant, der Herr!«

Sie schlüpfte in eine warme Hose und setzte sich an den Tisch. Die Sonne schaffte es tatsächlich, dass von der hölzernen Wand des Häuschens eine behagliche Wärme abgestrahlt wurde.

»Hast du eigentlich noch was von Mario gehört?«, fragte sie, nachdem sie einen kräftigen Biss in ein Käsebrot gemacht hatte.

»Ja, er hat mir vor zwei Stunden eine Nachricht per

SMS geschickt. Er und Sara haben bereits die Grenze nach Frankreich passiert und werden sich wieder melden, sobald sie angekommen sind.«

»Ich verstehe immer noch nicht ganz, was er da genau will? Ich meine, diese Öko-Fundis sind ja nur eine Rahmengeschichte. Die zentrale Story passiert doch hier. Oder verstehe ich etwas falsch?«

KAPITEL 38

Es war ein Gefühl gewesen. Mehr nicht. Doch Jean-Jacques Trümpi griff nach seinem Handy und wählte Nicos Nummer. Der nahm erfreut ab, und schon nach wenigen Sätzen war Trümpi klar, dass er seinem Bauchgefühl nach wie vor trauen konnte, denn was er hörte, klang in seinen Ohren erstaunlich. Obschon er es richtig verstanden hatte, hakte er nach:

»Und Mario fährt in das Schloss einer Öko-Sekte? Einfach so?«

»Ja, zusammen mit Sara, seiner Freundin.«

»Ich weiß nicht, ob das eine gute Idee war«, antwortete der Polizist nachdenklich, »das könnte sich als gefährlich herausstellen. Denn über Interpol haben wir gehört, dass in der Nähe von Montpellier ein Fabrikbesitzer in einem Pool mit vergiftetem Wasser ertrunken ist. Man geht von denselben Ökofundis aus, die vor einigen Wochen den Direktor einer Papierfabrik zuoberst an den Schornstein seiner Fabrik fesselten, weil er keine Partikel-Filter einbauen wollte. Und vorgestern sind Bilder über illegale Ferkelkastrationen im Netz aufgetaucht, die ebenfalls von dieser Gruppe stammen dürften. In Frankreich spricht man unverhohlen von terroristischen Aktivitäten. Wenn es sich bei diesen Vorfällen um eure Öko-Fundis handelt, dann haben die jetzt einen Zacken zugelegt, sind gewaltbereiter geworden und werden sich nicht mehr so schnell aufhalten lassen!«

»Bislang weiß die französische Polizei aber nicht, dass es sich um die Kinder Gaias handeln könnte!«, warf Nico ein.

»Noch nicht. Aber wenn sich deine Vermutungen belegen lassen, was ich annehme, dann werden wir so bald als möglich mit ihnen kooperieren.«

»Bevor ihr das macht, solltest du allerdings noch wissen, was wir mittlerweile herausgefunden haben.«

Nico schwieg demonstrativ ins Telefon und machte es nun künstlich spannend.

»Ich höre«, meinte Jean deshalb rhetorisch, um die Leere zu überbrücken.

»Zuerst tappten wir im Dunkeln«, gab Nico unumwunden zu, »doch dann verdichteten sich die Anzeichen, dass der Chef dieser Ökosekte der Sohn eines Physikers ist, der maßgeblich an der Katastrophe von Lucens beteiligt gewesen war. Der hieß Vincent Lobsinger und starb 1971 an den Folgen einer Krebserkrankung, die er sich wahrscheinlich aufgrund seiner Tätigkeit am zerstörten Versuchsreaktor eingehandelt hatte. Und dank Marios Spürsinn haben wir ein altes ETH-Protokoll gefunden, das zeigt, dass bei den Aufräumarbeiten dieser verstorbene Baulöwe aus Niederwenigen involviert gewesen war.«

»Alois Hungerbühler?«

»Genau der. Aber es kommt noch dicker: Auch der Vater einer Schulkollegin von Mario war beim Abbruch angestellt gewesen. Ein mutmaßlicher Grieche namens Pelides. Und das Merkwürdige ist, dass dessen Tochter bei den Kindern Gaias mitmacht!«

Jean-Jacques Trümpi traute seinen Ohren nicht. Die Kreise, welche diese Geschichte zog, waren erstaunlich und verwirrend. Dennoch konnte er auch bei Nico für Verblüffung sorgen:

»Pelides war kein Grieche, sondern mazedonischer Auswanderer.«

»Wie kommst du da drauf?«

»Tja, auch wir haben unsere Quellen.«

»Nun mach es nicht so spannend, Herrgott noch mal!«

Nun genoss der Kriminalist seinen Wissensvorsprung: »In Hungerbühlers Aufzeichnungen habe ich die Liste der Mitarbeitenden gefunden. Pelides war einer der Arbeiter und seine Geschichte ist abenteuerlich: Als der Kalte Krieg herrschte, orientierte sich Mazedonien nach Moskau, war als Teil von Jugoslawien Stalin-treu. Die Familie von Ileas Pelides hingegen sah sich in einer direkten Linie mit Alexander dem Großen und war deshalb hellenistisch und antikommunistisch eingestellt.«

»Kleiner gehts wohl nimmer? Wann lebte Alexander? 350 vor Christus?«

Trümpi überhörte Nicos sarkastischen Einwurf und fuhr fort:

»Da die Familie immer lauter für den Anschluss an Griechenland votierte, kam sie in Jugoslawien zunehmend unter die Räder, bis der Vater zusammen mit seiner Frau und den drei Söhnen einen Fluchtversuch wagte. Sie wurden jedoch verraten und gefangen genommen. Gemäß Hungerbühler wurde der Vater nach Sibirien ins Arbeitslager verfrachtet. Einzig Ileas, damals 19-jährig, schaffte 1965 die Flucht nach Griechenland, wurde in der Folge brachialer Antimarxist und beteiligte sich an einem Bombenanschlag gegen die russische Botschaft in Athen. Da die kommunistische Begeisterung aber auch Griechenland erfasst hatte, lebte er fortan gefährlich, zumal er sich mit militärnahen Kreisen solidarisiert hatte. Sie planten einen Militärputsch, den sie 1967 durchführten und, der das Land in eine Militärdiktatur stürzte. Als wenig später zwei seiner Mitstreiter von mutmaßlichen KGB-Agenten getötet wurden, bot ihm 1968 ein amerikanischer Agent die Ausreise an.«

»Unglaublich«, rief Nico halb belustigt, halb fasziniert, »da stecken wir ja mitten in einem Spionagefilm aus dem Kalten Krieg. Fragt sich nur, wo sich grad James Bond herumtreibt?«

Wieder blieb der Polizist sachlich, auch wenn ihm die gleichen Assoziationen durch den Kopf gegangen waren, als er diese Geschichte zum ersten Mal gelesen hatte.

»Item«, sagte er deshalb rein rhetorisch, um Nico wieder aus seinen Gedanken zu holen: »Aus etwas unklaren Umständen gelangte Pelides über Umwege in die Schweiz, versuchte hier Fuß zu fassen. Ende 68 lernte er seinen späteren Mentor Hungerbühler kennen und heuerte bei ihm an. Ehe er es sich versah, war er im Abbruch von Lucens involviert, muss sich da aber mächtig ins Zeug gelegt haben. Denn als Dank für seinen Einsatz schenkte ihm die Schweiz ein Stipendium an der Uni Basel, wo er Altgriechisch, Geschichte und Pädagogik studierte. 1975 machte man ihn zum Schweizer Staatsbürger.«

»Trittst im Morgenrot daher, seh' ich dich im Strahlenmeer! Nun macht diese Zeile endlich Sinn! Sie ist auf jene gemünzt, die aus dem Osten kamen und für das hehre Vaterland die radioaktiv verstrahlten Trümmer aus dem Berg holten!« Nicos Stimme überschlug sich fast. Allerdings nicht mehr aus Sarkasmus, sondern aus Empörung.

Trümpi seinerseits hatte sich diese Gedanken schon gemacht, auch wenn auf eine weniger *hymnische* Art und Weise. Für ihn war klar, dass man die damalige weltpolitische Lage zum Anlass genommen hatte, viele Dinge im Land recht eigentümlich zu regeln. Das Militär war damals so stark wie nie mehr, selbst die sozialistischen Politiker befürworteten eine bis an die Zähne bewaffnete Armee. Kein Wunder leistete man sich mit den französischen Mirages ultrateure Kampfjets, die auch in der Lage gewesen wären, Atombomben abzuwerfen. Und woher wäre das radioaktive Material gekommen? Wieder endete eine Frage beim Wort Lucens.

»Glaubst du, die Schweiz wollte wirklich eine Atombombe bauen?« Trümpis Frage war einfach und klang fast ein wenig naiv. Nico überlegte kurz.

»Ende der 1950er-Jahre hatten einige Hardliner des EMD diese Idee und unterstützten deshalb auch die Bestrebungen, einen eigenen Schwerwasserreaktor zu bauen, der die Vorstufe für die Bombe bilden sollte. Anfang der 60er-Jahre gab es sogar zwei Abstimmungen, in denen das Volk Atomwaffen befürwortete. Dennoch blieb der Bundesrat standhaft und tat alles, um die Herstellung von Atomwaffen zu verhindern. Später, wohl unter dem wachsenden Einfluss des Vietnamkriegs änderte der Zeitgeist die Meinung im Volk und im Parlament, sodass die atomare Bewaffnung der Armee kein Thema mehr war. Zudem sahen die einheimischen Strombarone ein, dass ein eigenes AKW zu teuer werden würde. Sie kauften deshalb die Technologie in Amerika und gaben damit dem helvetischen Atomprojekt den finanziellen Todesstoß. Das wiederum konnten gewisse Kreise um Paul Scherrer, den späteren Gründer des nuklearen Forschungszentrums, nicht kampflos zulassen. Sie wollten den Durchbruch alleine schaffen und aller Welt zeigen, dass sie in der Lage wären, auch ohne Amis ein Kernkraftwerk zu bauen.«

»Die Folge war der Super-GAU«, folgerte Jean, »weil ein Brennelement überhitzte. Und Vincent Lobsinger, als maßgeblich beteiligter Kernphysiker des Projektes, ging, wie es sich für einen Kapitän ziemte, als Letzter von Bord. Ein weiteres Opfer war dessen kleiner Junge Hans, der nun ohne seinen Vater aufwachsen musste. Weißt du, wie es mit ihm weiterging?«

»Ja. Nach unseren Infos ging Lobsingers Frau in der Folge zurück nach Deutschland und nahm ihr Kind mit. Da wurde wohl aus Hans Joop, was erstaunlich ist, da sie ja nicht nach Holland auswanderten. Ich vermute, dass ihm seine Mutter den Nicknamen Joop gegeben hatte. Später wurde er einer der Pioniere des aufstrebenden Internets und dank seines Talents fast über Nacht reich. Ab 1987 nannte er sich in der Folge nur noch Joop Lofzinger, womit sich also wieder ein Kreis schließt. Doch es kam, wie es kommen musste: Sein Unternehmen, das rein auf virtuellen Produkten aufgebaut war, aber unbegrenztes Wachstum versprach, überhitzte und wurde eines der Opfer der platzenden Börsenblase Ende der 1990er-Jahre. Anfang der Nullerjahre musste er sich deshalb für drei Jahre in den Knast abmelden. Hinter schwedischen Gardinen machte er offenbar einen fundamentalen Gesinnungswandel durch und unterstützte fortan ökologische Projekte, die sich insbesondere gegen die Nuklearenergie stellten. Gleichzeitig muss er aber auch seine Liebe zu Dionysos und zur griechischen Mythologie entdeckt haben, sodass er nach seiner Freilassung eine Gruppierung gründete, die sich Gaias Kinder nannte. Seither rekrutiert die Sekte hochintelligente Männer und Frauen, die sich aktiv gegen die Klimakatastrophe stemmen wollen und sich auf ein neues Leben einschwören, das ressourcenschonend und nachhaltig sein will.«

»Tönt doch eigentlich gar nicht so unvernünftig, nicht?«, meinte Trümpi lapidar. Seine Stimme wirkte nachdenklich. Und plötzlich keimte in ihm ein Verdacht, den er normalerweise für sich behalten hätte. Doch diesmal erlaubte er sich eine Ausnahme. Er wollte einfach mal hören, wie Nico reagierte:

»Was wäre, wenn dieser Lofzinger mit dem Tod des Hungerbühlers zu tun hätte? Wenn er ihn aufgesucht hat, um mit ihm über die Zeit von damals zu reden. Zusammenhänge zu begreifen?«

»Und warum sollte er diesen alten Mann dann umbringen?«

»Weil er an einem Mittel forschte, das eine Wunderwirkung versprach! Eine Art Jungbrunnen, hergestellt mit radioaktiven Isotopen! Er nannte es Aqua gravis.«

»Willst du mich verarschen? Oder stecken wir erneut in einem Bond-Film?« Wieder überschlug sich Nicos Stimme. Doch sogleich begannen seine grauen Hirnzellen zu denken: »Moment«, begann er vorsichtig, »Aqua gravis heißt auf Deutsch ›Schweres Wasser‹*. Es wurde in Lucens ver-

---

* Schweres Wasser besitzt anstelle des Wasserstoffes zwei Deuterium-Isotope. Weil sie im Gegensatz zu Wasserstoff auch ein Neutron aufweisen, besitzen sie eine höhere Dichte als Wasser und sind damit schwerer. Schweres Wasser ist weniger reaktionsfähig und kann daher bei der Kernspaltung als Moderator, gleichsam als Energiebremse, eingesetzt werden.

wendet, um als sogenannter Moderator zu wirken. Im Gegensatz zu normalem Wasser verlangsamt es die Kettenreaktion bei der Kernspaltung. Doch schweres Wasser ist giftig und wirkt kaum gesundheitsfördernd. Als Jungbrunnen ist es daher nur schwerlich denkbar!«

Jean, der in etwa folgen konnte, fasste als Konsequenz zusammen: »Das heißt, dass Hungerbühler nicht nur mit Uran, Radon und Plutonium experimentierte, um ein Wundermittel herzustellen, sondern dass er auch über schweres Wasser verfügte, mit dem man ziemlich viel Unfug anstellen könnte.«

»Angenommen, Lofzinger wäre an beidem interessiert gewesen, was würde er damit anstellen?«

»Sag du es mir. Du verfügst als Journalist über mehr kriminelle Energie!«

»Danke! Sehr nett!«

Nico überlegte kurz: »Ich würde einerseits mich und meine Jünger mit dem Jungbrunnen beglücken, andererseits dafür sorgen, dass gewisse Gegner eine Überdosis des Aqua gravis erhalten.«

»Bravo, wusste ichs doch! Und was schließen wir daraus?«

»Dass Mario und Sara einen sehr ungünstigen Zeitpunkt gewählt haben, sich dort herumzutreiben!«

»Du sagst es.«

KAPITEL 39

Die Ankunft des Meisters war für die Brüder und Schwestern des Ordens, als ob der inkarnierte Messias auf die Erde gekommen wäre. Wie staunende Kinder, die ihre hochschießenden Emotionen kaum mehr unter Kontrolle halten konnten, mussten sie sich irgendwie bewegen, um die Spannung in ihren Körpern in den Griff zu bekommen. Deshalb fielen alle in ein fast schon frenetisches Applaudieren, als der edle Sportwagen langsam an ihnen vorbeirollte. Sie sprangen wie afrikanische Massais hoch und skandierten die Buchstaben TAG. Der anthrazitfarbene Fisker hielt vor dem Hauptportal des Schlosses, wo schon MC und Shogi standen. Letzterer öffnete beflissen die Tür und war dem Meister beim Aussteigen behilflich. Die beiden Wartenden umarmten den groß gewachsenen Mann, der in grünen Mokassins, abgewetzten Jeans und einer marinefarbigen Tunika steckte. Speziell Shogi wirkte so glücklich wie ein Kind. Fast ein wenig scheu, aber nicht minder strahlend, kamen die Jünger und Jüngerinnen näher und bildeten einen Kreis um das Auto. TAG ließ seinen Blick umherschweifen und begrüßte die Anwesenden mit einem milden Lächeln. Ein jeder hatte hernach das Gefühl, persönlich vom Meister berührt worden zu sein: nicht taktil, dafür seelisch. So vergingen einige Minuten, in denen kein Wort gesprochen, aber dennoch viel kommuniziert wurde. In einer fast heiligen Prozession führte man TAG sodann ins Schloss. Der Rittersaal strahlte im Glanz seiner Renovierung, die Decke mit den bemalten Querstreben wirkte luftig, die wenigen Möbel, die platziert worden waren, sorgten für optische Schwerpunkte. Speziell der am hinteren Kopfende des Saals auf einer kleinen Bühne aufgestellte, aber etwas üppig ausgefallene Lehnsessel zog die Blicke auf sich. Semele hatte die Gestaltung desselben übernommen und dank ihrem handwerklichen Geschick einen regelrechten Thron hergestellt. TAG setzte sich in den muschelartig wirkenden Fauteuil und blickte zufrieden in die Runde, während sich zu seinen Füssen die Brüder und Schwestern auf Kissen niederließen und ihren Meister hingebungsvoll anblickten. MC blieb stehen und setzte mit Pathos zur Rede an:

»Liebe Brüder und Schwestern, was für ein Tag …!«

Erneut brandete Applaus auf, gefolgt von einem Johlen und Lachen. Als es wieder ruhiger wurde, fuhr er fort:

»Wir haben unseren großen Meister seit Wochen vermisst, haben für ihn und seine Mission gebetet und waren auch selber nicht untätig, wie man einerseits an diesem wunderschönen Saal sehen, aber auch in den Medien lesen kann. Unsere Saat ist aufgegangen. Die ganze Welt spricht von unseren Taten, auch wenn wir uns als Urheber im Hintergrund halten!«

Wieder erschallte ein begeisterter Applaus durch die Halle, der Stolz über das Erreichte ausdrückte und gleichzeitig die Hingabe zum Meister und dessen Ideen manifestierte. MC musste mehrfach zur Ruhe mahnen, ehe er fortfahren konnte:

»Auch wenn wir alle unsere Anstrengungen und Aufgaben mit Freude erfüllen, nichts entschädigt uns für unsere Mühen mehr, als deine Anwesenheit!«

Wieder brandete Applaus auf, der sofort verstummte, als sich der Gelobte anschickte, nun selber etwas zu sagen. Das Lächeln, das nach wie vor in seinem Gesicht stand, wirkte fröhlich und entspannt. Die leicht zusammengekniffenen, braunen Augen, die in ihren dunklen Höhlen wie tiefe Sodbrunnen wirkten, sendeten jedoch auch eine andere Botschaft aus. Intuitiv war allen im Raum klar, dass der Meister sogleich etwas ganz Wichtiges verkünden würde. Augenblicklich breitete sich eine gespannte Stille im Rittersaal aus. Dann begann TAG mit einer leisen und monotonen Stimme, die jedoch auf die Anwesenden eine hypnotische Wirkung zu haben schien. Fast fünfzig Augenpaare lauschten gebannt:

»Liebe Kinder, ich danke euch für den warmherzigen Empfang und für eure Anstrengungen, aus diesem etwas in die Jahre gekommenen Haus eine würdige und nachhaltige Bleibe unseres Ordens zu machen. Hier ist das Zentrum unserer Gemeinschaft, quasi das Herz, das ruhig und regelmäßig in die Welt hinaus schlägt. Und von hier aus wird nun auch das nächste Kapitel aufgeschlagen. Wie ihr wisst, feiern wir einerseits unsere Bacchanalien, aber daneben,« TAG wandte sich an Shogi, der verlegen seinen Blick senkte, »werden Shogi und sein Team einen glänzenden Meilenstein in unserer Geschichte setzen. Indem sie aufzeigen, dass Gaia der Gier der Menschen klare Grenzen setzt, werden sie ein Exempel statuieren und einigen verantwortlichen Atomlobbyisten nachhaltig zu verstehen geben, wie schädlich Radioaktivität ist. Insbesondere, wenn man sie schluckt.«

Ein Kichern und Grunzen ging durch den Raum. Jeder wusste, was TAG andeutete, weil sich diese Battle schon lange herumgesprochen hatte. Nicht wenige waren neidisch auf die Auserwählten und wären gerne an ihrer Stelle mit von der Partie gewesen. Die Angesprochenen indes empfanden zwiespältige Gefühle. Zum einen, weil sie die Bacchanalien verpassten und zum anderen, weil ihre Mission kaum ein Selbstläufer werden würde. Shogi sprach bei der minutiösen Vorbereitung sogar von Eliminierungen für ihre Sache. Was das hieß, war allen klar, deshalb hatte sich Shogi auch eine kleinkalibrige Waffe besorgt. Zum Team gehörten Mathieu und Etienne sowie die deutsch sprechenden Merlin und Rainer. Als weiblicher Joker fungierte Adèle, die älteste Schwester der Gemeinschaft. Sie hatte von Anfang an gewusst, warum sie der Meister für diese Battle aufbot: TAG unternahm alles, um keine Verbindung zu den letzten Bacchanalien herzustellen. Er wollte heuer neu beginnen. Damals, vor vier Jahren, war sie im Zentrum gestanden, der Nabel ihrer Welt gewesen. Noch heute spürte sie, wie sie die Wonnen der wahren göttlichen Dimension am eigenen Körper erfahren hatte und wie umwerfend dieses Erlebnis war. Dennoch drängten sich in ihre Erinnerungen immer wieder auch Bilder, die nicht passen wollten, und die sie nicht aus dem Kopf bekam. Wie Eiterbeulen platzten sie auf und hinterließen ungute und unangenehme Emotionen. Natürlich war sie damals high gewesen, was nicht zuletzt an den eingenommenen Substanzen gelegen hatte. Dennoch waren während der Zeremonie auch Dinge geschehen, die sie nicht mehr genau einordnen konnte und deshalb lieber verdrängte. Außerdem wurde sie nicht schwanger und sank deshalb in der Achtung des Meisters auf das Niveau von Neueinsteigern. Niemand hatte ihr zwar je einen Vorwurf gemacht, doch sie spürte die Herabstufung deutlich. Dennoch konnte sie dem Meister nicht böse sein und sah sich selber als Versagerin.

In diese Gedanken versunken, überhörte sie zweimal den Aufruf ihres Namens. TAG ließ das ganze Team vortreten. Unter heftigem Applaus und Jubel aller Anwesenden schritten sie auf die Bühne, kamen sich vor wie die Besatzung von Apollo 11, die auf die Reise zum Mond geschickt wurde. Dabei sollten sie nur nach Zürich fahren und einer Gesellschaft von 200 Atomlobbyisten, Parlamentariern und Honoratioren aus dem Wirtschaftsverband radioaktiv verseuchtes Wasser auftischen, damit ihnen nachhaltig klar wurde, wie leichtfertig sie agiert hatten, als sie dem Atomausstieg den Todesstoß versetzten.

Was indes einfach klang, das hatte Shogi dutzendfach gepredigt, war logistisch gesehen eine Herkulesaufgabe. Zuerst mussten sie es schaffen, ihr Wasser unbemerkt in das Cateringzelt zu bringen und dafür sorgen, dass es auch getrunken wurde. Pro Person mindestens ein Glas, wenn möglich mehr. Sie hatten dank einer von MC eingeschleusten Person vor Ort Kenntnisse über den Ablauf des Abends. Wer diese Person war, verheimlichte MC aus Sicherheitsüberlegungen, wie er erklärte. Außer Shogi leuchtete das Allen ein. Entscheidend war, wie Adèle fand, dass sie eine gute Beschreibung der Infrastruktur besaßen, dementsprechendes Werkzeug mitnehmen konnten und den Zeitplan kannten: Kurz vor dem Höhepunkt des Galadinners – einem süßen Traum aus spanischen Erdbeeren, die mit dem Lastwagen durch halb Europa gekarrt wurden – würde bei der Zürcher Polizei ein Hinweis eingehen, der einen Großeinsatz zur Folge hätte. Gleichzeitig tauchten bei den wichtigen Medien anonyme Bekennermails auf, sodass es genügend Kameras auf die Wiese am Zürihorn schafften, um die erstaunten Gesichter der Atomlobbyisten abzulichten, wenn sie begriffen, dass sie ihr heiß geliebtes Uran nun verinnerlicht hatten.

KAPITEL 40

Mario und Sara waren am späten Nachmittag in Südfrankreich angekommen und hatten in einem hübschen Hotel in St. Martin de Londres Quartier bezogen. Der luftige Raum, die Weitsicht vom Balkon aus und das mediterrane Licht, das nicht umsonst die Impressionisten verzaubert hatte, schufen augenblicklich ein Gefühl von Ferien. Doch Mario wollte sich nicht einlullen lassen. Wenigstens nicht ganz und nicht sofort, auch wenn es ihn einige Mühe gekostet hatte, dem verführerischen Anblick seiner Freundin zu widerstehen, die einzig in Unterwäsche gekleidet, die Sachen aus den Koffern geholt und sie feinsäuberlich aufgehängt hatte. Als sie Anstalten machte, sich ganz auszuziehen, um eine Dusche zu nehmen, wäre es um Marios Vorsätze geschehen gewesen, hätte ihn nicht das Telefon aus seiner Stimmung gerissen.

Nico war am Apparat und schilderte ihm, was er von Trümpi erfahren hatte. Spannende Neuigkeiten, die den ganzen Fall noch bizarrer und eigenartiger machten. Ein radioaktiver Jungbrunnen? Es gab wirklich nichts, was es nicht gab, dachte Mario, auch wenn er die Wirkung dieses Mittels als Bluff abtat.

Als er aufgelegt hatte, kam Sara, eingehüllt in ein weißes Handtuch, aus dem Badezimmer. Sie hatte sich eben die Haare geföhnt und wirkte auf Mario wie eine hellenische Göttin. Gerne hätte er sich von ihr verzaubern lassen, doch sie blieb auf Distanz, wollte wissen, mit wem er geredet hatte und ließ sich das Gespräch zusammenfassen. Auch wenn sie eine innere Anspannung spürte, wollte sie nicht gleich auf Panik machen, nahm Mario lediglich das Versprechen ab, nicht leichtfertig zu handeln. Dieser versprach es, erhob sich vom Bett und folgte ihr auf den Balkon. Als müsse er seine Worte unterstreichen, versuchte er ihr die Angst, die in ihrem Gesicht stand, mit einigen zärtlichen Küssen zu vertreiben. Doch es gelang nur halb. Sara durchschaute seine Absicht. »Und was nun?«, fragte sie deshalb direkt.

Er druckste herum, küsste sie auf den Nacken, roch an ihrem duftenden Haar und meinte dann so beiläufig wie möglich, dass er vor dem Abendessen die Gegend rund um das Château erkunden wolle. Aber nur von Weitem, um sich ein Bild zu machen. Nach kurzer Bedenkzeit willigte Sara ein mitzukommen.

Mit ihrem gemieteten Auto waren sie schon nach wenigen Minuten beim kleinen Weiler Nôtreterre angekommen und passierten das Anwesen, das von außen wie ein trutziger und baufälliger Gutshof wirkte, der von der Straße her nur durch ein hölzernes Tor zu betreten war. An dieser Pforte mussten Renata und Helena Pelides gestanden haben, dachte Mario, als sie Semele zum letzten Mal sahen.

»Irgendwie sieht es hier nicht grad einladend aus«, meinte Sara unaufgefordert und traf damit auch Marios Gefühlslage, dennoch steuerte er den Wagen auf einen Waldweg, der zwischen der hohen Mauer des Schlosses und einem kleinen Bach westwärts führte. Saras kritischen Einwand, wonach sie hier kaum mehr wenden könnten, ignorierte er, als gehörte es zur vordringlichsten Tugend seines Berufsstandes, sich nicht gleich abwimmeln zu lassen. Nach rund fünfzig Metern franste die Mauer wie ein Artefakt in die wuchernde Natur aus und gab den Blick ins Innere des Anwesens preis.

Mario und Sara realisierten, dass sich der Wohntrakt, den man durchaus als schlossähnliches Gebäude bezeichnen konnte, im Zentrum der L-förmig angeordneten Remisen und Stallungen befand. Zur Innenseite hin wirkten die Fassaden gut erhalten und gepflegt. Gegen Süden erstreckte sich ein Park mit alten Zedern und Pinien und gegen Westen stemmten sich gepflegte Obstgärten und Felder gegen die endlos scheinende Garrigue.

»Sieht von hier gar nicht so übel aus«, flüsterte Mario, als könnte man ihn hören. Sara wiederum war es etwas mulmig zumute. Sie hielt Ausschau nach einer Stelle, wo man das Auto wenden könnte und erblickte einige Dutzend Meter weiter vorne eine Möglichkeit.

»Genug gesehen. Da vorne kannst du umdrehen, und dann will ich weg von hier, okay?«

Ihr Freund nickte, auch wenn er krampfhaft zum Schloss zurückblickte. »Ich glaub, da stehen viele Leute davor, als würden sie auf etwas warten. Wenn ich es recht sehe, dann hüpfen die wie die Bekloppten herum.«

»Vielleicht haben die grad den Abendappell, wie beim Militär.« Saras Einwurf war nicht ironisch gemeint, dennoch musste Mario auflachen. Als er den Wagen in mehreren Anläufen gewendet hatte, fuhr er gemächlich zurück. Nach einigen Metern sah er in der Mauer einen fensterartigen Durchbruch. Er blieb stehen, schaltete den Motor aus und griff nach seiner Videokamera. Trotz Saras Proteste verließ er den Wagen, stieg zum Loch hoch und erhoffte sich einen Einblick ins Treiben vor dem Schloss. Zu seiner Enttäuschung standen einige Pinien im Weg. Jedoch realisierte er schnell, dass er im Schutz dieser Bäume bis fast zu den Stallungen herankommen könnte. Da es langsam dämmerte und er vorsorglich dunkel gekleidet war, kletterte er durch das Loch und schlich heran. Die zumeist jungen Menschen waren total aus dem Häuschen, klatschten wie wild und jubelten. Schnell schaltete er seine Kamera ein, benutzte den Ast eines Baumes als Stativ und zoomte so nah als möglich heran. Die Bilder, die er durch den kleinen Sucher sah, bewegten ihn merkwürdig. Da waren mindestens drei Dutzend junger Menschen, die allesamt in bequemen, obgleich einfachen Kleidern steckten und frenetisch applaudierten, als ein etwa fünfzig Jahre alter Mann mit schütterem Haar und einem ordentlichen Wohlstandsränzlein aus einem Sportflitzer ausstieg und sie in einer Art buddhistischen Anmutung begrüßte. Speziell die Frauen kreischten, als er zwei in roten Gewändern steckende Männer umarmte und küsste. Die Jünger hüpften in einer nicht ganz nachvollziehbaren Anlehnung an Rituale ostafrikanischer Krieger in die Höhe, stießen und schupsten sich, jedoch ohne Streit oder Handgreiflichkeiten auszulösen. Ganz im Gegenteil. Anscheinend war dies ihre Art, um Freude auszudrücken. Nach wenigen Minuten folgten die Jünger ihrem Meister ins Innere des Schlosses. Eine schwere Türe fiel ins Schloss, dann war der Spuk vorbei. Plötzlich lag eine fast unheimliche Ruhe über dem Anwesen.

Nach einigen Momenten wagte sich Mario hervor und schlich im Schutz der Bäume zum Fisker. Schnell machte er ein paar Bilder und versuchte einen Blick ins Innere des Autos zu erhaschen. Doch die getönten Scheiben parierten seinen Versuch. Fast ein wenig enttäuscht registrierte er, dass das Auto verschlossen war.

Als er ein Geräusch hörte, machte er sich aus dem Staub und stieg zum Mauerbruch zurück. Er staunte, als er realisierte, dass Sara auf dem Fahrersitz Platz genommen und den Motor angelassen hatte.

»Dachte schon, du würdest gleich übernachten!«, rief sie ärgerlich und fuhr ohne zu zögern los.

Mario wollte reflexartig zurückbellen, doch dann besann er sich eines Besseren. Er begriff, dass die letzten Minuten für ihn weit schneller verlaufen waren als für Sara. Aus diesem Grund entschuldigte er sich für die lange Warterei. Während Sara nach St. Martin zurückfuhr, erzählte er ihr, was er gesehen hatte. Spätestens beim folgenden Abendessen gewannen beide eine genügende Distanz von den Erlebnissen auf Nôtreterre, um ihrem Ausflug nach Südfrankreich auch eine angemessene private Dimension zu verleihen.

KAPITEL 41

Fast ehrfürchtig und nicht minder vorsichtig trugen Shogi und Mathieu die sieben Metallbehälter, die mit dem radioaktiv angereicherten Wasser gefüllt waren, vom Auto des Meisters in eine benachbarte Remise. Sie stellten sie wie Zinnsoldaten auf einem metallenen Arbeitstisch auf, der sonst für Gartenarbeiten benutzt wurde. Dass die beiden Männer dunkelgrüne Handschuhe mit einer Lackbeschichtung trugen und neben den Behältern zwei Gasmasken lagen, machte die ganze Zeremonie noch symbolträchtiger. Dabei waren die Behälter absolut dicht. Das wussten auch MC und TAG, die ebenfalls zugegen waren; Letztere lächelte zufrieden.

Der kommende Samstag werde der wohl wichtigste Tag in der Geschichte der Gemeinschaft, kommentierte TAG fast trunken von Pathos.

MC konnte nicht ganz nachvollziehen, was an einer Massenvergiftung so heldenhaft wäre und hätte lieber auch weiterhin mit gezielten Angriffen auf Einzelne gearbeitet. Als TAG sein kritisches Gesicht gewahrte, brauste er auf: »Diese Schweine haben es verdient, MC! Jeder, der am Fest teilnimmt, hat Gaia in der Arsch getreten!«

»Wir hätten denselben Effekt, wenn wir nur eine Handvoll Politiker und Atomlobbyisten drangenommen hätten. Zudem wäre das Risiko kleiner gewesen.«

»MC, du strapazierst meine Geduld! Aber ich will an einem Tag wie heute keine Grundsatzdiskussionen! Verstanden?«

»Stattdessen nimmst du in Kauf, dass unsere saubere Weste durch ein kollektives, undifferenziertes Vorgehen besudelt wird! Verstehst du nicht? Wir machen uns dadurch unglaubwürdig und angreifbar!«

»Hör auf!«, schrie TAG barsch, »du verstehst nichts! Hier geht es um mich und um meine verdammte eigene Geschichte! Ich kann nicht immer für alle anderen den Kopf hinhalten, sondern muss auch mal für mich schauen!«

MC sagte nichts, aber zeigte durch seine Mimik unmissverständlich an, was er davon hielt. Das ließ den Meister noch aufbrausender werden:

»Natürlich geht das nicht in deinen Kopf, da du ja keine Altlasten mit dir herumschleppst, du in deinem blöden Meditationssitz die Welt stets im Griff hast, alles durch deine von Überheblichkeit gezeichnete Perspektive betrachtest. Aber bei dieser Battle sag ich allein, wo's durchgeht. Und wer das nicht begreifen will, soll gehen!«

Während der Meister aufgebracht den Raum verließ, spürte MC die höhnischen Blicke von Shogi, der den Disput interessiert mitverfolgt hatte. Der Zeremonienmeister schwieg und wartete ein paar Sekunden. Dann folgte er TAG in die Nacht hinaus.

Als es wieder ruhig war, blickten sich Shogi und Mathieu an. »Die haben wohl einen Ehekrach«, meinte der Franzose.

»Eher einen Rosenkrieg«, antwortete der andere und grinste vieldeutig. Dann stülpte er sich die Atemmaske über. Vorsichtig öffnete er den ersten Behälter zog mit einer Spitalspritze das radioaktive Wasser auf, während Mathieu, der sich ebenfalls eine Maske aufgesetzt hatte, nach dem ersten von insgesamt 15 Sechserpackungen Mineralwasser griff, das sie eigens in der Schweiz beschafft hatten. Als er die Packung betrachtete und die Werbeaufschrift las, musste er grinsen: Aus Liebe zur reinen Natur. »Trifft den Nagel doch auf den Kopf«, dachte er lachend.

Da die Flaschen aus PET waren, ließen sie sich mit der Spritze problemlos am Boden durchstechen. Shogi spritzte nur zehn bis zwanzig Milliliter in jede Flasche, damit sich der mutmaßlich leicht bittere Geschmack auf 1,5 Liter Mineralwasser nicht allzu stark durchsetzte. Parallel dazu klebte Mathieu das Loch mit einem flüssigen Plastikkleber wieder zu. Bereits nach einer Stunde war das ganze Prozedere erledigt. Sie hatten knapp zwei Liter des angereicherten Wassers benötigt und legten den Rest in einen Kühlschrank. Die kontaminierten 6er-Packungen luden sie in den Kofferraum des Kleinbusses, mit dem sie in die Schweiz fahren wollten.

*

MC war ein paar Meter ums Anwesen herumgegangen. Über ihm prangte ein Nachthimmel, den es selten so klar zu sehen gab, was wohl an der kühlen Nacht lag. In ihm kreisten die Gedanken. Schwer atmend, als wäre er eben gerannt, ging er nochmals die Optionen durch. War er also schon heute gekommen? Der Tag, an dem er den Fortbestand ihrer Bewegung alleine sichern musste? War nunmehr der Moment erreicht worden, auch mit TAG zu brechen? Ihn aus dem Verkehr zu ziehen? Mit allen Konsequenzen?

Er war sich noch nicht schlüssig. Mindestens bei TAG nicht. Anders sah es bei Shogi aus. Im Schatten einer Mauer griff er nach seinem Handy und wählte eine Nummer. Obschon er sich sicher war, dass ihn niemand sehen oder hören konnte, flüsterte er, sodass ihn sein Gesprächspartner kaum verstand und nachfragen musste.

»Also, von vorn«, wiederholte MC leicht gereizt, »wir machen eine kleine Kurskorrektur! Pass auf …«

Wenige Minuten später konnte sich der Zeremonienmeister beruhigt unter seine Jünger mischen, und er tat so, als würde er den Abend genießen. Er war sich seiner Sache sicher. So sicher, dass er sogar mit TAG wieder scherzte und den Disput von vorhin ad acta legte. Auch dieser nahm ihm anscheinend die Diskussion nicht weiter übel, was MC kurz irritierte.

*

Im Schloss herrschte eine aufgeräumte Stimmung, zumal die Vorbereitungen für die Bacchanalien so gut wie abgeschlossen waren. Sie würden diesmal an einem überaus geeigneten Ort stattfinden, wie MC dozierte, bei dem schon die Anreise speziell war. Er schilderte den Jüngern die Details und zeigte einige Fotos. Selbst TAG war begeistert und freute sich auf das Wochenende. MC überließ nichts dem Zufall. Fast wie Shogi bei seinen Battles skizzierte er einen genauen Ablauf. Die Vorhut ihrer Gemeinschaft würde sich morgen früh dorthin begeben, um eine Art Zeltstadt aufzubauen und die notwenigen Infrastrukturen für das Ritual zu errichten. Schließlich durfte es ja nicht sein, dass sie sich zwar ökologisch gaben, aber wie eine Horde Wilde campierten. Sie wollten vorbildlich und nachhaltig agieren, auch wenn sie das Fest an einem Ort begingen, bei dem sie mit großer Wahrscheinlichkeit keiner anderen Menschenseele begegneten. Und das Beste war, dass sie den Höhepunkt der Bacchanalien fast zeitgleich zu dem Moment zelebrierten, bei dem in der Schweiz sein größter Gegenspieler eine Battle in den Sand setzte. Das sagte MC freilich nicht laut, sondern dachte es nur.

KAPITEL 42

Hanni lag, wie immer, in seitlicher Position im Bett und hörte, als sie vom hereinfallenden Licht wachgekitzelt worden war, Nicos ruhiges und gleichmäßiges Atmen. Eigentlich hätte nichts im Weg gestanden, sich umzudrehen, nochmals die Augen zu schließen und eine weitere Runde zu schlafen. Dennoch wollte sich keine Entspannung einstellen. Immer wieder drehten sich ihre Gedanken um das Gespräch, das sie mit Nico und Jean-Jacques gestern Abend geführt hatte. Bei einer Käseplatte mit frischem Brot aus Nicos Backofen und einem Roten aus der Bündner Herrschaft debattierten sie bis in die Nacht hinein, was dieser Lofzinger wirklich beabsichtigten könnte. Durch Hungerbühlers Aufzeichnungen, und das war der eigentliche Auslöser dieser Debatte gewesen, hatten sie herausgefunden, dass sich die beiden mehrfach begegnet waren und in einer merkwürdigen Beziehung standen. Hungerbühler nannte Lofzinger nicht bei seinem Namen, sondern verwendete das logische Kürzel HL, weil er ihn wohl schon als Knabe gekannt hatte und ihn folglich Hans nannte. Besonders aufschlussreich, wenn auch etwas mysteriös, war ein Eintrag auf einer der letzten Seiten des jüngsten Tagebuchs, wo der Alte eine Art chemische Gleichung aufstellte, die lange Zeit keinen Sinn ergab. Sie lautete:

HL x (1!- Ω) : D2O = AH x Ω : FM => 1 : 1FM => Vic Ratio – (AH:HL) x Ω

Nico brauchte einen Moment des stillen Nachdenkens, ließ die Zeile wirken, bis er plötzlich eine Fährte fand. Er vermute, sagte er dann und legte seinen Zeigefinger auf die Nasenwurzel und massierte sich gleichzeitig die Stirn, dass man diese Formel weder als mathematische noch als chemische Gleichung interpretieren darf.

»So, darf man nicht?«, entgegnete Hanni leicht amüsiert.

»Nein«, antwortete Nico gelassen, »hier werden wir Zeugen eines inneren Kampfes. Von einem Mann, der mit sich und seinem Schicksal hadert!«

Hanni schüttelte den Kopf. Dass ihr Liebster über verblüffende kombinatorische Fähigkeiten verfügte, war ihr nicht neu, aber wie er zu diesem Schluss kam, erschien ihr schleierhaft. Auch Jean warf einen fragenden Blick in Nicos Richtung, aber wartete geduldig, bis er weiterfuhr.

»Also nach meiner Meinung bedeutet das Folgendes: Da sind zwei Männer, einmal der Guru HL, dann der Bauingenieur AH. Ersterer fordert oder sucht das schwere Wasser D2O, das in einer Beziehung zu einem Element 1 steht, welches wiederum in Verbindung mit Omega auftritt. Sein Gegenspieler, also Hungerbühler, sieht sich ebenfalls mit dem griechischen Buchstaben Omega konfrontiert, wobei dieser das letzte Zeichen im griechischen Alphabet bildet und gleichzeitig für den Tod steht. Aber Omega wird auch anders benutzt: als Maß des Widerstandes in der Elektronik. Im übertragenen Sinn kann es damit den Kampf symbolisieren, den Hungerbühler aufnehmen muss. Damit meint er das eins gegen eins. Wobei er aber die Potenz FM besitzt. FM steht natürlich für Freemason, was das englische Wort für Freimaurerei ist!«

Hanni und Jean blickten sich gegenseitig an. Sie mussten ob der Erklärung grinsen, was Nico entweder nicht bemerkte oder dann ignorierte. Denn er fuhr unbeirrt fort:

»Mit der Potenz FM zeigt er an, dass er stärker ist, aber nur – und nun kommt das Entscheidende – bezüglich der Frage nach der Vernunft. Meiner Meinung nach musste sich Hungerbühler kraft seines geschulten Geistes gegen sich selber entscheiden, weil er möglicherweise in einem Dilemma steckte, was wohl mit diesem 1! zu tun haben dürfte. Irgendwie hatte ihn der Guru in der Hand. Dennoch siegt am Schluss die Ratio, also die Vernunft, und HL wie AH nähern sich Omega, mit anderen Worten dem Tod oder mindestens dem Ende.«

»Willst du damit sagen«, fragte Jean ungläubig, »dass sich Hungerbühler hiermit klar machte, dass er Lofzinger umbringen musste, um etwas Unvernünftiges zu verhindern?«

»So würde ich es interpretieren. Dummerweise ging der Schuss nach hinten los. Wenn du mich fragst, brachte Lofzinger den Baumeister um. Vielleicht konnte er sogar das verstrahlte Wasser mitnehmen.«

»Und was wäre«, fragte Hanni plötzlich in die Runde, »wenn dieses 1! gar keine Ziffer meinte, sondern nur ein undeutlich geschriebenes I wäre?«

Jean kramte seine Lesebrille hervor und betrachtete die Gleichung im Büchlein. »Das wäre ja der Hammer!«, sagte er dann mehr zu sich selber als in die Runde. Schnell griff er nach der Tasche, in der die anderen Notizbücher lagen, und holte zwei weitere Bände hervor, die er aufschlug. Nico beobachtete ihn interessiert. Weil Jean nichts sagte, sondern nur seine Stirn in Falten legte, fragte er, wonach er suchte.

»Tatsächlich!«, antwortete der Polizist. »Hanni hat Recht. Hungerbühler schreibt die Eins und das I fast gleich! Und I steht für einen Mann, den er bis ins Jahr 2001 wegen seines Krebses behandelt hat! Nur, was hat dieser I mit Lofzinger zu tun?«

»Offenbar viel. Denn um seine Beziehung dreht sich die ganze Geschichte«, brachte es Hanni auf den Punkt. Nico schien mit seinen Gedanken wieder weit weg zu sein, dabei war er sehr wohl geistig anwesend. Nachdem er allen das Weinglas aufgefüllt hatte, nahm er einen kleinen Schluck, kaute auf dem Wein herum, als handelte es sich um ein zähes Stück Fleisch, ehe er dann seine Gedanken in Worte fasste: »Also für mich kann dieses I nur eine Person meinen, die irgendwie mit beiden Protagonisten verbunden ist.

Mit anderen Worten musste ihn auch Lofzinger gekannt haben. Ergo kann es nur jemand sein, der auch mit Lucens zu tun hatte. Und da gibt es nur einen, der infrage kommt!«

Hanni und Jean kamen fast gleichzeitig auf die Lösung und fast flüsternd nannten sie denselben Namen.

Nico nickte. »Ja, es muss Ileas Pelides sein. Der Vater der drei Frauen, die Mario kennt. Mit anderen Worten verschwand er aus deren Leben, um sich von Hungerbühler behandeln zu lassen, was wohl schief lief.«

Hanni konnte sich nur wundern: »Aber warum ist denn der nicht zu einem richtigen Arzt gegangen, dieser Idiot?«

»Er ging zu seinem Mentor, der ihm wohl schon immer im Hintergrund geholfen hatte«, vermutete Jean, »ihm vertraute er hundertprozentig! Die Frage ist nur, was der Sektenguru über Ileas wusste, sodass er den Baulöwen erpressen konnte!«

»Wohl genau das!«, antwortete Hanni wie aus der Pistole geschossen: »Lofzinger musste herausgefunden haben, dass Hungerbühler und sein Vater die Arbeiter unter absolut fragwürdigen Bedingungen in der Kaverne hatten arbeiten lassen. Sie büßten diesen Umstand zwar auch mit ihrer eigenen Gesundheit, dennoch bedeutet das noch lange nicht, dass sie moralisch richtig gehandelt haben. Sie wollten das Problem Lucens lösen und gingen über Leichen. Und genau diese Haltung hätte dem Ruf des Oberfreimaurers wohl ziemlich geschadet. Ergo war er erpressbar!«

»Respekt«, meinte Nico verblüfft und grinste, »gegen diese Schlussfolgerung gibt es nichts einzuwenden! Dennoch würde mich interessieren, was dieser Lofzinger mit dem schwerem Wasser, das möglicherweise noch radioaktiv angereichert ist, anstellen möchte?«

Jeans Gesicht verdunkelte sich. Für ihn war klar, was dies bedeutete: »Dieser Guru könnte problemlos eine Millionenstadt vergiften, wenn er es ins Trinkwasser schüttet. Auch wenn es bei den Opfern nicht grad zum Tod führt, dürften die Folgen gravierend sein!«

»Das würde er nie und nimmer tun!«, hielt Hanni dagegen, obschon sie keine Ahnung hatte, warum sie diesen unbekannten Sektenführer in Schutz nahm. »Wenn, dann würde er es nur gewissen Feinden verabreichen. Alles andere widerspräche seiner Naturphilosophie!«

Sie diskutierten noch stundenlang, aber kamen zu keiner einheitlichen Meinung mehr.

*

Nun waren einige Stunden vergangen. Sie lag im Bett, und in ihr drehte sich nach wie vor alles um diesen Lofzinger. Ein beunruhigendes Gefühl hatte von ihr Besitz ergriffen. Sie brauchte einige Minuten, bis sie sich im Klaren war, was es bedeutete. Doch dann stand sie auf, ging zur Küche, machte zwei Tassen Kaffee und kam ins Schlafzimmer zurück. Sanft weckte sie Nico, der sie überrascht ansah.

»Da, Kaffee!« Kurz kam sie sich wie ein Drogendealer vor, der dafür sorgte, dass sein Kunde abhängig blieb. Nico nahm ihr den Weckdienst nicht übel, sondern freute sich an der verlockend duftenden Tasse. Als er sich ein paar Schlucke einverleibt hatte, meinte sie beiläufig:

»Weißt du, was ich glaube?«

Nico blickte sie fragend an.

»Wir sollten, also versteh mich nicht falsch, ich will ja nicht irgendwie auf Panik machen oder so …«

Nico verstand nach wie vor nicht, worauf Hanni abzielte.

»Aber wir sollten vielleicht ebenfalls nach Südfrankreich fahren und Mario und Sara zur Seite stehen. Vielleicht hat Jean recht, und diese Gruppierung ist wirklich terroristisch.«

Nicos Gesicht blieb unlesbar, was möglicherweise an seiner Müdigkeit lag. Dennoch kamen seine Worte klar und schnörkellos herüber:

»Und was genau willst du da ausrichten? Ihnen die Händchen halten?«

»Nein, natürlich nicht so«, protestierte sie. »Aber vier Personen sehen mehr als zwei. Außerdem habe ich den Eindruck, dass Mario die ganze Sache zu leicht nimmt.«

»Ach wo! Ich glaube viel mehr, dass du selber gerne in Südfrankreich wärst. Ein bisschen den Frühling vorholen. Hab ich recht?«

Hanni begriff in Sekundenbruchteilen, dass sie bei Nico mit ihrer berechtigten Sorge um Mario und Sara weniger weit kam, als mit dem lächerlichen Wunsch nach Wärme. Aus diesem Grund setzte sie das Lächeln eines beim Flunkern ertappten Mädchens auf und nickte.

»Meinetwegen«, sagte Nico mit einer ausladenden Geste. »Fahren wir nach Montpellier. Aber was machen wir mit den Hühnern?«

Richtig, an die Zwerghühner hatte Hanni noch gar nicht gedacht. Sicher, sie hatte diese Vögel, die ihnen den Eierbestand sicherten, ins Herz geschlossen, dennoch würde die Tierliebe nicht so weit gehen, ihnen zuliebe auf die Fahrt ins Midi zu verzichten.

»Da finden wir sicher jemanden, ich frag gleich mal meine Freundin Madeleine.«

Und während Hanni mit dem Telefon in der Hand das Zimmer verließ, stand Nico auf und ging sich rasieren. Als er zurückkam, war Hanni bereits am Packen. »Alles gebongt mit den Hühnern«, sagte sie, »wir können also los.«

»Sollten wir uns bei Sara und Mario nicht anmelden? Vielleicht sind sie nicht sonderlich erfreut, wenn wir einfach auftauchen, fühlen sich bedrängt oder gar bevormundet.«

»Ich werde Sara eine Nachricht per SMS schreiben. Sag mir aber zuerst, welche Kleider du mitnehmen willst.«

»Moment«, protestierte Nico reflexartig, »meine Sachen packe ich immer noch selber.«

»Sei nicht albern. Welches Hemd: dieses oder jenes?« Hanni zeigte auf seine beiden Lieblingshemden. So weit war es also schon gekommen. Nur wenige Monate ihrer Partnerschaft genügten, um aus ihm einen Pantoffelhelden zu machen. Trotzig antwortete er deshalb »Beide!« und beruhigte sich augenblicklich wieder, als er sah, dass Hanni seine Anweisung ohne Widerspruch erfüllte.

*

Nico genoss es sichtlich, neben Hanni auf dem Beifahrersitz zu sitzen und die Landschaft an sich vorbeiziehen zu lassen. Er gehörte sicher nicht zu diesen Machos, dachte er selbstgerecht, die das Steuer des Autos an sich rissen. Im Gegenteil!

Aus der Musikanlage floss die Musik Mozarts und ließ selbst die stauanfällige Fahrt zwischen Zürich und Bern in kurzer Zeit verfliegen. Nach der Hauptstadt nahmen sie die Autobahn Richtung Yverdon und erblickten nach wenigen Minuten den Neuenburgersee, der sich rechts von ihnen parallel zum Jura erstreckte. Als die Ausfahrt von Payerne angezeigt wurde, dachte Nico kurz daran, einen Abstecher nach Lucens zu machen. Aber er unterließ es, den Vorschlag laut auszusprechen, hatte sich Hannis abwehrende Antwort schon vorgestellt. Umso überraschter war er, als sie meinte:

»Liegt da nicht irgendwo dieses ominöse Lucens?«

»Ja, ein paar Kilometer südlich.«

»Willst du hin?«

Nico überlegte kurz, da kam die Anzeige der Ausfahrt. Noch 500 Meter.

»Okay, fahr raus hier. Schauen wir uns dieses Lucens an und trinken einen Kaffee.«

KAPITEL 43

Mario hatte den leisen Protest seiner Freundin noch in den Ohren, als er um halb acht Uhr morgens aufgestanden war, eine schnelle Dusche genommen und sich angezogen hatte. Er wolle nur nachschauen gehen, beruhigte er Sara, als er sie kurz weckte, was im Schloss zur Morgenzeit so abgehe. Zum Frühstück um zehn sei er wieder zurück. Sie blickte ihn verständnislos an. »Keine Bange, in zwei Stunden bin ich wieder da«, doppelte er nach und drückte ihr einen kurzen Kuss auf die Wange. Für einmal war er froh, dass sie eine notorische Langschläferin war. Als er aus dem Zimmer trat und nochmals zurückblickte, hörte er ihren regelmäßigen Atem.

Einige Minuten später hatte er sein Auto erneut auf dem Feldweg beim Schloss abgestellt, und sich mit seiner Kamera in der Hand der mannshohen Mauer genähert. Die Morgensonne war schon erstaunlich kräftig, sodass Mario in seiner Winterjacke leicht schwitzte. Er erklomm am selben Ort wie am Vortag die Mauer und befand sich kurze Zeit später wieder im Innenhof. Der Fisker stand noch am selben Platz wie auch die anderen Fahrzeuge. Alles Elektro- oder Hybridautos, wie Mario anhand ihrer Stromverbindung zum Stall bemerkte. Das Anwesen schien verlassen, die Fenster des Haupttraktes waren verschlossen, ebenso die Tore und Türen zu den Seitengebäuden. Mario schlich im Schatten einer ausladenden Pinie zum Haupteingang, horchte in die Stille hinein und betätigte die Türfalle. Er erschrak, als sie nachgab und den Weg ins Innere widerstandslos freigab. Mario spähte hinein und machte ein Vestibül aus. Wirkte das Schloss von außen eher schlicht und zweckmäßig, machte es hier einen aristokratischen Eindruck. Gegenläufig angeordnete Treppen führten spiralartig in die Höhe und trafen sich auf allen Stockwerken. Die Herrschaftsräumlichkeiten und Säle mussten wohl auf der ersten Etage zu finden sein, wie Mario angesichts eines mächtigen, in Stein gehauenen Torbogens vermutete.

Kurz überlegte er, ob er ins Schloss eintreten sollte, doch verwarf er den Plan wieder, weil er von weitem Geräusche vernahm. Es waren mehrere Stimmen, die sich näherten. Ihn überkam ein mulmiges Gefühl. Schnell sah er sich um und erblickte schräg gegenüber in einem Seitentrakt eine offenstehende Türe. Dahinter, so vermutete er, dürfte sich ein Treppenhaus befinden, das zum Dachstock einer Scheune hoch führte. Dort gab es einige Sichtluken, von wo man einen perfekten Überblick über das Anwesen haben würde.

Er erreichte gerade noch die Türe, als plötzlich und ohne Vorwarnung bei einer angebauten Remise eine Türe aufsprang und zwei Dutzend junger Menschen auf den Vorplatz des Schlosses strömten. Sofort erhöhte sich der Geräuschpegel um ein Vielfaches. Dann fuhr ein Kleinbus um die Ecke, und die jungen Leute applaudierten.

Mario spurtete nach oben, er schwitzte und keuchte. Oben fand er wie erwartet die Dachluke. Er schaltete seine Videokamera an, öffnete vorsichtig das Fenster und filmte die jungen Leute, die mehrheitlich in dunkel gehaltenen Sportkleidern steckten.

Sie kamen von einer Art Turnstunde, vermutete Mario, weil einige ein Frotteetuch über die Schultern gelegt hatten. Die drei Männer, die er im Schloss gehört hatte, gesellten sich dazu. Der eine war Lofzinger, der andere möglicherweise dieser Shogi, von dem der Sektenaussteiger Landolt gesprochen hatte. Den Dritten kannte er nicht, aber er wirkte schon aufgrund seines Alters anders als die Sektenjünger, zumal er zu einer kurzen Rede ansetzte, die Mario aus der Ferne nur bruchstückhaft verstand. Dafür brandete heftiger Applaus auf, als der Meister nebst Shogi noch fünf weitere Personen umarmte. Hierauf setzte sich die ganze Gesellschaft in Bewegung und trat in dasselbe Gebäude ein, in dem sich Mario versteckt hielt. Stimmengewirr drang zu ihm hoch und er realisierte, dass die Gemeinschaft in einem Saal unter ihm zu frühstücken begann. Mario blickte sich um. Der massive, hölzerne Dachboden, auf dem er sich befand, war nicht durchgehend. Schon ein paar Meter weiter sah man die Zeichen einer sehr improvisierten Renovation. Zwar wirkten die mächtigen Längsbalken stabil und hatten wohl schon mehrere Jahrhunderte überdauert. Doch einige der Querbalken und die Dachsparren waren teilweise mit anderen Hölzern ausgebessert worden. Außerdem hatte man sich nicht mal die Mühe gemacht, einen richtigen Boden einzuziehen. Stattdessen lagen quadratmetergroße Isolationsplatten wie zufällig hingeworfen herum.

Er beschloss, auf einem der mächtigen Längsbalken ins Innere des Dachstockes zu balancieren, um von da filmen zu können. Nach rund fünf Metern bückte er sich und versuchte, eine Isolationsplatte anzuheben. Da sie verkeilt war, musste er es von einer anderen Seite versuchen. Vorsichtig stellte er den linken Fuß auf einen Träger, der rechtwinklig vom Balken abzweigte, und entfernte die Styroporplatte. Ihr Knirschen jagte ihm einen kalten Schauer über den Rücken. Er hasste das Geräusch von quietschendem Styropor!

Wie erwartet kam eine Schaltafel zum Vorschein, die er an einer Ecke anheben und wegrutschen konnte. Sofort nahm der Geräuschpegel massiv zu. Doch das konnte ihm egal sein. Je lauter es war, desto weniger fielen seine Machenschaften auf.

Unter sich sah er den langen, dunklen Esstisch. Lautlos machte er die Kamera an und führte sie in den Spalt. Klar und deutlich sah er rund vier Meter unter sich behaarte Schädeldecken, Teller und Tassen im Aufriss. Er müsste die Kamera seitlicher halten können, analysierte er, vielleicht würde er dann auch einige Gesichter in den Fokus bekommen. Am besten das von Lofzinger, dessen Stimme er ebenfalls herausgehört hatte. Er legte die Kamera auf den Mittelbalken und ergriff vorsichtig den Rand der Schaltafel, versuchte sie wegzuschieben. Doch sie klemmte.

Schnell durchschaute er, wo das Problem lag. Sie war mit dem hinteren Ende an einen weiteren Querbalken gestoßen. Folglich musste er sie von der anderen Seite her zu fassen bekommen und den Balken wechseln. Schweiß tropfte ihm von der Stirn, sein Puls lag im anaeroben Bereich. Er atmete mehrmals durch, wartete, bis sich sein Körper wieder etwas beruhigt hatte. Dann tastete er sich mit seinem linken Fuß vorsichtig vorwärts. Der Balken hielt. Nun konnte er die Platte verschieben. Jetzt brauchte er nur noch die Kamera holen, die er auf dem Längsbalken deponiert hatte und dann konnte er filmen. Lautlos machte er einen Schritt zurück, um sie zu ergreifen, als zu seiner grenzenlosen Überraschung ein lautes, knackendes Geräusch ertönte. Einen Sekundenbruchteil später brach der Balken unter ihm weg.

Mario kam sich wie eine Comicfigur vor, die zuerst staunend in der Luft hing, ehe sie unweigerlich in die Tiefe stürzte.

Teller und Tassen brachen entzwei oder wurden weggeschleudert, sodass sie wie fliegende Untertassen wirkten. Die Menschen, die am Tisch saßen, erschraken und hatten nur noch die Zeit, sich schützend die Arme vor die Gesichter zu reißen. Der Aufprall auf dem Tisch war hart. Mario spürte, wie sich der Schlag auf seine Beine, vor allem auf das rechte, auswirkte und seine Wirbelsäule gestaucht wurde. Er spürte zuerst noch keinen Schmerz, sondern nur grenzenlose Überraschung und blankes Entsetzen. Und sogleich wusste er, dass er ausgeliefert war, verloren und verkauft. Dann erst kam der Schmerz, der ihn lähmte und überrollte.

KAPITEL 44

Der lang gezogene Betonbau an der Kantonsstraße von Lucens nach Südwesten war wenig beeindruckend. »Kaum zu glauben«, rief Hanni, »dass sich hier im Berg ein Atommonument befindet. Quasi ein Super-GAU im Käfig!«

»Was jedoch nichts an der Tatsache ändert«, fügte Nico nachdenklich an, »dass er noch weitere 10.000 Jahre strahlen wird. Bisweilen frage ich mich schon, wie sich der Mensch allen Ernstes einbilden kann, diese Gefahr zu beherrschen und das Risiko auf Franken und Rappen zu beziffern!«

»So gesehen ist die Atomphysik eigentlich nichts anderes als eine Ausformung der Esoterik. Gleichsam eine Schwester der Alchemie!«, meinte Hanni säuerlich lächelnd.

»Ja, auch in Lucens herrschte das Prinzip: Wie im Großen, so im Kleinen. Wie oben, so unten. Nur haben sie die Rechnung ohne den Menschen gemacht, der immer mal wieder eine gänzlich irrationale Entscheidung trifft und dadurch das Prinzip der Logik ad absurdum führt.«

Noch selten war Nico derart froh, einen Ort hinter sich lassen zu können. Erst, als sie in einem Café in Lucens saßen und er einen Kaffee serviert bekam, konnte er sich wieder entspannen. Hanni trank ein Mineralwasser.

Plötzlich griff Nico nach der Flasche und las die Etikette: »Hast du gewusst, dass die Quelle dieses Wassers nur wenige Kilometer flussabwärts von hier zu finden ist?«

»Na und?«

»Dann möchte ich dir nicht vorenthalten, dass hier seit Jahren erhöhte Anteile des radioaktiven Tritium-Isotops im Wasser der Broye festgestellt wurden.«

»Was willst du damit sagen?«

»Das ganze Broyetal liegt auf einer Molasseschicht. Und die ist sehr weich. Mit anderen Worten wäre es nicht auszuschließen, dass auch versickertes Wasser aus dem Atombunker bis nach Henniez durchkommt.«

Zur Bekräftigung, was sie von Nicos These hielt, trank sie das Wasserglas in einem Zug aus. »Wäre das hiesige Wasser auch nur ansatzweise kontaminiert, wäre schnell der Bär los. Die Medien würden das sofort aufgreifen und ausschlachten.«

»So, glaubst du? So wie auch der Bär los war, als man das AKW Mühleberg als zu unsicher einstufte und sofort vom Netz nehmen wollte. Damals, kurz nach der Katastrophe von Fukushima! Mühleberg aber läuft heute noch – mit dem Segen des Bundesgerichtes! Soviel zu den Medien. Die vierte Kraft hat in diesem Staat schon lange kapituliert, reitet nur noch Scheinangriffe, aber ist letztlich viel zu bequem, um die wahren Missstände aufzugreifen.«

»Ja, ja, mein Lieber. Früher war alles besser, nicht? Damals, als die journalistische Recherche noch Präsidenten zu Fall gebracht hat! Hilf mir auf die Sprünge: Wie oft ist das passiert? Ein weiteres Mal neben Watergate? Gar zweimal?«

»Der Arabische Frühling wäre ohne Medien ein laues Lüftchen geblieben.«

»Der Arabische Frühling? Dass ich nicht lache! Die meisten dieser Frühlingsblumen wurden postwendend von den eigenen Kühen gefressen! Außerdem stand beim Fall der Diktatoren nicht der investigative Journalismus in der ersten Reihe, sondern die vermeintlich grenzenlose Welt des Internets mit ihren Verlockungen und Ablenkungen!«

Nico wollte sogleich eine Antithese bringen, denn er mochte die verbalen Streitereien mit Hanni. Selbst, wenn es nur um des Kaisers Bart ging. Doch in dem Moment klingelte sein Telefon.

»Hallo Nico, da ist Sara!«, ertönte es aus dem Hörer, und Nico machte sogleich ein Gesicht, dass auch Hanni wusste, was es geschlagen hatte.

In kurzen Worten schilderte die junge Frau, dass ihr Freund seit mehr als einer Stunde überfällig sei. Nico fragte ein, zweimal nach, um sich ein besseres Bild zu machen und kam zum gleichen Schluss wie Sara.

»Und auf seinem Handy nimmt er nicht ab?«

»Nein«, sagte sie mit weinerlicher Stimme, »ich hoffe, ihm ist nichts passiert. Ich würde das nicht aushalten! Nicht schon wieder so eine Geschichte!«

»Okay«, meinte Nico und seine Stimme wurde sehr sachlich und bestimmt. »Du bleibst, wo du bist. Sei immer erreichbar und unternimm nichts. Wir sind bereits unterwegs zu dir und werden in vier bis fünf Stunden ankommen. Bis dann!«

*

Wenige Minuten später saßen Hanni und Nico wieder in ihrem Auto und brausten in Richtung Süden. An Hanni war, wie Nico ungefragt attestierte, eine Rennfahrerin verloren gegangen. Auch wenn es ihm gewagt vorkam, mit 150 Sachen durch die Westschweiz zu brettern, war er froh, dass er nicht selber fahren musste. So konnte er mit Jean-Jacques Trümpi Kontakt aufnehmen.

»Ja, das tönt nicht gut«, meinte der Polizist, nachdem ihm Nico den Stand der Dinge durchgegeben hatte. Er werde diese neue Entwicklung umgehend weiterleiten.

»Sag, könntest du nicht«, Nico stockte kurz, fuhr dennoch weiter, obschon es ihm selber blöd vorkam, »auch nach Frankreich kommen? Irgendwie habe ich das Gefühl, wir wären besser aufgestellt mit dir …«

»Danke für die Blumen«, antwortete Jean ohne Regung in der Stimme, »aber wie stellst du dir das vor? Ich, als Zürcher Kriminaler, in Frankreich?«

»Musst ja nicht als Gesetzeshüter kommen, sondern als Privatmann.«

Jean schwieg einen Moment lang. Und zur Überraschung von Nico beendete er das Gespräch mit den Worten: »Werde sehen, was sich machen lässt. Aber versprich dir nicht zu viel. Melde mich wieder. Ciao.«

Hanni, die eben einen notorischen Langsamfahrer von der Überholspur weggescheucht hatte, weil er mit lediglich 118 km/h gefahren war, rollte mit den Augen:

»Was war denn das eben? Eine Liebeserklärung an Jean? Muss ich mir Sorgen machen?«

»Blödsinn …«

»Du glaubst aber nicht wirklich, dass Jean von seinem Chef nach Frankreich geschickt wird, oder?«

»Er werde mal schauen, was er machen könne«, widersprach Nico leicht beleidigt.

»Lächerlich«, war Hannis Antwort, doch dann musste sie sich erneut auf den Verkehr konzentrieren, der rund um Lausanne sehr heftig war. Dennoch blieb sie bei einer Durchschnittsgeschwindigkeit, die weit über dem Erlaubten lag.

»Du weißt schon, dass es zwischen Lausanne und Genf unzählige Radarkästen gibt?«, warf Nico leicht angriffig ein, um einfach etwas gesagt zu haben.

»Mein GPS warnt mich«, antwortete die Fahrerin und bremste tatsächlich sofort ab, als aus dem kleinen Kästchen, das an der Frontscheibe klebte, piepsende Geräusche kamen. Der Blechpolizist schien die 131 km/h toleriert zu haben. Jedenfalls blitzte es nicht. Kurz darauf gab Hanni wieder Gas.

»Ist das nicht illegal, so ein Radarwarnsystem?«, wollte Nico wissen und mimte den Moralapostel.

Hanni antwortete nicht, sondern ärgerte sich lauthals über einen Lastwagen, der ihr die Überholspur blockierte.

»Alles Arschlöcher!«, rief sie empört und bremste ab. Nun wurde es Nico doch etwas zu stressig. »Ganz ruhig, mein Schatz«, sagte er deshalb versöhnlich, »es ist nicht so schlimm, wenn wir fünf Minuten später ankommen. Hauptsache, wir kommen!«

Hanni schnaufte laut hörbar aus. »Du hast recht«, meinte sie sanfter, »aber das ist trotzdem ein Armleuchter! Immer diese unnötigen Elefantenrennen!«

KAPITEL 45

»Bringt ihn ins Gästezimmer, aber hebt ihn sorgfältig hoch. Sein Rücken könnte verletzt sein!« MCs Anweisungen wurden unverzüglich von vier Männern umgesetzt, die Mario vorsichtig vom Tisch weghoben und auf eine improvisierte Bahre umbetteten. Der Journalist war zwar bei Bewusstsein, beobachtete jedoch wie von Weitem, was mit ihm passierte. Irgendwer redete auf ihn ein. Er machte Laute, fand die Worte nicht. Wenigstens hatte er offenbar niemanden sonst verletzt, registrierte er en passant. Glück im Unglück also.

Sein Bein schmerzte indes grauenvoll. Als würde eine brennende Linie bis zum Steißbein hochführen und sich da ausbreiten, stöhnte er bei der kleinsten Bewegung auf. Vielleicht war der Fuß oder das Bein gebrochen, befürchtete er.

Den zumeist jungen Menschen stand nach wie vor der Schreck ins Gesicht geschrieben, und sie beäugten den Eindringling wie einen Aussätzigen, der es gewagt hatte, das Paradies zu entweihen.

Der Meister war wortlos aufgestanden und hatte den Raum ohne Empathie verlassen. Semele, die zufällig in seiner Nähe gesessen hatte, wunderte sich über dessen Verhalten, wagte es aber nicht, dieses infrage zu stellen. Stattdessen bemerkte sie, dass sie am Handgelenk leicht blutete, anscheinend hatte sie sich doch an einem der herumfliegenden Scherben verletzt. Sogleich war Gernot bei ihr und betrachtete die Wunde.

»Einmal Viehdoktor, immer Viehdoktor, was?«, lachte sie, um dessen Ernsthaftigkeit bei der Untersuchung des Handgelenks hochzunehmen.

»Es ist wirklich ein Wunder«, begegnete er ihrem Spott, »dass niemand von uns zu Schaden gekommen ist. Dieser Typ hätte wie ein fallender Engel auch einen erschlagen können.«

Semele senkte ihren Blick. Sie wusste, dass Gernot recht hatte.

Mario wurde weggetragen. Er stöhnte und Semele glaubte, ein schweizerdeutsches Wort herausgehört zu haben, aber sie wandte sich vom Verletzten ab und gesellte sich zu den anderen Frauen, die immer noch bleich wie Leintücher in einer Ecke standen, und das Erlebte ein ums andere Mal wiederkäuten.

In der Zwischenzeit betrachteten Shogi und eine Handvoll anderer Männer den Schaden in der Decke.

»Wir sollten mal nach oben gehen«, schlug Mathieu vor, »und nachsehen, wie es aussieht.«

»Okay«, sagte Shogi, »du und Merlin, ihr geht rauf und schaut euch um. Aber vorsichtig!«

Schon kurze Zeit später blickten die beiden von oben herab und rapportierten einerseits den Schaden, andererseits den Fund einer Videokamera. Shogi war nun in seinem Element. Als Krisenmanager gefiel er sich ausgezeichnet. Sogleich beauftragte er drei seiner Kollegen, die nötigen Reparaturen durchzuführen, gleichzeitig ließ er sich die Kamera bringen, mit der er umgehend zu TAG pilgerte. Der Meister war ins Schloss gegangen und saß auf einem Stuhl in der Bibliothek. Gedankenverloren und in sich gekehrt. Desinteressiert blickte er auf, als Shogi eintrat. Im Moment war ihm egal, was auf der Kamera zu finden war, er wollte einfach in Ruhe gelassen werden. Deshalb gab er ihm die Anweisung, MC zu holen.

Da war er also gekommen, dieser Unbekannte, dachte TAG, genau so, wie er es vor einigen Tagen gesehen hatte: völlig aus dem Nichts, wie vom Himmel gefallen. »Was, zum Teufel, bedeutete dies?«, rätselte er und fühlte sich mit einem Mal schlecht, verletzlich und schwach. Er kannte dieses Gefühlsgemisch nur zu gut. Es war der Vorbote einer inneren Lähmung, die sich vom Kopf bis zu den Zehen ausdehnte und ihn in Ketten legte.

*

Shogi erfüllte pflichtschuldig seinen Wunsch und trat einige Minuten später mit MC im Schlepptau in die Bibliothek ein. Sie erblickten den Meister, wie er in seinem Lehnstuhl hockte und an die Wand blickte. Ohne seinen Kopf zu drehen, meinte er: »Ich habe diese Situation kommen sehen! Es ist wie ein Déjà-vu, nein, schlimmer! Wie inkarnierte Bilder meiner Albträume! Was hat das zu bedeuten? Was will die Mutter?«

Wie ferngesteuert suchte er den Blickkontakt mit MC. Doch ehe er antworten konnte, kam ihm Shogi zuvor:

»Wir werden bald herausfinden, was dieser Typ hier zu suchen hatte. Möglicherweise geben schon die Aufnahmen auf dieser Kamera einen gewissen Hinweis!«

Demonstrativ klappte er den Bildschirm auf, skippte an den Anfang und drückte auf die Play-Taste. Sogleich zeigte der Bildschirm leicht hektisch gefilmte Szenen, die vom gestrigen Abend gemacht worden waren und die Ankunft des Meisters zeigten.

»Er war schon gestern da«, kommentierte Shogi ungefragt. »Und er hat deinen Empfang gefilmt!«

»Er muss sich im Wäldchen bei der Mauer versteckt haben«, ergänzte MC.

Der Meister betrachtete die Bilder ohne Regung im Gesicht. Selbst, als Großaufnahmen seines Autos folgten.

»Und er ist ein Autofan!«, schoss Shogi voreilig ins Kraut, was die beiden anderen nicht kommentierten. Indes verfolgten sie gespannt, wie der Filmer versuchte, den Kofferraum zu öffnen, es jedoch beim Versuch blieb.

Der Meister tauschte mit MC einen vielsagenden Blick aus, was Shogi jedoch nicht mitbekam. Der kommentierte schon die nächsten Bilder.

»Seht, er hat auch noch seine Freundin gefilmt! Wow, nicht schlecht, diese Tussi!«

Im Dämmerlicht eines Hotelzimmers führte eine junge und attraktive Frau eine Art Striptease auf, hörte jedoch zu ihrem Frust bei der Unterwäsche auf. Oder dann entschied der Kameramann, dass er die weiteren Nahaufnahmen lieber ohne technische Hilfsmittel machte.

»Was genau will dieser Typ bei uns?«

Shogis Frage hing wie ein Damoklesschwert über ihnen, ehe MC die Kamera näher betrachtete und neben dem Sucher eine kleine Plakette mit einem Logo erblickte.

»DSF – 02365. Sagt uns das was?«

Während Shogi seinen Kopf schüttelte, erhob sich TAG plötzlich von seinem Stuhl und griff nach der Kamera, betrachtete die Buchstaben und Ziffern. Langsam bildeten sich Worte:

»DSF steht, wenn ich mich nicht täusche, für Deutschschweizer Fernsehen! Kann es also sein, dass der Typ vom schweizerischen Staatssender kommt?«

»Und wieso ist er hier?«, fragte Shogi einmal mehr leicht naiv.

»Sicher nicht, um mit seiner Freundin ein paar schöne Tage in Südfrankreich zu verbringen«, antwortete MC schnippisch, doch sogleich kam ihm eine Idee:

»Möglicherweise können wir aber aus diesem Umstand, dass er nun mal da ist, auch Kapital schlagen. Vielleicht könnte er deine Philosophie in die Welt hinaustragen! Vielleicht hat die große Mutter ihn als Hermes zu uns geschickt!«

Der Meister sagte nichts, dafür redete Shogi: »Hermes, der Götterbote? Das passt bei Medienleuten doch wie die Faust aufs Auge!«

Derweil suchte MC den Augenkontakt mit TAG, der sich allerdings abwendete. »Nein, keine Medienfritzen, keine Öffentlichkeit, nicht wieder alles von vorne!«

»TAG, das ist deine Chance, der Welt zu zeigen, was deine Botschaft ist! Der Globus lechzt nach einer neuen Leaderfigur, einem Lehrer, der uns aus dem Dunkel der Nacht in den neuen Tag führt!«

»Nein, ich will meine Ruhe, habe heute Geburtstag!«

Der große Mann versank in seinem Lehnstuhl, hielt sich wie ein Kleinkind die Ohren zu: »Nein, bitte nicht!«

Doch MC kannte keine Nachsicht, herrschte ihn an, dass er ein elender Waschlappen sei, ein Versager!

Shogi verstand die Welt nicht mehr, erst recht, als TAG wie ein Waschweib zu jammern begann. Doch MC wurde noch respektloser: »Und so ein Weichei will der Führer der Kinder Gaias sein? Die Reinkarnation des Dionysos? Dass ich nicht lache!«

Für Shogi ging das absolut zu weit. Keiner durfte mit dem Meister so umspringen. »Noch ein Wort, und ich schlag dich nieder!«, rief er in Richtung des Zeremonienmeisters.

»Da siehst du's, Joop, du Pflaume! Selbst dieser kleine Schleimer hat mehr *Cojones* als du! Würde sich für dich glatt opfern, weil er deine armselige Seite nicht kennt!«

Shogi stürzte sich auf MC, doch der nahkampferprobte Lehrer brauchte nicht lang, bis er den Angreifer in den Senkel gestellt hatte. Und es tat ihm gut, dem Emporkömmling mal richtig in die Schnauze zu hauen. Shogi blutete aus der Nase und lag angezählt am Boden. Bevor sich MC ein zweites Mal über ihn hermachen konnte, rief TAG dazwischen: »Hör auf! Du hast recht. Wir müssen die Chance nutzen! Mit diesem Journalisten haben wir eine Geisel, die wir einsetzen können.«

Und als hätte der Meister in seinem Innern einen Schalter umgelegt, hatte er sich aus seinem Stuhl erhoben, füllte mit seiner ganzen Größe den Raum aus und fügte mit einem kämpferischen Leuchten in den Augen an: »Wir werden eine Videobotschaft versenden, welche unmissverständlich klarmacht, dass wir in Sachen Nuklearenergie keine Kompromisse dulden. Die Schweiz wird unser erster Schüler sein, in der Atomfrage einknicken und einen neuen Weg beschreiten, so wie sie es schon in der Bankenfrage gemacht hat. Und wenn man auf uns nicht hören will, wird dieser dumme Kerl vor laufender Kamera seinen Durst mit Aqua gravis stillen!«

»Now you're talking!«, grinste MC und hielt dem verdattert dreinblickenden Shogi seine Hand hin, um ihm wieder aufzuhelfen. Beiläufig meinte er in dessen Richtung: »Sorry, musste sein. Manchmal ist unser Führer etwas orientierungslos. Dann braucht er einen Leuchtturm. Ich danke dir für deinen Einsatz!«

Shogi blickte entgeistert von MC zum Meister und wieder zurück. Er durchschaute noch nicht ganz, was da eben passiert war. Immerhin klopfte ihm der Meister anerkennend auf die Schulter. Im Gehen meinte TAG verschwörerisch: »Dann lassen wir es also krachen. Gehen wir zu diesem Medienarschloch und spannen ihn für unsere Sache ein!«

TAG und MC schlugen in bester Rapper-Manier Faust an Faust, dann wandte sich der Meister an Shogi: »Solltet ihr nicht schon längst über alle Berge sein?«

»Ja, wir fahren gleich …«, antwortete Shogi unterwürfig.

»Wir wollen von euch nur gute News bekommen«, doppelte MC nach, wohlwissend, dass für ihn mit dieser Aussage eine ganz andere Bedeutung mitschwang, »ist das klar?«

»Sicher.«

Shogi machte fast den Bückling, als er den Raum rückwärtsgehend verließ. Schon kurze Zeit später setzte sich der Kleinbus in Bewegung und fuhr in Richtung Norden. Wenn alles gut ging, würden sie gegen Abend Zürich erreichen und hätten genügend Zeit, bis zum Morgengrauen alle Vorkehrungen getroffen zu haben, sodass das Dinner am Samstagabend für die geladenen Gäste unvergesslich werden würde.

*

MC und TAG schritten gemeinsam die Treppe hoch, um Mario Ettlin in seinem Zimmer zu besuchen. »Können nur hoffen, dass sich sein Sturz als nicht ganz so schlimm herausstellt«, meinte der Zeremonienmeister, der Marios Videokamera in der Hand hielt, als handelte es sich um etwas Ekliges.

»Wenn wir ihn nicht als Botschafter brauchen können, müssen wir dafür sorgen, dass seine Freundin herkommt. Sie würde mir als Geisel ohnehin besser gefallen!«

MC grinste verschwörerisch. »Und wie wollen wir vorgehen?«

»Ganz einfach«, antwortete TAG selbstsicher, »wir werden ihm das Gefühl geben, dass er einen Film über unsere Gemeinschaft machen darf. Und ich werde ihm ein Interview geben, dass er nie mehr vergessen wird. Doch dann ändern wir die Laufrichtung, und er wird bemerken, was es heißt, wenn man plötzlich nicht nur Überbringer der Botschaft ist, sondern gleichsam sie selber!«

»So bekommt der alte Spruch ›the medium ist the message‹ gleich eine ganz neue Bedeutung!«, fügte MC an und beide lachten.

*

Als sie ins Krankenzimmer eintraten, sahen sie einen erschöpften Mann in seinem Bett liegen, den offensichtlich Schmerzen plagten. Er atmete kurz und bemerkte sie gar nicht. Er war in seine Gedanken versunken. Da er die Zehen bewegen konnte, ging er davon aus, dass nichts gebrochen war. Zudem schmerzte der Rücken weniger, was wohl am Schmerzmittel lag, welches er von einer der Sektenjüngerinnen bekommen hatte. Kurz hatte Mario über eine Flucht nachgedacht, doch die war im Moment wohl unmöglich. Er ärgerte sich über sich selber, dass er sein Handy im Auto zurückgelassen hatte. Was als Vorsichtsmaßnahme gedacht war, stellte sich nun als Eigentor heraus. Wie sollte er Sara über seine Situation informieren?

Er erschrak, als ihn Lofzinger plötzlich ansprach: »Hallo mein Name ist TAG, wie geht es dir?« Freundlich streckte der Meister seine Hand aus, und Mario griff nach ihr. Sie war weich und fleischig. Dessen Lächeln wollte ihm nicht so recht gefallen. Schließlich, so dachte er, würden die Sektenbrüder anhand der Kamera herausgefunden haben, dass er schon gestern herumgeschnüffelt hatte. Umso größer wurde sein Erstaunen, als ihm MC seine Kamera aufs Nachttischchen stellte. »Die gehört wohl dir«, sagte er freundlich.

»Wir«, fuhr TAG fort, »bedauern sehr, was dir passiert ist. Dennoch können wir nicht einfach zur Tagesordnung zurückkehren, schließlich bist du bei uns eingedrungen. Du verstehst?«

Mario nickte vorsichtig. »Es tut mir leid«, hauchte er.

TAG lächelte wohlwollend. »Nun, du bist ja nicht umsonst mit einer Kamera erschienen, nehme ich an. Wer also bist du, und was wollest du?«

Mario überlegte kurz, was er ihnen für eine Geschichte

auftischen sollte. In Ermangelung von Alternativen entschloss er sich zu einer Version, die der Wahrheit recht nahe kam: »Mein Name ist Ettlin, Mario Ettlin. Ich arbeite beim Deutschschweizer Fernsehen. Ich bin hier, weil ich einiges über die Kinder Gaias erfahren habe und mir ein eigenes Bild machen wollte. Insbesondere interessieren mich die Bacchanalien.«

»Ah, die Bacchanalien!«, wiederholte TAG erfreut, »ja, da kommst du gerade rechtzeitig. Sie beginnen in wenigen Stunden. Blöd nur, dass du mit deinem Bein wohl nicht allzu weit kommen wirst?«

Mario verstand nicht gleich und setzte ein dementsprechendes Gesicht auf, sodass TAG empathisch fortfuhr: »Nun, zum Filmen wäre ein gesundes Bein wohl besser, nicht?«

»Sie meinen«, fragte Mario vorsichtig nach, »dass Sie nichts dagegen hätten, wenn ich filmen würde?«

»Nein, hätten wir nicht. Grundsätzlich. Natürlich können wir es nicht tolerieren, wenn jemand ungefragt bei uns eindringt, um Aufnahmen zu machen. Ich schätze, das wäre auch in der Schweiz nicht erlaubt, oder?«

Mario schüttelte den Kopf und fügte kleinlaut an: »Entschuldigung, das war wirklich dumm von mir.«

»Aber, wie gesagt, die Sache hat sich nun so oder so erledigt.«

»Nein, nicht unbedingt«, insistierte Mario. »Interviews könnte ich durchaus machen. Außerdem haben mir die Schmerztabletten, die ich erhalten habe, schon sehr geholfen. Das Bein tut kaum mehr weh!«

MC beugte sich über den Fuß, der stark angeschwollen war. »Ich bezweifle, dass du schon heute Abend wieder gehen kannst. Da die Bacchanalien bekanntlich unter freiem Himmel stattfinden, dürfte es für dich also schwierig werden. Zumal wir an einem Ort feiern, zu dem man nur per Kanu hinkommt, weil alle Wege blockiert sind.«

»Hören Sie«, versuchte es Mario erneut und die Worte kamen aus seinem Mund, bevor er ihre Tragweite durchschaute, »ich glaube, es könnte gehen, wenn mir meine Freundin hilft!«

Der Meister tat, als hätte er von Sara noch nichts gewusst: »Deine Freundin ist auch hier?«

»Ja, sie wartet in St. Martin in einem Hotel auf mich. Sicher macht sie sich Sorgen! Und sie arbeitet auch für unseren Sender, könnte mich also perfekt unterstützen!«

»Gut, das wäre eine Möglichkeit«, sagte TAG und suchte den Augenkontakt mit MC, der ihm fast unmerklich zunickte. »Die Frage ist natürlich, ob sie dir helfen würde …«

»Ich bin sicher, dass sie kommt. Darf ich sie anrufen?«

Die beiden Männer verließen kurz das Zimmer und besprachen sich flüsternd auf dem Flur. Das gab Mario Zeit, seine voreiligen Worte nochmals zu überdenken. Doch er kam stets zu demselben Resultat. Wollte er hier irgendwie herauskommen, musste er Sara in die Sache mit hineinziehen.

Dann kam MC zurück und hielt ihm sein Handy hin. Ein Gerät, das zwar erst ein paar Jahre alt war, aber schon wie ein Oldtimer wirkte. »Wir geben nicht viel auf die neue Technik«, erklärte er mit einem undefinierbaren Lächeln und fügte an: »Und keine Spielchen, sonst sähen wir uns gezwungen, andere Saiten aufzuziehen. Denn eines musst du wissen: Du kommst hier nicht mehr lebend heraus, wenn du nicht spurst. Ist das klar?«

Mario nickte und gab Saras Nummer ein. MC setzte sich in der Zwischenzeit auf einen Holzstuhl am Fußende des Bettes und wartete.

Es klingelte mehrere Male, bis eine hörbar gestresste Sara das Telefon entgegennahm. Als sie Marios Stimme vernahm, schwankte sie zwischen Wutausbruch und Erleichterung. Es dauerte eine Weile, bis er ihr alles erklären konnte und sie nicht mehr nur halb hysterisch in den Hörer schrie. Nach und nach drangen seine Worte zu ihr durch, und sie begriff, welche Rolle sie spielen sollte.

»Du hast wohl nicht mehr alle!«, wies sie Marios Vorschlag empört zurück. »Ich werde umgehend die Polizei alarmieren! Nichts anderes!«

»Nein, Sara! Jetzt hör mir zu! Die Leute da sind nicht harmlos, sie diktieren die Regeln. Die Polizei nützt gar nichts. Im Gegenteil! Die einzige Chance, die ich habe – die wir haben – ist zu parieren und den Film zu machen …«

»Und ich soll für dich filmen? Wie stellst du dir das vor? Ich bin, wie du weißt, Aufnahmeleiterin im Studio, habe keine Ahnung von Kameras!«

»Keine Bange, ich zeigs dir, ist nicht so schwer!«

»Und was, wenn uns diese Sektenbrüder nur benutzen? Meinst du wirklich, die veranstalten eine kleine Faschingsparty und erwarten ein lustiges Erinnerungsfilmchen? He, wach auf! Du spielst da mit dem Feuer! Außerdem hast du einen lädierten Fuß. Wie willst du das bewerkstelligen?«

KAPITEL 46

»Wie bitte?« Martellis Tonlage wechselte abrupt von der Brust- in die Kopfstimme, was sie immer machte, wenn er von Ereignissen überrumpelt wurde.

»Wieso in drei Teufelsnamen«, rief er fast verzweifelt, »ist dieser Ettlin bei dieser Sekte? Was macht er dort?«

Trümpi, der bei der Kaffeemaschine auf seinen Chef gestoßen war, erklärte in kurzen Sätzen, was er von Nico gehört hatte. Die Ausführungen ernteten bei seinem Vorgesetzten nur noch mehr Unverständnis:

»Filmaufnahmen? Ja, spinnt denn der total? Ist der irgendwie darauf abonniert, mit Anlauf in die Scheiße zu springen?«

Trümpi musste fast ein wenig schmunzeln, kam jedoch nicht umhin, noch anzufügen, dass auch dessen Freundin Sara Feldberg in einem Hotel in der Nähe sei und vor Angst und Sorge fast durchdrehe.

»Moment«, dämmerte es dem Chef, »wenn dieser Ettlin vor Ort ist, wo ist dann sein Kumpel, dieser Vontobel? Ist der auch involviert?«

Trümpi gab kleinlaut zu, dass auch der bald in Südfrankreich eintreffen werde. Zusammen mit seiner Freundin Hanni Pulver. Sie wollten sich um Ettlins Freundin kümmern.

Martelli schüttelte den Kopf und meinte nach einer kurzen Denkpause: »Wir müssen so schnell wie möglich mit den Franzosen eine Sitzung abhalten und denen die jüngsten Entwicklungen durchgeben. Du fädelst das via Interpol ein! Ich muss wegen dieses Bunkers in Bern anklopfen. Langsam wird mir dieser Fall zu groß!«

Fluchend verließ Martelli das Sitzungszimmer und ließ seine Bürotür hinter sich laut ins Schloss scheppern.

*

Die Konferenzschaltung mit den französischen Kollegen der Gendarmerie von Montpellier war bereits seit bald fünfzig Minuten im Gange. Anfängliche sprachliche Barrieren konnten dank Trümpis recht ordentlichem Französisch überwunden werden. Es war nun kurz vor zwei Uhr nachmittags. Die Flics hatten ihren Stand der Ermittlungen geschildert und nicht ohne Stolz den Tathergang nachgezeichnet, wonach der Textilfabrikant Laurent Dumont durch seinen Angestellten Emile Bréton in den Pool geworfen worden war. Der ehemalige Sicherheitschef saß nun in Untersuchungshaft und ist geständig, sagte der Polizeichef, der Erneste Turbillou hieß. Allerdings würden sie trotz dessen Täterbeschreibung im Dunkeln tappen, wer das kontaminierte Wasser in den Pool gefüllt haben könnte. Hier trumpften die Zürcher Beamten auf. Sie warfen ihre Fakten und Ermittlungen in die Runde und erhellten dadurch die Zusammenhänge. Nun war der Indizienkreis geschlossen und der Fall lag recht klar auf dem Tisch. In Frankreich wie auch in der Schweiz war je eine Person zu Tode gekommen, weil sie direkt oder indirekt mit Exponenten dieser Ökosekte zu tun hatte.

Dann war da noch der Fall Ettlin. Die Franzosen wunderten sich, dass bereits Schweizer Medienleute in diese Geschichte involviert waren, und nahmen überrascht zur Kenntnis, dass dieser Journalist wohl im Hauptgebäude der Sekte festgehalten werde.

Genau in diesem Moment erhielt Jean-Jacques Trümpi einen weiteren Anruf seines Freundes Nico. In kurzen

Worten schilderte er ihm, dass Sara freiwillig zum Schloss gefahren sei, um Mario bei den Filmaufnahmen zu helfen, da er sich bei einem Sturz verletzt hatte.

Als Trümpi diese Entwicklung rapportierte, ärgerten sich nicht nur die französischen Beamten. Auch Martelli blickte entgeistert: »Aber, was macht denn das für einen Sinn?«, entfuhr es ihm.

»Sie hatte keine Wahl«, beeilte sich der Beamte zu erklären und schob nach, dass Mario von den Sektenführern bedroht werde. Entweder verfilme er ihre Message oder er werde getötet.

Martelli schüttelte den Kopf. Er stand auf, durchschritt das Zimmer der Länge nach, dann wieder retour. Dass er in dieser brenzligen Situation nicht selber eingreifen konnte und – noch schlimmer – es seinen Kollegen in Montpellier überlassen musste, machte ihn fertig. Ein düsteres Gefühl hing in seinen Eingeweiden, eine Art Vorahnung. Er ging die Optionen durch, kam aber stets zum gleichen Schluss: Das Schlimmste wäre ein überhasteter Einsatz. Man müsse den richtigen Zeitpunkt abwarten, zuerst die Lage gründlich analysieren, ehe man zugriff, dachte er.

Und als hätte er es geahnt, schlug der Capitaine der Gendarmerie genau das Gegenteil vor. In einer schnellen Erstürmung des Sektenareals sehe er die besten Chancen, die beiden Geiseln zu befreien und den Sektenbrüdern das Handwerk zu legen, sagte Turbillou im Brustton der Überzeugung.

Martelli versuchte dagegenzuhalten, wies eindringlich auf die Gefahr hin, dass eine Erstürmung zu diesem Zeitpunkt ein massiver Eingriff mit unberechenbaren Risiken sei. In dieser Gemeinschaft lebten drei oder gar vier Dutzend junger Menschen, die sich möglicherweise für ihren

Guru opfern würden. Das gäbe »un bain de sang infernal!«, rief er ins Mikro, was die französischen Kollegen partout nicht verstehen wollten, bis Trümpi für seinen Vorgesetzten die Übersetzung machte und das Wort ›Blutbad‹ mit ›massacre‹ übersetzte. Doch nun war Martelli nicht mehr zu stoppen. Mit dem Mut der Verzweiflung bot er seine letzten Französischkenntnisse auf und warnte eindringlich davor, mit einer unbedachten Polizeiaktion die wahren Drahtzieher in alle Winde zu zerstreuen und die beiden Geiseln einem erheblichen Risiko auszusetzen, getötet zu werden.

Dem widersprach der Capitaine aufs Heftigste. Ihre Art der Erstürmung würde so schnell und durchdringend ablaufen, dass es in der Regel zu keinen Komplikationen komme. Dennoch räumte er ein, dass man zuerst – auch aus gesetzlichen Gründen – eine normale polizeiliche Ermittlung anlaufen lassen wolle. Zwei Patrouillen würden umgehend losgeschickt.

Mehr widerwillig als begeistert begrüßte er sodann Martellis Vorschlag, einen seiner Mitarbeiter per Helikopter anreisen zu lassen, um vor Ort zu assistieren. Dies habe einerseits ermittlungstechnische wie auch sprachliche Vorteile, doppelte Martelli nach und konnte dem Capitaine sogar das Versprechen abringen, nichts zu unternehmen, ehe Jean-Jacques Trümpi, der von seinen Leuten am besten Französisch sprach, vor Ort sei.

Bereits wenige Minuten später hob Trümpi mit einem Polizeihelikopter ab und ließ sich binnen zweier Stunden nach St. Martin de Londres fliegen, wo er nicht nur die französische Polizeileitung treffen wollte, sondern auch seine Freunde Nico und Hanni. Es war kurz nach vier, als er landete.

KAPITEL 47

Um sich vom Ausgang des Sektendramas abzulenken, aber nicht tatenlos herumzusitzen, tätigte Martelli einen weiteren Anruf. Lange hatte der Einsatzleiter der Zürcher Kripo gezögert, den offiziellen Weg nach Bern einzuschlagen, um vom VBS Hilfe anzufordern. Er wusste, dass dann sofort auch der Inlandgeheimdienst* aktiv werden würde. Doch weil sich er und seine Leute seit Tagen an diesem Bunker die Zähne ausbissen und nicht vom Fleck kamen, blieb ihm nichts anderes übrig.

Es war vier Uhr nachmittags, als er und seine beiden Mitarbeiter Baldini und Zuppinger sich mit Spezialisten des Militärs beim Krater im Schleiniker Wald trafen.

Und tatsächlich stand beim Grüppchen, das auf die Zürcher Polizisten wartete, auch eine Abgesandte des Nachrichtendienstes, die sich als Marlies Wängi vorstellte und Untersuchungsleiterin im Range eines Oberleutnants war. Sie hielt sich jedoch, wie Martelli bald erleichtert feststellte, zurück und war nicht gekommen, um das Zepter an sich zu reißen, sondern um abzuchecken, ob der Fall Hungerbühler überhaupt in ihr Ressort gehörte. Das konnte Martelli nur recht sein. Wenn sich die Instanzen in Bern nicht einig waren, wer zuständig war, dann würden sie sich auch nicht allzu sehr einmischen. Sollten freilich größere Mengen radioaktiver Substanzen im Bunker gefunden werden, dann dürfte sich das bald ändern.

---

* Der Inlandgeheimdienst, bzw. der Nachrichtendienst des Bundes NDB, ist dem VBS, dem Bundesamt für Verteidigung, Bevölkerungsschutz und Sport angegliedert und beinhaltet die Dienste für Analyse und Prävention DAP sowie den Strategischen Nachrichtendienst SND.

Nebst Wängi waren drei Männer angereist. Die operative Führung übernahm ein Max Läuchli, Stabschef der Abteilung Militärische Objekte. Er war ein Mann, den so schnell nichts mehr aus den Socken haute, wohl, weil er schon an einigen solchen Aktionen beteiligt gewesen war und wusste, was alles unter dem Deckmantel ›geheim‹ in den letzten Jahrzehnten subsumiert worden war. Seine beiden Assistenten, Mauro Giaco und Elmar Specker, wirkten wie finstere Gestalten eines drittklassigen Gangsterfilms und trugen wie Läuchli grünliche Spezialoveralls. In einer Umhängetasche hatten sie Geigerzähler, Gasmaske, LED-Taschenlampe und weitere Werkzeuge dabei.

»Sie rechnen mit Unangenehmem?«, fragte Martelli rhetorisch.

»Aufgrund meiner bescheidenen Erfahrung«, dozierte Läuchli mit einem schmalen Lächeln im Gesicht, »sind Kavernen nicht selten wahre Wundertüten. Ich darf Sie und Ihre Männer daher bitten, uns nur dann zu folgen, wenn wir Ihnen das Okay geben. Dies gilt natürlich auch für Frau Oberleutnant.«

Frau Wängi nickte. Sie war, wie Martelli überrascht registrierte, ausgerüstet, als müsste sie eine Tour durch unwegsame Höhlenwelten bewältigen. Er auf der anderen Seite hätte vielleicht besser seine ausgetretenen Allroundschuhe gegen Gummistiefel oder Wanderschuhe eingetauscht. Doch dafür war es nun zu spät. Umso mehr wunderte es ihn, dass seine Männer ebenfalls gut ausgerüstet waren und passendes Schuhwerk trugen. Wohl die Folge ihres mittlerweile stundenlangen Aufenthaltes in diesem Waldstück.

Der Trupp setzte sich in Bewegung, und schon wenige Minuten später standen sie bei der von Büschen überwachsenen Lichtung, wo sich die mutmaßliche Einstiegsluke befand. Baldini hob erneut einen Steinbrocken auf und warf ihn ein paar Meter vor sich auf den Boden. Wie erwartet schepperte es dumpf.

»Ja, das könnte der ursprüngliche Eingang gewesen sein«, meinte Läuchli, »aber der wurde nur für das Befüllen der Kaverne gebraucht und hernach zugeschüttet und versiegelt. Da kommen Sie nicht mal mit einer Sprengung rein.«

»Hab ich mir schon gedacht«, meinte Baldini, der schon viele Stunden vergebens damit zugebracht hatte, einen weiteren Eingang zu finden, »nur wo gehts rein? Haben Sie so etwas wie ein Sesam–Öffne–Dich?«

»Ja, in der Art«, antwortete Läuchli wieder ohne Regung im Gesicht. Er öffnete eine Mappe. »Wir waren selbstverständlich nicht untätig und haben trotz Zeitknappheit in unseren Archiven nachgesehen, mit welchem Typ von Kaverne wir es zu tun haben. Da es nicht viele Spezialisten für den Bau dieser Bunker gab, weist jeder einen eigenen Stil auf. Außerdem gab es auch Vorschriften. Ein Sicherheitsstollen durfte aus verteidigungstechnischen Überlegungen nie in derselben Himmelsrichtung wie die Einfahrt liegen, er musste darüber hinaus einen natürlichen Sichtschutz aufweisen und gut zu tarnen sein.«

»Na, dann bin ich mal gespannt, wo die suchen gehen«, flüsterte Zuppinger Baldini zu, als sie Läuchlis Mitarbeitern zusahen, wie sie das Gelände systematisch abschritten. Schnell wurde klar, dass sie nicht zum ersten Mal einen Kaverneneinstieg suchten. So verließen sie die Senke und folgten bergwärts einem munter dahinfließenden Bächlein.

Martelli hatte sich neben Läuchli positioniert und linste auf dessen Unterlagen. Neben einer alten Reprografie einer Karte sah er eine Tabelle, auf der chemische Stoffe aufgelistet waren. Wenn es ihn nicht täuschte, sah er die Abkürzungen für Plutonium und Uran.

»Kann es wirklich sein, dass Sie nicht wissen, was da drin ist?«

Aus seinen Augenwinkeln heraus sah ihn der Stabschef prüfend an. »Wie ich schon mal erläutert habe, sind Kavernen Wundertüten. Kommt hinzu, dass der Zahn der Zeit nagt. Das gibt dann und wann hässliche Überraschungen.«

»Leute aus dem Dorf wollen im Jahr 1970 Lastwagen gesehen haben, die radioaktives Material geladen hatten.«

»Wissen Sie, wenn ich etwas in den letzten Jahrzehnten gelernt habe, dann niemals einem Augenzeugen zu trauen. Was Leute alles sehen, wenn sie wegschauen, und was sie nicht sehen, wenn sie hinschauen sollten, ist manchmal erschreckend.«

Martelli bemerkte, dass er aus diesem Mann nicht schlau wurde. War er einfach ein arroganter Hund oder präsentierte er eine eigene Interpretation von Humor? Fast ein wenig englisch. Spontan beschloss er, diesem Umstand auf den Grund zu gehen:

»Gefällt Ihnen Monty Python?«

Zum ersten Mal wirkte Läuchli überrascht. »Wie kommen Sie da drauf?«

»Mögen Sie sie?«, wiederholte der Kriminalist seine Frage.

Ein Grinsen flackerte über dessen Gesicht. »Sie sind *hilarious*!«

»Das beruhigt mich«, meinte Martelli trocken und grinste seinerseits, »irgendwie erinnert mich diese Situation grad an die Moral von ›The Meaning of Life‹, die darin gipfelt, dass das Leben sinnfrei ist.«

»So geht es mir andauernd! Und ich dachte schon, ich sei der Einzige, der das Ganze irgendwie schräg findet.«

Martelli schüttelte seinen Kopf. »Nein, bei Weitem nicht.«

In dem Moment erschallte ein Ruf von oben. Es war Giaco. Er hatte etwas gefunden. Die Wartenden kletterten durch unwegsames Gelände nach oben, passierten eine schmale Stelle des Bächleins und erklommen eine natürliche Terrasse, die unscheinbar wirkte, aber nach hinten führte und tatsächlich eine kleine Luke hinter Buschwerk verbarg.

»Na, das ist doch schon was«, sagte Läuchli zufrieden, »gut gemacht Mauro.«

Der Angesprochene sagte zwar nichts, aber reagierte wie ein bulliger Hund, der vom Herrchen gelobt wurde, weil er brav das Balli apportiert hatte. Er hielt fortan – fast unmerklich – seinen Kopf etwas höher.

Martelli blickte zur Luke, die zweifelsfrei eine Art Eingang sein konnte. Dennoch bezweifelte er, dass hier der betagte Hungerbühler herausgekrochen sein soll, bevor er unten in der Senke zusammengebrochen war.

Als er seine Gedanken kundtat, blickte ihn Läuchli vieldeutig an. »Gut bemerkt, Herr Martelli, das hier ist ein Notlüftungsschacht. Sicher nicht der Sicherheitsausgang. Dennoch kommen wir hier vielleicht rein.«

Sogleich machten sich Specker und Giaco daran, die Luke zu öffnen. Es ging nicht lange, und sie entdeckten einen versteckten Mechanismus rechts von der Luke, der eine Art Schloss verbarg. Nun war es anscheinend an Specker, das richtige Werkzeug zu finden, um es zu öffnen.

»Specker kommt an keiner verschlossenen Tür vorbei, ohne sie zu öffnen«, raunte Läuchli Martelli zu. »Das wurde ihm auch schon zum Verhängnis. Ich kenne ihn jedoch schon sehr lange und weiß seine Qualitäten zu schätzen.«

»Man braucht im Alltag solche Individualisten und muss

immer wissen, wann man wen an der langen Leine führen kann und wann nicht …«

»Sie sagen es.«

Specker mühte sich ab, probierte mehrere vorgefertigte Schlüssel, die er bei sich trug. Er schwitzte. Dann begann er mit einem speziellen Metallbügel zu experimentieren, fluchte mal leise, dann hörbar.

»Das Schloss scheint sehr widerspenstig zu sein«, meinte Martelli flapsig.

»Ja, ist wie eine Frau, die Nein sagt, aber Ja meint.«

»Oh, Sie haben Erfahrungen diesbezüglich?«

Läuchli sagte nichts, sondern grinste, stoppte aber sofort, als er bemerkte, dass auch Frau Wängi zugehört hatte. Die beobachtete das ganze Treiben auf eine sehr distanzierte Weise, als würde sie sich gar nicht recht dafür interessieren.

Einige Minuten später ertönte ein metallisches ›Klong‹, und die Luke sprang einen Zentimeter weit auf. Sogleich machte sich Specker daran, sie aufzuwuchten, benötigte aber zusätzlich die Kraft seines Kollegen Giaco. Langsam, Grad um Grad, ließ sie sich öffnen. Läuchli schritt heran, hielt seine Nase in den Luftzug und schnupperte. »Riecht okay«, sagte er dann, »aber seid vorsichtig! Und geht nicht weiter rein, sondern sucht den Seitenausgang!«

Die beiden Männer stülpten sich Gasmasken übers Gesicht und schalteten ihre Taschenlampen ein. Grelle Lichtkegel züngelten in das schwarze Loch. Dann stiegen sie ab und wurden vom Dunkel verschluckt.

Minuten zerrannen, ehe Specker wieder erschien. Er flüsterte seinem Chef etwas zu, sodass dieser kurz die Stirn runzelte, aber nichts weiter als ein stimmloses ›Okay‹ antwortete.

Auf die fragenden Blicke der anderen hin meinte er dann: »Die beiden haben den Seiteneingang gefunden, der letzthin benutzt wurde. Er befindet sich keine 40 Meter neben der zubetonierten Einfahrt. Eine Art Bodenluke, die durch einen großen Stein aus Kunststoff getarnt worden ist und täuschend echt aussieht.«

Martelli warf Baldini einen vorwurfsvollen Blick zu.

»Machen Sie sich nichts draus«, sagte Läuchli versöhnlich, »dieser Art von Spielerei begegnen wir andauernd. Sie müssen wissen, noch in den 60er-Jahren des letzten Jahrhunderts war es für jeden Erbauer eine Ehrensache, mit solchen Tricks seine Kollegen zu trompieren. Da war nie die Angst gewesen, dass die Russen den Stollen finden könnten, denn die kannten ihn sowieso, sondern es war eine Art Wettbewerb unter den Erbauern, möglichst kreativ und verblüffend zu arbeiten. Ihr Herr Hungerbühler war sicher einer der Begabteren.«

Wenig später stand die ganze Gesellschaft rund um den ominösen Stein aus Kunstharz, der bemalt und künstlich bemoost zwischen echten Felsbrocken lag und selbst aus der Nähe von drei Zentimetern wie echt aussah. Dass sich dieser ganz einfach anheben ließ, wenn man wusste, wo man ansetzen musste, erstaunte die Anwesenden maßlos. Giaco drehte an einer versteckten Kurbel, und sogleich öffnete sich ein Schlund, der in die Tiefe führte. Auf einer leiterartigen Treppe konnte man bequem absteigen. Da unmittelbar neben dem Eingang das Bächlein vorbeifloss, welches man durchschreiten musste, blieben keine Fußspuren zurück.

»Raffinierter Kerl!«, attestierte Martelli.

Während Läuchli das Gewässer durchquerte, wandte er sich an die anderen: »Warten Sie hier!«, befahl er. »Meine Männer und ich checken zuerst ab, ob uns da unten etwas Unangenehmes erwartet!«

»Fürchten Sie einen Höllenhund?«, rief ihm Martelli

launig nach, aber Läuchli antwortete nicht, sondern warf ihm nur einen müden Blick zu.

Die Drei stiegen ab und verschwanden bald im Dunkeln. Da Martelli nicht recht wusste, was er mit Marlies Wängi plaudern sollte, verstrichen die Minuten nur zäh. Endlich tauchte der züngelnde Schein einer Taschenlampe auf. Specker kam wieder hoch. Alles sei gut, sagte er nur, sie könnten kommen.

Der Gang, dem sie folgten, führte etwa hundert Meter in den Berg hinein. Die Wände waren, wie Martelli im Schein seiner Taschenlampe sehen konnte, aus rohem Kalkstein gehauen, an einigen Stellen tropfte es. Je tiefer sie stießen, desto trockener und wärmer wurde es.

Es rieche leicht süßlich, befand Baldini, aber erstaunlicherweise nicht abgestanden, ganz so, als würde immer noch Frischluft hinzuströmen. Martelli war das zuerst gar nicht aufgefallen, aber es stimmte. Für eine geschlossene Kaverne roch es tatsächlich erstaunlich frisch.

Plötzlich ging Licht an, was die Eintretenden sehr erschreckte, weil sie es nicht erwartet hatten. Von Weitem rief Läuchli eine Erklärung durch den Stollen: »Es gibt Strom, wie Sie sehen! Giaco konnte das Aggregat starten. Läuft nach wie vor wie ein Ührchen!«

Im Licht der Neonröhren wirkte die Kaverne weit bedrohlicher. Wie eine verbotene Zone, die jedes Eindringen mit dem Tod bestrafte. Als läge eine Art Pharaonenfluch darüber. Einmal mehr wünschte sich Martelli, über weniger Fantasie zu verfügen. Dann traten sie in einen ersten größeren Raum, wo sie vom Stabschef empfangen wurden. Auf Holzpaletten waren mehrere Dutzend braune Fässer gelagert, die mit Militärblachen abgedeckt waren.

»Keine Angst«, beschwichtigte Läuchli, »es handelt sich

nur um harmlose Schmierfette, solange sie in den Fässern bleiben, stellen sie kein Problem dar. Anders sieht es mit den Überbleibseln aus der folgenden Halle aus. Wenn Sie mir folgen würden!«

Etwas zögerlich schritt die Gruppe hinter dem zackig vorangehenden Militär durch einen Gang, der sich verzweigte. Läuchli wählte den größeren Stollen zu seiner Linken. Unvermittelt traten sie in einen fabrikhallengroßen Raum. In ihm lagerten acht zigarrenartige Container, jeder mindestens zehn Meter lang. An deren Längsseite konnte man die vergilbte Schrift ›radioaktiv‹ ausmachen. Giaco war an einem der Behälter hochgeklettert und hantierte mit seinem Geigerzähler. Er hatte sich seine Gasmaske übergezogen, was die anderen als reine Vorsichtsmaßnahme taxierten, obschon die Geste, die er machte, nicht grad vertrauenseinflößend wirkte. Er zeigte mit dem Daumen nach unten.

»Was meint er?«, wollte Frau Wängi wissen.

»Es gibt zwei Möglichkeiten«, antwortete Läuchli cool, »entweder, es ist ›radioaktiv‹ oder, dann strahlt's!« Bevor die anderen zu diesem Statement ihren Kommentar abgeben konnten, war der Stabschef schon zu seinem Mitarbeiter geschritten. Der nahm die Maske ab, was die Wartenden etwas beruhigte, und diskutierte mit seinem Chef. Dann kam Läuchli zurück.

»Ist tatsächlich radioaktives Material im Zylinder. Allerdings dringt kaum Strahlung heraus. Könnte sich wirklich um abgewracktes Material aus der Versuchsanstalt Lucens handeln. Wir werden auch die anderen Behälter abchecken. Dann müssen andere Stellen entscheiden, was damit geschehen soll. So, wie's mir scheint, sind sie dicht. Mit anderen Worten«, damit richtete er sich an Wängi, »dürfte es das Beste sein, sie einstweilen hier zu lassen.«

»Und wo ist nun das Plutonium?«, fragte Baldini, der nicht ganz nachvollziehen konnte, was der Fund genau bedeutete.

»Mein guter Mann«, begann Läuchli etwas dozentenhaft, »das gesamte auf der Welt vorhandene Plutonium würde einen Würfel mit der Seitenlänge von 4,3 Metern ergeben. Würde man nur das Material aus zivilen Reaktoren aufschichten, ergäbe es einen Würfel in der Höhe von etwas über 2 Metern. Das bisschen, das bei Lucens entstanden ist, ist knapp so groß wie ein Stecknadelkopf. Sie sehen das Problem!«

Baldini machte das Gesicht eines kleinen Schuljungen. Auch Martelli schien zu grübeln.

In dem Moment ertönte die Stimme von Specker. »Chef, das sollten Sie sich ansehen!«

KAPITEL 48

»Du musst das nicht tun«, wiederholte Nico mit dem Hörer am Ohr, während Hanni die Tangentiale von Grenoble befuhr und die Abzweigung nach Valence herbeisehnte. »Oder warte wenigstens, bis wir eintreffen!«

»In etwa zweieinhalb bis drei Stunden sind wir bei dir!«, rief Hanni in Nicos Richtung und gab Gas.

»Ich kann nicht länger warten, hat mir Mario gesagt. Sie seien sehr unberechenbar«, Saras Stimme klang gefasst. »Er kann ja kaum gehen, also muss ich ihm helfen.«

»Nochmals, Sara!« Nico versuchte eine autoritäre Kraft in seine Stimme zu legen: »Mario bleibt ebenso hilflos, wenn du nicht gehst. Aber wenn du gehst, dann haben sie auch dich! Und wer weiß, wie lange sie dich dabehalten werden!«

»Irgendwann wird schon die Polizei kommen!«, meinte die junge Frau leicht trotzig. »Bis dahin halten wir es zu zweit besser aus.« Saras Stimme verstummte, dafür redete eine andere Stimme auf Französisch. Wenn es Nico richtig verstand, war das Taxi gekommen, das Sara zum Schloss fahren sollte.

»Also, ich sollte jetzt«, flüsterte sie ins Telefon.

»Du bist tapfer Sara«, sagte Nico zum Abschied mit einem Kloß im Hals. Dass nun Mario und sie in der Hand dieser Sekte waren, gefiel ihm gar nicht. Dennoch versuchte er ihr irgendwie Mut zu machen: »Vielleicht hast du wirklich recht: Zu zweit seid ihr besser gerüstet! Und keine Angst, ich werde sofort mit Jean-Jacques sprechen und ihm von deinem Entschluss berichten. Sicher wird die Zürcher Polizei in Kürze mit den französischen Kollegen Kontakt aufnehmen und das weitere Vorgehen koordinieren! Ihr müsst einfach Zeit gewinnen. Den Rest machen wir! Machs gut!«

*

Kurze Zeit später stieg Sara in das Taxi. Der Anweisung von Mario entsprechend nahm sie das Stativ mit. Dazu einen Rucksack mit weiteren Disketten, das Batterieladegerät und ein zweites Mikrofon. Sara blickte gedankenverloren aus dem Fenster. Die Gegend, die vorbeizog, leuchtete in einem frühsommerlichen Licht. Die eigentlich ockerfarbene Erde wirkte fast rötlich, die Wälder hatten dank der starken Regenfälle der letzten Wochen ihr winterliches Grau endgültig abgeworfen, überall spross frisches Grün. Sara öffnete das Fenster einen Spaltbreit, hielt ihr Gesicht in die frische Luft. Sie war erstaunlich warm, und nichts da draußen passte zu dem Gefühl, das ihr fast den Atem nahm, sie zu lähmen drohte. Wo sie hinblickte, war es schön, friedlich, frühlingshaft. Doch dort, wo sie hinfuhr, erwartete sie das Unberechenbare. Oder war am Ende alles nur ein böser Traum oder ein Missverständnis? Würde Mario vielleicht beim Schloss auf sie warten, ›April, April‹ schreien und mit ihr zusammen einen unbeschwerten Nachmittag in freier Natur verbringen?

*

Dann sah sie das Château. Mario stand nicht davor. Das Auto hielt. Sie zahlte und trat zum Portal des äußeren Hofes von Nôtreterre. Sie zog am Griff der simplen Klingel. Zu ihrem Erstaunen dauerte es nicht lang, bis sich ein Flügel der schweren Holztür einen Spaltbreit öffnete.

Wer sie sei und was sie wolle, fragte eine Stimme auf Französisch mit hörbar deutschem Einschlag.

Sie sei Sara Feldberg, antwortete sie auf Deutsch, die Freundin von Mario Ettlin und komme, um ihm bei den Dreharbeiten zu assistieren.

Ob sie allein sei, wollte die Stimme wissen.

»Natürlich, wer soll denn noch kommen?«, fragte Sara spitz zurück und tat möglichst selbstbewusst.

Bevor man sie zu Marios Zimmer führte, durchsuchte sie eine Frau am ganzen Körper nach Waffen. Dass sie bei dieser Gelegenheit auch Saras Handy entdeckte, welches sie in einer Innentasche ihrer Jacke zu verstecken versuchte, war fast logisch. Ihr Protest verhallte ungehört, als man es konfiszierte. Sodann inspizierte man auch den Rucksack und führte sie nach einigen Minuten über eine beeindruckende Treppe in den zweiten Stock.

Mario lag nach wie vor in seinem Bett. Als Sara in sein Zimmer eintrat, strahlten seine Augen, als wäre sie die rettende Kavallerie. Die Umarmung war viel zu kurz, um die Gefühle auszudrücken, die sie in diesem Moment empfanden, doch sie wirkte wie ein unausgesprochener Schwur, der versicherte, sich nie mehr alleine zu lassen. Als sich Sara wieder aus der Umklammerung gelöst hatte, bemerkte sie Tränen in seinen Augen, doch er riss sich zusammen, räusperte sich zur Ablenkung. Sie wollte irgendeinen lockeren Spruch machen, um die Situation zu entspannen, doch es fiel ihr keiner ein. Er lächelte trotzdem.

Dann kam MC zur Tür herein und begrüßte sie im Namen der Kinder Gaias. Etwas gar förmlich, wie Sara fand, zumal er freundlich lächelte, was ihn in ihren Augen doppelt verdächtig machte. Erst nach ein paar Minuten begriff sie, dass es sich bei diesem Typen noch nicht um den Guru handelte, weil er plötzlich verschwörerisch meinte, dass alles für das Interview mit dem Meister vorbereitet sei. Und da die Zeit dränge, würde er vorschlagen, umgehend zu beginnen.

»Also, Mario, was soll ich machen?«

»Ich zeigs dir«, sagte er sanft lächelnd, »hilf mir auf, bitte!«

»Wie geht es deinem Fuß?«

»Dank Schmerzmitteln und einer Kräutersalbe besser als befürchtet. Dennoch kann ich kaum stehen. Du wirst die Kamera bedienen müssen, und ich stell die Fragen.«

Wenige Augenblicke später stiegen sie die Treppe hinab. Mario stützte sich bei Sara ab und hüpfte auf dem linken Bein die Stufen herunter. Im Rittersaal angekommen, musste er sich zuerst setzen. Sein Herz raste, als hätte er eben einen Spurt absolviert. Der ganze Körper tat ihm weh, aber er wollte es nicht zeigen, biss auf die Zähne. Gleichzeitig spürte er eine Hitzewallung, als hätte er Fieber.

Sara blickte sich im Saal um und war erstaunt, in diesem in die Jahre gekommenen Gemäuer einen derart gepflegten Raum zu erblicken. Sie hatte das Gefühl, frische Farbe zu riechen. Zwei junge Männer, die feindselig in ihre Richtung schielten, waren gerade dabei, zwei Stühle so zu platzieren, dass sie im Licht zweier zusätzlich aufgebauter Scheinwerfer standen. Alles wirkte improvisiert, aber Mario konnte nicht viel machen.

Während Sara nach seinen Anweisungen die Kamera aufbaute, trat plötzlich TAG zur hinteren Tür herein. Er trug ein rockartiges, schwarzes Untergewand und darüber eine römisch anmutende Schärpe aus bordeauxrotem Stoff, dazu einen breiten Gürtel. Was auf den ersten Blick seltsam wirkte, erschien auf den zweiten Blick erstaunlich kleidsam. TAG erinnerte tatsächlich an einen Bürger aus der Antike.

»Freut mich dich kennenzulernen«, begrüßte der Meister die junge Frau und hielt ihr seine Hand hin. Sara griff danach und bemerkte, dass sie schweißnass war. »Willkommen auf Nôtreterre!«, fügte er an und versuchte den selbstbewussten Mann von Welt zu spielen, der es gewohnt war, vor einer Kamera zu sitzen und tiefsinnige Worte abzusondern. Sara wurde auf den ersten Blick nicht schlau aus ihm, spürte ein tiefsitzendes Gefühl, das sie zur Vorsicht mahnte. Diesem Mann konnte und wollte sie nicht trauen. Als sie im Stoff der Tunika ein Mikro angebracht hatte, konnte es losgehen. Mario hatte sich zuvorderst auf die Kante seines Stuhls gesetzt. Er spürte sein pulsierendes Bein und die Schmerzen im Fuß, dennoch gab er Sara ein Zeichen, mit der Aufnahme zu starten.

Das Interview begann mit Fragen über die Entstehung der Kinder Gaias, und TAG schilderte, wie er im Gefängnis zu seiner Erleuchtung gekommen war. Dann kam er auf die Bacchanalien zu sprechen und erklärte vollmundig, was dort gefeiert wurde und wie sehr Gaia, als Mutter Erde, es schätzte, wenn man ihrer gedachte. Mario spürte, dass er nun die Schlagzahl ändern musste, um näher an die Persönlichkeit des Gurus heranzukommen.

»Ist es wahr, dass Sie Schweizer Wurzeln haben?«

Der Meister blickte ihn erstaunt an, da ging bereits MC dazwischen. Sie hätten doch abgemacht, rief er von der Seite erbost dazwischen, dass ausschließlich über die Bewegung und die anstehenden Feierlichkeiten gesprochen werde. Doch der Meister, der sich in seiner Rolle des Befragten langsam gefunden hatte, machte ihm ein Zeichen und antwortete in ruhigem Ton:

»Ich bin in Deutschland aufgewachsen. Bei meiner Mutter in Saarbrücken, später ging ich nach Amerika, was du wissen müsstest, wenn du dich ein wenig vorbereitet hättest.«

»Das habe ich durchaus«, sagte Mario vorsichtig, »deshalb habe ich ja auch gestutzt, als ich herausgefunden habe, dass Ihr Vater Physiker bei der atomaren Versuchsanstalt in Lucens war.«

TAG blickte ihn an, als käme er von einem anderen Planeten. Weil er nichts sagte, trat MC mitten in die Szenerie hinein. Er stand angeschnitten in Saras Bild. Sie zoomte reflexartig auf, sodass wenigstens der Kopf des Mannes zu sehen war. »Pass auf!«, schrie MC, »du fragst hier nicht weiter! Ist das klar? Sonst mach ich mit dir kurzen Prozess, verstanden?«

»Lass gut sein«, antwortete TAG wie aus der Ferne, aber seine Stimme war präsent: »Es ist Zeit, alles in die Waagschale zu werfen! Von nichts kommt nichts!«

MC trat verärgert zurück, und Sara fokussierte den sichtlich mit Worten ringenden Sektenführer:

»Ja, mein Vater war Quantenphysiker im Versuchsreaktor Lucens. Er war nicht nur verantwortlich für die Sicherheit, sondern auch mit Haut und Haar ein Verfechter der Kernenergie. Männer wie er glaubten und glauben heute noch, sie könnten ungestraft die Erde ausplündern, ihre riskanten und hirnrissigen Experimente im Schoss der großen Mutter ausführen und straflos davonkommen! Aber sie haben sich geirrt und werden sich auch weiterhin irren, wenn sie meinen, dass man derartige Freveltaten vertuschen könnte! Mindestens in der Nachbetrachtung werden sie dann nicht mehr wie Helden dastehen, sondern wie die größten Verbrecher! Einstein, Heisenberg und letztlich auch mein Vater sind mindestens so kriminell wie die großen Menschenschlächter und Despoten ihrer Zeit, denn sie haben die Büchse der Pandora geöffnet, ohne Ahnung, was sie damit auslösten. Und da spreche ich noch nicht mal von den Folgen, wie die radioaktiven Abfälle!«

»War es für Sie sehr schwer, ohne Vater aufzuwachsen?«

»Nur so lange, bis ich begriffen habe, was für ein Mensch er gewesen war!«

»Gut, er war Physiker, aber deswegen war er ja nicht automatisch ein schlechter Mensch …«, wagte Mario einzuwerfen.

TAG blickte den Journalisten angriffig an. »Jeden verdammten Tag muss ich arbeiten, um die schädlichen Auswirkungen dieser verantwortungslosen Wissenschaftler abzufedern, dass ich wünschte, sie wären nie auf diesem Planeten erschienen! Die Menschheit wird nicht an Kriegen oder außerirdischen Invasionen zugrunde gehen, sondern in einem höllischen Strahlenmeer ertrinken und verrecken! Ganz hausgemacht. Schleichend! Unsere Erbmasse wird sich peu à peu verändern, derangieren, auflösen. Und nicht, weil das die direkte Folge eines unumkehrbaren Prozesses wäre, sondern weil es schlicht der Großen Mutter lästig wird! Mit anderen Worten wird die Natur zurückschlagen, so, wie man eine lästige Mücke nach dem dritten, juckenden Stich erbarmungslos erschlägt und sie im eigenen Blut an die Wand schmiert!«

»Wollen Sie damit sagen, dass die Natur genug von uns Menschen hat?«

»Oh ja! Definitiv. Es ist ein Leichtes für Gaia einige Vorkehrungen zu treffen, dass innerhalb von wenigen Jahren eine Population auf diesem Planeten verschwindet.«

»Sie glauben also, dass eine wie auch immer geartete Bewusstheit das Wohl der Erde steuert, als wäre sie ein vernunftbegabtes Wesen?«

»Junger Mann, ist es denn so schwer zu verstehen, dass Gaia, als Sammelbegriff aller Bestrebungen des Lebens, Mechanismen besitzt, sich selber weiterzuentwickeln bzw. schwache oder kranke Teile zu eliminieren? Die Götter sind in dieser vielleicht kindlich anmutenden Ausformung nur eine Energieform, die das zuvor Bestimmte in die Tat umsetzt. Dass der Mensch der Antike hiervon mehr verstand als wir vermeintlich so gebildeten, wissenschaftlich-aufgeklärten Geschöpfe der Neuzeit, das ist nur eine dieser Ironien des Schicksals!«

»Sie nennen sich selber TAG, was genau bedeutet diese Abkürzung?«

»TAG ist meine Art, um die Verbundenheit mit Gaia anzuzeigen. Ich bin ein Zeichen, ein Pseudonym und damit ihr Kanal, um ihre Botschaften zu verkünden, aber auch Sprachrohr, welches ihre unumstößlichen Wahrheiten verkündet.«

Mario blieb hartnäckig: »Aber wofür steht TAG genau?«

»TAG steht für True Agent of Gaia. Ich bin ihr wahrer Agent und ihr uneingeschränkter Diener. Als inkarnierter Sohn des Dionysos versuche ich die Arbeit der Großen Mutter fortzuführen, die vor Jahrtausenden begonnen wurde! Dionysos war ja beileibe nicht nur der Gott des Rausches, der Ekstase und des Weins, wie man ihn nach wie vor simplifiziert umschreibt. Sondern er war – und ist – auch der Träger des Gleichgewichts zwischen Realität und Wahn, der Vermittler zwischen den kreativen und zerstörerischen Kräften. Wir spüren ihn alle in uns, erkennen ihn in unserer kriegerischen oder aggressiven Handlung und gleichzeitig in unserer erschaffenden, fröhlichen, geselligen. Als sein Nachfolger ist es an mir, den zuhörenden Menschen die Botschaft weiterzugeben, wie sie sich auf den sicheren Untergang vorbereiten oder gottgefällig leben können!«

Marios fragendes Gesicht schien den Meister zu provozieren. Einem solch sturen Geist war er schon lange nicht mehr begegnet. Deshalb wurde seine Stimme beschwörender und brauste an wichtigen Stellen auf:

»Gaia sieht sehr wohl, wer sich für oder gegen die Schöpfung entschieden hat, und sie wird uns dementsprechend richten. Doch das hat nichts mit dem Tod oder der Vorstellung des Jüngsten Gerichts in christlicher Weise zu tun! Weit gefehlt. Es sind die ewigen Energien, die uns alle durchfließen und gleichsam den Treibstoff unserer Seelen bilden. Dahin gehend hatten die Quantenphysiker trotz ihrer Beschränktheit im Denken tatsächlich einen Treffer gelandet, als sie herausfanden, dass Energien nie verloren gehen! Ja, das ist richtig! Aber Energie ist nicht gleich Energie! Und wer lebensfeindliche Ströme nährt, wird für alle Zeiten auf Gaias Watchlist stehen!«

»Und würde Gaia«, Mario kam sich einen Moment lang etwas merkwürdig vor, als er ihren Namen aussprach, als wäre sie existent, »würde Gaia nochmals von ihrem Plan abrücken, die Menschheit auszulöschen, wenn sie sich nachhaltig veränderte?«

TAG blickte den Journalisten durchdringend an: »Es ist schon verdammt spät dafür. Aber ich versuche alles. Wir haben vielleicht noch zwei bis drei Generationen Zeit, dann ist das letzte Korn in unserer Sanduhr herabgefallen. Du kannst dir nicht vorstellen, welche Kräfte gegen uns arbeiten. Schon allein die Rachegelüste des Meergottes reichten aus, uns alle in den Abgrund zu schicken. Und wie man an der Häufung von Tsunamis und an der Heftigkeit der Unwetter erkennen kann, hat er bereits mit seiner Antwort auf unsere Freveltaten begonnen!«

»Gut, aber Orkane und Erdbeben, die Tsunamis auslösten, gab es ja schon immer!«

»Ereignisse, die uns nichts angingen, können wir tatsächlich ignorieren. Aber solche, die klar auf uns zielen nicht: Und dazu gehören die Erdbeben im Pazifik, die Tsunamis im Indischen Ozean und die Wirbelstürme im Atlantik. Alle mit verheerenden Folgen, die nicht zufällig so heftig ausfallen! Dahinter steckt die Dynamik des Meergottes!«

In Mario herrschte ebenfalls Seegang. Was dieser Guru

ihm auftischte, war Schwachsinn. Dennoch konnte er ihm nicht richtig Paroli bieten, weil wieder heftige Schmerzen in sein Bein geschossen waren. Plötzlich und unausweichlich. Egal, wie er seinen Fuß hielt. Er spürte eine lähmende Müdigkeit in seinen Gliedern, am liebsten hätte er sich einfach hingelegt und die Augen geschlossen. Er hatte wohl Fieber, wie er sich selber diagnostizierte. Dennoch riss er sich so gut es ging zusammen, wollte das Interview zu Ende führen. Er musste sich konzentrieren, verdammt.

Was hatte dieser Guru eben gesagt? Der Meergott strafe die frevelnde Menschheit? Was für ein Unsinn? Und wieso kommen diese selbst ernannten Weltenretter stets mit diesem albernen, esoterischen Überbau? Dass die Natur am Menschen keine Freude mehr haben würde, war keine neue Erkenntnis, das proklamierten schon die Aussteiger aus früheren Jahrhunderten. Aus diesem Grund bäumte sich in seinem Innern eine klare Stimme auf, die sich gegen das Gesagte, gegen diese einlullende Doktrin, vehement sträubte. So kampflos konnte er das nicht stehen lassen!

»Wenn Gaia und das ganze Pantheon der Götter so allmächtig sind, wieso lassen sie es dann zu, dass die Menschheit alles in den Abgrund stößt? Müssten sie nicht vielmehr darum besorgt sein, dass die Entwicklung einer von ihnen in die Welt gesetzten Art auch nachhaltig ist? Oder ihr eine Chance geben, es zu erlernen? Nur das wäre doch göttlich! Nachdem das nicht der Fall ist, scheint mir dieser Götterkult alles andere als nachvollziehbar und widerspricht sich damit selber!«

TAG blickte Mario regungslos an, als versuchte er tief in dessen Innerem zu graben, ihn zu hypnotisieren. Als er merkte, dass er damit nichts erreichte, setzte er ein überhebliches Grinsen auf. Er spielte den Erhabenen und atmete demonstrativ langsam aus, dann suchte er den Blickkontakt mit MC und machte eine Geste, die das Nachfolgende unterstützte:

»Du siehst, der Junge da checkt nichts. Jene, die keine Ahnung von den wahren Zusammenhängen haben, werden nie und nimmer die Gnade erhalten, von Gaia gerettet zu werden! Schade für ihn.«

Nun grinste auch MC. Augenscheinlich fand er *his masters voice* sehr nachvollziehbar. Und einmal mehr erfüllte sich ein Orakel des Meisters. Es werde ein Mann vom Himmel fallen und Fragen stellen, aber nichts wirklich verstehen. Wahrlich, das war eingetroffen. Und hatte TAG nicht von einem engstirnigen Typen gesprochen? Auch damit hatte er recht.

Doch Mario ließ sich nicht beirren. Auf Schweizerdeutsch setzte er zu seinem letzten verbalen Schlag an, ehe er sich mit schmerzverzerrtem Gesicht in den Stuhl zurückfallen ließ:

»Das verhebet nöd, Hans Lobsinger. Nur Glünggis glaubet jede Schiisdräck!«

TAG kochte vor Wut. Er verstand sehr wohl, was der Journalist gesagt hatte, doch er wollte es nicht zeigen, mimte den Unantastbaren. Er stand auf, marschierte zu MC und raunte ihm im Vorbeigehen zu. »Wir verschwenden unsere Zeit. Den Typen lassen wir hier, das Mädchen nehmen wir mit. Ich will mir nicht auch noch die Bacchanalien verderben lassen!«

»Ja, du hast recht. Wir sollten gehen.«

Beide verließen den Saal und würdigten Mario keines Blickes mehr.

»Was war das denn?«, fragte Sara mit einem Stirnrunzeln, ehe sie bemerkte, dass Mario erschöpft seine Augen geschlossen hatte. Er war kreideweiß im Gesicht mit glühenden Wangen, dennoch umspielte ein Lächeln seinen Mund: »Ich habe wohl den wunden Punkt getroffen«, meinte er flüsternd.

»Wie geht es deinem Fuß?«

Mario antwortete nicht.

Sie kniete sich zu ihm hin, legte ihre Hand auf seine Stirn.

»Jesses, du glühst ja! Du brauchst einen Arzt, und zwar sofort!«

Sara stand auf und ging zur Tür. Dass niemand mehr da war, erstaunte sie. Wo waren diese Typen hingegangen und was passierte jetzt, fragte sie sich. Sie trat ins Treppenhaus und schritt die blassen Steinstufen hinab.

»Hallo? Ist da wer?«

Als sie im Parterre anlangte, kam MC mit einem Rucksack aus einem Zimmer heraus, gefolgt von den beiden Jüngern, die sie schon im Saal abschätzig gemustert hatten. Er wirkte nun sehr distanziert, fuchtelte mit einem Revolver vor ihrem Gesicht herum.

»Wir gehen, und du kommst mit. Allein! Der Meister will, dass du weiterhin filmst!«

Sara nahm ihren Mut zusammen: »Hören Sie, meinem Freund geht es schlecht. Ich bin sicher, dass er Fieber hat! Das würde bedeuten, dass sein Bein gebrochen ist. Er braucht dringend einen Arzt.«

»Dafür haben wir keine Zeit. Wir lassen ihn hier.«

»Nein, das geht nicht! Sie rufen jetzt einen Krankenwagen, er muss in ein Spital! Als Gegenleistung komme ich als Geisel zu diesem dionysischen Umzug mit und werde filmen, wie Sie es wünschen!«

In MCs Augen las sie ein Gemisch aus Skepsis und Respekt. Langsam senkte er seine Waffe, steckte sie wieder in seinen Rucksack: »Okay, bring ihn vor die Tür, ich lass eine Ambulanz kommen, dann fahren wir.«

»Wohin?«, fragte Sara keck und verschränkte ihre Arme, als würde sie zeigen wollen, dass man mit ihr nicht alles machen konnte.

»Ein geheimer Ort«, schmunzelte MC, der ihre Körpersprache durchschaute, aber sie dadurch noch attraktiver fand. Und während er sich zum Gehen abwandte, gab er den beiden Männern die Anweisung dafür zu sorgen, dass Sara in fünf Minuten bei den Autos sei.

Sie eilte die Treppe hinauf. Einerseits erleichtert, dass Mario gehen durfte, auf der anderen Seite besorgt, was auf sie zukäme. Und während die beiden Wachen aus der Ferne zusahen, beugte sie sich über ihn. Mario blickte sie an, als käme sie vom Mond: »Du darfst gehen. Sie werden einen Krankenwagen rufen, und du wirst behandelt!«

»Und du?«

»Mach dir um mich keine Sorge«, flüsterte sie. »Ich bleibe und filme weiter, wie abgemacht. Wenn ich kann, fliehe ich. Scheinbar feiern sie nicht hier, sondern an einem geheimen Ort. Du musst so schnell wie möglich Nico und Hanni benachrichtigen, damit sie mit diesem Trümpi Kontakt aufnehmen!«

»Wieso Nico und Hanni?«

»Sie müssten jeden Moment hier unten ankommen!«

»Oh«, antwortete Mario und versank in sich selber. Sein Bein war ein schmerzender Feuerstrahl, die Kraft, die noch vor Kurzem seinem jungen Körper innewohnte, war verpufft. Als kratzte er seine letzten Reserven an, öffnete er seine Augen: »Nimm die Disc aus der Kamera und schieb sie mir unter den Gürtel.«

»Weiß nicht, ob das so eine gute Idee ist«, antwortete sie skeptisch und schielte in Richtung Türe, wo die beiden Männer standen.

»Dieses Interview werden sie niemals tolerieren und deshalb alles löschen. Glaub mir!«

Sie verstaute die Kamera in der Tasche und holte so beiläufig wie möglich die Datenscheibe aus dem Schacht. Danach half sie Mario auf und steckte ihm die Disc in die Hosentasche. »Wir sollten gehen. Bis vor das Eingangsportal musst du es noch schaffen. Okay?«

Mario zitterte und torkelte, aber machte einige Schritte. Nun wurde es Sara zu bunt. Zuerst auf Deutsch, dann auf Französisch zischte sie in Richtung der beiden Jünger, dass sie gefälligst helfen sollten.

Widerwillig kamen sie näher und stützten Mario. Der zapfte angesichts der nahenden Rettung seine letzten Reserven an. Mühsam humpelte er zur Treppe, quälte sich dann Stufe um Stufe hinab. Zu Saras Überraschung hatte irgendwer einen alten Leiterwagen in die Tür gestellt, auf den sich Mario setzen konnte.

Sara zog ihn wie ein Kind zum Hauptportal und hatte Mühe, den Wagen über die holprigen Pflastersteine zu bewegen, aber die beiden Gaianer machten keine Anstalten zu helfen. Immer wieder blieben die hölzernen Räder hängen. MC stand ungeduldig wartend neben seinem Auto. Hinter ihm hatten sich die anderen Sektenmitglieder eingefunden und beäugten das Schauspiel mit feindseligem Blick. Sara spürte eine Wut aufsteigen und riss an der Deichsel. Der Wagen holperte über die Steinquader, Mario stöhnte.

»Haben Sie die Ambulanz gerufen?«, rief Sara in Richtung von MC, der ein paar Schritte entgegenkam.

»Wird in ein paar Minuten da sein.«

Mario war nur noch ein Häufchen Elend. Die Distanz vom Rittersaal hierher war für ihn wie eine Expedition ans Ende der Welt gewesen. Seine Augen lagen tief in den Höhlen, als sie ihm einen Abschiedskuss gab.

»Sei vorsichtig!«, hauchte er.

Sie nickte und stieg wortlos in den weißen Renault. MC gab sofort Gas und die anderen Autos folgten ihm. Mario versuchte sich wenigstens eine Nummer einzuprägen, doch es drehte sich alles in ihm. Er kam sich vor wie in einer Waschmaschine beim Spülgang, dann tauchte er weg.

KAPITEL 49

Elmar Specker, Läuchlis Mitarbeiter, der aussah, als hätte er früher Banken ausgeraubt, war eben aus dem Zwischenstollen in die Halle zurückgekommen. Er wirkte leicht verstört: »Chef, das sollten Sie sich ansehen. Ich habe in einem Seitengang weitere Fässer entdeckt. In einem schwimmt, wenn ich es richtig sehe, eine Leiche.«

Sofort sprang auch bei den Beamten ein professionelles Interesse an. Hatten sich Baldini und Zuppinger eher im Hintergrund gehalten, waren sie nun die Ersten, die hinter Specker herstapften und ihm in den Seitengang folgten. Nach wenigen Metern gelangten sie in eine weitere Halle, die etwas kleiner war, als die vorherigen. Zu ihrer Überraschung fanden sie ein Labor vor. Zwar wirkte alles altertümlich und glich entfernt einem unterirdischen Militärspital aus der Zeit des Kalten Krieges, dennoch gab es auch hier moderne Einrichtungsgegenstände, unter anderem einen Kühlschrank mit Glasfront und eine Tiefkühltruhe. Am Rande des Labors befand sich eine Zentrifuge und daneben eine Maschine, bei der man nicht genau durchschaute, wofür sie dienlich war. Sie wirkte aber dank ihren vielen Knöpfen, Lämpchen und verbundenen Kabeln ziemlich eindrücklich.

Als Martelli zum Stabschef trat, raunte der ihm mit einem Grinsen zu: »Da, wusst' ich's doch, die Maschine mit dem Ping*!«

Martelli lachte auf, was die anderen Anwesenden, die Läuchlis Satz nicht mitbekommen hatten, sichtlich erstaunte.

Dann gingen sie zu Specker, der beim ersten von acht Fässern stand, die am gegenüberliegenden Ende der Halle abgestellt waren. Als sie näher traten, hob er den Deckel des ersten Gebindes weg und leuchtete mit einer Taschenlampe hinein. Was sie sahen, ließ allen den Atem gefrieren. Frau Wängi, die Nachrichtendienstlerin, schrie gar kurz, aber heftig auf. Sie fasste sich aber bald wieder und trat ebenso näher wie die anderen. Man sah die deutlichen Umrisse eines Kopfes, der zu einem Körper gehörte, der wie eine ägyptische Mumie in einer durchsichtigen Flüssigkeit hockte.

»Makaber«, meinte Läuchli, »sind die anderen Fässer auch bewohnt?«

Sein Mitarbeiter ging zum nächsten Gebinde und entrie-

---

* Die Maschine mit dem Ping kommt in Monty Pythons Film »The Meaning of Life« vor und war einzig deshalb aufgestellt worden, um den Kreißsaal für Besucher repräsentativer zu machen. Sie verfügte über keine erkennbare Funktion.

gelte den Klappverschluss des Deckels. Wieder züngelte er mit der Funzel kurz hinein, ehe er etwas erleichtert herüberblickte. Nach und nach öffnete er alle Behälter – sie waren leer.

Läuchli fand als Erster zu Worten. »Vielleicht gehört diese Leiche zu einem der vielen mysteriösen Fälle, welche man in den letzten Jahren nicht lösen konnte.«

»Da wäre ich nicht so sicher«, widersprach Baldini, der sich den Deckel genauer ansah und dann in Richtung seines Chefs anfügte: »Möglicherweise steckt da kein Verbrechen im engeren Sinne dahinter, sondern der war freiwillig da.«

»Wie kommen Sie denn da drauf?«, fragte eine sichtlich geschaffte Marlies Wängi.

»Ich will den Untersuchungen nicht vorgreifen«, erklärte der Polizist, »aber auf diesem Fass steht eine Art Zahlencode. Wie wir wissen, war Hungerbühler als Freimaurer ein Freund solcher Spielereien.«

»Was steht denn dort?«, fragte Martelli, während Baldini den Deckel auf den großen Arbeitstisch inmitten des Labors legte.

»I-12-10-01«, las er vor.

»Na, so schwierig ist das nun auch wieder nicht«, rief Martelli wichtigtuerisch. Für ihn und seine Leute schloss sich eine weitere Indizienkette. Aus Höflichkeit fasste er für die anderen Anwesenden seinen Wissensstand zusammen: »In Hungerbühlers Aufzeichnungen haben wir zwei Dutzend sogenannte Patienten gefunden, die sich behandeln ließen, aber nur mit Kürzeln bezeichnet wurden. Eines der häufigsten war das I, dessen Körper wir hier wohl gefunden haben und dessen Todesdatum der 12. Oktober 2001 war. Mit anderen Worten haben wir die physische Entsprechung zu den Symptomen Leberkrebs, Hautkrebs und Gleichgewichtsstörungen gefunden!«

»Und haben Sie auch schon einen Hinweis, um wen es sich da handeln könnte?«

»Ja, es dürfte sich um einen ehemaligen Mitarbeiter von Hungerbühler handeln, der ebenfalls bei den Aufräumarbeiten in Lucens mitgearbeitet hat. Natürlich müssen wir das jetzt noch verifizieren.«

Und während er Zuppinger den Auftrag gab, die Leute der Spurensicherung und die Gerichtsmediziner aufzubieten, machte sich Baldini daran, das Labor zu untersuchen.

»Moment«, fuhr der Stabschef dazwischen, »ich würde Ihnen raten, vorsichtig zu sein. In dieser Küche wurde bis vor Kurzem rege gearbeitet und sicher nicht mit Backpulver und Vanillezucker.«

»Wir gehen sorgfältig vor«, beschwichtigte Martelli, der sich nicht erklären konnte, wie Hungerbühler in diesem abgelegenen Labor tätig gewesen sein soll.

In dem Moment fuhr Giaco auf einem Elektroscooter zur Halle rein: »Habe dieses Gefährt einige Meter von hier, am Beginn eines Fluchtganges, gefunden. Die Batterie funktioniert einwandfrei.«

»Was meinen Sie, Martelli«, wandte sich Läuchli an den Polizisten, »könnte Hungerbühler damit gefahren sein? Und wenn ja: von wo nach wo?«

»Mich würde es nicht wundern«, sagte Martelli bestimmt, »wenn dieser Gang bis zu Hungerbühlers unterirdischem Bunker in Niederwenigen führen würde. Die Frage ist freilich, wie er den Eingang getarnt hat, denn wir haben nichts gefunden und alles auseinandergenommen!«

»Ja, Hungerbühler war in vielerlei Hinsicht ein bemerkenswerter Mensch. Fast schade, dass ich ihn nicht persönlich kennengelernt habe.«

Mittlerweile hatte sich Baldini Einweghandschuhe übergestülpt und begonnen, den Kühlschrank, die Tiefkühltruhe, alle möglichen Kästchen, Schubladen und Gestelle zu durchsuchen.

Martelli tat es ihm gleich und wollte bei einem metallenen Aktenschrank die Schubladen öffnen. Sie waren verschlossen. »Hätte ich mir denken können«, meinte er mehr zu sich.

»Darf ich mal?«, fragte Specker zuvorkommend. Ein Schloss, das sich nicht öffnen ließ, gab es für ihn nicht. Gerne ließ ihm der Kriminalist den Vortritt und beobachtete mit Interesse, wie schnell es ging, abgeschlossene Schubladen zugänglich zu machen.

Im Aktenschrank befanden sich verschiedene Unterlagen, unter anderem die Krankenakten einiger Personen, die sich mit den Kürzeln aus Hungerbühlers Aufzeichnungen deckten. Somit war es praktisch bewiesen, dass der Tote niemand anderes als Ileas Pelides sein konnte.

»Wieso beerdigte ihn Hungerbühler nicht?«, fragte sich der Kriminalist und stellte sich die Familie vor, wie sie reagieren würde, wenn sie erfuhr, dass sich ihr Ehemann bzw. Vater über ein Jahrzehnt lang in einem mit Formaldehyd gefüllten Fass befunden hatte.

In der Zwischenzeit war auch Zuppinger wieder zurückgekommen und knöpfte sich den zentral im Raum stehenden Arbeitstisch mit seinem seitlichen Korpus vor, dessen Schubladen weder über Griffe noch Schlösser verfügten. Der Beamte brauchte einen Moment, bis er durchschaute, dass er kräftig dagegen drücken musste, um sie zu öffnen. Zu seiner Überraschung stieß er in der obersten auf einen nicht mehr ganz neuen Laptop, der mit einem USB-Kabel verbunden war. Er hob ihn auf den Tisch und drückte auf den Startbutton.

»Soweit zur Meinung des Sohnes, dass Vater Hungerbühler nichts von Computern verstand«, kommentierte Baldini den Fund.

Nach rund 30 Sekunden präsentierte der Rechner ein erstaunliches Bild. Es bestand aus vier rechteckigen Fotos, die von Überwachungskameras stammten.

»Jetzt schlägts dreizehn!«, meinte Zuppinger unvermittelt, »hier sind irgendwo Überwachungskameras installiert. Eine müsste da sein!« Der Polizist ging zur hinteren Ecke des Labors und blickte in die Höhe. »Da oben ist sie, gut versteckt!«

»Aber wieso brauchte Hungerbühler Überwachungskameras? Hier kommt wohl niemand unerlaubt vorbei!«, meinte Wängi verwundert.

»Vielleicht war sie nicht für Eindringlinge gedacht«, antwortete Läuchli, »sondern zur Überwachung von ablaufenden Prozessen!«

»Genau«, fuhr Martelli fort, »dann musste er weniger häufig hierherkommen und wusste trotzdem, was ablief.«

»Das würde auch erklären«, meinte der Stabschef weiter, »warum drei der vier Bilder nur Detailausschnitte zeigen. Zum einen die Maschine mit dem Ping, dann der Arbeitstisch und die Zentrifuge.«

»Die Frage ist somit, ob dieser Computer nur Live-Bilder zeigt oder ob er sie auch abgespeichert hat?« Martelli brachte auf den Punkt, was alle dachten: Wäre Letzteres der Fall, dann würden sie eine Art Zeitmaschine besitzen.

Baldini hatte sich bereits vor den Laptop gesetzt und tippte auf der Tastatur herum. Martelli, Läuchli und die nunmehr interessiert wirkende Nachrichtendienstlerin blickten ihm über die Schultern. Und in der Tat schaffte es Baldini schon bald, das vierte Bild anzuwählen und aufzublasen.

»Der Compi hat es aufgezeichnet!«, rief der Beamte begeistert. »Es lässt sich zurückspulen!« Am oberen Rand des Bildes war eine Zeitangabe mit Datum erschienen.

»Du musst bis zur Nacht vom 16.3. spulen!«, rief Martelli aufgeregt und merkte sogleich den fragenden Blick seines Mitarbeiters. »Was du nicht sagst«, antwortete Baldini spitz und fuhr gleich selber weiter: »Offenbar filmen die Kameras nur, wenn sich etwas bewegt, sonst gibt es nur alle paar Stunden ein Standbild. Raffiniert. Hoppla!«

Kurz flitzten zwei Gestalten vorbei.

»Halt an!«, rief Martelli nervös.

»Versuch ich ja«, gab Baldini zurück, doch es dauerte eine Weile, bis das Programm stoppte. Es war nun Mittwoch, der 15.3. Soeben fuhr Hungerbühler auf dem Elektroscooter zu seinem Labor. Er betrat es, streifte sich einen Overall über und begann zu arbeiten. Aus dem Kühlschrank holte er eine Flasche mit einer transparenten Flüssigkeit sowie weitere Chemikalien und mischte die Ingredienzien sorgfältig zusammen. Danach zog er sich Handschuhe an und stülpte sich eine Atemschutzmaske über das Gesicht. Er öffnete eine Vitrine und entnahm ihr einen silbern schimmernden Behälter, der wie eine Thermosflasche aussah.

»Da wird wohl kein Kaffee drin sein«, meinte Läuchli trocken. Tatsächlich öffnete Hungerbühler das Gefäß bedächtig, fuhr mit einem spitzen Gegenstand hinein und holte nur wenige Gramm eines Pulvers hervor. Er wog es ab, gab fast die Hälfte wieder in die Flasche zurück und vermengte das verbleibende Pulver mit der Flüssigkeit.

»Ist das Plutonium?«, fragte Martelli.

»Kaum«, antwortete Läuchli. »Das sieht mir eher nach Natururan aus. Die Erze kann man ganz gut pulverisieren, so lassen sie sich recht einfach verwenden.«

»Aber was macht er da?«

Da keiner eine Antwort gab, beobachteten alle, wie Hungerbühler die Tinktur auf insgesamt sieben kleinere Behälter verteilte und dann mit einer Flüssigkeit, die wie Wasser aussah, auffüllte. Sodann schloss er die Behälter und schüttelte sie kräftig. Kurze Zeit später brach das Bild ab und das Datum wechselte auf den Mittwoch.

»Ah, jetzt kommen wir der Sache näher«, prophezeite Baldini.

Wie aus heiterem Himmel sprang das Bild um 23.15 Uhr wieder an. Wieder erschien Hungerbühler, doch diesmal war er nicht allein. Ein großer, übergewichtiger Mann mit einem wuscheligen Haarkranz und buschigen Augenbrauen betrat mit ihm das Labor. Sie redeten.

»Das ist wohl dieser Lofzinger. Schade, hat dieses Überwachungssystem keinen Ton!«, bilanzierte der Polizist die Gefühlslage aller. Hungerbühler trat zu seinem Arbeitstisch und zeigte Lofzinger die abgefüllten Flaschen. Er öffnete eine, nahm eine daneben liegende Spritze und zog sie mit der Substanz auf. Der Sektenführer beobachtete alles von der Ferne aus und schien alles andere als scharf darauf zu sein, ihr zu nahe zu kommen. Hungerbühler fuhr mit seinen Ausführungen fort und griff nach einer danebenstehenden PET-Flasche, durchstach deren Boden mit der Spritze und injizierte einige Milliliter. Der andere verfolgte den Vorgang interessiert, blieb aber auf Distanz. Das schien Hungerbühler lustig zu finden. Jedenfalls ging der Alte auf ihn zu und fuchtelte mit der Spritze vor seinem Gesicht herum.

Lofzinger reagierte genervt, und es entspann sich ein Disput.

»Sie scheinen nicht grad freundschaftlich miteinander zu sprechen!«, ergänzte Martelli seine Eindrücke.

»Ja, sie streiten. Offenbar ist Hungerbühler über die Äußerungen des anderen überrascht und reagiert gereizt.«

Hungerbühler schien sich tatsächlich in Rage zu reden, er gestikulierte wild. Gleichzeitig packte der Guru die sieben Behälter in eine mitgebrachte Tasche, was Hungerbühler plötzlich verhindern wollte. Er entriss sie ihm wieder, was der andere nicht zuließ. So wogte das Geschehen hin und her, bis sich plötzlich Lofzingers Gesichtsausdruck abrupt änderte. Als wäre er ferngesteuert, ging er auf den Alten zu und riss ihm wütend die Spritze aus der Hand. Das folgende Handgemenge endete, wie es Martelli erwartete: Der Guru jagte die Spritze mit voller Wucht in den Hals des alten Mannes. Den Bruchteil einer Sekunde blickten sich beide verwundert an, dann warf der Meister die Spritze in die Ecke, griff nach seiner Tasche und verließ eilig das Labor.

Hungerbühler wirkte einen Moment lang wie paralysiert, ging dann zum Mantel, der an einem Haken hing, schlüpfte hinein und wickelte sich leicht fahrig den Schal um den Hals, als müsste er sich gegen einen Schneesturm wappnen. Als er damit fertig war, taumelte er wie betrunken aus dem Bildausschnitt der Kamera.

»Den Rest kennen wir«, kommentierte Martelli, »er kam bis vor das Portal, schaffte es sogar noch, die Kaverne wieder zu schließen und verstarb in der Senke, die früher eine Mülldeponie war.«

»Sicher kein schöner Tod«, fand Frau Wängi und zeigte zum ersten Mal eine Regung des Bedauerns in ihrem Gesicht.

KAPITEL 50

Der Konvoi der Kinder Gaias bestand aus fünf Fahrzeugen. Der Meister hatte sich gleich nach dem Interview verabschiedet und fuhr alleine durch die Cevennen. Mit jeder Kurve distanzierte er sich auch psychisch vom verpatzten Gespräch mit dem Journalisten und bereitete sich mental auf die Bacchanalien vor. Seine Wut kanalisierte er, indem er sich vornahm, bei der abendlichen Zeremonie für einmal selber die Führung zu übernehmen. MC musste halt in die zweite Reihe zurückstehen. Das wäre ohnehin besser, dachte er weiter, dann wäre er beim Schlussakt von Anfang an präsent und müsste nicht von Null auf Hundert beschleunigen. Ein kurzes Gefühl des Versagens keimte auf, als er an die letzten Bacchanalien dachte und Adèles fragenden Blick vor seinem geistigen Auge sah, als er wie ein betrunkener Matrose in sie eindrang und fast augenblicklich zum Höhepunkt kam.

*

In der Zwischenzeit gefiel sich MC als Anführer der Gemeinschaft und fuhr Richtung Nordosten. Sara saß auf der hinteren Sitzbank, eingeklemmt zwischen den beiden Männern, die schon zuvor kein Wort mit ihr geredet hatten. Dass sie MC bei der Verabschiedung von Mario nochmals mit der Waffe bedroht hatte, fand sie nur lächerlich. Doch ihr war im Moment nur eines wichtig: dass ihr Liebster möglichst schnell ins Spital kam.

MC fuhr auf Nebenstraßen, weil er, wie Sara spöttisch vermutete, schon den Weg als Ziel ansah. Umso törichter kam er ihr vor, als er sich offensichtlich verfahren hatte und daher einen nicht unerheblichen Umweg machen musste, es aber selbstredend nicht zugeben wollte. Er war sich sicher, dass es niemand bemerkte. Die junge Schweizerin blieb eine Zeit lang still, dann meinte sie spitz:

»An dieser Kreuzung waren wir schon. Sie fahren im Kreis!«

»Nein, diese kleinen Sträßchen sehen überall gleich aus.«

»Und wo fahren wir überhaupt hin?« Ihre Stimme war angriffig, sie war immer noch wütend. Einerseits über die Situation, der sie ausgeliefert war. Andererseits über diesen Typen, der am Steuer saß und so überheblich tat, aber nicht mal eingestehen konnte, dass er sich verfahren hatte.

MC beobachtete sie durch den Rückspiegel. Sie wirkte, wie er fand, zwar schroff und abweisend, aber wies ein hübsches Gesicht und eine sportliche Figur auf. Ihr dunkelblondes Haar war bis auf eine Strähne nach hinten gekämmt und zusammengebunden. Rund um die Nase machte er neckische Sommersprossen aus, welche ihm schon immer gefallen hatten.

Ihre stahlgrauen Augen, die unter einer leicht zusammengekniffenen Stirn hervorblickten, sodass sich eine Zornesfalte bildete, verliehen ihr etwas Kämpferisches. Sie war anders als die Frauen im Camp, das bemerkte MC sofort. Viel selbstbewusster, auch weniger manipulierbar.

»Du wirst früh genug erfahren, wo wir hinfahren«, sagte er dann und genoss den Wissensvorsprung.

»Hauptsache, Sie wissen, wo's hingeht und verfahren sich nicht andauernd!«

MC lachte gespielt auf. »Keine Bange, ich weiß sehr wohl, wo's hingeht. Aber nenn mich MC, bei uns gibts kein Siezen.«

Sara nickte unbeeindruckt, als sie plötzlich von ihrem Magen ein merkwürdiges Signal erhielt. Binnen Sekunden wurde sie kreideweiß, ihr Bauch verkrampfte sich und alles, was sie noch sagen konnte, war: »Halt an, mir wird schlecht!«

*

Nachdem sie sich am Straßenrand übergeben hatte, kam sie wieder zum Auto zurück. Sie wirkte ziemlich mitgenommen. MC reichte ihr eine Wasserflasche, vorsichtig nahm sie ein paar Schlucke. Sie überlegte, was wohl ihren Magen verdorben haben könnte, verdächtigte das zu üppige Essen des Vorabends. Sie war froh, dass es ihr bald wieder besser ging, sich die Verkrampfung des Magens wieder löste.

Die beiden jungen Männer links und rechts von ihr, die, wenn sie sich nicht täuschte, polnisch miteinander gesprochen hatten, blickten sie kritisch an. Fast entschuldigend lächelte sie sie an, und gab ihnen zu verstehen, dass sie sich nicht sorgen brauchten. Dennoch war sie froh, dass MC ihr anbot, auf dem Vordersitz Platz zu nehmen. So konnte sie das Fenster ein wenig öffnen und spürte den Fahrtwind im Gesicht.

Nach einer weiteren Viertelstunde durchquerten sie kalksteinartige Hügel, die sich menschenleer, wild und zerklüftet präsentierten. Wenige Minuten später öffnete sich der Blick und vor ihnen lag ein Tal mit einem wasserreichen Fluss. Als sie ihn überquerten, las Sara auf einem Schild seinen Namen und wunderte sich. Bereits wenige Minuten später bog MC von der Hauptstraße ab und fuhr zum Gewässer hinunter. Er parkierte seinen Wagen unter ausladenden Platanen auf einem Kiesplatz bei einem geschlossenen Campingplatz. Die anderen taten es ihm gleich. Sofort herrschte rege Geschäftigkeit. Alle packten ihre Sachen und warteten gespannt. Mit Sara redete niemand, doch das war ihr egal. Sie überlegte sich, was die Gruppe hier an der

Ardèche zu tun gedachte. Sie kannte diesen Fluss von früher, war hier mal mit ihren Eltern in den Ferien gewesen, und wusste, dass er wildromantisch war. Im Sommer paddelten jeweils Tausende Sonnenhungrige mit ihren Kanus den Fluss hinunter und verwandelten die Gorge* de l'Ardèche in ein Tollhaus.

Weiter kam sie mit ihren Gedanken nicht, denn soeben fuhren drei Kleinbusse mit Anhänger heran, die farbige Plastikkanus geladen hatten.

Nun war für Sara klar, was passieren würde. Auf Geheiß von MC setzte sie sich auf die hinterste Bank des ersten Busses und wartete mit ihrer Kameratasche auf den Knien. Die beiden polnischen Aufpasser standen bei den anderen Jüngern und beachteten sie kaum mehr. Sara blickte sich um, überlegte kurz, ob sich jetzt eine Gelegenheit zur Flucht böte. Schnell verwarf sie den Gedanken wieder und betrachtete ihre Sneakers, die ihr für das Kommende ungeeignet schienen. Außerdem hatte sie nichts zum Anziehen dabei. Was sollte sie tun, wenn es in der Nacht kalt wurde? Kurz keimte eine Panikattacke auf, sodass sie sich förmlich zwingen musste, sich nicht schon auf Vorrat Sorgen zu machen. Mal sehen, was der Abend noch bringen würde, dachte sie. Vielleicht könnte sie während des Festes fliehen.

Die Minuten zerflossen nur zäh, bis plötzlich der Meister mit seinem Sportflitzer auftauchte und unter Gejohle seiner Jünger eine Ehrenrunde auf dem Kiesplatz drehte, ehe er seinen Wagen mit Getöse neben den anderen Autos parkierte. Sara fand es abartig, wie sie ihn hofierten und feierten. TAG kam ihr wie der nackte Kaiser in einem von Andersens Märchen vor. Sie fragte sich, wieso niemand von

---

* Gorge: Schlucht

den Jüngern bemerkte, wie banal und albern ihr Führer in Wirklichkeit war. Noch dazu in dieser idiotischen Tunika!

Kurz überlegte sie, ob sie die Kamera hervorholen sollte, um das Brimborium zu filmen, doch sie unterließ es.

Als endlich alle eingestiegen waren, fuhren die drei Busse los. Die Schlucht der Ardèche wirkte zu dieser Jahreszeit noch wilder als sonst, der Fluss stellenweise wie ein reißender Wildbach, und die Sonne brannte schon beträchtlich herunter, sodass sich der Bus schnell aufheizte. Es war eine Wohltat, als vorne jemand ein Fenster öffnete. Sara fragte sich, wie es wohl Mario ginge und ob die Polizei bereits informiert worden war, als sie von MC angesprochen wurde:

»Wir werden oben beim Pont d'Arc einschiffen und dann auf der Ardèche einige Kilometer flussabwärts fahren. Es wird ein geiler Ritt auf Gaias Rücken werden und uns perfekt auf die Nacht der Nächte einstimmen!«

Sara nickte ohne Regung im Gesicht. Sie registrierte auch bei ihm eine Vorfreude, als wäre die Sekte schlicht eine fehlgeleitete Pfadfinderabteilung. Harmlos und naiv. Dennoch hatte sie bereits selber erfahren, wie schnell diese Haltung ins Irrationale kippen konnte. Hier lagen Sinn und Wahn nahe beieinander. Sie durfte sich deshalb nicht täuschen lassen.

*

Bereits eine Stunde später saßen alle in ihren Kanus und paddelten zügig auf den berühmten Pont d'Arc zu. Dieser Felsriegel, der eine natürliche Brücke bildete und entfernt einem römischen Aquädukt glich, war tatsächlich eindrücklich und in diesem spätnachmittäglichen Licht ein Hingucker. Sie trugen alle Schwimmwesten und Helme, was Sinn machte, denn der Fluss zog teilweise mächtig und hatte die

Stromschnellen, die im Sommer kaum jemandem zu schaffen machten, in stürmische Rinnen verwandelt. Offenbar suchten die Jünger und Jüngerinnen genau diesen Kitzel, denn sie fuhren ohne Angst und genossen die Schussfahrten. Ganz im Gegenteil zu Sara, die am Bug eines Zweierkanus saß. Hinter ihr hockte MC, der sie nicht aus den Augen verlor. Eine Flucht war ausgeschlossen.

Nach rund einer halben Stunde machte der Fluss eine fast kreisrunde Schleife, und die Landschaft ähnelte entfernt dem Grand Canyon, obgleich die Felswände nicht ganz so hoch aufragten.

Das Wasser floss hier ruhiger, und man konnte die Aussicht genießen. Doch plötzlich rief MC, sie solle aufpassen. Und ohne Vorwarnung wurde ihr Boot von einer Strömung erfasst und augenblicklich mitgerissen. Die Wucht des Wassers war unerbittlich, und beinahe wären sie gegen einen Felsen gedrückt worden. Um das zu verhindern, mussten sie mit voller Kraft paddeln. Die Gischt spritzte von allen Seiten, als würden sie ohne Verdeck durch eine Autowaschstraße fahren. Eiskaltes Wasser durchdrang jeden Quadratzentimeter ihrer Kleidung, doch sie spürte keine Kälte. Gemeinsam schafften sie es gerade noch, um die mitten im Fluss aufragenden Felsen herumzusteuern. Ein anderes Boot, das ihnen dicht gefolgt war, hatte weniger Glück. Die beiden Kanuten, ein Mann und eine Frau, gerieten in eine Wasserwalze und wurden erst nach mehreren Umdrehungen wieder vom Wasser ausgespuckt. Sara sah aus dem Augenwinkel, dass beide Köpfe wieder auftauchten, nach Luft schnappten und sogleich vom Wasser mitgerissen wurden. Einige Dutzend Meter weiter unten legte der Fluss wieder eine Pause ein, und so fuhr die ganze Gruppe ans Ufer, um sich zu sammeln. Zu Saras Verwunderung waren alle bis auf die zwei Unglücklichen durchgekommen, selbst TAG, der es ebenfalls genossen hatte. Mit seiner zu engen Schwimmweste, die er über seiner Tunika trug, sah er vollends dämlich aus, wie sie fand. Man half den beiden Schiffbrüchigen, die vor Kälte zitterten, an Land und entleerte ihr Boot.

Kurze Zeit später machte sich der Bootskonvoi wieder auf den Weg, weil sich alle nach einem wärmenden Feuer sehnten.

Schon nach wenigen Hundert Metern erblickte Sara flussabwärts eine kleine Zeltstadt, in deren Zentrum ein großes Feuer züngelte. Die aus Blachen geknüpften Unterkünfte erinnerten sie sehr an die Pfadfinderzeit, und als sie angelegt hatten, nahm sie aus einem spontanen Impuls heraus die Kamera hervor, die sie in einem Plastikfass verstaut hatte.

MC, der neben ihr stand, schien kurz zu überlegen, meinte dann lapidar: »Gut, dafür bist du ja da.«

»Eben.«

Sara schaltete die Kamera an und begann zu filmen, wie der Meister als *Leader of the Pack* die jungen Leute zum Lager führte. Es schien ihr, dass er es fast genoss, gefilmt zu werden. Das Interview musste bei ihm offenbar anders angekommen sein, als es Mario vermutet hatte, dachte Sara überrascht.

Die wartenden Jünger begrüßten ihren Meister überschwänglich und herzten auch die anderen Heldinnen und Helden. Denn allen war klar, dass diese Fahrt nicht ohne war. TAG und MC wurden in ein Zelt geführt und verschwanden für eine halbe Stunde.

Eine italienisch sprechende Frau verteilte trockene Sachen zum Anziehen. Wie alle bekam auch Sara einen aus grober Baumwolle geschneiderten Einteiler, der bis zu den Knien reichte und den man mit einem gürtelähnlichen Band zusammenziehen konnte. Sie tat es den anderen gleich, fuhr aus ihren nassen Kleidern, stieg in die Tunika und hängte die

Klamotten an einer Leine beim Feuer auf. Nun war sie auch optisch eine von ihnen und erhielt eine warme Suppe. Kurz überlegte sich Sara, ob ihr Magen dieser Mahlzeit schon gewachsen wäre. Weil sie aber Hunger verspürte, löffelte sie die gut gewürzte Kartoffelsuppe in sich hinein und spürte, dass sie gut tat. In der Folge griff Sara immer wieder zur Kamera und drehte Szenen des Lagerlebens. Anscheinend machte es niemandem etwas aus, dass sie das tat. Und so kam sie mit dem Einen oder Anderen ins Gespräch. Bald ergab sich auch eine Gelegenheit, mit der jungen Frau, die gekentert war, Kontakt aufzunehmen.

*

Das Zelt, in das sich TAG und MC zurückzogen, erinnerte entfernt an eine Lodge in der afrikanischen Steppe. Man hatte zwei Luftmatratzen aufgeblasen, damit sie nicht auf dem harten Boden schlafen mussten und ihre Schlafsäcke ausgerollt. Im Zentrum des geräumigen Zeltes standen ein Klapptisch und zwei Stühle. Daneben eine altertümliche Waschschüssel samt Krug, der mit frischem Wasser gefüllt war. Als sich die beiden umgezogen hatten, bekamen auch sie eine warme Suppe. Sie setzten sich an den Tisch und gaben Laura, einer zierlichen Jüngerin aus Italien, die anscheinend als Zimmermädchen eingeteilt war, ein Zeichen, dass sie alleine sein wollten. Widerspruchslos entfernte sie sich.

»Was sollen wir nun mit dieser Schweizerin machen?«, fragte MC zwischen zwei Bissen.

»Was wohl? Wir behalten sie als Geisel. Und sie soll weiterfilmen. Wenn unsere Battle in Zürich gelingt, werden sich alle Medien um Bilder über uns reißen. Und unsere Botschaft wird um die Welt gehen!«

»Mag sein, dass unsere Botschaft um die Welt geht, aber dafür sucht uns die gesamte Polizei Frankreichs!«

TAG zuckte nur mit den Achseln, was MC provozierte. Seine Stimme brauste unvermittelt auf: »Wie naiv bist du? Glaubst du wirklich, wir können denen entrinnen?«

Der andere warf seinem Zeremonienmeister einen ärgerlichen Blick zu. »Kann es sein, dass du ein Angsthase geworden bist? Sollen sie uns doch einsperren! Als Märtyrer werden wir noch berühmter!«

»Spinnst du? Ich geh nicht mehr ins Gefängnis, vorher setze ich mich ab, lebe irgendwo am Ende der Welt!«

» Mein lieber MC«, die Worte des Meisters wurden wieder versöhnlicher, »es führt kein Weg an der Wahrheit vorbei. Nur wer ihr achtsam begegnet, wird erleuchtet. Das sagt Buddha. Und genau so ist es: Wir zünden ein Feuerwerk und stellen uns der Welt. Sie können mit uns machen, was sie wollen, aber sie werden es nicht schaffen, Gaias Botschaft auszumerzen! Ich habe es klar gesehen: Die zukünftigen Generationen werden sich unserer Taten erinnern und wir werden unsterblich!«

MC seufzte und ließ den Löffel in die halbvolle Suppenschüssel fallen, sodass es spritzte. »Du hast sie wirklich nicht mehr alle! Am Ende glaubst du sogar den Stuss, den du verzapfst!«

»Es ist schon längst keine Frage des Glaubens mehr! Ich bin verstrickt mit Gaia, liege eingewickelt in ihrem Spinnennetz und kann nicht mehr entrinnen. Sie ist in meinem Kopf, in jeder verdammten Hirnwindung. Wenn ich atme, dann atme ich für sie. Wenn ich die Augen schließe, dann bewirft sie mich mit Bildern, wenn ich sie öffne, dann schreit sie in mein Ohr! Ich kann nicht mehr fliehen, muss mich ihrem Diktat beugen! Verstehst du?«

»Mach du, was du für richtig hältst. Ich gehe meinen Weg!«

»Das ist überaus bedauerlich, mein Freund, aber wenn du deinen steinigen Weg gehen willst: Bitte, so soll es sein. Im übrigen werde ich die Zeremonie heute Nacht leiten, du darfst die Schwitzhüttengeschichte durchziehen.«

MC erhob sich, blickte TAG von oben herab an und nickte fast unmerklich. »Okay, wenn du es so willst!«

Und als er das Zelt verließ, wusste er, dass er diesem kranken Hirn keinen weiteren Tag seines Lebens mehr opfern wollte. Schon morgen würde er sich absetzen, nach Neuseeland fliegen und da ein neues Leben beginnen. Geld hatte er ja genügend, dank seiner weisen Voraussicht. Er blickte zur Sonne hoch, schätzte, dass es zwischen fünf und sechs Uhr wäre und wusste, dass er für die Schwitzhüttenzeremonie noch einiges zu tun hatte. Zuerst musste er sich ums Feuer kümmern, den Rest würde die Nacht alleine erledigen. Hier, wie anderswo.

KAPITEL 51

Der Notarzt fackelte nicht lang. Nachdem Mario nicht mehr bei Bewusstsein war, wurde er auf die Bahre verladen. Als der Arzt sein rechtes Bein berührte, zuckte er zusammen. Der Schmerz raste durch ihn hindurch wie ein Güterzug durch einen Bahnhof, ohne Vorwarnung, und erschütterte ihn bis ins Mark. Das Rettungsteam diskutierte kurz, aber Mario nahm das Gespräch nur aus der Ferne wahr. Dabei hatte er doch etwas sagen wollen. Aber was? Wieder tauchte er ab. Von der Fahrt bekam er kaum etwas mit, er lag, wie der Arzt schnell begriff, in einem fiebrigen Delirium.

*

Wenig später trafen zwei Polizeipatrouillen beim Schloss ein, dicht gefolgt von einem schwarzen Renault, in dem Kommissar Erneste Turbillou und zwei seiner Männer saßen. Mit Blaulicht waren sie durch die Dörfer gedonnert und hatten für die knapp 30 Kilometer von Montpellier hierher lediglich 12 Minuten gebraucht. Mit vor Stolz geschwellter Brust stiegen die Uniformierten des ersten Autos aus und blickten sich um. Turbillou, gekleidet in einem langen beigen Trenchcoat, und seine beiden Mitarbeiter traten vors Eingangsportal. Der Chef gab den Flics die Anweisungen, sich rund ums Anwesen zu positionieren. Als alle bereit waren, zog Antoine Levrat, Turbillous Assistent, an einem Drahtzug. Vom Haupthaus her ertönte eine Glocke. Doch es tat sich nichts. Er klingelte ein zweites Mal.

»Die Vögel sind ausgeflogen«, vermutete Levrat.

»Das werden wir gleich sehen.« Im Stechschritt umrundeten sie die Stallungen und betraten das Anwesen über eine Einfahrt, die von Süden her zum Schloss führte. Das Tor stand offen, hätte aber auch nicht wirklich verschlossen werden können, da es schon sehr in die Jahre gekommen war.

Turbillou und die Beamten schritten zum Schloss. Die hölzerne Eingangspforte ließ sich ohne Widerstand öffnen.

»Angst vor Dieben haben sie definitiv nicht«, meinte Levrat.

»Was sie noch verdächtiger macht«, antwortete Turbillou. Derweil betrat der zweite Assistent das Vestibül und rief in die Stille: »Hallo, ist hier jemand?«

Er erntete Schweigen, als der Widerhall seiner Stimme verklungen war.

Innerlich verfluchte der Chef den Staatsanwalt, der sich so aufreizend viel Zeit für den Durchsuchungsbefehl gelassen hatte, obschon die Informationen aus der Schweiz ein schnelles Handeln nahegelegt hatten. »Die Männer sollen sich umsehen!«, befahl er sauer. »Vielleicht ist ja in den Seitengebäuden noch irgendwer!«

Sofort schwärmten die Beamten auseinander, und tatsächlich kam schon bald eine vielversprechende Rückmeldung: »Chef, ich hab einen!«

Unter mürrischen Protesten wurde ein älterer Mann, der in einfachen Kleidern steckte und ein dunkelblaues Berret trug, von einem Polizisten auf den Vorplatz getrieben. Er fand eindeutige Worte für die, wie er es nannte, unerhörte Freiheitsberaubung, verschränkte ärgerlich seine Arme und spuckte demonstrativ auf den Boden.

Wer er sei, wollte Turbillou wissen.

Was ihn das angehe, fragte der Mann zurück, der anders aussah, als man sich einen Sektenjünger vorstellte. Vielmehr wirkte er wie ein Bauer aus der Gegend.

Das gehe ihn sehr wohl etwas an, antwortete Levrat für seinen Chef. Sie seien von der Gendarmerie und hätten eine Meldung erhalten, wonach hier eine kriminelle Gruppierung hause.

»Dass ich nicht lache!«, rief der Bauer zurück. »Die jungen Leute sind harmloser als ein Rudel von Kaninchen!«

»So, Schluss mit der Vorstellung: Wer sind Sie und was tun Sie hier?« Turbillous Stimme zeigte an, dass er nicht gewillt war, sich hier zum Narren halten zu lassen.

Er heiße Michel Sertillac, antwortete der andere, ohne sich einschüchtern zu lassen und fügte an, dass er Bauer sei und aus St. Mathieu komme. Er schaue zu den Tieren, wenn von den Jungen niemand Zeit habe.

»Und wo sind diese *Jungen*?«

Das wisse er nicht. Wirklich! Sie würden ihm nie sagen, was sie machten. Das Einzige, was er wisse, sei, dass sie am Montag wieder zurückkämen. Bis dahin würde er das Geflügel und die Esel füttern sowie die beiden Kühe melken.

»Und Sie behaupten allen Ernstes, dass Sie nicht wissen, wo die Leute dieser Gemeinschaft hinwollten? Hören Sie mir zu Monsieur, wir haben keine Zeit für solche Spielchen. Und wenn Sie nicht die Nacht im Untersuchungsgefängnis von Montpellier verbringen wollen, rate ich Ihnen, mit der Wahrheit herauszurücken!«

»Glauben Sie mir«, bettelte der Bauer verzweifelt, »ich weiß wirklich nichts. Das Einzige, was ich gesehen habe, war, dass sie viel Material verluden. Wahrscheinlich wollten sie irgendwo campieren.«

»Campieren?«, schaltete sich Levrat dazwischen. Weil er ahnte, mit etwas diplomatischerem Vorgehen weiterzukommen, redete er in freundlichem Ton: »Gingen die Jungen schon früher mal campieren?«

»Boah«, antwortete Sertillac und kratzte sich am Kinn. Es sei schon ab und zu vorgekommen, dass sie alle gemeinsam wegfuhren. Wenn es ihn nicht täusche, dann passiere das stets zu Zeiten der Jahresübergänge.

»Also, wie jetzt, wenn es Frühling wird?«

»Ja, sage ich doch: Jahresübergänge!«

»Gibt es denn einen speziellen Ort, von dem die Jungen mal geredet haben? Einen Ort, der sie besonders beeindruckt hat?«

»Wissen Sie«, Sertillac kam sich fast wie der Tourismusminister seiner Gegend vor, »wir haben unzählige schöne Orte in den Cevennen. Da kann man wunderschön wandern, Velofahren, in den Flüssen paddeln oder campieren!«

»Und wo ist es am schönsten?«, wollte Levrat wissen, als wäre er nicht selber in dieser Gegend aufgewachsen.

»Na, am schönsten ist es immer noch beim Pic St. Loup vorne oder dann …«, er überlegte und ventilierte seine Sätze, als müsste er eine endgültig abschließende Bewertung abgeben, »beim Mont Aigoual oben oder dann die Flüsse entlang.«

Nun wurde es Turbillou zu bunt. Er wählte wieder eine härtere Gangart. »Schluss mit dem Gefasel! Sertillac, Sie nennen uns jetzt den Ort, wo sich diese Bande aufhält oder dann verbringen Sie die kommenden Tage und Nächte bei Wasser und Brot! Als Kollaborateur einer terroristischen Sekte!«

Sertillac blickte den Beamten entgeistert an. Das Wort Kollaborateur hatte in seinen Ohren nach wie vor etwas Schreckliches an sich, bezog sich auf diese Unseligen, welche damals vor über 70 Jahren mit den Nazis zusammengearbeitet hatten.

»Ich, ein Kollaborateur? Jamais!«

»Doch Monsieur!«, insistierte der Polizist. »Und tun Sie nicht so, als wüssten Sie nichts! Damit machen Sie sich noch verdächtiger!«

»Von wegen«, wiegelte der Bauer ab, »was werfen Sie den Jungen denn vor? Dass sie biologische Produkte produzieren? Nicht so kopflos mit der Umwelt umgehen, wie die meisten anderen?«

»Nein, dass sie in zwei Tötungsfälle verwickelt sind, mehrfachen Hausfriedensbruch begangen haben, eine terroristische Zelle sind!«

Nun blickte Sertillac wie ein Kind in die Runde, dem man sein Spielzeug kaputt gemacht hat. »Das kann ich nicht glauben!«

»Das sollten Sie aber! Denn nun haben sie zusätzlich noch zwei Menschen entführt: zwei TV-Journalisten aus der Schweiz. Eine Frau und einen Mann!«

»Ach, vom Fernsehen ist der?« Sertillacs spröde, von seinem Dialekt geprägte Ausdrucksweise sorgte für überraschte Gesichter bei den Polizisten.

»Kennen Sie denn diesen Journalisten?«

»Nein, das kann man so nicht sagen«, antwortete der Bauer gemächlich und genoss seinen Wissensvorsprung.

»Na reden Sie schon«, schrie Turbillou fast verzweifelt, »was haben Sie gesehen?«

»Also«, begann er gemächlich, »als ich auf dem Weg zu den Hühnern war, kam die Ambulanz, und die holte den jungen Mann, der am Eingang drüben lag. Sein Bein sah nicht gut aus.«

»Und von welchem Spital kam diese Ambulanz?«

»Das, Monsieur, weiß ich beim besten Willen nicht. Habe nur dem Arzt zugesehen, wie er an diesem Mann herumgedoktert hat, der bewusstlos war.«

»Merde!«, rief Turbillou und gab seinem zweiten Assistenten den Auftrag, sofort in den Spitälern der Gegend nachzufragen, wo Mario hingebracht wurde.

»Und haben Sie auch die Frau gesehen?«

»Nein, als ich ankam, waren schon alle weg. Außer dem Journalisten.«

»Wer lässt einen Verletzten einfach liegen?«, fragte Levrat mehr rhetorisch und antwortete gleich selber: »Wohl nur jemand, der es eilig hatte und wusste, dass die Ambulanz in Kürze eintreffen würde.«

»Sehen Sie Monsieur Sertillac«, diesmal versuchte es Turbillou mit der diplomatischen Masche, »es ist äußerst dringend zu wissen, wo sich diese Gruppierung aufhält. Wer weiß, was die noch anstellen!«

Sertillac räusperte sich und spuckte erneut vor den Beamten zu Boden. Dann blickte er mit zugekniffenen Augen in Richtung des Capitaines: »Nur dass Sies wissen: Ich bin kein Verräter. Auch kein Kollaborateur! Aber, wenn es stimmt, was Sie sagen, dann würde ich mal im Tal der Gardon d'Alès nachschauen oder vielleicht auch an der Gardon d'Anduze. Sie nahmen auf alle Fälle einige Kanus mit.«

KAPITEL 52

Die Fahrt auf den Autobahnen Richtung Schweiz kam Adèle unendlich lang vor. Zwar kannte sie das Ziel, wie sie auch den Auftrag kannte. Dennoch spürte sie ein mulmiges Gefühl, eine merkwürdige Unsicherheit. Während der letzten Monate hatte sie sich in Nôtreterre geborgen gefühlt, war jeden Tag mit der sicheren Überzeugung aufgestanden, dass sich ihr Leben in die richtige Richtung entwickelt hatte. Doch nun waren sie drauf und dran, mehrere Hundert Menschen vorsätzlich zu vergiften, ohne ihnen auch nur den Hauch einer Chance zu lassen. Die zunehmende Verbissenheit, mit der die Führung der Kinder Gaias agierte, wollte nicht so recht zu den hehren Zielen passen, die sich die Gemeinschaft gesetzt hatte. Es hatte den Anschein, dass TAG bei dieser Battle eine persönliche Rechnung begleichen wollte. Sie konnte sich noch gut an ein Gespräch mit ihm erinnern, das Jahre zurücklag, in dem er neben ihr im Bett liegend gestanden hatte, wie sehr ihn eine Hass-Liebe mit der Schweiz verband. Er erzählte von seiner Kindheit und wie er ohne Vater aufwachsen musste. Seine Mutter war schwach und konnte sich selbst in Deutschland nicht gegen die Einmischung aus der Schweiz erwehren, die in Form eines Vormunds auf ihr Leben eingewirkt hatte. Dieser Schweizer, ein windiger und mit allen Wassern gewaschener Mann aus der Nähe von Zürich, der eng mit seinem Vater zusammengearbeitet hatte und nach dessen Tod den väterlichen Willen weiterführen sollte, war stets bestens informiert, was in TAGs jungem Leben passierte. Immerhin verschaffte er ihm eine gute Ausbildung und einen Job in einer angesehenen Computerfirma. Doch TAG verabscheute diese ständige Überwachung und Fernsteuerung aufs Tiefste und setzte sich in die USA ab, um unabhängiger zu werden. Was aber nur halbwegs gelang, wie er leicht resigniert anfügte. Immerhin, so spann Adèle den Faden ihrer Gedanken weiter, wäre der Meister nicht in die USA ausgewandert, hätte er MC nicht kennengelernt. Und dann wäre wohl auch die ökologische Bewegung nicht gegründet worden, mit der das Duo die Welt verändern wollte.

Und nun sollten sie mittels eines gemeinen und hinterlistigen Angriffs ein neues Kapitel einläuten. Für sie ging das nicht auf.

Sie hatten eben den Zoll in Genf passiert und waren weder behelligt noch kontrolliert worden, als der Verkehr sprunghaft zunahm. Immer wieder stockte es auf beiden Fahrspuren Richtung Lausanne. Dann standen sie Auto an Auto mit allen möglichen Leuten, die nicht im Traum ahnten, wer die Kinder Gaias waren und welchen Auftrag sie verfolgten.

Etienne, der den Kleinbus steuerte, fand einen Radiosender, der alte Rockmusik spielte, was den anderen offenbar gefiel, denn Rainer, wie auch Merlin wippten mit ihren Köpfen und sangen die Refrains mit. Selbst Mathieu, den Adèle nicht zu den Rockfans gezählt hätte, tippte mit den Fingern im Takt und blickte zum Fenster hinaus. Shogi wiederum war in seine Planskizzen vertieft und entspannte sich erst wieder, als sich der Stau auflöste. Bereits zwei Stunden später hatten sie Bern passiert und fuhren Richtung Zürich.

Kurz vor Aarau verließen sie die Autobahn, um auf einer Raststätte zu tanken. Das gab allen die Möglichkeit, sich die Beine zu vertreten. Adèle trank einen Kaffee, und die Jungs aßen einen Hamburger, was Shogi mit einem missbilligenden Blick zur Kenntnis nahm, zumal es sich um Rindfleisch aus Brasilien handelte. Immerhin zahlte er anstandslos die Rechnung, denn die anderen besaßen ja kein Geld. Sie stellten das Auto am Rande eines Parkplatzes ab. Shogi hätte es sich zwar sparen können, dennoch riet er allen eindringlich, ein bisschen zu schlafen. Etienne, Merlin und Rainer schnarchten tatsächlich schon kurze Zeit später in ihren Sitzen. Mathieu und Adèle schlossen ebenfalls die Augen, aber dösten nur. Shogi legte sich in einer Art Embryonalstellung auf die hinterste Bank. Er tat, als würde er tief schlafen, dabei hörte er jedes vorbeifahrende Auto und blieb hellwach.

KAPITEL 53

Trümpis Hubschrauber landete kurz nach vier Uhr in St. Martin. Hanni und Nico waren auch erst vor gut zwanzig Minuten im Dörfchen angekommen und hatten sich in einem Bistro einen Kaffee bestellt. Das Dröhnen des Helis lockte sie heraus. Zusammen mit Schaulustigen und einem ansehnlichen Detachement der Gendarmerie wurde Trümpi in Empfang genommen, als wäre er ein Bundesrat. Dem Polizisten war der Trubel ein wenig peinlich. Dennoch schüttelte er artig Hände, winkte kurz in Richtung seiner Freunde, die von Weitem zusahen, und folgte dann dem Capitaine ins beste Hotel am Platz, wo man einen Raum für die Besprechung organisiert hatte. Trümpi ließ sich aufdatieren, was passiert war und hörte mit Erleichterung, dass man Mario im Universitäts-Spital von Montpellier gefunden hatte. Seine Verletzung, ein mehrfacher Knöchelbruch, war so gravierend, dass er operiert werden musste. Nun lag er auf der Intensivstation. Es gehe ihm den Umständen entsprechend gut, er sei aber noch nicht vernehmungsfähig. Sobald er wach werde, würde er umgehend von zwei Beamten befragt werden.

Trümpi nickte anerkennend. Und mit seinem besten Schulfranzösisch fragte er nach dem möglichen Aufenthaltsort der Sekte.

Mehrere Patrouillen würden die möglichen Flussläufe absuchen, erklärte der Chef, aber das brauche seine Zeit, zumal man nicht annehmen könne, dass sich die Terroristen, wie er sie mit Nachdruck nannte, auf einem offiziellen Campingplatz befänden, sondern wohl wild campierten. Außerdem würden sie sich kaum an einem belebten Ort aufhalten, sondern sich irgendwo verstecken.

Trümpi nickte und war einverstanden, dass man nach Alès dislozieren wollte, um schneller agieren zu können. Er fragte, ob Turbillou etwas dagegen hätte, wenn seine Schweizer Freunde zu Mario ins Spital führen, um ihn ein wenig zu betreuen.

Solange sie die Ermittlungen nicht behinderten, sei ihm das egal, meinte der Capitaine.

Kurze Zeit später setzte sich der Polizei-Konvoi in Fahrt. Trümpi wies man einen Platz in Turbillous Auto zu. Zuvor hatte er Nico und Hanni über Marios Verbleib informieren können, und sie hatten sich umgehend auf den Weg ins Spital nach Montpellier aufgemacht. Sie sollten ihn über alles auf dem Laufenden halten, sagte er ihnen zum Abschied.

Der Konvoi brauste mit Blaulicht bei erheblichem Freitagsverkehr Richtung Nordosten. Autofahrer, die nicht fast panisch die Straße verließen und freiwillig Platz machten, wurden unter wütendem Geheul der Polizeisirene eines Besseren belehrt. Mehrere Male überholte der Fahrer des Capitaines bei Gegenverkehr, was Trümpi, der auf der hinteren Bank Platz nahm, mit wachsender Anspannung zur Kenntnis nahm. Turbillou sagte nichts. Anscheinend war er diese Art von Dienstfahrt gewohnt.

Ob es sein könne, fragte Trümpi durchaus im Ernst, auch wenn er ein Lachen erntete, dass die französischen Autofahrer der Obrigkeit gegenüber nicht gerade kooperativ eingestellt wären?

»Nicht generell«, antwortete der Chef, »aber am Freitag will jeder nur heim, was ja verständlich ist«, meinte er mit einem Schmunzeln und fügte an: »Wer arbeitet schon gerne länger als nötig?«

Nach einer halben Stunde erreichten sie das Städtchen Alès. Da auch hier die Straßen verstopft waren, obschon die Uhr noch nicht mal 17 Uhr anzeigte, kamen sie nur langsam ins Zentrum voran. Der Gendarmerieposten war schon darauf vorbereitet worden, dass sie hier vorübergehend ihre Kommandozentrale einzurichten gedachten. Es gab Kaffee und Sandwiches, was auch Trümpi erfreute, weil er den ganzen Tag noch nichts gegessen hatte. Immer wieder kamen Meldungen von Patrouillen herein, welche die von Bauer Sertillac genannten Flüsse abfuhren und systematisch die möglichen Aufenthaltsorte der Sekte abklapperten. Der Zürcher Polizist wunderte sich, dass man keinen Heli einsetzte, aber sagte nichts. Er wollte nicht überheblich wirken.

Kurz nach 18 Uhr wurde eine weitere Sitzung abgehalten. Man versuchte nun, das Rätsel des Aufenthaltsortes analytisch zu ergründen. Das schien Trümpi nicht mehr als vernünftig, denn die Mutmaßungen des Bauern waren doch eher vage.

»Wie groß schätzen Sie die Möglichkeit ein, dass sich Sertillac schlicht getäuscht hat?«, wollte Trümpi wissen und erntete betretene Gesichter bei allen Kollegen, außer bei Turbillou. Der wischte Trümpis Einwand mit einer herablassenden Geste zur Seite. »Ich bin sicher, dass er Anhaltspunkte hat, die seine Vermutung stützen.«

»Und wenn er uns absichtlich täuschen will?«

Wieder bemerkte Trümpi, wie die drei Mitarbeiter fragend in Richtung ihres Chefs blickten. Speziell dieser Levrat nickte fast unmerklich. Doch Turbillou war es augenscheinlich nicht gewohnt, dass man seine Vorgehensweise infrage stellte. Er reagierte säuerlich und fragte gleichzeitig aufreizend höflich, was denn der Schweizer Kollege für mögliche Aufenthaltsorte in Betracht zöge? Alleine schon aufgrund seines Wissensvorsprungs?

Trümpi lächelte, als hätte er die unterschwellige Aggression überhört. Es sei nicht so, fügte er freundlich an, dass sie viel mehr über die Gruppierung wüssten, aber ihre Recherchen hätten ein gewisses Bild der Kinder Gaias gezeichnet. So würden sie dieses Wochenende mit großer Wahrscheinlichkeit den Frühlingsanfang feiern, dann habe ihr Sektenguru heute Geburtstag, was zusätzlich einen speziellen Ort erwarten ließe.

An was für einen Ort er dächte, fragte Turbillou und schürzte spöttisch seine Lippen, doch Trümpi ließ sich nicht provozieren. Er blieb sachlich und meinte, dass aufgrund ihrer Philosophie ein archaischer Ort zu erwarten sei. »Ich gehe von einem Ort aus, bei dem die Natur nicht einfach nur als Nebensache dient, sondern gleichsam die Hauptrolle spielt. Es muss ein heiliger Ort sein, ein Kraftort!«

»Mon cher Trümpi«, reagierte Turbillou leicht gereizt, »von Esoterik halte ich nicht viel. Noch viel weniger, wenn es darum geht, ein Verbrechen aufzuklären! Hier, im Süden Frankreichs, wimmelt es von Naturorten. Auf jedem zweiten Hügel befindet sich eine Burg, eine Kapelle oder ein Restaurant.«

Seine Untergebenen grinsten betreten, wohl um den Chef nicht zu kränken, der seine Ausführungen mit selbstgefälligem Humor färbte. Trümpi blieb äußerlich gelassen, auch wenn es in ihm brodelte. Säuerlich meinte er: »Diese Gruppierung feiert die Bacchanalien, das tun sie weder in einem Restaurant noch in einer Kapelle, sondern an einem heiligen Kraftort!«

»Und wenn«, Levrat nahm allen Mut zusammen und trotzte dem ärgerlichen Blick des Chefs, »sie sich beispielsweise in einer der vielen Tropfsteinhöhlen treffen würden? Beispielsweise in der Grotte de Trabuc oder gar in Dargilan?«

»Machen Sie sich nicht lächerlich«, fertigte ihn Turbillou ab. »Dargilan liegt ja ganz woanders!«

Levrat blickte kumpelhaft zu Trümpi herüber, sodass sich der Zürcher Beamte nochmals zu Wort meldete: »Eine Grotte ist grundsätzlich keine schlechte Idee. Sicher wären sie da ihrer Mutter Erde am nächsten.«

»Mutter Erde – so ein Quatsch!«, fuhr der Chef mit einer herablassenden Geste dazwischen, doch Trümpi reichte es nun. Er sei es nicht gewohnt, sagte er spitz, ein Brainstorming durch zynische Zwischenrufe zu sabotieren, aber wenn das die französische Art der Ermittlung sei, wolle er sich den hiesigen Gebräuchen gerne anschließen.

»Oh, der Herr geht aufs Ganze!« Nun lag blanke Abneigung in der Stimme und im Blick des Capitaines. »Hören Sie mir zu, Monsieur Trümpi, Sie sind Gast bei uns – und nicht umgekehrt! Folglich bestimmen immer noch wir, wie wir ermitteln!«

»Und das Resultat ist, dass wir seit Stunden die Nadel im Heuhaufen suchen, aber keinen Schritt vorwärtskommen!« Levrats Einwurf war erstaunlich kräftig ausgefallen. Reflexartig zog der Chef eine beleidigte Schnute und verschränkte trotzig die Arme.

»Könnte es sich also um eine Grotte handeln?«, fragte nun der zweite Assistent, dessen Namen Trümpi dummerweise vergessen hatte. Turbillou schwieg weiterhin beleidigt.

»Wie gesagt«, antwortete der Zürcher wieder freundlich, »eine Grotte ist möglich. Allerdings, so weit ich weiß, untypisch. Die Bacchanalien wurden seit jeher unter freiem

Himmel durchgeführt, im offenen Gelände, also an einem Ort, der irgendwie speziell ist.«

»Speziell, sagen Sie?«, Levrat überlegte, »einer der eindrücklichsten Naturorte, den ich kenne, ist oben bei der Ardèche: der Pont d'Arc. Ein brückenartiger Felsriegel, unter dem der Fluss hindurchfließt. Flussabwärts hat es ausgedehnte Kiesstrände, wo man eine Feier durchführen könnte.«

»Der Pont d'Arc?«, Turbillous Stimme schmetterte durch den Saal, »der liegt nochmals 60 Kilometer weiter nördlich! Das glauben Sie doch selber nicht, Levrat!«

Der Angesprochene versank beinahe in seinem Stuhl. In dem Moment läutete das Telefon.

Der Chef persönlich nahm ab und hörte, was ihm eine Patrouille zurückmeldete. Er grinste und nickte.

»In der Nähe von St. Jean bei Peyroles sagen Sie? Très bien. Wir sind in einer halben Stunde bei euch. Unternehmt noch nichts, verstanden? Einfach nur beobachten und Bescheid geben, wenn etwas passiert!«

Dann setzte er ein genüssliches Gewinnergesicht auf: »So Messieurs, wir haben sie. Keine zwanzig Kilometer westlich von hier. So viel zur Ihrer Theorie des Pont d'Arc, Levrat!«

Und während alle aufstanden und betreten zum Ausgang eilten, knüpfte sich der Chef seinen Assistenten nochmals separat vor. Seine Stimme war gedämpft, aber jedes Wort so scharf wie ein Rasiermesser: »Wenn Sie mir noch einmal in den Rücken fallen Levrat, dann werden Sie schon bald wieder auf Streife unterwegs sein. Ist das klar?«

Der Angesprochene blickte betreten zu Boden und schwieg. Einzig die geröteten Ohren deuteten seine innere Erregung an.

KAPITEL 54

Als Mario seine Augen öffnete, war es kurz vor fünf Uhr nachmittags. Er lag in einem Spitalbett, wie er nur langsam begriff. Alles um ihn herum wirkte verschwommen. Eine Krankenschwester trat ans Bett, leuchtete ihm mit einer Taschenlampe ins Auge, was schmerzte. Mario versuchte, die Augen zu schließen und den Kopf wegzudrehen.

»Können Sie mich hören?«, fragte eine zweite Schwester auf Französisch.

»Oui, oui«, antwortete Mario, um zu verhindern, dass die Erste mit der Tortur des Lichtscheins fortfuhr.

»Ah, bien«, meinte die Zweite nickend und lächelte. Dann redete sie weiter, so schnell und mit einem eigentümlichen Akzent, dass Mario nichts verstand. Er wirkte überfordert.

»Avez-vous compris?«, fragte deshalb die Erste.

»Non«, antwortete Mario langsam. In seinem Kopf drehte sich alles.

Ungeduldig und in der Aussprache noch etwas schneller begann die andere von vorne. Sie deutete auf den rechten Fuß, und Mario realisierte, dass er in einer Schiene steckte. Nun kam die Erinnerung zurück. Zuerst zaghaft, dann lebhafter. »Je me suis cassé la jambe?«, fragte er.

»Pas la jambe«, antwortete die Schwester, »mais la cheville*! Plusieurs fois! Mais l'opération s'est très bien passée!«

Sie zeigte stolz auf den eingebundenen Knöchel des rechten Fußes, als hätte sie selber das Skalpell geführt. Mario

---

* La Cheville: Der Knöchel.

verstand, dass die Operation des mehrfach gebrochenen Knöchels allem Anschein nach gut verlaufen war. Ohne nachzufragen, reimte er sich zusammen, dass man den Fuß noch nicht eingipsen konnte, da er zu geschwollen war.

Dann fiel ihm ein, was er und Sara im Château erlebt hatten, und er blickte sich um. Wo war die Kamera-Disc, die er bei sich trug?

Auf seine Frage hin antwortete die Erste, dass sich alle seine Effekten im Schrank befänden, auch diese Disc. Erleichtert versuchte er den Frauen zu erklären, dass sie die Polizei rufen sollten. Doch so sehr er sich auch bemühte, stieß er immer wieder an sprachliche Grenzen, die er kaum überwinden konnte. Wie sollte er diesen beiden Schwestern auch erklären, was Sara und er erlebt hatten? So redete man eine geraume Zeit aneinander vorbei, was sich von außen wohl grotesk anhörte, ehe Mario endlich begriff, dass die Polizei schon längst informiert worden war und zwei Beamte vor der Türe warteten.

*

Bis auch Hanni und Nico zu Mario vorgelassen wurden, bedurfte es ausgiebiger Diskussionen mit der verantwortlichen Stationsschwester des Universitätsspitals. Da jene von der Gendarmerie klare Anweisungen erhalten hatte, keinen Fremden ans Bett dieses Schweizers zu lassen, waren selbst Nicos Französischkenntnisse nutzlos. Erst als Hanni aufs Ganze ging und der renitenten Spitalpflegerin androhte, dass sie die Verantwortung übernehmen müsste, wenn sie die Ermittlungen in mehreren Mordfällen weiterhin torpedierte, wurden sie zum Patienten vorgelassen.

Mario konnte vor Rührung, zwei bekannte Gesichter zu

sehen, kaum reden und ließ seinen Emotionen freien Lauf. Auch Hanni war den Tränen nahe, als sie ihn umarmte. Nico musste zuerst leer schlucken, ehe er die Hand seines Freundes ergriff und sie herzhaft drückte.

Wie Mario wenig später erzählte, steckte ihm das verhörartige Gespräch, das er vor einer halben Stunde mit den beiden Beamten über sich ergehen lassen musste, noch in den Knochen. Sie hatten ihm deutlich gemacht, dass er für die hiesigen Flics mindestens so verdächtig war wie die Sektenbrüder selber. Er fand das absolut empörend und hätte die beiden Polizisten am liebsten aus dem Zimmer geworfen, doch im Interesse von Sara musste er kooperieren. Als sie gegangen waren, fühlte er sich erschöpft, verloren und schlecht.

Aus diesem Grunde glaubte er zuerst an eine Fata Morgana, als er Hannis Wuschelkopf erblickte. Umso besser ging es ihm nun. Etwas wirr und nicht gerade chronologisch erzählte er den Ablauf des heutigen Tages. Für Nico passten die Einzelteile der Geschichte noch nicht ganz zusammen, weshalb er dann und wann nachhakte: »Aber warum ließen sie dich gehen? Sie hatten ja nichts davon?«

»Ich denke, ihnen war klar, dass sie mit mir nichts anfangen konnten. Ich war für sie wertlos und eine Last geworden. Sara hingegen gab ihnen eine Perspektive.«

»Umso erstaunlicher, dass sie die Rettung anriefen.«

»Das machten sie gar nicht. Wenn ich mich richtig erinnere, hat sich ein Bauer, der zufällig vorbeikam, um mich gekümmert. Da war die Sekte schon längst abgefahren. Und der rief auch die Ambulanz.«

»Also hätten dich die Sektenbrüder einfach liegen gelassen«, empörte sich Hanni, »unerhört!«

»Das macht Saras Aufenthalt noch unberechenbarer«, fuhr Nico weiter, »und rückt die Frage nach ihrem Aufenthaltsort ins Zentrum! Haben sie keine Andeutungen gemacht, wohin sie fahren?«

Mario zuckte mit den Schultern. Er konnte sich an keinen Hinweis erinnern.

»Auch dann nicht, als den Sektenbrüdern klar geworden war, dass du die Bacchanalien nicht filmen kannst?«

Mario schüttelte seinen Kopf, und Nico wanderte im Krankenzimmer auf und ab, um seine Gedanken zu ordnen: »Das muss ihnen doch ihr Konzept komplett durcheinandergebracht haben. Umso erstaunlicher, dass sie sofort zustimmten, statt dir, Sara ins Boot zu holen …«

»Ja, ins Boot holen!«, wiederholte Mario und schloss die Augen, als müsste er sich äußerst anstrengen, um einige Bilder zu memorieren, »genau, dieser MC sagte etwas in diese Richtung: Man würde nur per Kanu dorthin gelangen. Weil die Wege blockiert seien. Es muss also«, und bei diesen Worten riss er die Augen auf, »an einem Fluss stattfinden! Die Frage ist nur, an welchem!«

Hanni brauchte nicht lange, bis sie auf ihrem Tablet-Computer, den sie in ihrer Handtasche dabeihatte, eine genaue Karte der Cevennen fand. Nico, der ihr über die Schultern blickte und die Karte studierte, seufzte: »Da gibt es mehr Flüsse, als wir auf die Schnelle durchforsten können!«

»Aber die werden ja nicht irgendwo hinfahren!«, meinte Hanni spitz, »sondern sich einen Ort aussuchen, der gaiamäßig ist! Mit anderen Worten fallen 90 Prozent der Flüsse weg! Außerdem: Welcher Fluss ist so abgelegen, dass man nur per Boot an bestimmte Orte gelangt und nicht zu Fuß?«

»Zumal sie für ihre Zeremonien genügend Platz brauchen«, spann Mario den Faden weiter, »sie müssen ja auch irgendwo übernachten!«

Nico blickte zum Fenster hinaus. Er wirkte, als würde er gar nicht richtig zuhören, was Hanni kurz wütend machte: »He, Herr Vontobel, wir brainstormen! Würden Sie sich vielleicht beteiligen? Oder sind unsere Gedankengänge für Sie zu banal?«

Nico schreckte aus seinen Gedanken auf und grinste: »Keineswegs, ihr habt recht. Bravo! Dank früherer Reisen durch die Cevennen kenne ich die Gegend recht gut. Und wenn es einen Fluss gibt, der euren geschilderten Vorgaben entspricht, dann ist's der Unterlauf der Ardèche! In der berühmten Gorges de l'Ardèche, wo sich im Sommer zwei Millionen Kanus samt ihren wild gewordenen Paddlern tummeln, hat es zu dieser Zeit infolge Schneeschmelze und Regenfälle viel Wasser, aber nicht zu viel, um ihn zu befahren, da der Fluss oberhalb an mehreren Stellen gestaut ist. Und in den weitläufigen Flussbiegungen findet man ausgedehnte Sand- und Kiesstrände. Mit anderen Worten ein idealer Ort!«

Hanni grinste triumphierend in Richtung Mario: »So ist es immer. Man muss ihn immer zuerst zusammenstauchen, bis der kleine Computer in seinem Hirn auf brauchbare Ergebnisse kommt. Doch dann ist er unschlagbar. Ein lebendes Lexikon!«

Schnell war sie auf viele Seiten mit weiteren Angaben über die Ardèche gestoßen und hatte sich zu Mario an sein Bett gesellt. Gemeinsam studierten sie den Text auf Wikipedia. »Tja, diese Schlucht ist aber ziemlich lang«, gab Mario zu bedenken, »da dürfte es von Möglichkeiten wimmeln, zu campieren.« Hanni nickte, weil sie das Gleiche dachte.

Wieder blickte Nico zum Fenster hinaus, ehe er sich abrupt umdrehte. »Nein, meine Lieben, wenn es einen Ort gibt, der den Bacchanalien würdig ist, dann der Pont d'Arc!

Die natürliche Felsbrücke über dem Fluss, die Kiesbänke unterhalb und die Stimmung in diesem Tal sind einmalig!«

Schnell fand Hanni Dutzende Bilder zu diesem Stichwort.

Mario war nicht restlos überzeugt. »Nur, weil es ein schöner Ort ist, besteht doch ein großes Risiko, dass wir komplett falsch denken. Und nachdem die Ardèche nicht grade um die Ecke liegt, könnten wir uns komplett verlaufen.«

»Ja, du hast recht«, gab Nico zu, »es ist ein Bauchgefühl. Aber ein Klares. Ich würde es wagen, dorthin zu fahren!«

Mario blieb skeptisch. Für ihn war das zu vage. Fast zu schön, um wahr zu sein. Umso überraschter reagierte er, als er Hanni sagen hörte: »Pont d'Arc! Wo sonst? Das gefällt Mutti! Nur hier kann es sein!«

Lächelnd stand sie auf und gab Nico einen Kuss auf die Backe, um dann anzuhängen: »Mario, wir werden dich für heute alleine lassen. Dafür verspreche ich, dass wir schon bald mit Sara zurückkehren!«

Mario zog eine Grimasse, wohl auch, weil er in diesem Spital ausharren musste: »Also, wenn ihr meint. Ich bin ehrlich gesagt nicht ganz überzeugt …«

»Zweifel sind der Tod des Bauchgefühls«, dozierte Nico versöhnlich, »aber sag mir: Was fuhr die Sekte für Autos?«

»Vor allem Renaults mit Hybrid- oder Strombetrieb. Und der Guru, dieser Lofzinger, fährt einen geilen Fisker. Ein richtiger Bolide, der aussieht wie ein Aston Martin!«

»Oh, ein Autokenner«, kommentierte Hanni Marios funkelnde Augen, »ich dachte immer, Journalisten wären ausschließlich auf S-Bahn-Züge und Cobra-Trams getrimmt und sähen in übermäßigen Pferdestärken eine billige Art von Männlichkeitsersatz.«

»So kann man sich täuschen«, blaffte Mario zurück, »mir gefallen im Übrigen auch die netten Damen in den Autosalons. Besonders, wenn sie nur leicht bekleidet sind!«

»Alter Chauvi! Warte, wenn ich das Sara erzähle. Die wird dich lynchen!«

Lachend verließen sie das Spitalzimmer und gingen zum Auto.

Zehn Minuten später fuhren sie auf die A9 Richtung Nîmes auf und preschten die dreispurige Autobahn Richtung Norden. Hannis GPS gab ohne den Hauch eines Zweifels diese Route an, was Nico, der ebenfalls die Karte studiert hatte, erstaunte. Er wäre die Direttissima auf der Überlandstraße gefahren.

»Weißt du, was auf den Hauptstraßen los ist um diese Zeit?«, empörte sich Hanni und stellte sich uneingeschränkt auf die Seite ihres GPS, verstummte aber augenblicklich, als die Autos vor ihr abrupt abbremsten und sich sogleich ein Rückstau bildete. Nico wollte schon triumphieren, als es wieder weiterging. Wie sich kurze Zeit später zeigte, lag der vorübergehende Stau einmal mehr an einem Elefantenrennen zwischen 40-Tonnern, was Hanni mit allerlei Fäkalworten kommentierte.

Als sie wieder Gas geben konnte, telefonierte Nico mit Jean. Er erreichte ihn offenbar in einem speziellen Moment. Im Hintergrund hörte er einen großen Tumult und fragte sich, ob sie bereits bei der Sekte wären. Als Trümpi sprechen konnte, ergoss er zuerst seinen Spott über die hiesige Gendarmerie:

»Dieser französische Hornochse von Capitaine hat sich und seine Leute komplett lächerlich gemacht! Du musst dir vorstellen, einzig aufgrund eines Hinweises sind wir in irgendein gottverlassenes Kaff am Ende der Welt gefahren, weil hier die Sekte zu finden sein sollte. Und was haben wir gefunden? Fahrende aus Rumänien, die ein Spanferkel brieten! Ich sag dir, ich dreh durch!«

Es verging eine Weile, bis Nico seinem Freund schildern konnte, was sie bei Mario erfahren hatten und dass sie – aufgrund eines Bauchgefühls – an die Ardèche fuhren. Genauer zum Pont d'Arc.

»Wo verdammt fahrt ihr hin?«

»Zum Pont d'Arc, einer natürlichen Felsbrücke über …«

»Gopferdeckel!«, ereiferte sich Trümpi, wobei Nico zuerst nicht genau verstand, was ihn so erregte. »Von diesem Pont d'Arc hat auch einer der Untergebenen gesprochen. Wenn dieser Armleuchter von Capitaine nicht gewesen wäre, wären wir möglicherweise auch schon dort!«

Das Gespräch war nach wenigen Minuten beendet. Nico hatte Jean versprochen, ihn auf dem Laufenden zu halten, wenn sie eine Spur der Sekte fänden. Gerade die Autos könnten sich ja nicht einfach in Luft auflösen, argumentierte Nico, insbesondere den Sportwagen des Gurus würden sie sicher finden.

Nach einer guten Stunde hatten sie die Autobahn verlassen und die Ardèche erreicht. Während sie flussaufwärts kurvten, keimten bei Hanni langsam Zweifel:

»Was machen wir, wenn wir uns täuschen und die gar nicht da sind?«

»Dann gehen wir gut essen. Ich habe nämlich Hunger.«

KAPITEL 55

Es war acht Uhr abends, als sich der Kleinbus auf der Autobahnraststätte bei Aarau wieder in Bewegung setzte. Shogi mimte nach wie vor den bis zur Haarspitze motivierten Anführer ihres Fähnleins und wies Merlin an, das Auto zu lenken. Es schien ihm nur vernünftig, dass hierzulande ein gebürtiger Schweizer fuhr. Dabei war der Bündner, als er in Zürich noch Politologie studiert hatte, stets mit den öffentlichen Verkehrsmitteln und nur selten mit dem Auto unterwegs gewesen.

Das GPS dirigierte sie mitten durch die Stadt, was sich angesichts des dichten Abendverkehrs nicht als vorteilhaft herausstellte. Bis sie nur die Ausgehmeile am Escher-Wyss-Platz passiert hatten, hernach via Bahnhof an der Innenstadt vorbeigekommen waren, verging mehr als eine Stunde. Gegen halb zehn konnten sie das Bellevue hinter sich lassen und fuhren auf der Seestraße Richtung Osten.

Nach dem Zürihorn, einem von hohen Bäumen umsäumten Park direkt am See, bogen sie rechts ab und parkierten das Auto in Sichtweite des Casinos.

Zusammen mit seinen Leuten ging Shogi nochmals die Informationen durch, die er von MC bei der Abreise erhalten hatte. Einmal mehr fand er es seltsam, wie sehr sich der Zeremonienmeister in ihre Operation eingemischt hatte. Normalerweise blieb er zurückhaltend, ließ sich lediglich über den Stand der Vorbereitungen auf dem Laufenden halten. Doch hier war es von Anfang an anders gewesen. Gut, so überlegte Shogi, diesmal war er die Scharnierfigur zwischen Informant und Team, konnte ihnen klare Beschreibungen über das Festzelt und die angrenzenden Bereiche abgeben. Dennoch zog es Shogi vor, alleinverantwortlich zu handeln.

*

Er blickte auf eine Skizze, auf der genau eingezeichnet war, wie sie unbemerkt zum Getränkedepot für das morgige Galadinner gelangten. Es befand sich neben dem Küchenpavillon in unmittelbarer Nähe des großen Festzelts. Während der Nacht, so hatte MC verlauten lassen, werde die ganze Zeltanlage nur von einem in die Jahre gekommenen Sicherheitsmann einer privaten Firma bewacht. Ihn zu überwältigen dürfte nicht weiter schwerfallen. Sodann konnten sie das Mineralwasser austauschen und unerkannt verschwinden. Um den besten Zeitpunkt ihrer Aktion zu bestimmen, sollten sich Adèle und Merlin als turtelndes Liebespaar ausgeben und das Ganze aus der Nähe observieren.

*

Das Festzelt, das zwischen Lake Side Casino und Fischerstube aufgebaut worden war, glich einer etwas kleineren Version der berühmten Münchner Oktoberfestzelte. Seine Dimensionen beeindruckten dennoch und ließen vergessen, dass ein Zelt ursprünglich eine simple Stoffbehausung war. Hier erschien alles edel und schick. Selbstverständlich würden die geladenen Gäste auch nicht über banales Sägemehl, sondern auf edlem Parkett aus Teakholz daher schreiten. Ein Meer aus Kerzen und Leuchtern würde für ein spezielles Ambiente sorgen und die weiß gedeckten Tische in ein stimmungsvolles Licht tauchen. Damit den Gästen, besonders den Frauen in ihrer Abendgarderobe, nicht kalt wurde, sorgte ein mächtiger Dieselgenerator für warme Luft, die ins Geviert geblasen wurde und schon am Vorabend auf vollen Touren lief, wie die Gruppe um Shogi feststellte. Sie hatten ihr Auto am Rande des Parks in einer dunklen Seitengasse unter ausladenden Bäumen abgestellt und blickten zum Zelt hinüber. Nebelschwaden hingen über dem See, ein kühler Wind blies von Nordosten her, dennoch spazierten erstaunlich viele Menschen durch den düsteren Park. So, wie's schien, drehten um diese Stunde noch viele Hundebesitzer eine letzte Runde mit ihren Vierbeinern.

Shogi und seine fünf Begleiter beobachteten den abgeriegelten Zeltbereich schon seit gut zehn Minuten. Alles schien ruhig. Fast zu ruhig.

»Sollen Mathieu und ich mal genauer nachsehen?«, fragte Rainer, »wir könnten ja einfach vorbeispazieren.«

Shogi wollte ihnen schon die Zustimmung erteilen, als plötzlich ein uniformierter Mann um die Zeltecke bog. Er war allerdings nicht alleine.

»Mann, der hat einen Schäferhund dabei!«, rief Merlin.

»Nicht schon wieder!«, fügte Rainer an und dachte automatisch an die letzte Begegnung mit einem Hund. Noch heute tat es ihm leid, dass er dem Dobermann Schmerzen zufügen musste.

»Warum, verdammt noch mal, hat uns MC das nicht gesagt!«, empörte sich Shogi, »das wird der Informant doch gesehen haben!«

»Da kommt noch ein Sicherheitsmann!«, rief Adèle von hinten. »Da, von rechts!«

Tatsächlich überquerte ein zweiter Uniformierter die Wiese und gesellte sich zum Ersten. Sie begrüßten sich mit

Handschlag. Nach einem kurzen Schwatz schien sich der Erste zu verabschieden.

»Die haben Wachablöse«, kommentierte Merlin, »der Typ mit dem Hund hat offenbar Feierabend.«

»Okay, wir warten zehn Minuten, bis sich alles beruhigt hat, dann gehen Rainer und Mathieu nachsehen. Aber kein Risiko, ist das klar?«

KAPITEL 56

Die Stimmung bei Hanni und Nico war am Nullpunkt. Seit eineinhalb Stunden kurvten sie an der Ardèche entlang, zuerst aufs Geratewohl, dann systematischer. Sie fuhren praktisch jedes Sträßchen rund um den Pont d'Arc ab, erkundeten Park- und Campingplätze, blickten bei den Aussichtspunkten über das Tal, aber fanden keinen Anhaltspunkt, schon gar keine Fahrzeuge. Als sie im kleinen Dörfchen Vallon-Pont-d'Arc anlangten und damit den oberen Teil der Schlucht zum dritten Mal durchkämmt hatten, blieb Hanni entnervt stehen.

»Ich brauch einen Kaffee. Ich kann sonst nicht mehr!«

»Einverstanden«, meinte Nico und fuhr seiner Freundin zärtlich über die Wange. »Bist gut gefahren, Schatz.« Er gab ihr einen Kuss und stieg aus. Sein geübtes Auge hatte schnell eine geeignete Gaststätte ausgemacht. Hier würden sie sicher etwas Kleines zu essen bekommen. Außerdem fänden sie möglicherweise jemanden, der ihnen Tipps geben könnte.

Bereits wenige Minuten später saßen sie an einem Tisch in der Brasserie Chez Leon und hatten Wasser und ein Glas Weißwein vor sich stehen. Hanni war kribbelig und mit sich und der Welt weit unzufriedener als Nico, der sich auf seinen Salat Niçoise freute. Hanni konnte nicht nachvollziehen, dass er sich die Freiheit herausnahm, selbst diesen unfreiwilligen Aufenthalt zu genießen. Aus diesem Grund stocherte sie in ihrem kurze Zeit später servierten Salat herum, als schmeckte er nicht. Wie Nico durchaus registrierte, verschmähte sie die Crudités*, die aufgetischt wurden. Er konnte diese Selbstkasteiung nicht nachvollziehen und schob sich eine Möhrenstange an einer hausgemachten Currymayonnaise in den Mund.

»Wie kannst du zuschlagen wie ein Scheunendrescher? Ich komme mir fast schäbig vor, einfach herumzusitzen und nichts zu tun!«

»Meine Liebe«, begann Nico leicht nachkauend und schluckte, bevor er weiterfuhr, »überleg mal: Wenn wir, was durchaus sein kann, noch die restliche Nacht auf den Beinen sein werden, dann wäre es nicht nur unvernünftig, sondern fast unverantwortlich, würden wir nicht auch auf uns schauen. Bei jeder Hilfsaktion in den Bergen gilt: Zuerst sichern, dann retten. Im übertragenen Sinn musst du etwas essen, wenn du bei Kräften bleiben willst.«

Hanni fand dieses Argument nicht stichhaltig, aß dennoch ein paar Bissen. Man weiß tatsächlich nie, dachte sie trotzig.

---

* Crudités: Zumeist rohe Gemüse mit einem Dip.

Kaum waren sie fertig, stand Nico unvermittelt auf, nahm die Karte mit und ging zu einem Tisch am anderen Ende des Lokals, an dem ein halbes Dutzend Einheimische saßen. Es machte ihm überhaupt nichts aus, die Männer während des Essens anzuquatschen, und sie nahmen ihm die Störung auch nicht übel, wie es schien. Im Gegenteil. Schon bald entwickelte sich ein reges Gespräch, das Hanni aus der Ferne nicht genau mitbekam. Sie trank in der Zwischenzeit einen Espresso.

Nach einigen Minuten kam Nico zurück. Seinem Gesicht nach zu urteilen, waren die Informationen nicht nur erfreulich, das sah Hanni sofort.

»Diese Einheimischen haben mir erklärt, dass es nur eine Stelle in der Schlucht gibt, die man nicht von der Straße aus sehen kann. Dort macht der Fluss eine große Schleife.«

Er zeigte den Ort auf der Karte. Sie befand sich ein paar Kilometer unterhalb des Pont d'Arc. Sodann fuhr er weiter: »Hier könnte man ungestört campieren. Allerdings gelangt man derzeit nur per Kanu dorthin, da der regenreiche Winter die Wege verschüttet hat.«

»Bingo«, sagte Hanni, »dann sind wir also so nah wie noch nie an der Lösung und doch meilenweit entfernt! Mich bringst du jedenfalls nicht in ein Kanu! Dass das klar ist!«

Nico nickte. Auch er hatte keine Lust, mitten in der Nacht einen reißenden Fluss zu befahren. Hanni dachte jedoch weiter: »Aber wenn es so ist, wieso haben wir ihre Autos nicht gefunden?«

Fast wie in Zeitlupe riss er die Augen auf und fasste sich an die Stirn: »Aber natürlich! Wir haben einen Denkfehler gemacht! Natürlich würden sie nicht oben, am Beginn der Schlucht parkieren, sondern unten am Ende!«

KAPITEL 57

»Du bist Semele, nicht?« Saras Stimme klang freundlich, dennoch reagierte die angesprochene Frau etwas scheu, als sie auf Schweizerdeutsch angesprochen wurde. Sara ließ sich nicht gleich aus dem Konzept bringen.

»Ich bin Sara, die Freundin des Journalisten, der sich beim Sturz möglicherweise das Bein gebrochen hat.«

Semele nickte.

»Und du müsstest ihn kennen. Er heißt Mario Ettlin, ging mit deiner Schwester in dieselbe Klasse.«

Semele reagierte gelassen. »Kann sein«, sagte sie, »aber das ist lange her. Außerdem möchte ich nicht mehr mit meiner Vergangenheit konfrontiert werden. Damit habe ich abgeschlossen.«

»Verstehe. Dennoch eine weitere Frage: Du hast im Brief an deine Mutter geschrieben, dass du anlässlich der Bacchanalien eine besondere Rolle spielen sollst …«

»Ich spiele gar nichts«, antwortete Semele barsch und stand auf. »Im Übrigen bitte ich dich, mich nicht zu filmen.«

»Entschuldigung«, antwortete Sara und spielte ihren größten Trumpf aus, »das hat immerhin euer Guru befohlen, dass ich filme. Du wirst dich doch nicht gegen seine Anweisung stellen?«

Semele stapfte wortlos davon. Was Sara nicht realisierte, war die Wirkung ihres kurzen Gesprächs. Die junge Baslerin wusste durchaus, wer Mario Ettlin war, konnte sich an ihn noch gut erinnern. Jedes Mal, wenn er damals in ihre Wohnung gekommen war und nur Augen für Antigona hatte, wollte sie auch in seiner Nähe sein. Sie, das dreizehn Jahre alte Mädchen, fand ihn nicht nur ausgesprochen attraktiv, sondern sah in ihm gleichsam den Inbegriff des jungen Mannes, der am Beginn seines Lebens stand und dem alle Türen offenstanden. Wäre er Sänger in einer Band gewesen, sie hätte bei jedem Konzert kreischend in der ersten Reihe gestanden. So war das! Dass sich Mario die Mühe machte, hierher zu fahren, um sie zu suchen, ließ alte Gefühle aufkeimen und brachte ihr momentanes Gleichgewicht durcheinander.

Es verging eine geraume Zeit, bis sie sich wieder voll auf die anstehende Zeremonie konzentrieren konnte. Erst als mehrere Feuer brannten und über ihren Köpfen ein klarer Sternenhimmel gleißte, konnte sie wieder mit den anderen Tritt fassen und sich auf die kollektive Ekstase einlassen, was möglicherweise auch am Joint lag, den sie mitgeraucht hatte. Schon bald erklangen Trommeln und MC waltete als Zeremonienmeister seines Amtes. Der Meister hielt sich etwas im Hintergrund. Er aß und trank zwar mit den Jüngerinnen und Jüngern, nahm auch ein paar Züge der gereichten Marihuanapfeife, ließ aber ansonsten MC machen. Der präparierte zusammen mit drei Brüdern die beiden Schwitzhütten, die der rituellen Reinigung dienen sollten, und den Auftakt zur nächtlichen Prozession bildeten. Dass die Kinder Gaias damit den Indianern ein Ritual entlehnten, schien niemanden zu stören.

Das Feuer auf der Kiesbank loderte hell und strahlte eine behagliche Wärme ab. Gernot amtete auf MCs Geheiß als Feuermeister und schaffte es, dass nicht allzu viel Rauch aufstieg. Inmitten der roten Flammen lagen die kanonenkugelgroßen Steine, die später in die Schwitzhütten gerollt werden sollten, um sie zu beheizen. Ab und zu knackten die Steine, weil sie von der Hitze fast gesprengt wurden.

Die Brüder und Schwestern begannen nun mit Gesängen, die eine eigenwillige Kombination aus indischen und indianischen Einflüssen waren, und tanzten immer ausgelassener zur Trommelmusik.

Als ein fast voller Mond über dem Fluss aufging und das Tal mit seinem milchigen Schein verzauberte, wurden die heißen Steine auf die beiden Schwitzhütten verteilt. MC gab Anweisungen, was während der Aufgüsse zu tun sei, erklärte, dass sie nun in den Bauch der Mutter zurückkehrten und mit ihr in Kontakt treten würden. Um diese Verbindung aufrechtzuerhalten, war es nicht erlaubt, zwischen den vier Runden des Rituals aus der Hütte zu treten. Angesichts der herrschenden Hitze liege in der Überwindung des fast Unüberwindlichen der Schlüssel zur eigenen Entmaterialisierung, dozierte MC.

Sara filmte den Beginn der Zeremonie, was dank des Feuers und des Mondlichts problemlos möglich war. Nach kurzem Überlegen und weil es sie ein wenig fröstelte, entschloss sie sich, das Ritual ebenfalls mitzumachen. Sie tat es den anderen gleich, zog sich aus und kroch in die mit Planen abgedeckte Hütte der Frauen. Beinahe wäre sie von einer Panikattacke übermannt worden, weil es im Innern des Zeltes unerwartet eng, dunkel und stickig war. Einen Moment lang verschlug es ihr den Atem. Doch sie blieb und war schon bald ein Teil der Gemeinschaft. Mit der Zeit genoss sie die Hitze sogar, auch wenn der beißende Rauch von zerriebenen Kräutern, die auf die Steine gestreut wurden, anfänglich in den Augen brannte. Erschwerend kamen die vorgeschriebenen Aufgüsse hinzu, welche die Luftfeuchtigkeit in die Höhe trieben. Der Schweiß auf ihrem Körper tropfte herab, ihre Wangen waren gerötet, doch mit der Zeit gewöhnte sie sich daran. Je länger die Schwitzzeremonie dauerte, desto lustiger wurde es, da schon bald die Strenge der Vorschriften gelockert wurde und man auch zwischen den einzelnen Etappen aus dem Zelt treten und sich eine Abkühlung im Fluss verschaffen durfte. Das Kreischen der jungen Leute hallte durchs Tal, und die Stimmung wurde von Saunagang zu Saunagang ausgelassener, zumal immer mehr vom selbst gebrauten Bier getrunken wurde. Bald war auch die rigide Geschlechtertrennung aufgebrochen, und selbst der Meister und MC feierten ausgelassen mit.

KAPITEL 58

»Und wie läufts?«, fragte Nico, als er Trümpi am Telefon erreicht hatte.

»Schlecht, um es genau zu sagen! Immerhin hat dieser Turbillou eingewilligt, dass ich und drei andere in den Norden fahren dürfen, um unserer These nachzugehen. Er selber will nach wie vor nicht zugeben, dass er auf einen Holzweg geraten ist. Er bleibt stur in Alès. Wenigstens hat er mir seinen Assistenten Levrat mitgegeben. Der scheint mir der einzig Vernünftige in diesem Trupp zu sein. Und wo seid ihr?«

»Wir sind in Vallon-Pont d'Arc, einem kleinen Nest oberhalb der Gorge. Gefunden haben wir bislang nichts, aber wir haben von Einheimischen einen Hinweis erhalten, wo sich die beste Stelle zum Campieren befindet. Allerdings ist sie so abgelegen, dass sie nur per Kanu erreichbar ist.«

»Das wird ja immer besser. Wir werden wohl einen Helikopter brauchen, sofern wir einen bekommen.«

»Die Frage ist nur, ob wir heute noch viel ausrichten können. Wir jedenfalls tendieren dazu, hier in Vallon ein Zimmer zu nehmen und morgen weiterzusuchen.«

»Okay, macht das. Wir treffen uns in – sagen wir – 45 Minuten in der dortigen Polizeistation. Dann sehen wir weiter.«

*

Nico und Hanni bekundeten mehr Mühe als gedacht, in diesem an und für sich vom Tourismus lebenden Ort, ein Hotelzimmer zu finden. Offenbar begann die Saison erst in einem Monat, und vorher herrschte tote Hose. Als sie in einer Absteige eincheckten und beiläufig fragten, wo das Büro der Gendarmerie zu finden wäre, blickte sie der betagte Mann an der Rezeption an, als wären sie Geister. Erst, nachdem ihm Nico klargemacht hatte, dass sie selber keine Flics wären, wurde er gesprächiger. Als ihn Nico fragte, wie die momentanen Verhältnisse auf der Ardèche wären, reagierte der Rezeptionist erneut, als hätte er es mit dem Teufel zu tun.

Das sei zurzeit sehr gefährlich, antwortete er verschwörerisch. Der Fluss führe ungewöhnlich viel Wasser, außerdem würden in den Nächten die Wehre bei Mazes und Sampzon geöffnet, um den Wasserdruck zu senken.

»Und was bedeutet das?«

»Dann schießt das Wasser wie eine Walze durch die Gorge, überschwemmt die Uferbänke. Jeder, der sich dort aufhält, wird mitgerissen!«

»Na, angesichts der breiten Uferstrände kann es so schlimm wohl nicht werden, oder?«

»Doch Monsieur, man glaubt kaum, welche Wucht das Wasser hat. Und weil die Gorge viele trichterartige Engstellen aufweist, sind die Veränderungen des Wasserspiegels manchmal sprunghaft. Allein in den letzten Jahren sind da mehrere Leute überrascht worden, weil sie zu leichtfertig campiert hatten.«

*

Mit diesem wenig erfreulichen Gespräch im Kopf gingen Hanni und Nico kurze Zeit später zur Place de l'Ancienne Gare, wo sich die Gendarmerie befand. Jean-Jacques war noch nicht angekommen, weshalb sie beim Empfang der Station warten mussten. Langweilig wurde ihnen nicht, da ein erstaunlicher Betrieb herrschte. Da kamen Leute, denen etwas gestohlen worden war, eine Patrouille brachte einen randalierenden Betrunkenen. Ein anderer Gendarm musste eine Streife zu einem Unfall dirigieren und nahm gleichzeitig noch die Meldung entgegen, dass in einem benachbarten Städtchen zwei Drogenhändler in flagranti gefasst wurden.

Nach einer Viertelstunde trat Jean, als Letzter einer Vierergruppe, zur Türe herein. Die Begrüßung war kurz, aber herzlich. Der Schweizer stellte den französischen Kollegen seine beiden Freunde vor, und sogleich dislozierte man in ein Büro. Gegenseitig wurde der Wissensstand aufdatiert. Nach wenigen Minuten kam Levrat zum Schluss, dass man heute nicht mehr viel ausrichten könne.

»Jedoch gibt es noch einen Punkt, den es zu beachten gilt«, schaltete sich Nico ein. Die Beamten, denen die Müdigkeit im Gesicht stand, blickten fragend zu ihm herüber. Nico erzählte, was ihm der Portier geschildert hatte, dass bei Hochwasser die Wehre bei Les Mazes und Sampzon geöffnet würden. Dann schösse eine Wasserwalze durch die Schlucht, welche verheerende Auswirkungen haben könne!

Levrat schien dieses Szenario nicht sonderlich zu erschrecken. Er winkte ab und meinte, dass die Idee einer Wasserwalze doch sehr übertrieben sei. Allenfalls gebe es am Ufer nasse Schuhe. Dennoch erteilte er seinem Mitarbeiter den Befehl, mal beim Wasseramt des Departements nachzufragen, ob eine Öffnung der Wehre vorgesehen sei.

Der Beamte kam nach einigen Minuten zurück. Er habe niemanden im Amt erreicht, entschuldigte er sich, was angesichts des Freitagabends ja kein Wunder sei, deshalb habe er mit dem Feuerwehrhauptmann von Vallon telefoniert, um herauszufinden, wie gefährlich das Hochwasser sei. Und der habe Entwarnung gegeben.

»Da, Sie sehen es!«, fuhr Levrat fort und sah sich schon bald im Feierabend. »Morgen werden wir weitersehen. Ich glaube, mehr können wir heute nicht mehr erreichen.«

»Aber könnten Sie nicht«, rief Hanni dazwischen, »einen Helikopter aufbieten, der mal den Fluss entlang fliegt, um abzuchecken, ob die Kinder Gaias überhaupt da sind?«

»Madame«, antwortete Levrat zwar freundlich, aber mit leicht säuerlichem Lächeln, »Helikopterflüge müssen bei der Leitung der Gendarmerie beantragt werden, insbesondere Nachtflüge. Da solche Einsätze sehr kostspielig sind, sehe ich schwarz, dass wir das heute noch schaffen. Aber vielleicht morgen. Aus diesem Grund würde ich vorschlagen: Morgen um sieben Uhr in neuer Frische, d'accor?«

»Entschuldigen Sie«, hakte Hanni ungläubig nach, »Sie suchen eine kriminelle Gruppierung und haben Hinweise, wo sie sich aufhalten könnte. Und Sie vertagen die Recherche, weil ein Helikopterflug zu teuer ist? Das kann nicht Ihr Ernst sein.«

»Sehen Sie, Madame«, begann der Polizist, diesmal ohne Lächeln, dafür mit klarer Stimme, »wenn wir sie noch heute Nacht aufschrecken, könnten sie im Schutz der Dunkelheit wer weiß wohin fliehen. Morgen, bei Tag, schlafen sie wahrscheinlich ihren Rausch aus, da wird es für uns hundert Mal einfacher werden. Außerdem wird morgen auch der Capitaine zugegen sein. Sie entschuldigen mich.«

Kurze Zeit später traten die drei Schweizer etwas ratlos aus dem Polizeigebäude in die Nacht hinaus. Nico blickte zum Himmel hoch, ehe er sich an die anderen wandte:

»Die Sache gefällt mir nicht, außerdem nimmt die Gendarmerie das Hochwasser zu wenig ernst, wie ich finde.«

*

Kurz darauf waren sie wieder Chez Leon und tranken ein Glas Rotwein aus dem Lubéron. Jean hatte sich auf Geheiß von Nico ebenfalls eine Auswahl von Crudités bringen lassen und ließ sich die frischen Gemüse, die mit verschiedenen Dips serviert wurden, schmecken. Dazu aß er eine Wildschweinpastete.

»Wir können doch Sara nicht einfach den Sektenbrüdern ausgeliefert lassen, nur weil die Polizei keine Lust hat, etwas zu unternehmen«, durchbrach Hanni die entspannte Stimmung, »abgesehen davon, werde ich diese Nacht sowieso nicht schlafen können. Da kann ich sie genauso gut suchen gehen!«

»Du willst mitten in der Nacht mit dem Kanu die Ardèche runter?«, fragte Nico ungläubig.

»Nein, nicht mit dem Kanu. Aber der Typ vom Hotel hat doch gesagt, es gebe einen Fußweg.«

»Aber der ist an zwei Stellen verschüttet.«

»Was heißt schon verschüttet? War der dort? Ich bin schon x-mal in den Alpen über Wege gegangen, bei denen Geröllawinen für schwierige Verhältnisse gesorgt haben. Aber es ging immer irgendwie. Kann hier wohl nicht schlimmer sein.« Hannis trotzige Stimme schien die Männer in ihrer Ehre zu treffen. Wenn eine Frau das sagte, konnten sie nicht gut zurückkrebsen. So war schnell beschlossen, es wenigstens zu versuchen. Sie fuhren nochmals zum Hotel, wo auch Jean eincheckte. Während er seine Sachen nach oben brachte, ließ sich Nico vom Portier des Hotels den Weg in die Gorge schildern und überhörte geflissentlich dessen Bedenken. Als er ihm einen 20-Euro-Schein über den Tresen schob und sich für die Infos bedankte, schüttelte der andere den Kopf. Immerhin holte er zwei lichtstarke Taschenlampen und streckte sie Nico entgegen.

*

Kurze Zeit später fuhren sie von Vallon aus in Richtung Westen. Nico wollte sich zuerst noch eines dieser Stauwerke ansehen, von denen ihm der Hotelportier erzählt hatte. Einfach, um sich ein Bild vom Wasserstand zu machen. Sie fanden das kleine Örtchen Sampzon ebenso problemlos wie auch die Zufahrt zum Wehr.

»Halt an«, befahl Nico und stieg noch während des Bremsvorgangs aus. Hanni quittierte sein voreiliges Handeln mit einem Kopfschütteln, dennoch gesellten sie und Jean sich zu ihm und betrachteten die rund drei Meter hohe Staumauer. Obschon es fast dunkel war, sah man sogleich, dass die Ardèche sehr viel Wasser führte. Tosend schoss der Fluss über das Betonwehr ins tiefer liegende Becken. Die Geschwindigkeit des Gewässers war selbst von hier aus beängstigend hoch. Doch dann geschah etwas, das ihnen einen kalten Schauer über den Rücken jagte. Als es vom Dorf her acht Uhr schlug, ertönte eine Sirene durchs Tal. Und sogleich öffneten sich an zwei Stellen im Wehr wie von Geisterhand vier Schleusen. Als hätte das Wasser auf diesen Akt der Freilassung gewartet, schwoll der Geräuschpegel umgehend an, ebenso nahm die Geschwindigkeit des Ablaufs rasant zu.

»Das hat uns gerade noch gefehlt!«, kommentierte Hanni das Gesehene.

»Von wegen, dass die die Schleusen nicht öffnen würden!«, rief Nico empört.

»Gut, es mag nach viel Wasser aussehen«, relativierte Jean, »dennoch reicht das noch lange nicht aus, um eine Schlucht wie die Gorge aufzufüllen.«

»Sofern weiter oben nicht noch weitere Schleusen geöffnet werden«, entgegnete Nico trocken.

»So oder so: Wir müssen Sara finden. Jetzt!«, schloss Hanni das Gespräch und ging zum Auto zurück.

*

Dass sie kein passendes Gefährt für derartige Schottersträßchen besaß, wusste Hanni sogleich, als das Trio vom kleinen Dörfchen Labastide aus nordwärts fuhr. Weil sie vielen Schlaglöchern ausweichen musste, kamen sie nur langsam hoppelnd vorwärts.

»Habe mal gehört«, sagte Nico etwas ungeduldig, »dass man auf Schotterstraßen besser mit einem gewissen Tempo fährt, um über die Schlaglöcher hinwegzugleiten.«

Obschon es finster war, sah er Hannis Augenaufschlag und wusste, dass er besser schwieg, sonst müsste er am

Ende noch selber das Steuer übernehmen. Nach rund zehn Minuten kamen sie zu einer Abzweigung.

»Rechts oder links, das ist die Frage?«, rief Hanni.

»Halt mal an«, antwortete Nico und stieg aus. Im Schein des Fernlichts betrachtete er beide Möglichkeiten und bemerkte, dass die Abzweigung nach links eher befahren aussah. Als er sich wieder ins Auto gesetzt hatte, lächelte ihn Hanni spöttisch an: »Wusste gar nicht, dass du auch Indianer bist!«

»Nicht Indianer, aber Spuren- und Fährtenleser. War schon als Knabe gut darin.«

Jean-Jacques Trümpi, der im Fond saß, konnte sich ein Schmunzeln nicht verkneifen, aber sagte nichts. Nach einer endlos scheinenden Fahrt kamen sie unvermittelt zu einer Ruine. Hier war das Sträßchen zu Ende.

»Hat dir das der Typ vom Hotel so geschildert?« Hannis Stimme klang angriffig.

Nico blickte sich um. Weit und breit kein Mensch. Als er ausgestiegen war, brauchten seine Augen einen Moment, bis sie sich an die Dunkelheit gewöhnt hatten. Doch dann ging drüben auf der anderen Talseite der Mond auf. Ein schier unglaubliches Schauspiel. Die beinah runde Scheibe tauchte wie in Zeitlupe hinter einem Berg auf und stand schon kurze Zeit später strahlend am Himmel. Nun gesellten sich auch Jean und Hanni zu ihm. Plötzlich schien der Polizist etwas gesehen zu haben und marschierte rund zwanzig Meter weiter.

»Und?«, rief ihm Hanni in die Stille nach.

Erst kam keine Antwort, dann folgte ein dringlich tönendes »Kommt her!«

Als die beiden bei ihm waren, hielt er einen Feldstecher in der Hand und deutete auf einen Punkt in der Ferne.

»Den habe ich von Levrat bekommen«, erklärte er den Umstand, ein Fernglas zu besitzen, gleich selber. »Seht ihr da vorn diesen Einschnitt im Tal? Wenn ich mich nicht täusche, brennen dort mehrere Feuer. Und wenn ich es richtig sehe, bewegen sich viele Gestalten!«

Nico griff nach dem Feldstecher und blickte in die fragliche Richtung:

»Ja, du hast recht! Das könnten sie sein. Die Frage ist nur, wie wir dorthin kommen, zumal wir auf der falschen Flussseite stehen?«

Hanni hatte sich in der Zwischenzeit umgesehen: »Da drüben beginnt ein Wanderweg, der, wenn ich mich nicht täusche, zum Pont d'Arc führt.« Sie war nun kaum mehr zu bremsen: »Da kommen wir sicher zum Fluss runter!«

»So sei es denn«, erwiderte Nico, »auch wenn ich ehrlich gesagt noch immer nicht weiß, was wir da ausrichten wollen! Dem Guru zurufen, dass wir Sara mitnehmen möchten, weil sie zu uns gehört?«

»Nein, zuallererst gilt es herauszufinden, ob es sich wirklich um die Kinder Gaias handelt. Dann will ich wissen, wie es Sara geht. Vielleicht müssen wir ihnen klar machen, dass sie in Gefahr sind, weil jederzeit ein Hochwasser kommen kann«, antwortete Hanni.

»Oh, und du meinst, diese vollgedröhnte Horde von Neohippies, die da unten okkulte Rituale durchführt, hört auf uns Frührentner, zumal wir über den Fluss schreien müssen?« Nicos Einwurf war nicht mal halb so ironisch gemeint, wie er klang.

Hanni musste zugeben, dass dies nicht wirklich zu erwarten war. Dennoch wollte sie nicht umkehren und marschierte forschen Schrittes den Weg hinunter. Jean und mit einer gewissen Verzögerung auch Nico folgten ihr.

KAPITEL 59

Mathieu und Rainer schlenderten an der Uferpromenade entlang, als hätten sie nichts Besseres zu tun. Sie umrundeten das Partyzelt und sahen den Nachtwächter, wie er, um irgendwie die Zeit totzuschlagen, auf und ab ging. Er schien sie nicht zu beachten. Als sie die Rückseite des Zeltes passierten, erblickten sie das zweite, kleinere Zelt, das für die Küchenmannschaft aufgebaut worden war. Beide Zelte waren durch einen rund zwei Meter langen, gedeckten Gang verbunden. Sie sahen im Schein einer Halogenlampe einige Kühlschränke sowie Arbeitstische und dahinter eine Schöpfstraße. Das ganze Areal war von einem mannshohen Zaun umgeben, der am oberen Rand zackenartige Widerhaken aufwies.

»Die igeln sich ein, als erwarteten sie Hunderte von Demonstranten«, meinte Rainer.

»Das Beste wird sein, mit unserer Drahtschere an der Rückseite des Cateringzeltes eine Öffnung rauszuschneiden. So können wir rein und herausfinden, wo sich das Wasserlager befindet«, schlug Mathieu vor.

»Aber wie verhindern wir, dass der Nachtwächter bei seinen Patrouillen das Loch entdeckt?« – Rainer wirkte nicht überzeugt.

»Indem wir ihn außer Gefecht setzen.«

»Wenn er seinen Job nicht macht, werden sie morgen erst recht nachsehen gehen, was passiert ist. Wir müssen die ganze Aktion so zustande bringen, dass er nichts bemerkt.«

»Und wie?«

»Indem wir dafür sorgen, dass vorne beim See ein großer Rummel entsteht!«, Mathieu grinste siegesgewiss.

»Okay, und was ist dein Plan?«

*

Als es gegen zwei Uhr nachts ging, spazierten Merlin und Adèle Arm in Arm an der Seepromenade entlang. Ab und zu blieben sie stehen, küssten sich. So näherten sie sich langsam der Vorderseite des Zeltes. Wieder hielten sie inne und umarmten sich. Fast ein wenig zu innig, wie Adèle fand, da Merlin wirklich aufs Ganze ging und mit seinen Händen überall war. Der Nachtwächter hatte sie schon entdeckt, denn er stand beim Eingang. In Ermangelung von Alternativen genoss er das gebotene Schauspiel und schmunzelte über die leidenschaftlich vorgetragene Szene.

In diesem Moment gab es keine fünfzig Meter entfernt einen lauten Knall, und sogleich ging eine Segeljacht, die an einem Quai angetaut war, in Flammen auf. Eine grellrote Feuersäule züngelte in den Nachthimmel, kurz darauf krachte es erneut. Wenn es Merlin richtig sah, floh ein Schatten in westlicher Richtung. Das musste Mathieu gewesen sein, dachte er beeindruckt.

Der Knall lockte auch den Nachtwächter hervor, und Merlin ging in die Vollen.

»Sehen Sie das?«, rief er dem verdutzten Mann auf Schweizerdeutsch zu, »da brennts! Verdammt, was geht da ab?«

Der Sicherheitsmann kam näher und blickte ebenfalls fragend in Richtung Hafen.

»Da brennt ein Boot!«, rief Merlin aufgebracht.

»Wie kann denn so etwas passieren?«, fragte der Uniformierte und zögerte. »Sie müssen etwas unternehmen!«, insistierte Merlin. »Ich habe kein Handy dabei! Schnell, sonst explodiert bald das nächste Boot! Die haben alle Gas-Kartuschen an Bord!«

Der Uniformierte wirkte paralysiert, da gab es tatsächlich eine weitere Explosion, was auch Merlin überraschte. Adèle erschütterte das Bild des brennenden Bootes bis ins Mark. Sie konnte sich vom schaurigen Schauspiel kaum mehr lösen. Auch Merlin hätte nicht gedacht, dass diese Boote so leicht brennen würden. »Rufen Sie die Feuerwehr und die Polizei!«, rief er nervös.

Der andere nickte und wählte endlich die Notrufnummer. In kurzen Sätzen gab er durch, was passiert war und tatsächlich fing bereits ein zweites Boot Feuer. Der Nachthimmel verfärbte sich orange, eine dunkelschwarze Rauchsäule zwirbelte nach oben. Es stank nach verbranntem Kunststoff.

»Mais, c'est incroyable!« hauchte Adèle fasziniert. Der Uniformierte, der anscheinend genügend Französisch verstand, nickte. »Vraiment, horrible!«, doppelte er nach.

»Mais aussi dangereux, n'est-ce pas?«, fügte sie an.

»Das kannst du laut sagen«, rief Merlin, »Scheiße, das gibt ein richtiges Inferno!«

Selbst der Uniformierte blickte gebannt zum kleinen Hafen beim Casino hinunter und wäre nicht im Traum auf die Idee gekommen, wieder seiner Arbeit nachzugehen.

Nur wenige Minuten später hallte das Martinshorn durchs Quartier. Die Feuerwehr war trotz der vorgerückten Nachtstunde schneller am Platz, als es Merlin erwartet hätte. Sie bretterte mit zwei Löschfahrzeugen quer über die Parkwiese und stoppte in der Nähe des Brandherdes unterhalb des Casinos. Man sah, dass bei den Einsatzkräften jeder Handgriff saß, offenbar war es nicht das erste Mal, dass sie brennende Boote löschen mussten.

Mittlerweile waren auch weitere Gaffer hinzugekommen und blickten mit einem Gemisch aus Grausen und Faszination in Richtung Hafen. Die Feuersäule schoss noch ein-, zweimal wuchtig in die Höhe, bevor es der Feuerwehr mit einer Mischung aus Schaum und Chemikalien gelang, die Flammen nach und nach einzudämmen. Ein eigentümlicher Geruch hing über dem Seebecken, als nach rund zehn Minuten auch die Kantonspolizei eintraf. Für Merlin und Adèle das eindeutige Zeichen, langsam das Feld zu räumen. Die letzten turbulenten Minuten würden ihren Freunden wohl genügend Zeit eingeräumt haben, die Wassertauschaktion durchzuführen.

Als sie gemächlich schlendernd beim Bus ankamen, wurden sie von den anderen schon erwartet. Für einmal lächelte auch Shogi. Die Battle sei gut abgelaufen, resümierte er. Einzig, dass mehrere Boote Feuer fingen, hätte man aus Umweltschutzgründen vermeiden können. Damit zielte er auf Mathieu, der diesen Part übernommen hatte und ob des Kommentars schmollte. Er ahnte zurecht, dass es Shogi nur ärgerte, nicht selber auf die Idee mit den brennenden Booten gekommen zu sein. Immerhin, so bilanzierte Shogi weiter, hätten sie das Wasser problemlos austauschen können und damit ihre Mission erfüllt.

Daraufhin startete Etienne das Auto, um Richtung Zürich auf die Seestraße aufzufahren. Weil alles so glatt gelaufen war, wollten sie in der Stadt noch was trinken gehen, als plötzlich drei zivile Polizeiautos heranpreschten und den Bus einklemmten. Rainer riss die Tür auf und versuchte zu fliehen, doch da war er bereits von einem bulligen Beamten eingeholt und zu Boden geworfen worden. Die anderen waren so überrascht, dass sie an Flucht gar nicht mehr denken konnten. Der Zugriff erfolgte blitzschnell und professionell, sodass schon nach wenigen Sekunden der Einsatz beendet und die insgesamt sechs Kinder Gaias gestellt waren. Aus einem grauen BMW, der auf einem Parkfeld im Dunkeln stand, beobachtete ein junger Mann mit kurzen, rötlichen Haaren das Geschehen. Neben ihm saß Severin Martelli.

»Kennen Sie alle?«

»Ja«, sagte Daniel Landolt und senkte seinen Blick. Seit seinem Rauswurf aus der Sekte verging kein Tag, an dem er sich nicht an Shogi hätte rächen wollen. Da kam der Anruf von MC und dessen Befehl, Shogi auflaufen zu lassen, wie ein Wink vom Himmel. Nun war dieses Berliner Großmaul definitiv weg vom Fenster, dennoch wollte sich keine Freude einstellen. Der Verrat an seinen Brüdern und an Adèle lastete schwer auf ihm. Einzig die Hoffnung, als Gegenleistung von MC wieder in die Gemeinschaft aufgenommen zu werden, machte diese Tat erträglich.

KAPITEL 60

Hanni stand vor der Geröllawine und musste einsehen, dass ihre Überwindung schwierig werden würde. Mächtige Felsbrocken hatten den Weg nicht nur verschüttet, sondern ihn auf einer Strecke von vier oder fünf Metern mitgerissen. Jean und Nico standen dicht hinter ihr und dachten dasselbe.

»Wir können diese Stelle nur oberhalb passieren«, resümierte Nico seinen Eindruck und züngelte mit seiner Taschenlampe in die Höhe, »dort, bei diesem umgeworfenen Baum, könnte es gehen.«

»Aber nicht ohne Seil«, entgegnete Jean, »das ist schlicht zu gefährlich. Dieses Material ist locker und kann nachrutschen. Das dürfen wir nicht riskieren. Schon gar nicht in der Nacht!«

Hanni wollte es zuerst nicht wahrhaben und schmollte, doch sie wusste, dass er recht hatte. »Wenigstens sind wir nah genug, um mit dem Feldstecher schauen zu können, ob es wirklich die Gaianer sind. Vielleicht sehen wir auch Sara«, tröstete sie sich.

Hanni erklomm den ersten Felsen, der wie eine Treppe geformt war. Oben angekommen reichte ihr Jean das Glas. Sie blickte durch und traute ihren Augen nicht: »Die baden im Fluss!«, rief sie verblüfft. »Und sie sind alle – nackt!«

Die beiden Männer blickten sich vielsagend an und erklommen den Felsbrocken ebenfalls. Hanni reichte den Feldstecher an Nico weiter. Der durchschaute bald, was ablief:

»Die machen eine Sauna! Da, sie kommen aus einer indianisch anmutenden Hütte und springen, um sich abzukühlen, in den Fluss. Das macht man in der Regel nackt. Also keine okkulte Szenerie!«

Nun wollte auch Jean einen Eindruck bekommen. Und während er beobachtete, wie sich drei junge Männer unter Gejohle in die Fluten stürzten, interessierte Hanni, ob er Sara irgendwo sähe. Die würde sicher nicht mitmachen, sondern wäre möglicherweise eingesperrt oder gar gefesselt, vermutete sie. Jean hatte das Glas wieder an Nico zurückgereicht, weil er Sara nur flüchtig kannte. Nico suchte nun systematisch das ganze Lager ab.

»Ich sehe nirgendwo Leute außer beim großen Feuer und in den Schwitzhütten. Da, jetzt kommen einige Frauen …«

Weiter kam er nicht, weil Hanni ihm das Glas entriss: »Gib her du Spanner, das ist nichts für dich!«

Sie blickte durch das Fernglas. »Da ist Sara! Aber das glaube ich nicht! Sie macht bei diesem kindischen Getue mit, und jetzt taucht sie in den Fluss ein! Sie muss eine Art Gehirnwäsche durchgemacht haben!«

»Das ist nicht verwunderlich«, erklärte Nico, »man nennt dieses Phänomen Stockholm-Syndrom, wenn sich die Geiseln mit den Geiselnehmern solidarisieren.«

Jean war von dieser Verwandlung nicht überzeugt: »Sara ist doch erst ein paar Stunden bei denen. Ich glaube eher, sie macht mit, um mehr Freiheiten zu bekommen. Wenn die Sektenbrüder das Gefühl haben, sie sei fast eine von ihnen, kann sie auch einfacher fliehen.«

»Du magst recht haben«, kommentierte Hanni das Geschehen, »aber dann spielt sie ihre Rolle verdammt gut. Nun steht sie mit einer anderen Frau beim Feuer und wärmt sich wieder auf. Auf mich wirken diese Sektenleute wie ausgelassene Teenager auf einer Geburtstagsparty: Komplett überdreht und albern kichernd!«

Was sie nicht erzählte, aber genau beobachtete, war die Tatsache, dass in der Zwischenzeit auch einige hüllenlose Männer zum Feuer getreten waren und mit den beiden Frauen nicht nur plauderten, sondern ihnen auch körperlich recht nahe kamen. Einer stand dicht hinter Sara, massierte ihr den Rücken. Es schien, als ließe sie sich das Ganze durchaus gefallen. Hanni stutzte und schwieg.

»Ist doch kein Wunder«, durchbrach Nico die Stille, »dass die so durchgeknallt sind, die haben sicher Drogen genommen!«

Jean pflichtete ihm bei und fügte an: »Wenigstens sind wir nun sicher, dass es sich um die Sekte handelt und es Sara gut geht. Levrat lag mit seiner Einschätzung nicht so falsch. Im Lager passiert heute nicht mehr viel, und morgen liegen die sicher wie die toten Fliegen in ihren Zelten. Man braucht sie nur noch einzusammeln. Auch die Hochwassersituation dünkt mich nicht derart gefährlich, dass man unbedingt handeln muss.« Dann nahm er sein Handy hervor: »Ich gebe Levrat noch unseren Kenntnisstand durch, sodass er alles für morgen in die Wege leiten kann.«

Nico nickte. »Ja, morgen«, wiederholte er. »Komm Hanni: Rückzug!«

Die Angesprochene murrte noch ein bisschen, aber sah letztlich auch ein, dass die Mission für heute erfüllt war. Sie sagte beim Rückweg zum Auto nicht viel, sondern fragte sich, ob auch sie so offensiv wie Sara gehandelt hätte. Schließlich lief sie Gefahr, dass sie die im wahrsten Sinne des Wortes aufgeheizten Männer nicht mehr abschütteln könnte. Und was dann im Lager noch folgen würde, wollte sie sich nicht en détail ausmalen.

KAPITEL 61

Punkt sieben Uhr warteten Nico und Hanni vor der Polizeistation. Jean war schon eine gute halbe Stunde früher hingegangen. Vor der Tür standen vier Einsatzbusse der Gendarmerie, offenbar hatte Capitaine Tubillou entgegen früheren Aussagen nun doch ein großes Detachement aufgeboten. Dann ging die Tür auf, und zwei Dutzend grimmig dreinblickender Männer traten heraus. Sie trugen olivgrüne Kampfanzüge, Helme und waren mit Faustfeuerwaffen und Schlagstöcken ausgerüstet. Ohne ein Wort zu verlieren, setzten sie sich in die Busse. Am Schluss folgten Jean, Levrat und Turbillou. Der Zürcher Polizist stellte Hanni und Nico dem Capitaine vor, der ihnen freundlich die Hand schüttelte.

So schlimm, wie Jean tat, sah er gar nicht aus, dachte Hanni.

Zu ihrem Erstaunen lud er sie ein, mitzukommen. Nachdem die Polizei ja schon wiederholt Journalisten an ihre Einsätze mitgenommen habe, argumentierte er selbstgefällig, wolle er gerne auch den Schweizer Gästen die Arbeit der französischen Polizei näher bringen. Im Übrigen sei es ja ein Geben und Nehmen, fuhr er munter fort, schließlich würde der Steuerzahler dank der Arbeit der Presseleute auch besser verstehen, weshalb ein Einsatz in dieser Größenordnung so viel Geld koste. Allerdings rechne er hier mit keinen nennenswerten Komplikationen, sodass der Einsatz kurz ausfallen dürfte. Zwei große Hubschrauber würden die beiden Gruppen Grenadiere oberhalb und unterhalb des Lagers absetzen, so erklärte er weiter, und der zangenartige Zugriff würde blitzschnell erfolgen. Sie und Jean sollten sich ihm anschließen.

Kurze Zeit später fuhr der Konvoi zu einem großen Parkplatz in der Nähe des Pont d'Arc. Zwei mächtige Hubschrauber standen dort und wirkten wie übergroße Heuschrecken. Ihre Rotorblätter hingen wie schlaffe Fühler herunter. Hanni spürte in ihrer Magengegend einen Anflug von Übelkeit, da sie jede Art von Fliegen hasste und deshalb tunlichst vermied. Aber diesmal gab es kein Zurück. Und so setzte sie sich mutig auf den ihr zugeteilten Sitz. Wenigstens wusste sie Nico und Jean neben sich. Die Grenadiere, die ihr gegenüber und in der Verlängerung der Bankreihe in Richtung Cockpit Platz genommen hatten, glichen Robotern. Ihre Gesichter waren eingefroren und blieben auch in der Folge regungslos.

Diese Männer kannten wohl keine Emotionen, dachte Hanni und fürchtete sich fast ein wenig vor ihnen. Dann startete der Pilot die Turbine. Die Rotorblätter wirbelten mächtig viel Staub auf, wie Hanni durch ein kleines Fenster beobachten konnte. Wenige Augenblicke später hoben sie ab. Der Lärm war unerträglich, und man musste schreien, um reden zu können. Aus diesem Grund deutete der Capitaine mit Handzeichen zum Fenster, um den Reiseführer zu spielen und den Schweizern den Pont d'Arc zu zeigen. Hanni nickte freundlich, vermied es allerdings, allzu lange aus dem Fenster zu sehen. Das hätte ihr der Magen nicht verziehen.

Bereits nach wenigen Minuten landete der Hubschrauber. Sofort öffnete sich eine Luke, und die Polizisten eilten aus der Kiste, als hätten auch sie Flugangst.

Die Schweizer Gäste mussten noch einen Moment warten, dann kam Levrat zurück und bedeutete ihnen, ebenfalls auszusteigen. Hanni und Nico sahen gerade noch, wie sich die Grenadiere im Laufschritt dem Camp näherten und wie von der gegenüberliegenden Seite die zweite Gruppe heraneilte. Hanni erschrak, mit welcher Wucht und rücksichtsloser Gewalt der Einsatz durchgeführt wurde. Es vergingen keine fünf Minuten, bis die Kinder Gaias aus dem Schlaf gerissen und in der Mitte der Zeltstadt zusammengetrieben wurden. Die meisten hatten kaum was an und schrien auf, als sie aus den Schlafsäcken gezerrt wurden. Die Beamten zeigten selbst bei Frauen keine Rücksicht und packten sie an den Armen und Beinen, schleiften sie wie Schwerverbrecher aus den Zelten und über die Kiesbank. Hanni war entsetzt und herrschte Nico an, er sollte endlich dafür sorgen, dass man diese Leute wie Menschen behandelte. Doch Nico war ebenfalls perplex, selbst Jean sagte nichts und scharrte hilflos mit dem Fuß im Kies. Er hätte ihnen noch etwas sagen wollen, aber kam nicht dazu.

Einige der Kinder Gaias wehrten sich gegen die Polizeigewalt, begehrten auf, aber verstummten angesichts ihrer aussichtslosen Lage gleich wieder. Nur zwei oder drei versuchten einen Fluchtversuch. Doch sie kamen barfuß nicht weit und wurden unsanft zu Fall gebracht und zurückgetrieben.

Für Hanni war das zu viel. Sie ging zu Turbillou und schrie ihn an, er möge augenblicklich dafür sorgen, dass seine Leute respektvoller mit den jungen Menschen umgingen. Doch der Capitaine blickte sie nur herablassend an und meinte aufreizend überheblich: »Madame, das sind Terroristen. Die haben mehrere Menschen auf dem Gewissen, würden, wie ich von unseren Kollegen aus Zürich erfahren habe, sogar so weit gehen, mehrere Hundert Menschen mit radioaktiv verstrahltem Wasser zu vergiften! Was, glauben Sie, haben solche Leute verdient?«

Hanni verstand nicht und suchte den Augenkontakt mit Trümpi. Der blickte betreten zu Boden. Auch er hatte erst heute Morgen vernommen, was in Zürich vorgefallen war. In kurzen Worten schilderte er Nico und ihr, was er wusste.

In der Zwischenzeit kamen zwei Polizisten mit dem Guru daher. Er blutete aus der Nase und wirkte wie benebelt; wohl die Folge eines Handgemenges, das er gegen die trainierten Grenadiere verloren hatte. Kurze Zeit später wurde auch MC auf den Platz geschleift. Er war bewusstlos. Als kampferprobter Mann waren mindestens drei Flics nötig gewesen, um ihn in den Griff zu kriegen. So richtig gelang das aber erst, als man ihn taserte*.

Hanni fühlte sich schlecht. Diese Bilder würde sie nie mehr aus ihrem Kopf bekommen. In ihrer Chancenlosigkeit glichen die Gaianer Schlachtvieh, dem das letzte Stündlein geschlagen hatte. Doch plötzlich blickte sich Hanni fragend um. Wo war Sara?

*

Zuerst gab man den Frauen Zeit, sich anzuziehen und bereit zu machen, dann den Männern. Aber unabhängig des Geschlechts wurden ihre Hände mit Plastikbindern gefesselt, die sich in die Handgelenke einschnitten.

Das Zelt des Sektenführers wurde von Turbillou kurzerhand zum improvisierten Vernehmungszimmer umfunktioniert. Zuerst wollte er sich den Meister vorknöpfen, weshalb man jenen unsanft in einen Klappsessel bugsierte. Dann begann das Verhör. Dass der Guru auf Englisch mehr-

---

* Tasern: Durch eine Elektroschockpistole außer Gefecht setzen.

fach wiederholte, ohne Anwalt nichts zu sagen, machte auf Turbillou keinen Eindruck. Er bohrte gleichwohl weiter und machte ihm klar, dass seine Aktion in Zürich gescheitert war, was in TAGs Gesicht ein kurzes, heftiges Zucken auslöste. Mit einem selbstgefälligen Grinsen gab Turbillou den Befehl, alle nach Montpellier zu überstellen. In der Polizeikaserne würden diese Terroristen schon mürbe, fügte er launisch an, und seine Augen funkelten.

Gegen neun Uhr, die Sonne stieg gerade über der Schlucht auf und vertrieb langsam die Kälte des Morgens, wurden die ersten acht Kinder Gaias von insgesamt sechs Polizisten zum Helikopter begleitet und nach Montpellier ins Untersuchungsgefängnis geflogen. Kurze Zeit später wiederholte sich das Ganze mit einer zweiten Gruppe. Zu ihr gehörten auch der Meister und MC. Letzterer wirkte immer noch wie weggetreten. Der Elektroschock musste bei ihm durch Mark und Bein gegangen sein, vermutete Nico.

Die restlichen Sektenjünger ließ man im Abstand von einem Meter in einer Reihe hinknien. Sie mussten ihre gefesselten Hände über dem Hinterkopf halten, und man sah es ihren Gesichtern an, wie unbequem ihre Lage war, aber sie durften sich weder bewegen noch miteinander sprechen. Auch Hanni und Nico wurde untersagt, mit den Gefangenen Kontakt aufzunehmen, was Hanni allerdings nicht daran hinderte, in einem unbeobachteten Moment einen jungen Mann anzusprechen. Obwohl sie ihn auf Französisch nach dem Verbleib von Sara fragte, antwortete er auf Deutsch. Was er ihr sagte, überraschte sie. Weil ihr Gespräch jedoch von einem der patrouillierenden Polizisten unterbunden wurde, konnte sie nicht mehr nachhaken. Ärgerlich stapfte sie zu Nico zurück, der am Rande des Camps auf einem umgedrehten Kanu saß. Obwohl es für ihn nachvollziehbar war, dass die Polizei nicht mit Samthandschuhen agieren konnte, ging ihm der Einsatz an die Nieren. Schließlich handelte es sich bei den meisten der jungen Leute nur um Mitläufer, die es nicht verdienten, wie die Führungsclique behandelt zu werden. Hanni holte ihn aus seinen Gedanken:

»Mir hat einer der Gaianer gesagt, dass Sara wahrscheinlich im Laufe der Nacht fliehen konnte!«

»Zu Fuß oder mit dem Kanu?«

»Das weiß ich nicht, konnte nicht lange mit ihm reden. Aber er hat mir noch was gesagt. Sara floh nicht alleine!«

»Nein?«

»Nein. Diese Baslerin muss mitgegangen sein.«

»Semele hat freiwillig ihre Gruppe verlassen? Das dünkt mich sehr merkwürdig.«

In dem Moment stieß auch Jean zu ihnen. Auch an ihm waren die letzten beiden Stunden nicht spurlos vorübergegangen. Obwohl er als Polizist schon viele Einsätze miterlebt und teilweise auf Demos mit gewaltbereiten Gegnern zu tun gehabt hatte, war es hier anders gewesen. Von polizeilicher Warte aus betrachtet, konnte man dem Einsatzleiter wahrscheinlich nichts vorwerfen, dennoch schwebte über der Aktion ein unguter Geist. Irgendetwas Brachiales, Rohes und Entwürdigendes. Vielleicht lag es daran, dass die sogenannten Täter im Schlaf überrascht wurden und in ihrer spärlichen Bekleidung hilflos wie Kinder wirkten.

Noch nie zuvor waren ihm die unterschiedlichen Qualitäten von Zusehen und Teilnehmen so klar vor Augen geführt worden.

Von Hanni wurde er aus seinen Gedanken gerissen: »Sara ist geflohen, und diese Semele allem Anschein nach mit ihr! Stellt sich die Frage, ob zu Fuß oder mit dem Kanu.«

Jean betrachtete das zügig vorbeifließende Gewässer. »Würdet ihr das wagen? Mitten in der Nacht in ein Kanu zu steigen und im Dunkeln flussabwärts zu fahren?«

»Kommt vielleicht drauf an, was ich zuvor erlebt hätte. Wenigstens«, fuhr Nico sachlich weiter, »war es dank des Mondes nicht ganz so finster.«

»Das dürfte die Stromschnellen allerdings nicht weniger angsteinflößend gemacht haben«, entgegnete Jean.

»Ich wäre auf alle Fälle zu Fuß geflohen«, sagte Hanni bestimmt. »Nie und nimmer wäre ich in so ein Wackelding gestiegen.«

»Auf der anderen Seite braucht man auf dem Fluss nicht nach dem Weg zu suchen. Der ist klar. Ganz im Gegenteil zu diesem Gelände da oben!« Trümpi deutete in die Wildnis hinaus.

»Dennoch wundert es mich maßlos, dass Semele mitgegangen ist«, warf Nico ein, »warum hätte sie fliehen sollen? Für sie gab es keinen Grund!«

KAPITEL 62

Immer wieder überfielen Semele heftige Weinattacken. Lautlos flossen Tränen, dazwischen japste sie, um Luft zu kriegen. Sie wirkte abwesend. Sara legte ihr den Arm um die Schultern und versuchte sie zu trösten, doch die Bilder, welche Semele verfolgten, konnte auch sie nicht tilgen.

Wie sie es geschafft hatten, sich mit einem Kanu bis ans Ende der Schlucht durchzuschlagen, hätte sie nicht mehr sagen können, erst recht nicht, wie sie die heftigen Stromschnellen passierten. Dass sie so kurz vor Schluss dennoch kenterten, war Pech gewesen und ihrer Müdigkeit zuzuschreiben. Das kalte Wassers machte sie schlagartig wieder wach, und sie konnten sich schnell aus ihrer misslichen Lage befreien, das Boot umdrehen und weiterfahren. Dann ging endlich die Sonne auf, doch die wärmenden Strahlen drangen noch nicht ins Tal vor.

Semele und Sara saßen steif gefroren in ihrem Gefährt, ihre Zähne klapperten. Als sie am Ende der Schlucht ankamen, fuhren sie ans Ufer, um den schmalen Weg zu suchen, der zu den parkierten Autos hinaufführte. Sara hoffte, dass sie irgendwo trockene Sachen finden würde. Denn das, was Semele anhatte, konnte man kaum als Kleidung betrachten. Sie steckte in ihrem zerschlissenen Einteiler, der ihren zerschundenen Körper nur unzureichend bedeckte. Sara trug wenigstens ihre eigenen Sachen, die sie zufälligerweise in einem Kleiderhaufen entdeckt hatte, der vor einem der Zelte aufgeschichtet war. Leider konnte sie die Schuhe nicht finden, sodass sie barfuß unterwegs war und jeden Kieselstein spürte. Sara musste Semele stützen und zum Weitergehen animieren, denn die junge Baslerin brach immer wieder zusammen und schluchzte, bis sie Sara anherrschte, sich zusammenzureißen. Es half nicht viel, aber irgendwie meisterten sie auch die letzte Etappe. Sara hätte allen Grund gehabt, über ihre geglückte Flucht stolz zu sein, zumal sie es sogar geschafft hatte, in MCs Zelt den Autoschlüssel zu entwenden und die vollen Discs mitzunehmen. Dennoch wollte sich keine Freude einstellen, dafür waren die letzten Stunden zu aufwühlend und widerwärtig gewesen.

Wenn sie an die gestrige Nacht dachte, spürte sie nur noch ein tiefes Gefühl der Abscheu und des Hasses. Was mit der Schwitzzeremonie noch relativ harmlos begonnen hatte, führte ins totale Fiasko.

Dass sie nicht selber in den Sog der gierenden und aufgegeilten Masse geriet, lag einzig an ihrer Magenverstimmung. Gerade als MC ein weiteres Mal aufdringlich wurde, musste sie sich erneut übergeben. Während einer für sie unbestimmbaren Zeitspanne war sie nur noch ein Häufchen Elend gewesen, dem Brechreiz ausgeliefert und daher unfähig, auch nur irgendetwas zu tun. MC hatte augenscheinlich nur wenig Lust, ihr das Händchen zu halten und trollte sich. Auch die anderen ließen sie in Ruhe, sodass sie sich zurückziehen konnte und das Treiben der Gruppe aus der Ferne mitbekam. Als hätte jemand in ihr einen Hebel betätigt, ging es ihr nach einer halben Stunde wieder besser. Sie trank ein Glas Wasser und spürte, wie die Kräfte ihres Körpers zurückkamen. Derweil war die Orgie, und ein anderes Wort fiel ihr nicht ein, in vollem Gang. Die Kinder Gaias, allesamt nach wie vor nackt, führten eine Art Prozession durch, bei der sie pseudo-okkulte Erfahrungen machten, sich gegenseitig mit Henna tätowierten oder mit einer farbigen, wohlriechenden Paste einrieben. Die Folge davon war, dass alle Hemmungen und Grenzen aufgebrochen wurden, was wohl auch an den getrockneten Pilzen lag, welche eingenommen wurden und eine halluzinogene Wirkung besaßen. Als sich die Gruppe wieder beim großen Feuer zusammengefunden hatte, spürte auch Sara die geballte Energie zwischen den Gaianern, die sich aufgestaut hatte und nur darauf wartete, endlich freigelassen zu werden.

Fast reflexartig griff Sara nach der Kamera und begann zu drehen. Sie versteckte sich hinter Felsbrocken, Kanuburgen oder Zeltplanen und filmte aus einer sicheren Distanz. Dennoch ließen die Bilder, die sie durch den Sucher sah, ihr Blut gefrieren. Es war eigenartig und zugleich faszinierend, wie man als Kamerafrau die Welt einfangen konnte und doch draußen vor blieb.

Beim Feuer hatte nun der Meister das Zepter übernommen und bot ein Gemisch aus Mick Jagger und neuseeländischem Maoritanz, seine Jünger standen dicht an dicht, Körper rieb an Körper, es gab Gerangel, Druck und Gegendruck. Als wären sie zu einem einzigen Fleischklumpen verschmolzen, tanzten sie immer schneller und drehten sich um ihren Guru, im Takt johlend, klatschend und sich aufladend. Einen Meter hinter dem Meister stand MC, der sich wie ein Backgroundsänger verhielt, um dem Leadsänger nicht in die Quere zu kommen. Im Zentrum, gleichsam im Auge des Sturms, befand sich Semele, seltsam nach innen lächelnd, wie weggetreten. Sie führte mit ihren Armen eine Art Schlangentanz auf, ließ ihre Hüften schwingen und ihre Brüste wippen. Als der Meister sie als weibliche Urform von Gaia, als Inbegriff der Fruchtbarkeit betitelte, wurde das Rumoren, das Gezerre und Gekreische der umringenden Körper lauter und wilder. Als wäre sie tatsächlich eine Heilsbringerin streckten sich Dutzende Arme nach ihr aus, um sie zu berühren.

Dann stimmte MC einen sakral anmutenden Singsang an, in den die Jünger einstimmten. In Saras Ohren schwoll der Gesang bald zu einem Kriegsgeschrei an, als dem Meister eine flache Schale gereicht wurde, in der sich eine ölige Flüssigkeit befand. Damit bestrich er zuerst Semeles Stirn, dann den Hals, die Brüste, den Bauch, die Beine und schließlich ihren Schoss. Waren seine Bewegungen am Anfang noch behutsam und spielerisch, wurden sie immer schneller, heftiger und wilder. Semele versank nun vollends in ihrem Delirium, verlor das Gleichgewicht und drohte zu Boden zu stürzen, wäre sie nicht von vielen Händen aufgefangen worden. So schwebte sie gleichsam schwerelos in einer horizontalen Lage und glaubte zu fliegen. Der Meister griff nun mit beiden Händen in die Schale, goss das Öl über Semele, sodass ihr Körper im Schein des Feuers wie Reptilienhaut glänzte, dann schrie er plötzlich auf, reckte wie ein Irrer sein steifes Geschlecht in die Höhe, packte sie an den Schenkeln und drang in sie ein. Was hernach genau passierte, konnte Sara nicht mehr im Detail beschreiben, jedenfalls brachen alle Dämme. Die Beteiligten gerieten vollends in den Sog einer unkontrollierbaren Triebhaftigkeit, verloren sämtliche Attribute des Menschseins und mutierten binnen weniger Minuten zu einer Horde von Wilden, die sich in ihrer Orgie verloren. Sofort entwickelte sich eine regelrechte Kettenreaktion, jede schien mit jedem zu kopulieren, und es machte Sara fast den Anschein, dass die Frauen noch mehr Gas gaben als die Männer. Dumpf erinnerte sie sich an eine Episode aus der Antike, in der die weiblichen Verehrerinnen des Dionysos, die Mänaden, in ihrem Wahn auch mal einen Mann in Stücke gerissen und verspeist haben sollen. Hier lief es zum Glück vegetarischer ab, dennoch nicht minder heftig. Und inmitten dieses wogenden Fleischbergs lag Semele und wurde zum Zentrum der Lust. Sie ging durch die Hölle.

Sara begriff sofort, dass hier etwas fürchterlich schief lief, aber sie konnte nichts tun, war der animalischen Dynamik nicht gewachsen. So filmte sie aus einer sicheren Distanz weiter, was schlimm genug war.

Es grenzte für sie fast an ein Wunder, dass das junge Opfer diese Nacht überlebt hatte und ihr Körper nicht zerfetzt wurde. Glücklicherweise war die bald eintretende Erschöpfung der Beteiligten groß genug gewesen, dass ein kollektives Timeout folgte. Zugedröhnt und weggetreten, so huldigten sie Dionysos noch im komatösen Schlaf und hatten ihn einmal mehr zum Gott der Ekstase und des Wahnsinns gemacht. Als Sara begriff, dass nun der Moment gekommen war, um abzuhauen, hatte sie Semele liegen sehen und konnte sie nicht einfach hierlassen. Woher sie die Kraft genommen hatte, sie zum Fluss hinunterzutragen und in das Kanu zu setzen, wusste sie nicht mehr. Aber sie schaffte es.

*

Als sich die Türe von MCs Auto entriegeln ließ, fühlte Sara ein Gemisch aus Triumph und Erleichterung. Im Kofferraum fand sie tatsächlich eine Fleecejacke, die sie Semele um die Schultern legen konnte. Für sich selbst entdeckte sie nur eine etwas groß geratene Sporthose und ein übergroßes T-Shirt, das nach MC roch. Augenblicklich wurde ihr wieder übel und sie musste sich erneut übergeben. Was war nur mit ihrem Magen los, fragte sie sich besorgt und keuchte. Im Fond des Autos fand sie eine angebrochene Mineralwasserflasche. Sie roch daran, das Wasser wirkte einigermaßen frisch. Zögernd nahm sie einen Schluck und spülte sich den Mund aus. Nach wenigen Minuten ging es ihr wieder besser und sie schaute nach Semele, die regungslos in ihrem Sitz hockte.

Da Sara MCs Kleider nicht tragen wollte, ging sie von Auto zu Auto, blickte durch die Fensterscheiben ins Wageninnere und suchte nach Alternativen. Als sie neben dem Sportwagen des Gurus stand, hob sie einen faustgroßen Stein auf und donnerte ihn mehrfach aufs Blech, dann zertrümmerte sie eine Seitenscheibe. Es bereitete ihr eine genussvolle Freude.

Dass der Fisker über eine Alarmanlage verfügte, die bei Glasbruch losging, hatte sie nicht erwartet, erst recht nicht, dass sie gleich so laut losheulen würde. Sara eilte zum Renault zurück, stieg widerwillig in die Sporthose und zog sich das T-Shirt über. Semele saß apathisch auf dem Beifahrersitz, hatte ihre Beine unter der weiten Jacke wie ein Vogel eingefahren. Sie war erneut in sich abgetaucht und schien nichts mehr zu realisieren, starrte zum Fenster hinaus. Sara startete den Motor und legte den Rückwärtsgang ein. Mit Vollgas fuhr sie auf die Hauptstraße auf und hielt, wie eine Straßentafel anzeigte, Richtung Orange. Semele reagierte weiterhin auf nichts. Einzig die unaufhörlich fließenden, lautlosen Tränen zeigten an, dass gewisse Teile in ihr noch lebten.

»Was soll ich mit ihr machen«, fragte sich Sara. »Zuerst ins Spital oder gleich zur Polizei?« Sie entschied sich fürs Spital. Es war kurz nach acht Uhr, als sie in Orange beim Centre Hospitalier Louis Giorgi vorfuhr. Das morgendliche Licht der Provence tauchte den kühlen Betonbau in ein unschuldiges Rosa. Wie konnte bei dieser Stimmung Böses geschehen? Umso überraschter war Sara, als in der Notaufnahme ein ziemlicher Betrieb herrschte. Offenbar war irgendwo in der Nähe ein schwerer Autounfall passiert, jedenfalls mussten gleichzeitig mehrere Personen mit blutenden Wunden versorgt werden. Ein Mann stöhnte, und ein anderer schrie gellend. Ein Dritter war auffällig ruhig; bei ihm standen gleich mehrere Ärzte und versuchten eine Wiederbelebung.

Sara blickte sich um, wartete einige Minuten geduldig. Sie verstand, dass es keinen Grund gab, für sie, unverletzt und in einer merkwürdigen Aufmachung steckend, alles stehen und liegen zu lassen. Dennoch musste sie nach einer Viertelstunde laut werden, bis sich endlich jemand um sie bemühte. Als die junge Assistenzärztin verstand, dass draußen im Auto eine junge Frau wartete, die mehrfach vergewaltigt worden war und möglicherweise innere Blutungen aufwies, wurde sie augenblicklich behandelt. Gleichzeitig begann eine dunkelhäutige Frau, die, wie Sara verstand, für administrative Belange zuständig war, mit einer fast polizeilichen Befragung, was die Schweizerin an ihre sprachlichen Grenzen stoßen ließ. Immerhin verstand sie, dass es sich bei dieser Art von Verbrechen um ein Offizialdelikt handelte, weshalb die Polizei automatisch informiert werden müsse. Das konnte Sara nur recht sein, und sie unterschrieb das ihr entgegengestreckte Protokoll.

*

Noch kurz bevor das Telefon läutete, hatten sich Hanni, Nico und Jean überlegt, ob sie sich aufteilen wollten. Jean war nach wie vor der Meinung, dass Sara mit dem Kanu geflohen war. Hanni war sich sicher, dass sie den Weg über die Bergkrete gewählt hatte. Einig war man sich einzig in dem Punkt, vorderhand nichts der französischen Polizei mitzuteilen. Insbesondere Nico traute Turbillou und seinen Männern nicht zu, dass sie zwischen Mitläufern und Tätern hinlänglich zu differenzieren vermochten. Er befürchtete, dass alle in denselben Topf geworfen würden. Außerdem wollte er zuerst Sara aus der Schusslinie der polizeilichen Aktivitäten heraus wissen, was selbst Jean unterstützte.

Doch dann kam der Anruf. Hanni wunderte sich noch über die fremde Nummer und dachte zuerst an eine Verwechslung. Als sie Saras Stimme hörte und erzählt bekam, wo sich Sara aufhielt, durchlief sie ein Wechselbad der Gefühle. Erst recht, als sie die Hintergründe über die gestrige Nacht erfuhr und Semeles Schicksal begriff. Mit jedem weiteren Satz schnürte sich ihr Magen zusammen. Und während ihre Freundin unsägliche Details schilderte, blickte sie sich um, sah die Feuerstelle und den aufgewühlten Boden, als wäre er von einer Horde Wildschweine durchpflügt worden. Nein, dachte sie bitter, was hier passiert war, hatte nichts mit dem Versuch zu tun, der Menschheit mehr Naturnähe zu lehren. Das war schlicht verwerflich. Ein Verbrechen, das gesühnt werden musste! Und ohne es mit den beiden Männern abzusprechen, die nur mitbekommen hatten, dass Sara am Telefon war, erhob sich Hanni und marschierte schnurstracks zu Turbillou, der zusammen mit seinen Männern auf die Rückkehr der beiden Helikopter wartete.

»Sie haben Recht, Monsieur«, sprudelte sie zu dessen Verwunderung los, »hier waren keine Menschen am Werk, sondern Terroristen!«

In wenigen Sätzen schilderte sie, was ihr Sara erzählt hatte, erwähnte auch, dass sie eine der Sektenfrauen, ein mehrfaches Vergewaltigungsopfer, gerettet und in ein Spital nach Orange gebracht habe. Die dortige Polizeidienststelle würde bereits die Ermittlungen aufnehmen. Es stehe für sie außer Zweifel, fügte sie an, dass Menschen, die zu solchen Taten fähig seien, auch sonst über Leichen gingen. Es sei sehr zu wünschen, dass die französische Justiz derartigen Machenschaften, wie sie die Kinder Gaias an den Tag gelegt hatten, sanktioniere.

Turbillou schwieg einen Moment, dann lächelte er versöhnlich. »Bien sûr, Madame«, sagte er, »wir werden alles versuchen, um Ihrem Wunsch zu entsprechen.«

»Darf ich Sie fragen, wann wir aus dieser Schlucht herausgeflogen werden? Wir wollen umgehend unsere Freundin in Orange besuchen gehen und auch unseren verletzten Freund in Montpellier abholen.«

»Natürlich«, antwortete der Capitaine freundlich, »die Helikopter sollten in wenigen Minuten hier sein.«

»Und wann dürfen wir in die Schweiz zurück?«

»Das wird bedauerlicherweise noch ein, zwei Tage in Anspruch nehmen. Sobald aber unsere Fragen und Ermittlungen abgeschlossen sind, steht einer Rückreise nichts mehr im Weg.«

KAPITEL 63

Endlich war es auch nördlich der Alpen Frühling geworden. Die Temperaturen erreichten nun Werte, die ein Leben außerhalb von beheizten Räumen ermöglichte. Nico stand in seinem Garten und blickte in Richtung Tal. In diesem Licht und bei dieser Wärme war selbst die abendliche Rushhour, die das ganze Limmattal verstopfte, kein Grund, sich die frühlingshafte Laune verderben zu lassen. Anders sah es aus, wenn er die letzten drei Wochen Revue passieren ließ. Da hingen noch immer dunkle Wolken in seinen Erinnerungen und Fragen standen im Raum, obgleich sich dank der vielen geführten Gespräche und der vorangeschrittenen, polizeilichen Ermittlungsarbeit ein weitgehend vollständiges Bild ergeben hatte.

Sara schien gemäß eigenen Angaben die Erlebnisse in der Sekte ohne äußerlichen Schaden überstanden zu haben. Wie es in ihrem Inneren aussah, wusste Nico freilich nicht. Zweifellos waren die Aufnahmen, die sie gemacht hatte, beeindruckend und gleichzeitig bodenlos erschreckend. Wie Mario erzählte, wären viele der Szenen der nächtlichen Bacchanalien für das hiesige Publikum definitiv zu harter Tobak, um sie zeigen zu können. Dennoch besaß der Film, der in einigen Tagen gesendet würde, schon jetzt den Ruf eines veritablen Quotenschlagers, wie man in den Gängen des Deutschschweizer Fernsehens orakelte. Dass diese Geschichte seit geraumer Zeit die Schlagzeilen bestimmte, überraschte Nico nicht, kamen doch immer neue Details ans Licht. Dennoch wunderte es ihn, dass sich Semele, die für das Begräbnis ihres Vaters Frankreich vorübergehend verlassen durfte und nun bis zur Prozesseröffnung in der Schweiz unter Hausarrest stand, bereit erklärt hatte, für ein Interview zur Verfügung zu stehen. Die Aufzeichnung des Gesprächs hatte vor zwei Tagen unter großen Sicherheitsvorkehrungen stattgefunden. Gemäß Mario seien ihre Schilderungen außerordentlich berührend ausgefallen, und sie habe stark den Eindruck erweckt, so ergänzte er, dass sie sich durch die Erlebnisse nicht das Leben zerstören lassen wolle und optimistisch auf den Prozess warte.

Angesichts des Rummels, den vor allem die französischen Medien veranstaltet hatten, als man genüsslich die ganze Familiengeschichte der Pelides aufrollte, wunderte es den alten Fernsehfuchs schon, wie abgeklärt die junge Baslerin gewirkt haben soll. Dennoch erwartete auch er nicht, dass sie im Prozess etwas zu befürchten hätte. Nicht nur in Frankreich galt sie schon jetzt als Märtyrerin, sondern auch in der Schweiz. Sie war ein Opfer, Täter waren die anderen. Hier würde ein Gericht sicher noch einiges an Differenzierung leisten müssen, war sich Nico sicher, dennoch konnte man Semele nicht viel vorwerfen. Und weil sogar die Betreiberfirma der Schweinemästerei davon absah, eine Anzeige wegen Hausfriedensbruch zu erstatten, dürfte dieses Delikt nicht Gegenstand der Anklage werden.

Anders sah es freilich bei den anderen Mitgliedern der Kinder Gaias aus. Nico war ja kein Jurist, aber konnte sich vorstellen, dass die fünf Mitläufer, welche die Aktion mit dem radioaktiven Wasser unter der Führung Shogis durchgeführt hatten, mit längeren Gefängnisaufenthalten in der Schweiz rechnen mussten, zumal auch reichlich Sachschaden entstanden war. Auch die Vergiftung des Poolwassers war keine Bagatelle und erfüllte den Tatbestand der Körperverletzung mit möglicher Todesfolge. Schwieriger dürfte es für das Strafgericht in Montpellier werden, die Rolle der Führungsclique zu beurteilen und ihre Beteiligung zu qualifizieren. MCs Anwalt hatte erst kürzlich in einem Interview mit dem französischen Staatssender TF1 verlauten lassen, dass sein Mandant ja nachweislich die Vergiftungsaktion in der Schweiz verhindert habe und auch sonst nur im Hintergrund tätig gewesen sei. Fast frontal griff er dafür Shogi und den Sektenführer an, welche die beiden Hauptdrahtzieher der Sekte gewesen seien, die Battles geplant hätten und durchführen ließen.

Von Hans Lofzinger, alias TAG, hatte man bislang nicht viel gehört. Eine Weile lang wurde behauptet, dass er sich selber verteidigen wolle, sodass die Gerüchte ins Kraut schossen. Doch dann schrieb die Zeitung Le Monde unter Bezug einer nicht genannten Quelle aus dem Justizgebäude, dass der Sektenführer wegen seiner akuten psychotischen Schizophrenie vom Untersuchungsgefängnis in das Psychiatrische Zentrum Montpellier verlegt worden sei. Postwendend rätselte ganz Frankreich, ob er aufgrund seiner Krankheit überhaupt schuldfähig sein könne.

Einzig bei Shogi waren sich alle Medien einig, dass er als

Rottweiler des Sektenführers, wie man ihn in Frankreich auch betitelte, klar schuldig sei. Er passte den Journalisten wie den Lesern als Zielscheibe und Buhmann ins Bild, wohl nicht zuletzt, weil er Deutscher war. Dabei verweigerte Shogi, alias Jens Mirtsko, bislang jede Aussage und hatte schon zwei Pflichtverteidiger zur Verzweiflung getrieben. Es würde daher nicht überraschen, wenn die Schweiz dem offiziellen Auslieferungsgesuch Frankreichs nachkommen würde und ihn nach Montpellier überstellen ließe.

*

Je mehr sich Nico über die Machenschaften der Gaianer Gedanken machte, desto größer wurde der Wunsch, wieder Abstand vom Tagesgeschehen zu bekommen. Er diagnostizierte bei sich selber eine akute Überdosis an aktuellen Ereignissen und wollte deshalb einen Schlussstrich ziehen. Dies würde wohl am ehesten mit einem Fest gelingen, war er sich sicher, das bekanntlich zu allen Zeiten und quer durch alle Kulturen als feierlicher Schlussakt diente. Vom Vorsatz zur Tat brauchte es keine lange Planung, sodass Nico alle Hände voll zu tun hatte, bevor die Gäste eintrafen.

Zuoberst auf der Traktandenliste stand das Einheizen des Grills. Schon nach wenigen Minuten strahlten die brennenden Holzprügel eine derartige Hitze ab, dass er schwitzte. Er musste fast über sich selber lachen, als er sich bei der Frage ertappte, ob er durch das Verbrennen von Holzkohle seinen ökologischen Fußabdruck vergrößerte? Er konnte sich keine abschließende Antwort geben, aber wusste, dass er damit Fleisch braten würde, das mit Sicherheit aus der Region stammte. Außerdem trank er auch Wein aus dieser Gegend, der weder per LKW durch halb Europa gekarrt werden musste noch eine Weltreise auf hoher See erlebt hatte. Mit anderen Worten war er mit sich und seinem Fußabdruck so einigermaßen zufrieden, freute sich schon jetzt auf die ersten Früchte und Gemüse aus seinem Garten. Heute Morgen konnte er mittels Handschlag einen Rebhang in Weiningen pachten und gehörte damit gewissermaßen zur Gilde der Winzer. So gesehen war seine Welt in Ordnung, auch wenn er sich viel Arbeit aufgeladen hatte.

Eine gute halbe Stunde später waren die Gäste eingetroffen. Das muntere Geplauder gefiel Nico, zumal er ein heterogenes Grüppchen eingeladen hatte. Bewusst lud er auch einige Nachbarn und Freunde ein, die nichts mit dem Fernsehen oder den Ereignissen rund um die Gaianer zu tun hatten.

Er schenkte Wein aus, servierte Crudités und Dips, wie er sie kürzlich in Frankreich gegessen hatte. Dazu gab es selbst gebackenes Focaccia-Brot mit einer Schicht Rosmarinstreusel.

Hanni kam als Letzte und wirkte fahrig. Sie gab ihm einen Kuss, doch Nico erkannte sogleich, dass ihr etwas unter den Nägeln brannte. Und tatsächlich beichtete sie ihm kurze Zeit später, dass sie für ein paar Tage eine kranke Kollegin im Fernsehen ersetzen wollte, sofern er nichts dagegen habe.

Er lächelte und verneinte. Dann schritt er zu seinem Freund Trümpi, der neben Severin Martelli stand und die Obstbäume bewunderte. So kurz vor der Blüte wirkten sie gleichermaßen kräftig wie grazil. Nico kannte den Ermittlungschef bislang nicht persönlich, aber er wurde schnell warm mit ihm, zumal der Einsatzleiter einen exquisiten italienischen Wein mitgebracht hatte. Sara und Mario saßen auf einer Steinbank neben dem Grill und turtelten miteinander wie am ersten Tag. Das war auch kein Wunder, schließlich hatte sich Saras Magenverstimmung als Schwangerschaftsübelkeit herausgestellt. Bislang hatten sie niemandem davon erzählt, da noch keine drei Monate vorüber waren, aber vielleicht wollten sie es ja heute tun. Marios Bein steckte noch immer in einem Gips, was ihn jedoch nicht daran gehindert hatte, die 54 Stufen von der Straße zum Häuschen in Rekordtempo heraufzusteigen. Dass er fast allen Gästen die Geschichte rund um die Ursache des Unfalls erzählen musste, tat seiner Stimmung keinen Abbruch.

Das Fleisch, das Nico an diesem Abend auf seinem Grill briet, und die verschiedenen Salate, die er auftischte, fanden schnell hungrige Abnehmer, und mit jeder Flasche Wein, die er öffnete, wuchs die philosophische Dimension des Abends.

Als Mitternacht längst vorüber war und die meisten Gäste den Heimweg angetreten hatten, saßen Nico, Hanni und Jean auf der Steinbank vor dem Häuschen. Fast aus heiterem Himmel schnitt Jean ein Thema an, das ihn anscheinend mehr beschäftigte, als er im nüchternen Zustand zugeben wollte.

»Ihr wisst ja«, begann er fast etwas feierlich, »kommendes Jahr werde ich pensioniert …«

»Ja, schlimm«, antwortete Nico und grinste.

»Nein, ich meine es ernst«, entgegnete Jean, »ich habe keine Hobbys, bin weder Gärtner noch Winzer wie du! Wenn ich pensioniert bin, habe ich schlicht nichts mehr zu tun. Und ich kann doch nicht einfach daheim herumhocken und meiner Frau beim Kartoffelschälen zusehen.«

»Nein, kannst du nicht«, gab ihm Nico recht.

»Aber warum so verzweifelt«, übernahm Hanni wieder mal das Denken, »arbeite als Fahnder! Es gibt doch genügend Fälle für Privatdetektive!«

»Meinst du, ich will irgendwelchen Ehebrechern nachspionieren?«

»Nein, nicht solche Fälle«, beschwichtigte Hanni, »sondern so komplexe, wie du sie auch jetzt schon hast. Mit dem Unterschied, dass du halt kein Polizist mehr bist, sondern selbstständiger Ermittler.«

»Das würde ich nur machen, wenn ihr mir helft, die Fälle zu lösen!« Jeans Stimme klang nun doch recht weinselig.

»Mein Lieber«, sagte Nico und blickte in den schwarzen Himmel, in dem unzählige Sternbilder prangten, die zu seinem Erstaunen manchmal doppelt vorkamen, »das machen wir. Aber nur unter der Bedingung, dass du mir bei der Arbeit auf dem Rebberg hilfst. Das ist nämlich ein verdammt harter Job!«

»Abgemacht: Eine Hand wäscht die andere. Oder so.«

»Genau. Oder so.«

Hanni erhob sich. Sie war müde und wusste, dass die beiden noch die restliche Nacht mit weiteren hochtrabenden Plänen und alkoholgeschwängerten Diskussionen verbringen würden. Das ersparte sie sich und ging zu Bett.

*

Als sie am nächsten Morgen aus dem Schlaf aufschreckte, bemerkte sie, dass Nico nicht neben ihr im Bett lag. Leicht beunruhigt stand sie auf und trat vor das Haus. Sie fand die beiden, wie sie schnarchend auf der Bank traulich aneinander lehnten und sich eine Wolldecke teilten. Im Osten stieg ein roter Ballon auf, der das ganze Limmattal in ein atemberaubendes Strahlenmeer tauchte. Sie machte sich einen Kaffee und genoss die Stimmung, die sie für kein Geld der Welt hätte eintauschen wollen.

HERZLICHEN DANK

an die guten Geister des Gmeiner Verlags, insbesondere an Claudia Senghaas für ihr unermüdliches Engagement, an Pino Aschwanden für sein wertvolles Feedback und an meine Frau Madeleine Beyeler für ihre wunderbare Unterstützung.

Irène Mürner
Altweiberfrühling
978-3-8392-1531-9

»Im Alterszentrum wird fleißig gestorben – oder gemordet?«

Eine Diebstahlserie in einem Altersheim? Wahrlich keine Herausforderung für Andrea Bernardi, Detektiv der Stadtpolizei Zürich. Mithilfe der rüstigen Rentnerin Hanna Bürger gelingt es ihm bald, den Dieb zu überführen. So weit, so gut. Stände da nur nicht allenthalben der Leichenbestatter vor dem Alterszentrum. Andrea ahnt, dass jemand im ›Abendrot‹ dem natürlichen Ableben gewaltsam nachhilft. Aber wer steckt dahinter? Ein Todesengel unter dem Personal? Ein Besucher? Oder gar einer der Bewohner?

Unser Lesermagazin

2 x jährlich das Neueste aus der Gmeiner-Bibliothek

24 x 35 cm, 40 S., farbig; inkl. Büchermagazin »nicht nur« für Frauen und HistoJournal

Das KrimiJournal erhalten Sie in Ihrer Buchhandlung oder unter www.gmeiner-verlag.de

GmeinerNewsletter

Neues aus der Welt der Gmeiner-Romane

Haben Sie schon unsere GmeinerNewsletter abonniert?

Monatlich erhalten Sie per E-Mail aktuelle Informationen aus der Welt der Krimis, der historischen Romane und der Frauenromane: Buchtipps, Berichte über Autoren und ihre Arbeit, Veranstaltungshinweise, neue Literaturseiten im Internet und interessante Neuigkeiten.

Die Anmeldung zu den GmeinerNewslettern ist ganz einfach. Direkt auf der Homepage des Gmeiner-Verlags (www.gmeiner-verlag.de) finden Sie das entsprechende Anmeldeformular.

Ihre Meinung ist gefragt!

Mitmachen und gewinnen

Wir möchten Ihnen mit unseren Romanen immer beste Unterhaltung bieten. Sie können uns dabei unterstützen, indem Sie uns Ihre Meinung zu den Gmeiner-Romanen sagen! Senden Sie eine E-Mail an gewinnspiel@gmeiner-verlag.de und teilen Sie uns mit, welches Buch Sie gelesen haben und wie es Ihnen gefallen hat. Alle Einsendungen nehmen automatisch am großen Jahresgewinnspiel mit attraktiven Buchpreisen teil.

GMEINER

Wir machen's spannend